I0610838

EIN BESCHÜTZER FÜR ZOEY

SEALs of Protection: Legacy, Buch 5

SUSAN STOKER

Besuchen Sie Susan im Netz!
www.stokeraces.com
facebook.com/authorsusanstoker
twitter.com/Susan_Stoker
bookbub.com/authors/susan-stoker
instagram.com/authorsusanstoker
Email: Susan@StokerAces.com

Ein Retter für Lilly
Ein Retter für Elsie
Ein Retter für Bristol
Ein Retter für Caryn
Ein Retter für Finley
Ein Retter für Heather
Ein Retter für Khloe

Die Zuflucht in den Bergen

Zuflucht für Alaska
Zuflucht für Henley
Zuflucht für Reese
Zuflucht für Cora
Zuflucht für Lara
Zuflucht für Maisy
Zuflucht für Ryleigh

Delta Team Zwei

Ein Held für Gillian
Ein Held für Kinley
Ein Held für Aspen
Ein Held für Jayme
Ein Held für Riley
Ein Held für Devyn
Ein Held für Ember
Ein Held für Sierra

Die Delta Force Heroes:

Die Rettung von Rayne
Die Rettung von Emily
Die Rettung von Harley
Die Hochzeit von Emily
Die Rettung von Kassie
Die Rettung von Bryn

Die Rettung von Casey
Die Rettung von Wendy
Die Rettung von Sadie
Die Rettung von Mary
Die Rettung von Macie
Die Rettung von Annie

<u>Mountain Mercenaries:</u>
Die Befreiung von Allye
Die Befreiung von Chloe
Die Befreiung von Morgan
Die Befreiung von Harlow
Die Befreiung von Everly
Die Befreiung von Zara
Die Befreiung von Raven

<u>Ace Security Reihe:</u>
Anspruch auf Grace
Anspruch auf Alexis
Anspruch auf Bailey
Anspruch auf Felicity
Anspruch auf Sarah

<u>SEALs of Protection:</u>
Schutz für Caroline
Schutz für Alabama
Schutz für Fiona
Die Hochzeit von Caroline
Schutz für Summer
Schutz für Cheyenne
Schutz für Jessyka
Schutz für Julie
Schutz für Melody
Schutz für die Zukunft

KAPITEL EINS

»Mark Wright?«, fragte die Dame hinter dem Schalter der Fluggesellschaft.

»Das bin ich«, sagte Bubba. Es hörte sich immer noch komisch an, wenn ihn jemand mit seinem tatsächlichen Namen ansprach. Er hatte seinen Spitznamen bekommen, nachdem er die Ausbildung zum Navy SEAL abgeschlossen und einen ganzen Eimer Shrimps in der Bubba Gump Shrimp Company gegessen hatte ... und seitdem hatte ihn niemand mehr Mark genannt.

»Großartig«, entgegnete die Frau. »Ihr gechartertes Wasserflugzeug sollte in etwa zwanzig Minuten zum Einsteigen bereit sein. Wenn Sie mit dem anderen Passagier dort drüben warten, rufen wir Sie, sobald wir bereit sind.«

Bubba schaute zu der Stelle hinüber, auf die sie zeigte, und sah eine Frau auf einem Stuhl in der Nähe sitzen. Sie hatte ein Buch im Schoß und achtete auf nichts anderes als auf die Wörter auf der Seite vor ihr. Sie wirkte wie eine Insel der Ruhe nach dem sehr geschäftigen Hauptterminal in Anchorage.

Bubba nahm seine Reisetasche und ging dorthin, wohin die Angestellte der Fluggesellschaft gezeigt hatte. Sie befanden sich in dem Teil des Terminals, in dem die privaten Flugzeuge und Charterflugzeuge untergebracht waren. Der Anwalt seines Vaters, Kenneth Eklund, hatte ihm die Details des Fluges geschickt. Er war von seiner Assistentin auf Anweisung des Anwalts arrangiert worden.

Er war auf dem Heimweg nach Juneau, Alaska, weil sein Vater überraschend verstorben war.

Bubba spürte, wie eine weitere Welle der Traurigkeit ihn zu überwältigen drohte, und konzentrierte sich stattdessen auf die Frau. Sie kam ihm bekannt vor, aber er konnte nicht genau sagen, woher er sie kannte.

Er stellte sich vor sie und wartete darauf, dass sie aufsah und ihn zur Kenntnis nahm. Als sie stattdessen weiterlas, schnaubte Bubba innerlich. Wie eingebildet war er eigentlich? Er stand vor ihr, als wäre sie eine Leibeigene, die ihrem Herrn Anerkennung zollen sollte.

»Hallo«, sagte er.

Sie erschrak so sehr, dass Bubba sofort ein schlechtes Gewissen bekam, weil er sie erschreckt hatte.

»Oh!«, rief sie und sah zu ihm auf. »Ich habe Sie nicht kommen sehen.«

So viel war klar. »Es tut mir leid. Ich wollte Sie nicht erschrecken. Ich schätze, wir sitzen im selben Flieger nach Juneau.«

Sie blinzelte. »Oh, Mark, hallo. Ich wusste nicht, dass du den Flug mit mir antreten würdest. Das mit deinem Vater tut mir sehr leid.«

Jetzt war es an Bubba, überrascht zu sein. »Ähm ... Kennen wir uns?«

Sie lächelte ein wenig selbstironisch. »Ja. Ich bin Zoey Knight. Wir kennen uns von der Highschool.«

Und dann begann es. Zu den Dingen, die Bubba an

seiner Heimatstadt am meisten missfielen, gehörte unter anderem, dass jeder jeden kannte. Juneau war nicht gerade klein, aber es fühlte sich die meiste Zeit so an, vermutlich weil es keine Straßen in die Stadt hinein oder aus ihr hinaus gab. Sie war nur per Flugzeug oder Schiff erreichbar.

Außerdem gab es in Juneau keine Geheimnisse. Es hatte ihn auf der Highschool verrückt gemacht, wenn er mit seinen Freunden abhing und sein Vater, wenn er nach Hause kam, bereits wusste, wo er mit wem gewesen war und was er dort getan hatte. Er war kein schlechter Junge gewesen, aber hatte sich gewünscht, wenigstens einmal mit dem Trinken eines Biers davonkommen zu können, ohne danach zu Hause ins Kreuzverhör genommen zu werden.

Einen Moment lang konnte Bubba Zoeys Namen nicht zuordnen. Er kam ihm bekannt vor, aber er hatte Schwierigkeiten, sich aus der Highschool an sie zu erinnern.

Sie erlöste ihn aus seinem Elend. »Ich bin in unserem letzten Schuljahr ein paarmal mit Malcom ausgegangen.«

Endlich machte es klick – und Bubba musterte die junge Frau vor ihm mit neuem Interesse. *Jetzt* erinnerte er sich an sie.

Seit der Highschool hatte sie an den richtigen Stellen zugelegt. Damals war sie superdünn und schüchtern gewesen. Er schätzte, dass sie etwa einen halben Kopf kleiner war als er, und er konnte nicht anders, als seinen Blick über die Kurven schweifen zu lassen, die sie in der Highschool definitiv nicht besessen hatte.

Ja, Zoey Knight hatte sich sehr verändert ... und zwar zum Besseren, wie er fand.

Sich der Tatsache bewusst, dass er sie etwas zu lange angestarrt hatte, streckte er ihr eine Hand entgegen. »Es ist schön, dich wiederzusehen, Zoey.«

Sie schüttelte sie. »Dich auch. Es tut mir nur leid, dass es unter diesen Umständen ist.«

Und schon erinnerte er sich daran, warum er auf dem Heimweg war. Er nahm neben ihr Platz. »Ja, mir auch. Ich dachte immer, mein Vater würde ewig leben.«

Zoey nickte. »Es war wirklich ein Schock für uns alle, da er immer so gesund war.«

Bubba kniff ein wenig die Augen zusammen. »Du konntest meinen Vater gut?«

Sie blinzelte. »Oh, ich schätze, du wusstest es nicht.«

»Was wusste ich nicht?«

»Ich habe deinem Vater im Haus geholfen. Du weißt schon, im Haus geputzt, Gartenarbeit erledigt, wenn es nötig war, Besorgungen gemacht und so weiter.«

Dann erinnerte Bubba sich daran, dass sein Vater vor einiger Zeit erwähnt hatte, dass jemand namens Zoey ihm bei einigen der von ihm gehassten Aufgaben geholfen hatte. Er hatte die Verbindung zwischen diesem Gespräch und der Zoey, die er als Kind gekannt hatte, nicht hergestellt.

»Ah.«

Sie musterte ihn. »Was soll das heißen?«

Bubba hob die Hände. »Nichts. Ich wusste, dass er jemanden hat, der ihm hilft, aber ich wusste nicht genau wen.«

»Vielleicht hättest du es gewusst, wenn du ab und zu nach Hause gekommen wärst, um ihn zu besuchen.«

Die Worte trafen einen Nerv, weshalb Bubbas Antwort schroff war. »Ja, nun, ich war unterwegs und habe die Welt gerettet, Süße. Ich hatte nicht viel Zeit, um meine Heimatstadt zu besuchen und mir vorwerfen zu lassen, nicht öfter da zu sein.«

Zoeys Augen wurden schmal und sie funkelte ihn an. »Der große böse Navy SEAL. Ja, wir wissen alles über dich und wie fantastisch du bist. Zu gut, um mit Leuten wie mir zu reden, da bin ich mir sicher. Wenn du mich also entschuldigst, ich werde wohl weiterlesen, bis unser Flugzeug bereit ist.«

Bubba seufzte und fuhr sich mit einer Hand durch sein kurzes Haar. Er hatte sie nicht beleidigen wollen, auch wenn sie es irgendwie dafür verdient hatte, ein wenig barsch gewesen zu sein und ihm noch mehr Schuldgefühle aufgeladen zu haben. Aber nachdem er von zu Hause weggegangen war, hatte die Rückkehr nach Juneau nie Vorrang in seinem Leben gehabt. Sein Vater hatte ihn angefleht, nach Hause zu kommen, um für seine Firma zu arbeiten. Sein Bruder ignorierte ihn praktisch; ein- oder zweimal über das Geschäft zu reden zählte nicht wirklich. Und jeder, mit dem er in Kontakt kam, fragte ihn, wann er zurück nach Juneau ziehen würde. Er war überhaupt erst von dort weggegangen, weil er sich in der Kleinstadt erstickt gefühlt hatte.

Abgesehen von dem Verkehr aus Kreuzfahrtschiffen im Sommer änderte sich nicht viel und Klatsch war eine der Lieblingsbeschäftigungen der Einheimischen. Es machte ihn wahnsinnig, und als er seinen Abschluss machte, war er mehr als bereit gewesen, weiterzuziehen und die Welt zu sehen.

Sein Zwillingsbruder Malcom war damit zufrieden gewesen, in Juneau zu bleiben und mit ihrem Vater zu arbeiten. Bubba hasste es, dass er seinem Bruder nicht mehr so nahestand wie in ihrer Kindheit, aber nach dreizehn Jahren Trennung war das auch nicht weiter verwunderlich.

Am meisten schmerzte der Tod seines Vaters, weil er so unerwartet gekommen war. Bubba hatte gedacht, dass er weit über neunzig Jahre alt werden würde. Er war immer kerngesund gewesen und sein Tod war ein Schlag in die Magengrube. Vor allem, nachdem Bubba vorgehabt hatte, ihn bald zu besuchen. Er hatte es verpasst, seinen Vater ein letztes Mal zu sehen, und das tat höllisch weh.

»Es tut mir leid«, sagte Bubba leise zu Zoeys gesenktem Kopf. »Ich ... ich fühle mich einfach schrecklich, weil ich mich nicht von meinem Vater verabschieden konnte. Zum Teufel, ich wusste ja nicht einmal, dass er Probleme mit dem Herz hatte. Es kommt mir so unwirklich vor.«

Zoey steckte einen Finger zwischen die Seiten, um die Stelle zu markieren, und schloss das Buch, während sie zu ihm aufsah. »Falls es dich tröstet, er war schon eine Zeit lang krank gewesen, aber er schien sich zu erholen. Und als ich nach Anchorage aufgebrochen bin, um meine Mutter zu besuchen, ging es ihm besser und ich konnte ihn beruhigt zurücklassen. Ich hasse es auch, dass ich mich nicht von ihm verabschieden konnte. Und es tut mir leid, was ich vorhin gesagt habe. Das war unangebracht und ein Schlag unter die Gürtellinie. Ich bin nur ein wenig neidisch auf dich. Nicht alle von uns hatten die Möglichkeit, nach der Highschool wegzugehen«, sagte sie leise. »Juneau ist zwar nicht der aufregendste Ort der Welt, aber auch nicht so schlimm, wie du zu denken scheinst.«

»Ich weiß. Die Highschool hat irgendwie Spaß gemacht«, entgegnete Bubba in dem Versuch, die Stimmung aufzulockern. Leider schien sein Versuch zu scheitern.

»Ja, Spaß«, murmelte Zoey wenig begeistert.

Da Bubba spürte, etwas zu übersehen, tat Bubba das, was er immer tat ... er versuchte, das Geheimnis zu lüften. »Also, warum hast du dich noch mal von Malcom getrennt?«

Sie rollte mit den Augen und Bubba konnte nicht anders, als es süß zu finden. Ihr braunes Haar hatte sie zu einem unordentlichen Dutt am Hinterkopf zusammengebunden, ihre haselnussbraunen Augen strahlten Intelligenz und Mut aus. Es gefiel ihm. »Wir waren nicht wirklich zusammen«, erklärte sie ihm. »Wir sind nur ein paarmal ausgegangen.«

»Wirklich?«

»Wirklich. Es ist sicher keine Überraschung, aber Malcom war nur auf eines aus. Sein einziges Ziel war es, mich ins Bett zu kriegen.«

Bubba stellte die Frage, bevor er es sich anders überlegen konnte. »Und hatte er Erfolg?«

Zoeys Augen wurden schmal. »Nicht dass es dich etwas angehen würde, aber nein. Ich war nicht so ein Mädchen.«

»Du *warst* nicht?«

Scheiße, er musste sich wirklich besser beherrschen. Aber Bubba war über sein Interesse an ihrer Antwort überrascht.

»*War* ich nicht«, bestätigte sie und fuhr dann fort: »*Bin* ich nicht. Wie auch immer du es ausdrücken willst. Ich gehe nicht mit Männern aus, um Sex haben zu können. Wenn ich einen Orgasmus haben will, kann ich mich auch allein darum kümmern. Ich treffe mich mit Männern, weil ich sie kennenlernen will. Weil ich sie mag. Weil es mir Spaß macht, mit ihnen zusammen zu sein. Er ist *dein* Bruder, also bin ich mir sicher, dass ich dir nichts erzähle, was du nicht schon weißt, aber es hat sich herausgestellt, dass ich Malcom, nachdem ich ihn kennengelernt hatte, nicht besonders mochte. Er war damals zu egoistisch und nervig, und daran hat sich nicht viel geändert. Und ich fange an zu glauben, dass sein Zwilling nicht wirklich anders ist, auch wenn dein Vater dich gelobt hat. Also, ich werde jetzt wirklich mein Buch lesen und versuchen, so zu tun, als hätten wir dieses Gespräch nicht geführt.« Dann schlug Zoey ihr Buch wieder auf, drehte sich ein wenig auf ihrem Sitz, sodass sie Bubba den Rücken zugewandt hatte, und senkte den Kopf, um wieder zu lesen.

Bubba schlug sich im Geiste gegen die Stirn. Gott, er war ein Arsch. Zu fragen, ob sie mit seinem Bruder geschlafen hatte, war unhöflich und ging ihn ehrlich gesagt nichts an.

Er rieb sich mit einer Hand übers Gesicht, lehnte sich im Stuhl zurück und seufzte erneut.

Er wusste, dass Malcom ein ziemlicher Idiot war. Das war er schon immer gewesen. Als Kinder hatten sie sich nahegestanden, aber je älter sie wurden, desto mehr merkte Bubba, dass sein Bruder andere ausnutzte, um aus ihnen herauszuholen, was er konnte. Er war mit Mädchen ausgegangen, bis sie ihn ranließen, dann ließ er sie fallen. Er hatte Bubba angefleht, den guten alten Zwillingstausch zu machen, um Tests nicht schreiben zu müssen. Bubba stimmte ein paarmal zu, hatte das Spiel irgendwann jedoch satt und weigerte sich, es noch einmal zu tun, nachdem sie in der achten Klasse einmal erwischt worden waren. Es war kindisch und dumm und Bubba hatte zu diesem Zeitpunkt bereits gewusst, dass er zum Militär gehen wollte, also hatte er alles getan, was er konnte, um keinen Ärger zu bekommen.

Malcom nicht so sehr. Er war beim Ladendiebstahl erwischt worden und betrunken Auto gefahren. Außerdem war er unzählige Male nicht zur vereinbarten Zeit nach Hause gekommen und hatte regelmäßig die Schule geschwänzt. Ihr Vater hatte ihn ständig bestraft und gedroht, ihn aus dem Haus zu werfen.

Aber sie wussten beide, dass ihr Vater das nicht tun würde. Malcom konnte nirgendwo anders hingehen. Also entschuldigte er sich und benahm sich eine Zeit lang, um dann wieder in seine alten Gewohnheiten zurückzufallen.

Bubba drehte den Kopf und beobachtete Zoey, während sie las und ihr Bestes tat, ihn zu ignorieren. Jetzt, da er wieder wusste, wer sie war, erinnerte er sich sehr genau daran, wann Malcom mit ihr ausgegangen war. Zoey war in der zehnten Klasse nach Juneau gezogen, war immer ruhig gewesen und für sich geblieben. Malcom hatte sich einiges darauf eingebildet, sie zu einer Verabredung überredet zu haben. Er hatte behauptet, sie sei eines der wenigen Mädchen, mit denen er noch nicht geschlafen habe, und er hatte sich gefreut, endlich die Gelegenheit dazu zu bekommen.

Bubba hatte ihm gesagt, dass er für mehr als nur ein paar Monate eine Freundin haben könnte, wenn er sie tatsächlich nett behandelte und nicht wie ein Stück Fleisch. Malcom hatte ihn zurückgewiesen und behauptet, er wisse nicht, was er verpasse.

Erst nach ein paar Verabredungen war sein Bruder eines Abends wütend nach Hause gekommen. Offenbar hatte Zoey ihm eine Abfuhr erteilt, nachdem er sie begrapscht hatte. Eine Stunde lang hatte er über sie hergezogen und Bubba erzählt, sie sei frigide, verklemmt und würde als alte Jungfer enden.

Am nächsten Abend ging er mit ein paar Freunden aus und sie hatten eine College-Party gestürmt, wo er angeblich mit drei Mädchen geschlafen hatte.

Bubba erinnerte sich, dass er angesichts der Behandlung durch seinen Bruder Mitleid mit Zoey gehabt hatte. In der Highschool hatte er sie immer gemocht ... mehr als nur ein bisschen, um ehrlich zu sein.

»Noch einmal, es tut mir leid«, sagte er zu Zoey. »Ich würde gern glauben, dass ich nicht wie Malcom bin. Ich kenne ihn nicht mehr so gut wie früher. Aber was ich gesagt habe, war unangebracht und verdammt unhöflich. Mein Vater musste dich wirklich mögen und respektieren, denn ich weiß, dass es ihm nicht gefallen hat, wenn jemand *die Nase in seine Angelegenheiten steckt*, wie er immer sagte.«

Zoey seufzte und schlug ihr Buch wieder zu. Sie drehte sich, um ihn anzusehen. »Nein, *mir* tut es leid. Wir hatten definitiv einen schwierigen Start, da wir uns beide viel entschuldigen. Ich hätte das nicht sagen sollen. Und ich habe deinen Vater geliebt. Er war immer nett zu mir und hat mir wirklich geholfen, wenn ich es brauchte.«

Besorgt und ohne zu wissen warum, sagte Bubba: »Das klingt nach Pop.« Er wollte wissen, warum sie Hilfe gebraucht und was sein Vater getan hatte, um ihr zu helfen, aber er nahm an, dass er bereits ins Fettnäpfchen getreten war und es besser nicht übertreiben sollte. »Du bist also auf dem Weg nach Juneau? Besuchst du deine Familie?«

»Du hast wirklich *alles* ignoriert, was zu Hause passiert ist, oder?«, entgegnete sie mit einem kleinen Lächeln, das ihn wissen ließ, dass sie ihn aufziehen wollte. »Ich lebe immer noch in Juneau. Ich miete ein kleines Haus von deinem Vater. Er hat mir die Miete ermäßigt, weil ich ihm geholfen habe. Ich bin nur nach Anchorage geflogen, um meine Mutter zu besuchen. Der Anwalt deines Vaters hat mich angerufen und mir gesagt, dass Colin verstorben sei und ich zur Testamentseröffnung zurückkommen müsse.«

Darüber war Bubba überrascht. »Du stehst im Testament meines Vaters?«

Sie sah ihn mit zusammengekniffenen Augen an. »Anscheinend. Aber wenn du irgendetwas Unanständiges über meine Beziehung zu ihm sagst, werde ich dir wehtun. Ich habe deinen Vater geliebt, aber nicht auf *diese* Weise. Wir waren Freunde. Das ist alles.«

Bubba schüttelte den Kopf. »Nein, ich wollte dir nichts unterstellen, das schwöre ich. Ich bin nur überrascht, das ist alles. Offensichtlich weiß ich nicht viel über sein Leben ... noch weniger, als ich dachte.«

Zoey schürzte die Lippen. »Als ich abreiste, schien er glücklich zu sein und die seltsame Krankheit, mit der er in letzter Zeit zu kämpfen gehabt hatte, überwunden zu haben. Er sagte mir, ich solle mir diesen Monat keine Sorgen um die Miete machen und das Geld stattdessen für das Flugticket nach Anchorage verwenden. Er war der großzügigste Mann, den ich je gekannt habe, und er war wie ein Vater für mich. Ich werde ihn vermissen.«

Bubba fühlte sich beschissen. Er wusste, dass sein Vater ein guter Mensch gewesen war, aber es tat weh, von einer Fremden Dinge über ihn zu hören, die er nicht kannte. Die Reue in seinem Bauch, dass er ihn vor Jahren nicht besucht hatte, saß wie ein harter Klumpen in ihm.

Er ging ein Risiko ein, indem er eine Hand ausstreckte und sie auf Zoeys Unterarm legte. »Danke, dass du für ihn da warst. Ich war nicht der beste Sohn, aber ich habe immer nur das Beste für Pop gewollt.« Als sie sich nicht zurückzog, fühlte Bubba sich ein wenig besser. »Ich bin froh, dass er dich in seinem Testament bedacht hat, und es überrascht mich nicht. Pop hat sich immer um die Menschen gekümmert, die ihm wichtig waren.«

Zoey schaute mit ihren großen haselnussbraunen Augen zu ihm auf – und Bubba war überrascht, als ihn ein Ruck von ... etwas ... durchfuhr. Er hätte den Blick nicht von ihr abwenden können, selbst wenn sein Leben davon abgehangen hätte.

Sie öffnete den Mund, um zu antworten, aber die Angestellte der Fluggesellschaft kam ihr zuvor.

»Es sieht so aus, als wäre Ihre Pilotin fast fertig mit der Vorkontrolle. Sie sollten in etwa fünf Minuten an Bord gehen können.«

Zoey schluckte schwer und bewegte sich gerade so weit, dass Bubbas Hand sich von ihrem Arm löste. »Danke.«

Bubba fiel ein, dass er Rocco anrufen musste, wie er es versprochen hatte, und stand auf. »Ich muss noch einen Anruf tätigen, bevor wir abheben«, erklärte er der Angestellten der Fluggesellschaft.

»Sie haben fünf Minuten Zeit«, antwortete sie, scheinbar desinteressiert.

Nachdem sie weggegangen war, wandte Bubba sich an

Zoey. »Es tut mir leid, aber ich habe meinem Freund versprochen, ihn anzurufen, bevor wir abheben. Er ist ein wenig paranoid und ich tue ihm den Gefallen.«

Zoey zuckte mit den Schultern. »Wie auch immer.«

Mit einem seltsamen Gefühl angesichts ihrer abweisenden Reaktion holte Bubba sein Handy heraus und trat zum Fenster, um ein wenig Privatsphäre zu haben, während er Roccos Nummer wählte.

Er nahm bereits nach dem zweiten Klingeln ab. »Hey Bubba. Geht es gleich los?«

»Ja.«

»War der Flug nach Anchorage gut?«

»Ereignislos«, antwortete Bubba. »Die Pilotin ist mit der Vorflugkontrolle fast fertig und wir sollten in etwa drei Stunden in Juneau landen.« Er starrte aus dem Fenster auf die Frau, die um eines der Wasserflugzeuge herumging, die in diesem Teil des Bundesstaates völlig normal waren. Mindestens zehn weitere kleine Flugzeuge standen ebenfalls auf der Rollbahn. Sie waren in Alaska sehr beliebt, da viele Gemeinden, darunter auch Juneau, nicht über Straßen erreichbar waren. Viele Leute machten ihren Pilotenschein etwa zur gleichen Zeit wie ihre Fahrerlaubnis.

»Wir?«, fragte Rocco.

»Ja. Eine Frau namens Zoey Knight ist auf dem gleichen Flug wie ich. Anscheinend hat sie meinem Vater geholfen und war bei ihrer Mutter in Anchorage, als er starb. Sie steht im Testament meines Vaters und wurde gebeten, für die Verlesung ebenfalls zurückzukommen. Also hat der Anwalt uns ins selbe Flugzeug gesetzt.«

»Das ist lustig.«

»Was ist lustig?«, fragte Bubba.

»Ihr Nachname ist Knight und deiner ist Wright. Wenn ihr heiraten würdet, müsste sie nur zwei Buchstaben in ihrem Nachnamen ändern.«

»Fick dich«, sagte Bubba mit einem Prusten zu seinem Freund. »Wir werden nicht heiraten. Meine Güte. Nur weil du kurz davor bist, den Bund der Ehe zu schließen, heißt das nicht, dass der Rest von uns das auch tut.«

»Klar. Wie auch immer, hier läuft alles gut. Der Kommandant erwartet in nächster Zeit keine Einsätze, obwohl wir beide wissen, wie schnell sich das ändern kann. Genieß deine Zeit zu Hause. Ich weiß, dass du seit Jahren nicht mehr dort warst. Du wirst doch deinen Bruder sehen, oder?«

Bubba verzog das Gesicht. Er hatte ein schlechtes Gewissen, dass er sich nicht wirklich darauf freute. Malcom war sein Zwilling. Er sollte begeistert sein, ihn zu sehen und sich mit ihm zu unterhalten. Aber nach Zoeys Worten zu urteilen hatte sein Bruder sich nicht sehr verändert. »Ja. Mal wird dort sein. So wie Sean, der Geschäftspartner meines Vaters. Auch ihn habe ich seit Jahren weder gesehen noch gesprochen. Oh, und wahrscheinlich auch alle anderen, mit denen ich aufgewachsen bin und die ich seit dreizehn Jahren nicht mehr gesehen habe.«

Rocco lachte leise. »Man muss Kleinstädte einfach lieben.«

»Ja, sicher.«

»Wann ist die Gedenkfeier für deinen Vater?«, fragte Rocco.

»Ich glaube, in zwei Tagen. Er wird morgen auf seinen Wunsch hin eingeäschert. Also vermute ich, dass die Gedenkfeier für den nächsten Tag geplant ist.« Bubba sah die Angestellte der Fluggesellschaft auf sie zukommen und wusste, dass er noch etwa dreißig Sekunden zu reden hatte. »Ich muss Schluss machen, es sieht so aus, als wäre es Zeit, an Bord zu gehen.«

»Okay. Sei vorsichtig da oben. Diesmal hast du nicht dein Team in deiner Nähe, das auf dich aufpasst.«

Bubba rollte mit den Augen, was ihn an Zoey denken ließ. »Du machst dir zu viele Sorgen«, sagte er zu seinem Freund und SEAL-Teamleiter.

»Das ist mein Job. Und warte nur, bis du deine Frau gefunden hast. Dir wird es genauso gehen. Ich schwöre bei Gott, ich bin jetzt wegen der kleinsten Dinge nervöser, als ich es vor Caite war.«

»Ich passe«, gab Bubba zurück. »Ich will nicht so ein Angsthase werden wie du, also bleibe ich einfach Single.«

»Berühmte letzte Worte«, sagte Rocco lachend. »Ruf mich an, sobald du gelandet bist. Und wenn du uns brauchst, wir sind hier. Ich weiß, dass es nicht leicht für dich ist, und wenn es zu viel wird, musst du nur anrufen, und einer von uns – oder wir alle – sind sofort zur Stelle, verstanden?«

»Danke, Roc. Ich weiß das zu schätzen. Und ich rufe an, wenn wir in Juneau sind.«

»Gern geschehen. Wir sprechen uns bald wieder.«

»Tschüss.«

»Tschüss.«

Bubba legte auf und schaltete sein Telefon in Vorbereitung auf den Flug aus. Er hörte, wie die Angestellte der Fluggesellschaft Zoey mitteilte, dass sie an Bord gehen konnte, und steckte sein Handy in seine Reisetasche, bevor er sich den beiden anschloss.

Er wollte Zoey anbieten, ihre Tasche für sie zu tragen, aber er hatte das Gefühl, dass er sein Glück für einen Tag bereits genug herausgefordert hatte.

Als sie über die Rollbahn gingen, war Bubba froh über das sonnige Wetter. Die Temperatur war für diese Jahreszeit moderat und lag bei ungefähr fünfzehn Grad. Der Wetterbericht sagte für später Regen voraus, aber das war nichts Ungewöhnliches. Das Sprichwort »Wenn dir das Wetter nicht gefällt, warte zwanzig Minuten und es wird sich ändern«, war für diesen Teil des Landes sehr passend.

Während sie weitergingen, ließ Bubba den Blick zu Zoeys Hintern wandern. Er war nicht stolz auf sich, sie anzustarren, aber sie hatte definitiv einen Hintern, der zum Starren einlud. Er schaffte es gerade noch rechtzeitig, den Blick zu heben, als sie sich umdrehte, um ihn zu fragen, ob er eine bestimmte Seite des Flugzeugs zum Sitzen bevorzuge.

»Nein. Du kannst es dir aussuchen. Ich habe vor, ein Nickerchen zu machen, also ist es egal.«

Zoey nickte und drehte sich wieder um, woraufhin Bubba erneut ihren Hintern in Augenschein nahm.

Gott, was war nur los mit ihm? Er war müde, das war keine Lüge. Er hatte die Nacht zuvor beschissen geschlafen und sich gefragt, was ihn in Juneau erwartete, aber es sah ihm nicht ähnlich, so unverschämt offensichtlich den Körper einer Frau anzustarren.

Bubba richtete seine Aufmerksamkeit auf die Pilotin, als sie sich dem kleinen Flugzeug näherten. Sie sah jung aus, Anfang zwanzig, aber das beunruhigte Bubba nicht. Er wusste, dass die Leute in Alaska oft schon in sehr jungen Jahren fliegen lernten.

»Hallo«, sagte die Frau, als sie näher kamen. »Mein Name ist Eve Dane. Ich werde heute Ihre Pilotin sein. Wenn Sie Ihre Taschen unten an der Treppe abstellen, lade ich sie ein und wir machen uns auf den Weg.«

Zoey bedankte sich und kletterte, nachdem sie ihre Tasche abgestellt hatte, ins Flugzeug. Bubba streckte eine Hand aus und schüttelte Eves. »Ich bin Bubba. Das war Zoey. Wir sind dankbar, dass Sie uns heute nach Juneau bringen. Wie lange fliegen Sie schon?«

Sie lächelte abwesend und schüttelte seine Hand, während sie im Flugzeug auf etwas schaute. »Ich weiß, ich sehe jung aus, aber ich habe meinen Flugschein schon seit acht Jahren. Ich habe mit vierzehn Jahren mit meinem Vater angefangen zu fliegen und die Prüfung bestanden, als ich sechzehn war.«

Bubba nickte. Das überraschte ihn nicht im Geringsten. »Freut mich, Sie kennenzulernen.«

»Gleichfalls.«

Er ließ ihre Hand los und stellte seine Tasche neben Zoeys ab, bevor er in das kleine Flugzeug stieg. Es gab zwei Sitze vorne und zwei hinten, Letztere waren wie Sitzbänke, nur durch eine Armlehne getrennt. So säßen er und Zoey sehr dicht beieinander. Es war sehr eng, vor allem für ihn, aber Bubba schnallte sich ohne große Probleme auf dem Sitz neben ihr fest.

Nach ein paar Minuten kletterte Eve hinein und drehte sich, um die beiden kurz anzulächeln. »Bereit?«

»Bereit«, antwortete Zoey.

Bubba nickte.

Er war kein nervöser Flugreisender und war bereits in mehr als genügend Helikoptern, Jumbojets und sogar kleinen Privatflugzeugen wie diesem gewesen. Also schloss er die Augen und atmete tief ein. Wenn er die paar Stunden, die der Flug nach Juneau dauern würde, schlafen könnte, würde er in einer viel besseren Gemütsverfassung ankommen. Was wichtig war, denn er hatte das Gefühl, dass er seine ganze Geduld brauchen würde, um mit dem Anwalt, seinem Bruder, dem Geschäftspartner seines Vaters und den unzähligen anderen Leuten zurechtzukommen, die alles würden wissen wollen, was er in den letzten dreizehn Jahren gemacht hatte.

Bubba war noch nicht einmal angekommen, fühlte sich jedoch bereits klaustrophobisch und wollte einfach nur weg. So sehr er es auch bereute, sich vor dem Tod seines Vaters nicht die Mühe gemacht zu haben, ihn zu sehen, so wenig bereute er es, nicht mehr Zeit als nötig in der erdrückenden Stadt seiner Kindheit verbracht zu haben.

Sekunden nachdem die Räder des Flugzeugs die Rollbahn verlassen hatten, war Bubba weg. Er schlief den Schlaf der Erschöpften.

KAPITEL ZWEI

Zoey konnte sich nicht ausruhen. Sie schaute zu Mark hinüber, sah, dass er fest schlief, und wandte die Aufmerksamkeit schnell wieder dem Fenster neben ihr zu. Sie sah nicht einmal die schöne Landschaft. Sie sah sie schon ihr ganzes Leben lang. Stattdessen verlor sie sich in den Erinnerungen in ihrem Kopf.

Gott, Mark Wright hatte sich überhaupt nicht verändert, seit sie ihn vor dreizehn Jahren das letzte Mal gesehen hatte.

Okay, das war eine Lüge. Er hatte sich sehr wohl verändert. Zum Besseren. Er war immer noch groß, etwa einen Meter achtzig, genau wie sein Zwilling. Aber obwohl sie identisch waren, konnte sie sie leicht auseinanderhalten. Zum einen war Malcom ein Rüpel, und in seinen Augen stand etwas, das »Arschloch« schrie.

Marks Augen waren voller Geheimnisse und Schmerz, aber sie konnte darin keinen einzigen Funken eines Idioten erkennen. Ja, er hatte am Flughafen ein paar ziemlich unsensible Dinge gesagt, aber er hatte sich fast sofort dafür entschuldigt. Sie konnte sich nicht daran erinnern, dass

Malcom sich jemals für irgendeine seiner Taten entschuldigt hatte.

Andererseits war sie auf dem Flughafen auch nicht gerade der Inbegriff des Charmes gewesen. Sie hatte deswegen ein schlechtes Gewissen. Es entsprach nicht ihrer Art, ungehobelt zu sein. Sie hatte sich zwar entschuldigt, fühlte sich aber dennoch schlecht. Vielleicht hatte sie sich sofort zickig benommen, weil sie es gewohnt war, sich im Umgang mit Malcom abhärten zu müssen. Aber Mark war nicht wie sein Bruder, das wusste sie schon bei der ersten Entschuldigung, die ihm über die Lippen gekommen war. Und das war nicht der einzige Unterschied zwischen den Brüdern.

Mark war viel muskulöser und seine Schultern waren breiter als die von Malcom.

Seufzend lehnte Zoey ihre Stirn an das kühle Fenster. Vor all den Jahren, als sie noch jung und dumm gewesen war, hatte sie nur zugestimmt, mit Malcom auszugehen, weil sie in *Mark* verknallt gewesen war. Sie hatte gedacht, da sie sich so ähnlich sahen, wäre es vielleicht genauso gut, mit Malcom auszugehen. Damit hatte sie sich gewaltig geirrt.

Wenn sie an den Abend dachte, an dem sie ihm den Laufpass gegeben hatte, wollte Zoey sich am liebsten noch einmal in den Hintern treten. Malcom war *überhaupt* nicht wie Mark. Er hatte sie zum Essen in einen Schnellimbiss eingeladen und war dann mit ihr nach Lena Beach gefahren, um mit ihr abzuhängen und zu reden. Dort angekommen, hatte er natürlich nur die Hände unter ihr Hemd schieben wollen. Als sie ihn wegstieß und ihm mitteilte, dass sie noch nicht bereit sei und keinen Sex mit ihm haben wolle, war er wütend geworden. Er hatte sie als prüde und hinterhältig bezeichnet. Tatsächlich hatte er sie aus seinem Wagen geworfen und sie dort zurückgelassen. Sie hatte ihre

Mutter anrufen müssen, um sie abzuholen, was peinlich und erniedrigend war.

Natürlich hatte sie in der nächsten Woche in der Schule von den Gerüchten gehört, die Malcom darüber verbreitet hatte, wie er sie flachgelegt hatte und was für eine schlechte Nummer sie gewesen sei. Die Gerüchte waren ihr egal, bis auf die Tatsache, dass Mark sie gehört und möglicherweise geglaubt hatte.

Damals hatte sie sich gefragt, wie sie immer noch in jemanden verknallt sein konnte, der genauso aussah wie das Arschloch, das sie gedemütigt und sitzen gelassen hatte.

Zu ihrem Glück hatte Mark Tratsch schon immer gehasst. Das wusste jeder. Und auch wenn es das Getuschel über sie nicht beendete, war die sechzehnjährige Zoey erleichtert gewesen, dass wenigstens ihr Schwarm sie vermutlich nicht für eine schlechte Nummer hielt.

Zu diesem Zeitpunkt hatte sie noch nicht gewusst, ob sie beim Sex gut oder schlecht war, da sie noch keinen gehabt hatte. Sie hatte sich aufgespart. Aber als Mark die Stadt verließ, um zur Marine zu gehen, wurde ihr klar, dass ihre Chance bei ihm verloren war. Er würde nicht zurückkommen. Das wusste sie so gut wie alle anderen. Es beruhigte sie nur, ihre Jungfräulichkeit nicht als eine Art Trostpreis an Malcom verschenkt zu haben.

Als sie Mark am Flughafen gesehen hatte, war sie schockiert gewesen, obwohl sie das nicht hätte sein sollen. Natürlich kam er zur Beerdigung seines Vaters nach Hause. Colin Wright war ein genauso guter Mann wie Mark. Er hatte ständig jedem, der ihm zuhörte – was meistens Zoey gewesen war –, davon erzählt, wie stolz er auf seinen Navy-SEAL-Sohn war. Sie hatte Colin Gesellschaft geleistet und sein Haus sauber und aufgeräumt gehalten. Sie war seine Vertraute und Freundin.

Der Gedanke an Colin und den Herzinfarkt, der

scheinbar aus dem Nichts gekommen war – nachdem sie beide gedacht hatten, er sei nach einer langen Krankheit endlich wieder auf dem Weg der Besserung –, bedrückte Zoey erneut.

Sie hatte nicht das aufregendste oder erfolgreichste Leben, aber sie war zufrieden gewesen. Sie hatte ihren Abschluss als Betriebswirtin an der örtlichen Volkshochschule gemacht. Sie arbeitete Teilzeit in einem der Touristenläden in der Nähe der Kreuzfahrtdocks, aber nur im Sommer. Ihre Arbeit für Colin machte sie glücklich und hatte ihr in den Wintermonaten viel zu tun gegeben.

Aber jetzt, da Colin verstorben war, würde sie einige schwierige Entscheidungen treffen müssen. Ehrlich gesagt war er einer der Hauptgründe gewesen, warum sie noch in Juneau lebte. Sie hatte ihn genug gemocht, um nicht zu packen und nach Anchorage zu gehen, als er sie gebeten hatte zu bleiben. Er hatte einsam und manchmal deprimiert gewirkt, und Zoey konnte sich nicht überwinden, ihn zu verlassen.

Sie hatte keine Ahnung, was er ihr in seinem Testament vermacht hatte, aber sie nahm an, dass er so ziemlich alles seinen Söhnen hinterlassen hatte. Das bedeutete, dass Malcom sie wahrscheinlich noch vor Ende der Woche aus dem Haus schmeißen würde.

Nachdem sie zusammen gewesen waren, hatte Malcom sie nie gemocht. Obwohl er mit seinem Versuch, sich ihr aufzudrängen, viel zu weit gegangen war, hatte er irgendwie alles so verdreht, dass es aussah, als sei sie diejenige gewesen, die *ihm* unrecht getan hatte. Er hatte ihre Anwesenheit nur geduldet, weil sein Vater sie mochte.

Sie könnte nach Anchorage ziehen, um näher bei ihrer Mutter zu sein, aber auch das gefiel ihr nicht wirklich. Zoey wollte wirklich mehr von der Welt sehen.

Es hatte eine Zeit gegeben, in der sie sich nichts sehnlicher gewünscht hatte, als zu heiraten, Kinder zu bekommen und für immer in Juneau zu bleiben. Ihre Mutter hatte Fernweh – das war schon immer so gewesen und würde immer so bleiben – und war in den ersten fünfzehn Lebensjahren ihrer Tochter nirgendwo lange geblieben. Zoey hatte sich also aus Sehnsucht nach Beständigkeit bewusst dafür entschieden, in dem Ort zu bleiben, in dem sie ihren Highschool-Abschluss gemacht hatte.

Aber nachdem sie jahrelang durch Colin von Marks Abenteuern in der Marine gehört hatte, hatte sie langsam, aber sicher das Gefühl bekommen, etwas zu verpassen.

Sie war noch nie am Strand gewesen – an einem warmen Strand. Sie war noch nie in Disney World gewesen. Hatte nie den Grand Canyon gesehen. An so viele Dinge, die für die Leute selbstverständlich waren, hatte sie nie zu tun gedacht.

Bis jetzt.

In vielerlei Hinsicht hatte Colins Tod sie befreit. Ja, ihre finanzielle Situation war nicht ideal, aber vielleicht konnte sie in Anchorage einen Job finden und genügend Geld sparen, indem sie vorübergehend bei ihrer Mutter wohnte, bevor sie in einen anderen Bundesstaat zog.

Sie drehte sich zu Mark um und seufzte erneut. Seine Augen waren geschlossen und sein Kopf ruhte schräg auf der Sitzlehne. Sein braunes Haar war kürzer geschnitten als das von Malcom und es sah aus, als hätte er sich seit ein paar Tagen nicht rasiert, was verdammt sexy war. Sie war es gewohnt, bei Männern einen Vollbart zu sehen, da diese in Alaska sehr beliebt waren. Viele Kerle behaupteten, es würde in den Wintermonaten helfen, ihr Gesicht warmzuhalten, aber da Mark in Südkalifornien lebte, musste er sich die Mühe sicherlich nicht machen.

Er trug schwarze Stiefel und eine marineblaue Cargohose mit Taschen, die vollgestopft zu sein schienen mit

Dingen, die sie nicht erkennen konnte. Er trug ein dunkelgrünes Henley mit ein paar offenen Knöpfen in der Nähe seines Halses und ein dickeres langärmeliges Hemd darüber. Der Stoff dehnte sich über seinen Bizeps und Zoey konnte sich fast vorstellen, wie er schwitzte und sich anstrengte, während er trainierte und Klimmzüge machte, um diese Muskeln so groß zu machen, wie sie waren.

Seine Finger waren ineinander verschränkt, ruhten auf seinem Bauch und sie konnte nicht anders, als sie anzustarren. Sie waren lang und sahen rau aus ... und sie wettete, dass sie sich auf ihrer nackten Haut fantastisch anfühlen würden. Seine Nase war krumm und sah aus, als wäre sie irgendwann einmal gebrochen gewesen, und an seiner Schläfe befand sich eine kleine Narbe. Er hatte noch ein paar weitere Narben auf seinen Fingerrücken und sie wollte unbedingt die Geschichten hören, wie er sie bekommen hatte.

Sie wollte alles über ihn wissen.

Er sah hart aus und wenn sie ihn nicht schon gekannt hätte, wäre Zoey vielleicht nervös gewesen, in dem kleinen Flugzeug so dicht neben ihm zu sitzen. Aber sie *kannte* ihn. Wahrscheinlich wusste sie aufgrund der Prahlerei seines Vaters mehr über ihn, als ihm lieb war.

Und selbst nach all den Jahren war in der Sekunde, in der sie ihm in die Augen gesehen hatte, ihre Highschool-Verliebtheit wieder zurückgekehrt.

Gott, war sie erbärmlich. Sie war nicht mehr die unerfahrene Jungfrau, die sie einmal gewesen war, aber es schien, als fühlte sie sich noch mehr zu dem Mann hingezogen, der Mark Wright jetzt war, als zu dem Jungen, den sie einst gekannt hatte.

Seufzend schloss Zoey die Augen und wandte den Blick wieder von ihm ab. Er würde jemanden wie sie nie zweimal ansehen. Und er war nur wegen der Beerdigung seines

Vaters und der Testamentseröffnung in der Stadt. Sobald das erledigt war, würde er gehen und nie wieder zurückkehren. Das wusste sie, aber es hielt sie nicht davon ab, das zu wollen, was sie nie haben würde.

In diesem Moment ruckelte das Flugzeug und riss sie schneller aus ihren Fantasien, als alles andere es hätte tun können. Zoey streckte sich und hielt sich am Griff über ihrem Kopf fest.

Das Flugzeug ruckelte erneut, dann stotterte der Motor.

Sie hielt den Atem an und starrte die Pilotin mit großen Augen an.

»Scheiße!«, rief Eve und Zoey sah, wie sie an den Instrumenten auf dem Armaturenbrett herumfummelte. Es hatte ihr noch nie etwas ausgemacht, dem Piloten so nahe zu sein. Das gehörte zum Fliegen in kleinen Flugzeugen in Alaska einfach dazu. Aber im Moment wäre es ihr lieber gewesen, die Pilotin nicht zu sehen, wie sie hektisch Schalter umlegte und am Steuerknüppel zog.

Die unruhigen Bewegungen des Flugzeugs weckten offensichtlich Mark, denn er beugte sich vor und fragte: »Was ist los?«

»Ich weiß es nicht«, antwortete Eve. »Es fühlt sich an, als hätten wir kein Benzin mehr, aber das ist unmöglich. Ich habe getankt, bevor wir losgeflogen sind. Wir sollten genügend Sprit haben, um nach Juneau zu kommen.«

Zoey beobachtete, wie Marks Blick von der Instrumententafel des Flugzeugs zu seiner linken Seite aus dem Fenster schweifte. »Was kann ich tun, um zu helfen?«, fragte er.

Zoey musste fast hysterisch lachen. Natürlich würde der Navy SEAL helfen wollen. Wahrscheinlich würde er drei Fallschirme aus seiner Tasche holen, damit sie alle aus dem Flugzeug fliehen konnten.

»Sind Sie Pilot?«, fragte Eve.

»Nein.«

Zoey fluchte innerlich. Warum war er kein Pilot? Er sollte es sein! Wenn er es wäre, könnte er das Problem wahrscheinlich im Handumdrehen beheben.

Sie wusste, dass ihre Gedanken wild schlitterten, hysterisch und irrational waren, aber sie konnte nicht anders. In all der Zeit, in der sie in Alaska lebte, und auf den Hunderten von Flügen, die sie in einem Flugzeug wie diesem absolviert hatte, war sie noch nie in einer solchen Situation gewesen. Es war verdammt beängstigend, und das gefiel ihr überhaupt nicht.

»Können Sie uns sicher runterbringen?«, fragte Mark die Pilotin.

Sie schüttelte leicht den Kopf, was Zoey nicht gerade erleichterte. »Vielleicht. Wenn ich einen Platz zum Landen finden kann.«

»Wasser oder Land?«, fragte Mark.

»Vorzugsweise Wasser«, antwortete Eve. »Ah, da!«, rief sie aus. »Vor uns ist ein kleiner See. Wenn wir es bis dorthin schaffen, kann ich sie absetzen.«

Kaum hatte sie ihren Satz beendet, hustete das Flugzeug einmal – und das unheimliche Geräusch der Stille erfüllte das Innere der Maschine.

»Scheiße. Wir haben die Triebwerke verloren«, verkündete Eve, deren Tonfall nun erschreckend ruhig war. »Klemmhaltung einnehmen«, befahl sie. »Ziehen Sie den Kopf ein und bedecken Sie ihn mit den Armen. Machen Sie sich da hinten so klein wie möglich.«

Zoey schaute Mark mit Augen an, von denen sie wusste, dass sie so groß wie Untertassen waren. Er starrte einen Moment lang zurück, bevor er nach ihr griff.

»Atme, Zoey«, sagte er leise. »Eve wird uns runterbringen.«

»Natürlich wird sie das, wir kommen runter, ob wir wollen oder nicht«, erwiderte Zoey.

Mark lächelte nicht, aber seine Lippen zuckten. Er legte die Finger um ihren Nacken und drängte sie, sich nach vorn zu beugen. In jeder anderen Situation hätte Zoey einen spontanen Orgasmus bekommen, diese schwieligen Finger auf ihrer nackten Haut zu spüren, aber wenige Sekunden vom Tod entfernt zu sein dämpfte ihre Libido.

»Beug dich vor, Zoey. Klemmhaltung.«

Anstatt das zu tun, was er ihr sagte, reagierte Zoeys Körper, ohne dass sie überhaupt darüber nachdachte. Sie beugte sich zur Seite und vergrub den Kopf stattdessen an Marks Bauch. Der Sicherheitsgurt spannte sich und schnitt in ihre Schultern, aber sie ignorierte das leichte Unbehagen.

Sie hatten so nahe beieinandergesessen, dass sie jederzeit die Hand ausstrecken und ihn hätte berühren können, aber sie hatte es aus Rücksicht auf ihren eigenen Verstand unterlassen. Jetzt, da sie wusste, dass sie bald sterben würden, hielt sie sich nicht zurück. Dankbarer als sie es in Worte fassen konnte, dass das Flugzeug so klein war und kein Gang sie von einem anderen lebenden, atmenden Menschen trennte, schlang Zoey die Arme um Marks Taille so gut sie konnte und hielt den Atem an.

Anstatt sie wegzustoßen, beugte Mark sich so weit wie möglich über ihren Rücken. Die Position war auf der kleinen Sitzbank unbequem, aber durch Marks Gewicht und seine Wärme fühlte sie sich viel sicherer, als wenn sie sich auf ihrer Seite der Bank zu einer Kugel zusammengerollt hätte.

Sie hörte die Pilotin fluchen, aber Zoey hob nicht den Kopf, um durch die Frontscheibe zu sehen, was geschah. Sie wollte es gar nicht wissen.

Minuten vergingen, oder vielleicht waren es auch nur Sekunden. Die Zeit schien stillzustehen.

Beim ersten harten Aufprall gab Zoey ein erschrockenes Quietschen von sich. Mark drückte sie fester an sich und sie tat dasselbe mit ihm. Keiner sagte ein Wort.

Das Knarren des Flugzeugs und das Wasser, das gegen die Pontons schlug, waren so laut wie eine Bombe.

»Verdammt ja, ich habe es geschafft!«, rief Eve dreißig Sekunden später aus.

Es waren die längsten dreißig Sekunden in Zoeys Leben gewesen. Sie spürte, wie Mark sich aufrichtete, aber sie blieb, wo sie war, und klammerte sich an seinen Schoß, als wäre sie drei statt einunddreißig.

»Ich habe uns runtergebracht, aber wir sind noch nicht außer Gefahr«, sagte Eve zu ihren Passagieren. »Ich werde uns an den Rand des Sees steuern. Sie müssen aussteigen, während ich herausfinde, was los ist, und es in Ordnung bringe.«

Aussteigen. Ja, das konnte Zoey tun. Sie würde mit Freuden aus dieser Todesfalle aussteigen.

»Ich habe nicht gehört, wie Sie ein Mayday abgesetzt haben«, bemerkte Mark.

»Ja, ich hatte keine Zeit«, sagte Eve ruhig. »Das mache ich gleich und rufe über Funk um Hilfe. Unser Flugplan wurde aufgezeichnet und die Strecke von Anchorage nach Juneau ist gut bereist. Ich bin mir sicher, selbst wenn ich das Ding nicht wieder zum Laufen bringen kann, wird uns bald jemand finden. Da wären wir. Ich bin so nahe wie möglich ans Ufer ran.«

Zoey holte tief Luft und setzte sich langsam auf. Als sie aus dem Fenster schaute, konnte sie nur Wasser und Bäume sehen. Sie drehte den Kopf, um vorn aus dem Flugzeug zu blicken, und sah, dass sie nur noch wenige Meter von trockenem Land entfernt waren.

»Es sieht so aus, als würde es in der Nähe des Ufers flach werden. Wenn Sie auf den kleinen Ponton auf der Beifahrerseite klettern, können Sie das Ufer erreichen, ohne allzu nass zu werden. Dann werfe ich Ihnen das Schlepptau zu und Sie können das Flugzeug an einem der Bäume festbinden, damit ich nicht weggetrieben werde, während ich herausfinde, was mit dieser verdammten Maschine los ist.«

Zoey sah zu Mark hinüber ... und stellte fest, dass er die Stirn runzelte. Nicht dass es eine Überraschung wäre; ihre Miene war ähnlich.

Aber irgendetwas war anders an seinem Gesichtsausdruck. Er sah angespannt aus. Wachsam.

Misstrauisch.

»Mark?«, fragte Zoey leise. Sie war sich nicht sicher, was sie eigentlich fragte. Sie wusste nur, dass sie aus diesem Flugzeug rauswollte. Sofort.

Mit einem letzten langen Blick auf Eve holte er tief Luft und stand halb auf, um sich über sie zu beugen und die kleine Tür auf der Beifahrerseite aufzustoßen. Zoey schob den Sitz vor sich nach vorn und lehnte sich so weit wie möglich zurück, damit Mark sich um sie herummanövrieren und als Erster aussteigen konnte. Er stieg auf den Schwimmkörper und hielt Zoey eine Hand hin.

Sie hielt sich dankbar daran fest. Sie wollte sich einprägen, wie sich seine Finger um die ihren anfühlten, aber jetzt war nicht der richtige Zeitpunkt, um einer dummen Schwärmerei nachzugeben. Sie wären fast gestorben, um Himmels willen. Sie musste sich zusammenreißen.

Er half ihr, auf dem winzigen Schwimmkörper zu stehen, und Zoey atmete erschrocken ein, als das Flugzeug im Wasser schwankte, da ihr Gewicht nun auf einer Seite lag.

Mark stieg ins Wasser hinunter und griff nach ihr. Er hob sie vom Schwimmkörper, als wöge sie nicht mehr als ein Kind. Zoey schlang die Arme um seinen Hals und hielt sich an ihm fest, während er die wenigen Schritte machte, die es brauchte, um an Land zu kommen.

Sie trug ihre normale Kleidung – Jeans, Wollsocken, weil ihre Füße immer kalt waren, Timberland-Stiefel, ein Trägerhemd unter einem langärmeligen T-Shirt und ihr mit Fleece gefüttertes kariertes Hemd, das sie sich um die Taille gebunden hatte, falls sie frösteln sollte.

Sobald ihre Füße auf dem Boden waren, drehte Mark sich um, um zum Flugzeug zurückzukehren und das Schlepptau zu holen – und Zoey starrte ungläubig das Flugzeug an, das sie gerade verlassen hatten.

Anstatt nur ein kurzes Stück vom Ufer entfernt zu sein, war es jetzt mehr als fünf Meter weit weg und der Abstand vergrößerte sich mit jeder verstreichenden Sekunde noch mehr.

Als der Motor ansprang, schrie Mark: »Was zum Teufel?«

Ohne sie anzusehen, wendete Eve das Flugzeug und steuerte zur Mitte des Sees.

Zoey schaute eine Sekunde lang verwirrt zu, bevor sie die Situation begriff.

»Ich dachte, die Triebwerke wären kaputt«, flüsterte sie.

»Ich ebenso«, stimmte Mark zu.

Sie standen am Ufer des Sees und sahen hilflos zu, wie das Flugzeug, von dem sie gedacht hatten, es sei beschädigt, weiter weg tuckerte und dann umdrehte. Eve ließ den Motor aufheulen und das Wasserflugzeug glitt ein paar Hundert Meter über die Wasseroberfläche, bevor es sich langsam in die Luft erhob. Der Motor hörte sich stark an, ohne auch nur einen Hauch des Stotterns, das zuvor da gewesen war.

»Verdammte *Scheiße*!«, rief Mark angewidert.

Sie sahen beide hilflos zu, wie das Flugzeug am Himmel immer kleiner wurde, bis es verschwunden war und nur noch das träge Plätschern des Wassers am Ufer und gelegentlich ein Vogel zu hören war.

Zoey trat einen Schritt näher an Mark heran, als wüsste ihr Gehirn, dass sie tief in der Scheiße steckten und der einzige sichere Ort neben dem großen, wütenden Mann an ihrer Seite war.

»Sie kommt doch zurück, oder?«, fragte Zoey, nachdem eine weitere Minute vergangen war.

Mark starrte so intensiv und beängstigend zu ihr herab, dass Zoey instinktiv einen Schritt zurückwich.

»Das bezweifle ich sehr, nachdem sie den Triebwerkausfall vorgetäuscht und uns mitten im Nirgendwo ausgesetzt hat.«

Zoey atmete scharf ein. »Aber ... sie hat es selbst gesagt. Die Flugroute von Anchorage nach Juneau ist viel bereist. Irgendjemand wird uns doch bald finden, oder?«

Mark seufzte und fuhr sich mit der Hand über die kurzen Stoppeln in seinem Gesicht. Das kratzende Geräusch hätte Zoey unter anderen Umständen erregt, aber im Moment konnte sie ihn nur anstarren und beten, dass er ihr beipflichten würde.

»Ich war müde«, sagte er.

Zoey runzelte die Stirn, da sie nicht wusste, wovon um alles in der Welt er sprach.

»Ich bin fast sofort eingeschlafen, als wir losgeflogen sind. Ich habe nicht darauf geachtet, in welche Richtung wir unterwegs waren. Wie lange waren wir in der Luft, bevor die Triebwerke angeblich versagt haben?«

»Ähm ... Ich bin mir nicht sicher. Vielleicht eine Stunde oder so?«, antwortete Zoey.

»Scheiße«, fluchte Mark. »Das ist nicht gut.«

»Aber wir sollten schon fast auf halbem Weg nach Juneau sein«, sagte Zoey mit dem Gedanken, dass ihr nicht gefallen würde, was Mark als Nächstes sagte.

»Zoey, Juneau liegt südöstlich von Anchorage. Ich habe es erst gemerkt, als wir schon gelandet waren ... aber wir sind nach Westen geflogen.«

Sie starrte ihn mit großen Augen an, als sie feststellte, dass er recht hatte. Scheiße. Die Sonne hätte der Pilotin beim Fliegen in die Augen scheinen müssen, aber das hatte sie nicht getan, da sie hinter ihnen gewesen war. »Wir waren nicht auf dem Weg nach Juneau«, sagte sie unnötigerweise. »Warum nicht?«

»Das ist eine gute Frage. Ich vermute, dass es damit zusammenhängt, warum unsere Pilotin einen Notfall vorgetäuscht hat, um das Flugzeug landen zu müssen, und damit, warum sie uns hier zurückgelassen hat.«

Da wurde Zoey der Ernst ihrer Lage bewusst. Sie befanden sich irgendwo mitten in Alaska, ohne Nahrung. Ohne Unterkunft. Sie befanden sich nicht auf der Flugroute, auf der sie eigentlich sein sollten, wenn also jemand nach ihnen suchte, würde er mit Sicherheit am falschen Ort suchen. Sie waren nicht einmal in die richtige Richtung geflogen. Sie hatten keine Telefone, nicht dass sie hier draußen mitten im Nirgendwo funktionieren würden. Niemand wusste, wo sie waren.

Sie würden sterben.

»Das muss ein Irrtum sein. Sie wird zurückkommen«, sagte Zoey verzweifelt.

Mark trat auf sie zu und fasste sie an den Schultern. Sie schaute zu ihm auf in der Hoffnung, er würde etwas Positives sagen. Irgendetwas, das ihre Situation weniger düster erscheinen ließ.

Aber das tat er nicht.

»Sie wird nicht zurückkommen. Wir sind auf uns allein gestellt.«

Zoey war keine Heulsuse. Sie hatte schon vor langer Zeit gelernt, dass Weinen keine Lösung war. Es sorgte nur dafür, dass ihre Nebenhöhlen wehtaten und ihre Augen verquollen. Aber in diesem Moment hätte sie ihre Tränen nicht zurückhalten können, selbst wenn ihr jemand eine Pistole an den Kopf gehalten hätte.

Sie würde draußen in der Wildnis Alaskas sterben. Niemand würde jemals ihre Leiche finden. Ihre Mutter würde sich immer fragen, was mit ihr passiert war. Vielleicht würde sie in einer der Sendungen über ungelöste Vermisstenfälle landen, die sie so sehr liebte. Wie ironisch. Und traurig.

Und selbst als Mark sie in die Arme nahm und festhielt, während sie weinte, konnte er die Situation nicht verbessern.

KAPITEL DREI

Bubba war wütend und angewidert von sich selbst. Er hätte wissen müssen, dass etwas nicht stimmte, aber er war noch schlaftrunken gewesen, als das Flugzeug zum ersten Mal Probleme gemacht hatte. Selbst als sein Verstand bemerkte, dass sie nicht in die richtige Richtung flogen, hatte er sich eingeredet, dass es nur daran lag, dass Eve versuchte, die Kontrolle über das Flugzeug zu erlangen, und auf der Suche nach einem Landeplatz umgedreht hatte.

Es war dumm von ihm gewesen, das Flugzeug zu verlassen, aber er hatte sich Sorgen um Zoeys panischen Gesichtsausdruck gemacht und sie in Sicherheit bringen wollen.

Verdammt, er war ein Idiot gewesen.

Er hatte keine Ahnung, wer dahintersteckte, aber er würde es herausfinden. Wer auch immer das geplant hatte, hatte seine Fähigkeiten ernsthaft unterschätzt.

Er war ein verdammter Navy SEAL, um Himmels willen. Er hatte Kältetraining absolviert und mehr als genügend Zeit in der Wildnis verbracht. Und obwohl er keine Ahnung hatte, wo sie waren, würde er es herausfinden, sobald er Zoey beruhigen konnte.

Obwohl seine Reisetasche noch im Flugzeug bei der trügerisch hilfsbereiten und freundlichen Eve war, ging er nirgendwo hin, ohne ein paar grundlegende Dinge in seinen Taschen zu haben. Einmal ein SEAL, immer ein SEAL.

Er spürte, wie Zoey tief durchatmete, als sie versuchte, sich unter Kontrolle zu bringen. Er wusste es zu schätzen. Er hatte nichts gegen weinende Frauen, aber er war ein Mann der Tat. Sie hatten eine Menge zu tun und alles in ihm sagte, dass er loslegen musste. Andererseits war es nicht gerade ein Elend, Zoey zu halten.

Schon in der Highschool war Zoey ihm aufgefallen, als sie auf seine Schule gewechselt hatte. Sie war die Neue gewesen und natürlich hatten alle Jungs ein Auge auf sie geworfen. Sie war schüchtern und ruhig gewesen und irgendetwas an ihr hatte ihn gereizt. Aber dann hatte Malcom sie ausgeführt, und nachdem die Sache so zu Ende gegangen war, erschien es ihm seltsam, es bei ihr zu versuchen, um zu sehen, ob sie vielleicht an dem *anderen* Bruder interessiert wäre.

Er war schon von Mädchen enttäuscht worden, denen es egal war, mit welchem Bruder sie zusammen waren. Schon in der Highschool hatte er sich eine Frau gewünscht, die ihn und nur ihn wollte.

Außerdem war er mehr damit beschäftigt gewesen, seine Noten zu verbessern und sich auf die Marine vorzubereiten, als sich zu verabreden.

Aber Zoey in diesem Moment im Arm zu halten und dass sie sich zum Trost an ihn wandte, als sie gedacht hatte, sie würden abstürzen, fühlte sich gut an. Wirklich gut. Er war es gewohnt, das Sagen zu haben, derjenige zu sein, an den man sich in brenzligen Situationen wandte, aber dass Zoey sich auf ihn verließ, fühlte sich anders an. Es fühlte sich richtig an.

Mit einem tiefen Atemzug und den innerlichen Worte, dass er sich beruhigen sollte, da sie ein paar extrem schwierige Tage vor sich hatten – hoffentlich wären es *nur* ein paar Tage –, legte Bubba die Hände auf Zoeys Schultern und drückte sie sanft zurück, damit er ihr Gesicht sehen konnte.

Ihre Augen waren verquollen und ihr Gesicht war vom Weinen gerötet, aber er sah keine Panik, was gut war. Er konnte damit umgehen, dass sie verängstigt und unsicher war, aber das Gefühl der Panik war schwieriger zu bekämpfen.

»Geht es dir besser?«, fragte er.

Sie nickte, antwortete jedoch: »Nein.«

Bubba konnte nicht anders. Er lachte. Das war eine weitere Sache, an die er sich bei Zoey erinnerte. Sie konnte ihn zu den überraschendsten Zeitpunkten zum Lachen bringen. »Gut. Zuerst einmal muss ich mich entschuldigen.«

Sie runzelte die Stirn. »Wofür?«

»Ich hätte besser aufpassen müssen. Ich weiß es besser. Aber ich war müde und deshalb unachtsam. Es wird nicht wieder vorkommen.«

»Mark, das ist nicht deine Schuld. Wie hätten wir wissen sollen, dass das passieren würde?«

Wie schon auf dem Flughafen fühlte er sich seltsam, als er seinen Vornamen aus ihrem Mund hörte. Er konnte jedoch nicht genau sagen warum, also ignorierte er es einfach. »Nun, wir wissen beide, dass mein Vater viel Geld hatte. Deshalb nehme ich an, jemand wollte nicht, dass wir zur Testamentseröffnung nach Juneau kommen.«

»Das ist dumm«, gab Zoey zurück. »Ich meine, wenn wir verschwinden, geht das Geld nicht automatisch an jemand anderen, oder doch?«

Bubba zuckte mit den Schultern. »Ich habe keine Ahnung. Ich weiß nicht, was in Pops Testament stand oder wie er es formuliert hat. Wenn er einen Treuhandfonds eingerichtet hat, könnte es sein, dass das Geld an jemand anderen gehen würde, wenn ich verhindert wäre – oder tot.«

Zoeys Augen wurden groß. »Was denkst du, wer dahintersteckt?«

»Das ist die Millionen-Dollar-Frage, nicht wahr?«, sagte er. »Und die sollte ich *dir* stellen. Du hast viel mehr Zeit mit Pop verbracht als ich. Was glaubst du, wer uns würde loswerden wollen?«

»Uns? Ich bin ein Niemand. Ich war nicht einmal mit Colin verwandt. Warum sollte mich jemand in seinen Plan einbeziehen?«

»Noch eine gute Frage«, sagte Bubba, der froh darüber war, dass sie aufgehört hatte zu weinen. »Vielleicht hattest du auch nur das Pech, mit mir im Flugzeug zu sitzen. Aber dass du ein Niemand bist, das stimmt definitiv nicht. Ich hatte Pop schon ewig nicht mehr gesehen, aber ich weiß, dass du seit über zehn Jahren an seiner Seite bist. Du warst sehr wichtig für ihn und da er dich in seinem Testament bedacht hat, warst du auch für ihn kein Niemand.«

Zoey starrte ihn schweigend an, und Bubba konnte nicht entziffern, was sie dachte.

Schließlich schloss sie die Augen und seufzte. »Jemand wollte also, dass wir beide tot sind oder zumindest von der Bildfläche verschwinden, damit wir keinen Anspruch auf das Erbe deines Vaters erheben können? Das ist ein dummer Plan.«

Wieder musste Bubba lachen. Das waren definitiv nicht die Worte, die er von ihr erwartet hatte. »Der Meinung bin ich auch. Denn selbst *wenn* wir für tot erklärt werden, geht alles, was Pop uns hinterlassen hat, an *unsere* Erben.«

»Aber es bleibt immer noch die Frage, wer uns tot sehen will«, sagte Zoey.

Bubba nickte. »Ja. Aber im Moment haben wir Wichtigeres zu tun.«

Zoey schaute sich um. Sie hatte sich nicht aus seinen Armen gelöst. Bubba sah, dass sie ein mit Fleece gefüttertes Hemd um die Taille gebunden hatte, und bewegte seine Hände nach unten, um an dem Knoten zu ziehen.

»Was machst du –«

Bevor sie ihre Frage beenden konnte, stellte er sich hinter sie und half ihr, das Hemd überzustreifen. Die Temperatur lag im Moment bei ungefähr fünfzehn Grad, aber er war froh, dass sie die zusätzliche Schicht dabeihatte, da es in der Nacht recht kühl werden würde.

»Danke«, murmelte sie, als er wieder um sie herumging.

»Wir werden hier draußen nicht sterben«, versicherte er ihr in sicherem, ernstem Tonfall.

Zoey hob den Kopf, um ihm in die Augen zu sehen. »Das weißt du doch gar nicht.«

»Doch, das tue ich. Wer auch immer dahintersteckt, hat es vermasselt.«

Sie hob eine Augenbraue in seine Richtung.

Bubba spürte, wie seine Mundwinkel wieder nach oben zuckten. Gott, sie war hinreißend. »Sein erster Fehler war die Einschätzung, er würde uns loswerden, wenn er uns mitten im Nirgendwo aussetzt.«

»Ich sage es dir nur ungern, Superman, aber wir haben keine Nahrung. Kein Transportmittel. Keine Möglichkeit, mit jemandem Kontakt aufzunehmen. Keinen Unterschlupf.« Zoey schaute sich auf übertriebene Weise um. »Und ich sehe auch keine Taxen, die uns nach Hause bringen können.«

»Oh, du Kleingläubige«, rügte er. »Auf einer Skala von eins bis zehn, wie wohl fühlst du dich in der freien Natur?«

Sie runzelte die Stirn und rümpfte die Nase. »Vielleicht eine Vier. Viereinhalb«, sagte sie.

Bubba strahlte. »Perfekt.«

»Perfekt? Hat dir schon mal jemand gesagt, dass du verrückt bist?«

»Meine Teamkameraden, um ehrlich zu sein«, entgegnete er mit ernstem Gesicht. »Wenn du null oder eins gesagt hättest, wäre es vielleicht etwas schwieriger gewesen, aber mit einer Vier kann ich arbeiten.«

Zoey schüttelte den Kopf und rollte mit den Augen, sodass Bubba sie am liebsten am Kopf gepackt hätte, um ihr den Ausdruck der Verzweiflung aus dem Gesicht zu küssen. Er hatte keine Zeit, diese Reaktion zu prüfen, bevor sie wieder sprach.

»Im Ernst, du bist verrückt. Ich meine, ich lebe in Juneau, also kenne ich mich natürlich ein wenig in der Natur aus. Du weißt genauso gut wie ich, dass wir alle im Sommer so viel wie möglich draußen sein wollen, weil es im Winter so elendig kalt und dunkel ist.«

»Das weiß ich tatsächlich. Was ist mit Sport?«

»Was ist damit?«, fragte sie.

»Machst du welchen?«

Zoey seufzte erneut und löste den Blick von ihm. »Wenn du mich fragst, ob ich insgeheim Triathletin bin oder so, wirst du enttäuscht sein.«

Bubba gefiel es nicht, dass er sie in Verlegenheit gebracht hatte. Er legte ihr einen Finger ans Kinn und drehte ihr Gesicht sanft zu seinem zurück. »Ich habe das Gefühl, dass nichts, was du tust, mich enttäuschen könnte.«

Als sie wieder mit den Augen rollte, seufzte Bubba innerlich erleichtert auf. Er mochte ihre subtile Bissigkeit.

»Um deine Frage zu beantworten, ich trainiere nicht regelmäßig. Ich mag Fitnessstudios nicht, ich fühle mich dort zu unsicher, wenn ich neben den supermuskulösen Männern und Frauen trainiere, die das eine Fitnessstudio in Juneau frequentieren. Aber ich habe auch kein Auto, also gehe ich viel zu Fuß. Das Haus, das ich von deinem Vater gemietet habe, war nur ein paar Blocks von seinem eigenen entfernt, also bin ich zu Fuß gegangen, wenn ich ihm helfen wollte. Wenn ich in die Stadt musste, bin ich mit dem Fahrrad gefahren.«

Bubba nickte zufrieden. »Das ist großartig.« Als sie ihn ungläubig ansah, fuhr er fort: »Im Ernst. Es ist nicht gerade leicht, in Juneau zu Fuß zu gehen. Vielleicht hast du vergessen, dass ich auch dort gelebt habe. Dads Haus steht auf dem großen Hügel und ich weiß aus eigener Erfahrung, dass es nicht einfach ist, dort hinaufzugehen. Und wenn du mit dem Fahrrad in die Stadt gefahren bist, musstest du mehrere Hügel rauf und runter. Das wird uns hier draußen sehr helfen.«

Zoey biss sich auf die Lippe und schaute sich um. »Mark, wir sind hier mitten im Nirgendwo. Wir wissen nicht einmal, in welcher Richtung Anchorage liegt. Wie um alles in der Welt glaubst du, dass wir dorthin kommen? Wir können nicht gehen. Wir waren eine Stunde lang in der Luft!«

Bubba konnte hören, wie sie in Aufregung verfiel, also griff er in eine der Taschen seiner Cargohose und zog etwas heraus. Er hielt es in seiner Handfläche, damit sie es sehen konnte, und sagte: »Wir müssen nicht den ganzen Weg gehen. Irgendwann werden wir jemanden treffen. Und ich habe das hier.«

Zoey blickte auf seine Hand hinunter, dann wieder in sein Gesicht. »Du hast einen Kompass?«

»Ja.«

»Warum?«

»Warum nicht?«, gab er zurück. Als sie nicht lächelte, wurde er ernst. »Mir wurde eingebläut, auf so ziemlich alles vorbereitet zu sein. Ich mag meine Reisetasche vielleicht nicht dabeihaben, aber ich verspreche dir, dass wir weder verhungern noch erfrieren werden.«

Sie schluckte schwer. »Glaubst du, wir sind wirklich allein hier draußen? Was ist, wenn derjenige, der das geplant hat, jemanden hier draußen versteckt hat, um *sicherzugehen*, dass wir es nicht lebend rausschaffen?«

Daran hatte Bubba schon gedacht. »Ganz ehrlich? Ich hoffe sehr, dass derjenige es getan hat.«

Ihre Augen weiteten sich und sie starrte ihn an, als wären ihm plötzlich drei Köpfe gewachsen. »Was? Warum?«

»Weil ich ihn gefangen nehmen und dazu bringen könnte, mir zu sagen, wer dahintersteckt. Wahrscheinlich hätte derjenige auch Vorräte, die ich klauen könnte. Vielleicht sogar ein Satellitentelefon.«

»Du klingst so selbstsicher«, sagte Zoey nach einem kurzen Moment.

»Das liegt daran, dass ich es bin. Zoey, ich bin Navy SEAL.«

»Ich weiß.«

Er schüttelte den Kopf. »Aber ich glaube nicht, dass du wirklich verstehst, was das bedeutet. Meistens müssen wir uns bei Einsätzen in fremde Länder schleichen und entweder unschuldige Zivilisten vor den Bösen retten oder HRZs töten.«

»Was ist ein HRZ?«

»Hochrangiges Ziel. Mir wurde beigebracht, wie man in den heißesten Wüsten und den kältesten arktischen Gegenden überlebt. Ich weiß, wie man mit bloßen Händen tötet, wie man mit zwei Stöcken Feuer macht, wie man sich vor allem schützt und wie man sich der Gefangennahme entzieht. Ich kann dir nicht versprechen, dass es viel Spaß machen wird, aber ich *kann* dir versprechen, dass ich dich nach Hause bringe. Glaubst du mir?«

Anstatt sofort zuzustimmen, musterte Zoey ihn einen Moment lang. Bubba hatte keine Ahnung, wonach sie suchte oder was sie sah, wenn sie ihn betrachtete, aber er blieb stumm und hoffte, sie würde ihm vertrauen.

»Willst du damit wirklich sagen, dass das hier für dich nichts weiter als ein normaler Campingausflug oder so ist?«

Bubba konnte sich ein Lachen nicht verkneifen. »Nun, nicht ganz. Wenn ich mit Dad zelten war, hatten wir immer ein Zelt und eine Kühlbox mit Bier dabei. Aber wenn uns hier draußen niemand nach dem Leben trachtet, dann ist es ein Kinderspiel, uns in die Zivilisation zu bringen – egal, *wie* weit der Weg sein mag. Wir werden vielleicht schmutzig sein und stinken, wenn wir ankommen, aber wir werden nicht verhungern, wir werden nicht erfrieren – Gott sei Dank ist es nicht mitten im Winter – und wir werden uns *bestimmt* nicht von demjenigen einschüchtern lassen, der dachte, er könne uns loswerden.«

»Mir ist immer kalt«, erklärte Zoey sachlich.

»Wie bitte?«

»Mir ist immer kalt«, wiederholte sie. »Deshalb trage ich sogar im September Stiefel, ein langärmeliges Hemd und hatte meinen Fleece um die Taille geknotet. Ich weiß nicht warum, ich bin einfach so.«

»Ich werde mein Bestes tun, damit du dich wohlfühlst.«

Zoey seufzte. »Ich war genau zweimal in meinem Leben zelten und es hat mir nicht wirklich gefallen.«

»Du warst noch nie mit mir zelten«, sagte Bubba zu ihr.

Wie er es erwartet hatte, rollte Zoey mit den Augen. »Wie ich sehe, hat die Marine dich Bescheidenheit gelehrt.«

Bubba lachte erneut und streckte ihr als Einladung eine Hand entgegen. »Komm, wir orientieren uns und machen einen vorläufigen Plan.«

Sie legte sofort ihre Finger in seine und Bubba merkte, dass ihre Hand sich ziemlich kalt anfühlte. Er bedeckte sie mit seiner anderen Hand in dem Versuch, sie zu wärmen.

»Nur ein vorläufiger Plan?«

»Ja. Ich wurde darauf trainiert, nicht nur einen Plan A zu erstellen, sondern auch B, C, D und E.«

»Klar. Natürlich wurdest du das«, sagte Zoey. Dann straffte sie die Schultern und deutete mit dem Kopf nach links. »Bitte, geh voran, oh großer Navy-SEAL-Krieger.«

»Hat dir schon mal jemand gesagt, dass du ein Klugscheißer bist?«, fragte er, während er ihre Hand fester ergriff und sie vom See wegführte.

»Bin ich nicht. Zumindest war ich das nicht, bis du aufgetaucht bist.«

Bubba konnte sich ein Lächeln nicht verkneifen.

Die ganze Situation war beschissen. Mehr als beschissen. Aber es hätte hundertmal schlimmer sein können, wenn er mit jemand anderem als Zoey Knight zurückgelassen worden wäre. Je länger er in ihrer Nähe war, desto mehr erinnerte er sich daran, wie sehr er sie in der Highschool gemocht hatte. Und wenn er ehrlich zu sich selbst war, freute er sich darauf, sie besser kennenzulernen, während sie herausfanden, wo sie waren und wie sie nach Anchorage oder Juneau zurückgelangen konnten. Wenigstens hatte diese Situation einen Vorteil.

Er machte sich ehrlich gesagt keine Sorgen darüber, dass sie eine Zeit lang in der Wildnis leben würden. Sie würden sich zwar unbehaglich fühlen, aber er hatte genügend Vertrauen in seine Fähigkeiten, um sicher zu sein, dass sie es irgendwann nach Hause schaffen würden.

Wer auch immer darüber nachgedacht hatte, sie loszuwerden, hatte ihn ernsthaft unterschätzt. Und es war kein Scherz gewesen, als er Zoey gesagt hatte, dass er sich fast wünschte, jemand würde versuchen, ihn hier draußen zu töten. Er könnte den Spieß umdrehen und mehr Vorräte bekommen, vielleicht sogar ein Fahrzeug und ein Telefon. Aber er hatte das Gefühl, dass die Pilotin den See, auf dem sie gelandet war, zufällig ausgewählt hatte. Dass es nicht im Voraus geplant gewesen war.

Er hatte gedacht, dass sie sich ein wenig seltsam verhielt, aber er hatte zu lange gebraucht, um herauszufinden, was vor sich ging.

Als Bubba sich plötzlich daran erinnerte, dass er Rocco versprochen hatte, ihn in dem Moment anzurufen, in dem er landete, musste er lächeln. Ausnahmsweise würde sich die Beharrlichkeit seines paranoiden Teamkameraden, nach allen zu sehen, zu seinen Gunsten auswirken. Wenn Rocco nichts von ihm hörte, würde er auf jeden Fall versuchen herauszufinden warum. Mit ihm, dem Rest seines Teams – und ihrem Computerexperten Tex – würden er und Zoey im Handumdrehen zu Hause sein.

Zumindest hoffte er das.

Als er Zoeys Hand fester umschloss, als sie stolperte, hatte Bubba das Gefühl, dass sein Leben nach diesem kleinen Abenteuer nicht mehr dasselbe sein würde. Wer auch immer ihn aus dem Weg räumen wollte, hatte es auch auf Zoey abgesehen, und das war etwas, das er nicht verzeihen konnte.

Als könnte sie seine Gedanken lesen, drückte Zoey seine Hand und sagte leise: »Das hier ist scheiße, aber wenn ich schon mitten im Nirgendwo festsitzen muss, bin ich froh, dass es mit dir ist.«

KAPITEL VIER

Zoey hatte keine Ahnung, wie viel Zeit vergangen war, aber sie hatte diesen spontanen Wander- und Campingausflug bereits satt. Sie versuchte ihr Bestes, positiv zu bleiben, aber mit jeder Stunde, die verging, wurde sie entmutigter und ängstlicher.

Dankbar war sie lediglich für die Tatsache, dass es Frühherbst und nicht mitten im Winter war. Anstatt durch das nasse Unterholz des Waldes zu stapfen, könnten sie genauso gut versuchen, sich ihren Weg durch einen halben Meter oder mehr Schnee zu bahnen.

Der Gedanke an Schnee ließ sie frösteln. Trotz des vielen Gehens war ihr immer noch kalt. Zoey vermutete, das lag wahrscheinlich daran, dass sie ständig daran denken musste, wo sie die Nacht verbringen würden. Sie würde auf dem Boden schlafen müssen und wahrscheinlich erfrieren. An die Käfer und Schlangen, die sich in ihrer Kleidung einnisten könnten, wollte sie gar nicht erst denken.

»Hör auf, so viel zu grübeln«, sagte Mark.

Sie verdrehte die Augen. Sie ging hinter ihm und Zoey wusste, dass er absichtlich viel langsamer ging, als er es vielleicht getan hätte, wenn er allein gewesen wäre, nur damit sie mithalten konnte.

Zoey blieb stehen und legte die Hände auf ihre Oberschenkel, während sie sich vorbeugte und versuchte, ihre Gefühle unter Kontrolle zu bringen. Sie war hungrig, müde, ihr war kalt und sie hatte Todesangst. Eine Zeit lang hatte das Adrenalin sie den Ernst ihrer Lage vergessen oder zumindest verdrängen lassen, aber mit der Zeit und nachdem sie kilometerweit durch einen verdammten Wald mitten im Nirgendwo gelaufen waren, konnte sie nicht anders, als ihre Zweifel und Ängste in sich aufsteigen zu lassen.

»Zoey?«

Marks Tonfall war sanft – und wurde ihr fast zum Verhängnis. Er legte eine Hand auf ihren oberen Rücken und griff mit der anderen sanft in ihren Nacken, um ihn zu massieren.

Zoey schloss die Augen. Warum konnte er nicht auch so ein Idiot sein wie sein Bruder? »Du musst aufhören, nett zu mir zu sein«, sagte sie zu ihm, ohne sich aufzurichten.

»Das wird nicht passieren«, antwortete er.

Zoey seufzte. »Dann solltest du vielleicht einfach weitergehen, Hilfe suchen und zu mir zurückkommen.«

Er trat vor sie, dann zwang er sie zum Aufstehen. Er behielt die Hand in ihrem Nacken, legte seine anderen Finger unter ihr Kinn und brachte sie dazu, ihn anzuschauen. Zoey wusste nicht, was sie mit ihren Händen machen sollte, also legte sie sie zögerlich auf seine Brust.

Er öffnete den Mund, um etwas zu sagen, aber bevor er etwas herausbringen konnte, platzte sie heraus: »Gott, du bist so warm!« Die Hitze, die von seiner Brust ausging, versengte fast ihre armen gefrorenen Finger, aber es fühlte sich so verdammt gut an.

Daraufhin schlang er die Arme um sie und zog sie an

sich, sodass sie von den Hüften bis zum Oberkörper aneinandergepresst waren.

Zoey stöhnte auf und drehte ihr Gesicht so, dass ihre Nase an seine Brustmuskeln gedrückt war. Das bedeutete natürlich, dass sie nicht atmen konnte, aber wer brauchte schon Sauerstoff, wenn man so viel Wärme genießen konnte?

Sie spürte sein Lachen und stöhnte eine Beschwerde, als er sie so bewegte, dass nicht ihr ganzes Gesicht, sondern nur ihre Wange an seiner Brust lag. Er hatte eine Hand an ihrem Hinterkopf und hielt sie an sich, mit der anderen drückte er ihr Kreuz dichter an sich heran. Sie hätte sich nicht einfach aus seinem Griff befreien können – nicht dass sie es wollte. Er war wie eine lebende, atmende Heizdecke.

»Ich werde dich nicht verlassen, Zoey«, sagte er nach einer Minute. »Wie kommst du nur auf die Idee, dass ich das tun könnte? Hältst du so wenig von mir?«

Er klang verletzt und Zoey hasste das. Sie schüttelte den Kopf. »Nein. Aber ich bremse dich. Ich wette, du könntest schon viel weiter sein, wenn du nicht ständig auf mich warten oder dich vergewissern müsstest, dass ich nicht auf die Nase gefallen bin. Du könntest weitergehen, finden, wen auch immer du finden kannst, und zurückkommen.«

»Ich werde dich nicht verlassen«, wiederholte Mark nachdrücklich. »So funktioniert das hier nicht. Ein SEAL lässt seinen Teamkameraden nicht zurück.«

»Ich bin kein SEAL«, sagte sie sofort.

»Vielleicht nicht, aber ich werde dich trotzdem nicht verlassen. Sieh mich an, Zoey.«

Widerwillig neigte sie den Kopf zurück und starrte in seine whiskybraunen Augen. Sie hatte den seltsamen Gedanken, dass er die längsten Wimpern hatte, die sie je bei einem Mann gesehen hatte.

»Ich möchte, dass du mir zuhörst. Dass du mir wirklich *zuhörst*. Hörst du mir zu?«

Sie nickte.

»Wir stecken da zusammen drin. Egal was passiert, wir bleiben zusammen. Wir haben keine Ahnung, was passieren wird, und ich brauche dich genauso wie du mich. Das ist keine einseitige Sache. Du hast dich bis jetzt erstaunlich gut geschlagen. Ich bin beeindruckt, und glaub mir, ich bin nicht leicht zu beeindrucken.«

»Ich bin mehrmals gestürzt und das Einzige, was ich in meinen Taschen habe, sind eine Packung Bonbons und eine Quittung von dem beschissenen Hamburger, den ich gegessen habe, bevor ich ins Flugzeug gestiegen bin«, entgegnete sie mit einer hochgezogenen Augenbraue.

»Du bist vielleicht gestürzt, aber du bist wieder aufgestanden. Und zwar jedes Mal«, betonte Mark. »Ich blase dir keinen Zucker in den Arsch, wenn ich sage, dass ich schon in ähnlichen Situationen war ... Ich bin mit jemandem, den wir gerettet haben, durch den Dschungel gelaufen, um zu einem Evakuierungspunkt zu gelangen, und die Person, die wir gerettet haben, hatte kein Interesse daran, sich selbst zu helfen. Ich weiß, dass das hart ist. Es ist scheiße. Und zwar so richtig. Aber du machst das *großartig*. Und ich bin mir ziemlich sicher, du willst nicht, dass der hierfür Verantwortliche Erfolg hat, stimmt's?«

Zoey seufzte. Er hatte recht, verdammt. »Stimmt.«

»Wir sind hier ein Team, Zoey. Du musst mir den Rücken freihalten, und ich halte dir deinen frei, okay?«

»Klar«, sagte sie. »Wenn ein Bär uns findet, werfe ich ein Bonbon nach ihm und hoffe, dass ihn das lange genug ablenkt, damit wir entkommen können.«

»Klingt wie ein Plan«, antwortete er lächelnd, dann ließ er ihr Kinn los.

Zoey vergrub ihre Nase sofort wieder in seinem Hemd

und seufzte, als die Wärme seines Körpers in ihr Gesicht sickerte.

Mark bewegte sich mehrere Minuten lang nicht. Er erlaubte ihr, seine Wärme aufzusaugen und sich auszuruhen. Mit einem tiefen Atemzug zwang sie sich, von ihm zurückzutreten, konnte aber den unwillkürlichen Schauer nicht verhindern, der ihren Körper durch den Verlust seiner Wärme durchfuhr.

Er runzelte die Stirn. »Dir ist wirklich kalt, nicht wahr?«

Zoey zuckte mit den Schultern. »Ich glaube, meine Körperkerntemperatur wurde durch das Leben in Alaska dauerhaft beeinträchtigt. Ich habe dir doch gesagt, dass mir immer kalt ist.«

»Ich werde mein Bestes tun, um dich warm zu halten«, versprach Mark.

Und natürlich wanderten Zoeys Gedanken sofort in die falsche Richtung. Sie wusste, dass sie rot wurde, versuchte jedoch, es zu überspielen. »Ich komme schon klar. Wir sollten wahrscheinlich weitergehen. Sind wir immer noch in Richtung Süden unterwegs?«

Einen Moment lang dachte sie, Mark würde sie fragen, was sie dachte, während er ihr Gesicht musterte, aber schließlich nickte er. »Ja. Ich möchte auf keinen Fall nach Westen gehen. Wir würden geradewegs in diese Bergkette laufen und ich bin mir nicht sicher, ob einer von uns beiden in nächster Zeit zum Bergsteigen bereit ist.«

Zoey schaute nach links und sah durch die Bäume die großen Berggipfel über ihrem Kopf. »Nein, ich glaube, ich bleibe lieber hier unten«, stimmte sie zu.

Sie gingen weiter und als wüsste Mark, dass sie etwas brauchte, um sich davon abzulenken, wo sie waren und was sie taten, fragte er: »Also ... was hast du in den letzten zehn Jahren gemacht, außer meinem Vater zu helfen?«

Zoey lachte. »Wow, das war eine Frage mit offenem Ende«, beschwerte sie sich.

Mark drehte den Kopf und lächelte. »Hast du im Moment etwas Besseres zu tun?«, fragte er.

»Eigentlich hatte ich einen Friseurtermin, aber den werde ich wohl verpassen«, scherzte sie.

Mark lachte ebenfalls und Zoey merkte, wie sehr sie es liebte, sein Lachen zu hören.

»Nun, nach der Highschool bin ich auf die Volkshochschule in Juneau gegangen und habe dort meinen Abschluss als Betriebswirtin gemacht. Der Unterricht hat mir aber nicht besonders gefallen und ich war mir nicht sicher, was ich sonst machen wollte. Ich habe einen Job in einem der Touristenläden in der Nähe der Kreuzfahrtdocks bekommen, und das hält mich im Sommer auf Trab.«

»Wie hast du angefangen, für meinen Vater zu arbeiten?«, fragte Mark.

Zoey duckte sich unter einem Ast und sprang über eine Pfütze, während sie fortfuhr. »Es war in einem Jahr, nachdem alle Geschäfte für den Winter geschlossen hatten. Ich traf deinen Vater im Lebensmittelladen. Ich habe ihn wortwörtlich getroffen, denn ich habe ihn mit meinem Einkaufswagen erwischt und umgerannt. Ich habe mich furchtbar gefühlt, aber er war sehr nett zu mir. Ich bestand darauf, ihm zu helfen, seine Einkäufe zu seinem Wagen zu bringen, und bot ihm dann als Entschuldigung an, etwas für ihn zu kochen. Ich wusste, wer er war; ich hatte ihn bei der Abschlussfeier mit dir und Malcom gesehen, und gelegentlich auch in der Stadt. Ich glaube, er hat sich nur bereit erklärt, mich für ihn kochen zu lassen, weil ich zugegeben hatte, zu Fuß zum Laden gegangen zu sein, und er versucht hat, nett zu sein und einen Weg zu finden, mich mitzunehmen, ohne mich zu zwingen. Jedenfalls machte ich ihm an diesem Abend gefüllte Paprika und er bot mir sofort einen Job an. Ich fing noch in der gleichen Woche an, putzte sein Haus und erledigte allgemeine Aufgaben. Und im Laufe der nächsten Monate wurden wir gute Freunde.«

Sie verstummte, da sie sich fragte, wie viel Mark hören wollte. Sie wollte nichts sagen, was ihn traurig machen würde.

»Erzähl weiter«, drängte Mark.

»Ich ... ich weiß, dass ihr euch nicht wirklich verstanden habt. Ich will nichts Unangemessenes sagen.«

»Ist es das, was du denkst? Dass wir uns nicht verstanden haben?«

»Nun ... ja. Du bist nie zu Besuch nach Hause gekommen und Malcom hat gesagt, ihr hättet euch zerstritten und deshalb seist du nie da gewesen.«

»Ich habe meinen Vater mehr geliebt, als ich sagen kann«, entgegnete Mark, ohne sich umzudrehen. »Ich gebe zu, dass ich wenigstens einmal hätte zurückkommen sollen, nachdem ich abgehauen war, aber ich bin nicht seinetwegen weggeblieben. Nicht wirklich.«

»Warum dann?«

Mark seufzte und Zoey fühlte sich schlecht, weil sie gefragt hatte, aber schließlich antwortete er: »Weil ich Angst hatte, dass ich ihn nur weiter enttäuschen würde. Ich wusste, er wollte, dass ich mit ihm zusammenarbeite. Während der gesamten Highschool-Zeit sprach er davon, dass ich einen Job bei Heritage-Kunststoffe annehmen und mich hocharbeiten solle, um schließlich stellvertretender Geschäftsführer zu werden. Ich habe nicht einmal einen College-Abschluss gemacht. Ich konnte die Enttäuschung in seinen Augen nicht ertragen, als er erkannte, dass ich mich nie für das interessieren würde, was er tut. Er erzählte von all den Dingen, an denen seine Firma arbeitete, und meine Augen wurden glasig. Ich konnte mir nichts Schlimmeres vorstellen, als an einem kleinen Schreibtisch zu sitzen, oder noch schlimmer, in einer Fabrik zu arbeiten.«

Zoey runzelte die Stirn und lief ein paar Schritte, um Mark einzuholen. Sie legte eine Hand auf seinen Arm und zog an ihm, was ihn zum Stehenbleiben zwang. Er drehte sich um und sah sie fragend an.

»Mark, Colin war so stolz auf dich.« Als Mark sie skeptisch musterte, drückte sie seinen Arm fester. »Im Ernst. Ich weiß, dass ihr euch nicht oft E-Mails geschrieben habt, aber wenn, dann hat er jedem erzählt, wie großartig du dich schlägst. Er hat ständig damit geprahlt, dass du ein SEAL bist und die harte Arbeit machst, damit Leute wie er auf seinem Hintern sitzen und Plastik verkaufen können.«

Sie sah, wie Mark schwer schluckte, bevor er fragte: »Ja?«

»Ja. Es war ihm egal, dass du keinen Abschluss hattest. Er war so stolz auf dich, wie er nur sein konnte.«

Mark fuhr sich mit der Hand über das Gesicht und murmelte: »Ich hätte ihn besuchen sollen.«

Zoey zuckte mit den Schultern. »Vielleicht. Aber er hat dich deswegen nicht weniger geliebt. Er hat immer gesagt, dass du zu sehr damit beschäftigt warst, die Welt zu retten, um dir um ihn Sorgen zu machen.«

Mark lachte leise, aber es klang irgendwie traurig. »Ich bereue es«, sagte er leise.

Zoey drückte seinen Arm.

»Ich bereue auch, dass ich nicht besser mit Mal in Kontakt geblieben bin. Vielleicht ist es noch nicht zu spät, diese Beziehung zu reparieren.«

Zoey bemühte sich, ihren Gesichtsausdruck neutral zu halten, aber das gelang ihr wohl nicht besonders gut, denn Mark fragte: »Was?«

»Nichts«, antwortete sie schnell, da sie nichts sagen wollte, was Mark noch weiter von seinem Bruder entfremden könnte. Ihre Beziehung ging sie nichts an. »Wie ich schon sagte, ich weiß nicht, was ich in Bezug auf deinen Vater sagen soll und was nicht. Ich werde nicht über ihn reden, wenn es zu sehr wehtut.«

Mark schüttelte den Kopf. »Nein. Ich meine, ja, es tut weh, aber ich würde gern von ihm hören, wenn es dir nichts ausmacht, über ihn zu reden.«

Zoey lächelte. »Wie wäre es, wenn wir gehen und reden?«

Mark schmunzelte. »Willst du behaupten, ich mache zu viele Pausen, Frau?«

»Das hast du gesagt, nicht ich«, entgegnete sie frech.

»Ma'am, jawohl, Ma'am«, sagte er und salutierte kurz, dann drehte er sich um und ging weiter.

Für einen kurzen Moment konnte Zoey sich vorstellen, wie er in seiner weißen Uniform vor ihr stand und salutierte. Sie hatte Bilder gesehen, auf denen er sie trug. Vor Kurzem hatte er seinem Vater ein Foto von ihm und seinen Teamkameraden in ihrer weißen Uniform geschickt. Sie standen an einem Strand und umringten einen Mann und eine Frau, die offensichtlich gerade geheiratet hatten. Sie konnte nicht anders, als ein wenig zu sabbern. Sie hatte schon immer eine Schwäche für Männer in Uniform gehabt, auch wenn sie es im Leben nicht zugeben würde.

»Also, einmal kam ein Mädchen zum Haus deines Vaters. Sie verkaufte Kekse und weinte ein bisschen, weil sie schon so oft abgewiesen worden war. Colin bat sie und ihre Mutter herein, kniete sich vor sie hin und redete etwa zehn Minuten mit ihr. Sie sprachen darüber, welche Fächer sie in der Schule am liebsten mochte, was ihr Lieblingsgericht war und über eine Million anderer Dinge. Dann fragte er sie, wie viele Kekspackungen sie zu verkaufen habe – und kaufte ihr die *doppelte* Menge ab. Als das Mädchen ging, lächelte sie von einem Ohr zum anderen und erzählte ihrer

Mutter, dass sie es kaum erwarten konnte, ihren Freundinnen zu erzählen, dass sie doppelt so viel verkauft hatte wie die Mindestmenge. Solche Sachen hat er immer gemacht. Uneigennützige Dinge. Colin hatte eine Menge Geld, aber er hat sich nie so verhalten. Er aß genauso gern Makkaroni und Käse aus der Packung wie ein fünfzig Dollar teures Steak.«

»Was hat er mit den ganzen Keksen gemacht?«, fragte Mark.

Zoey schaute ihn überrascht an. »Was meinst du?«

»Pop hat diese Kekse gehasst. Er meinte, sie schmecken scheiße. Ich weiß, dass er sie nicht gegessen hat, aber was hat er dann mit den ganzen Schachteln gemacht?«

Zoey lächelte. Mark mochte seine Beziehung zu seinem Vater bedauern, aber er kannte den Mann dennoch. Auch wenn er ihn seit über einem Jahrzehnt nicht mehr gesehen hatte, *kannte* er seinen Vater. »Er hat sie dem Obdachlosen- und Frauenhaus in der Stadt gespendet.«

Mark nickte. Zoey konnte sein Gesicht nicht sehen, aber sie hatte das Gefühl, dass er lächelte. »Ja, das klingt wie etwas, das Pop tun würde. Was noch?«

In der nächsten Stunde erzählte Zoey Mark so viele Geschichten über seinen Vater, wie ihr noch im Gedächtnis waren. Einige waren traurig, aber die meisten waren lustige und fröhliche Erinnerungen. Es fühlte sich gut an, über ihn zu reden. Als ihr schließlich die Geschichten ausgingen, sagte Mark: »Danke. Ich kann sehen, dass du ihn sehr geliebt hast.«

Das tat sie. Colin Wright konnte mürrisch und nervig sein, aber konnte das nicht jeder? Und er hatte mehr für sie getan als jeder andere in ihrem Leben. Er glaubte an sie und ermutigte sie immer, das zu tun, was sie wollte. Natürlich liebte sie ihn.

»Darf ich dich etwas fragen?«, sagte Mark.

»Ich glaube, das hast du gerade.« Sie hörte ihn lachen, aber dann drehte er den Kopf, sah ihr in die Augen und fragte: »Warum bist du in Juneau geblieben, nachdem deine Mutter weggegangen war? Hat es dir dort so gut gefallen?«

Sie gingen immer noch weiter und erst als Mark sich umgedreht hatte und sie nicht mehr anstarrte, konnte sie antworten. »Ich schätze, weil ich nirgendwo anders hingehen konnte«, sagte sie. »Das klingt irgendwie erbärmlich, wenn ich so darüber nachdenke –«

»Nein. Nein, tut es nicht«, unterbrach Mark sie.

»Doch, tut es. Und unterbrich mich nicht«, schimpfte Zoey, die für einen Moment vergaß, dass Mark nicht sein Vater war. Aber als er sie nur über seine Schulter angrinste, entspannte sie sich. »Ich wollte eigentlich nach Anchorage ziehen, aber Colin hat mich gebeten zu bleiben. Dann hat er gesagt, ich könne das Haus in der Nähe von seinem mieten. Ehrlich gesagt hat er es mir so leicht gemacht, Ja zu sagen. Wahrscheinlich ist das der Grund, warum ich einunddreißig Jahre alt bin und keine Ahnung habe, was ich werden will, wenn ich groß bin.«

»Mein Pop hatte immer eine Art, die Dinge einfach erscheinen zu lassen«, sagte Mark. »Das war einer der Gründe, warum ich so früh nach meinem Abschluss wegging. Ich wusste, wenn ich bei ihm bleiben und mit ihm arbeiten würde, selbst wenn es nur ein paar Monate wären, würde es mir viel schwerer fallen zu gehen.«

Zoey dachte eine Weile darüber nach, während sie weiterstapften. Mark hatte recht. Sein Vater hatte es ihr sehr leicht gemacht, in Juneau zu bleiben. Sie hasste ihr Leben nicht, aber es war auch nicht gerade aufregend. Im Sommer traf sie in den Touristenläden eine Menge glücklicher Menschen. Menschen, die sich darauf freuten, auf einer Kreuzfahrt die Welt zu sehen, und da war sie, eine Stubenhockerin, die noch nie ihren Heimatstaat verlassen hatte.

Sie war so in ihren Gedanken versunken, dass sie nicht bemerkte, dass Mark angehalten hatte, und buchstäblich in ihn hineinlief. Sie wäre auf den Hintern gefallen, wenn er nicht superschnelle Reflexe gehabt und sie aufgefangen hätte.

»Oh, danke. Ich hätte aufpassen sollen, wo ich hingehe«, sagte sie. Es fühlte sich fantastisch an, Marks Arm um sie zu haben. Beruhigend. Es schien ihr, als würde er sie nur langsam loslassen, aber sobald er es tat, trat sie einen Schritt zur Seite, da sie ihn nicht bedrängen wollte ... oder ihn wissen lassen wollte, wie sehr sie in seinen Armen bleiben wollte. Sie musste sich zusammenreißen.

»Es ist in Ordnung. Ich hätte dich warnen sollen, dass ich stehen geblieben bin. Ich denke, das ist ein guter Ort, um für die Nacht anzuhalten.«

Zoey schaute sich um und konnte keinen Unterschied zwischen dem Ort, an dem sie gerade standen, und dort feststellen, wo sie den halben Tag entlanggegangen waren. »Hier?«

»Ja.«

»Warum?«

»Weil du müde bist. Du atmest schwerer als noch vor einer Stunde und stolperst ein wenig mehr über deine Füße. Dort drüben ist eine Lichtung, auf der ich einen kleinen Unterstand bauen kann, und es gibt genügend trockenes Holz, das wir für ein Feuer verwenden können.«

Zoey war es peinlich, dass sie ihretwegen anhielten, aber als sie sich an seine früheren Worte erinnerte, dass er sie nicht verlassen würde, verdrängte sie den Gedanken, dass er ohne sie viel schneller vorankommen würde. Während sie sich umschaute, sah sie immer noch nichts, was nach einem guten Platz aussah, um einen Unterschlupf zu errichten oder ein Feuer zu machen, aber sie widersprach nicht. Mark war der SEAL; er würde es wissen.

»Was soll ich tun?«, fragte sie.

Sie verstand den zärtlichen Blick nicht, den er ihr zuwarf, aber es fühlte sich trotzdem gut an.

»Könntest du vielleicht etwas Holz sammeln? Wir brauchen kleinere Stöcke und ein paar größere Scheite.«

»Ähm ... Mark?«

»Ja?«

»Ich weiß, du hast vorhin gesagt, dass du es kannst, aber wirst du wirklich ein Feuer machen, indem du zwei Stöcke aneinanderreibst?«

Daraufhin griff er in eine seiner vielen Taschen und zog einen kleinen silbernen Block heraus. Er lächelte, als er ihn ihr zeigte, aber er erklärte nicht, was es war.

Zoey schaute erst das Ding an, dann ihn. »Ich bin mir sicher, dass ich wissen sollte, was das ist, aber ich weiß es nicht. Eine Vier auf der Skala des Wohlfühlens in der Natur, schon vergessen?«

Er lachte und Zoey konnte den Blick nicht von seinem Gesicht abwenden. Bis jetzt war es gar nicht *so* schlimm, mitten im Nirgendwo ausgesetzt worden zu sein. Vor allem wenn sie jemanden wie Mark zum Anstarren hatte.

»Das ist ein Feuerstein. Er wird Funken erzeugen und das Feuer für uns entfachen.«

Natürlich. Jetzt kam Zoey sich wirklich dumm vor. »Klar. Das wusste ich. Okay, dann werde ich mal ein paar Holzscheite für unser Feuer suchen.« Sie wollte sich umdrehen, um Mr. Naturbursche nicht ins Gesicht sehen zu müssen, aber Mark hielt sie am Arm fest und drehte sie so schnell, dass sie das Gleichgewicht verlor und auf den Boden gefallen wäre, wenn er sie nicht aufgefangen hätte – schon wieder.

Er zog sie in seine Arme, und sie konnte nicht anders, als sich an ihn zu schmiegen. Wieder einmal war er warm und sie fror. Allein die Nähe zu ihm ließ ihre Körpertemperatur um einige Grad ansteigen.

»Das muss dir nicht peinlich sein«, sagte er zu ihr.

»Du kannst nicht einfach so etwas sagen und erwarten, dass es wahr ist«, brummte sie.

Sie spürte sein Lachen mehr an ihrer Wange, als dass sie es hörte. »Doch, das kann ich. Ich würde mich nie über dich lustig machen, Zoey. Niemals. Es ist mir egal, was du weißt und was nicht. Ich habe es schon einmal gesagt und werde es wieder sagen, ich werde dafür sorgen, dass du nach Hause kommst, koste es, was es wolle. Ich habe das Gefühl, dass ich dich in diesen Schlamassel hineingezogen habe, also werde ich dich auch wieder herausholen.«

»Du hast diese Frau nicht angeheuert, damit sie uns in die Wildnis Alaskas fliegt und uns hier zurücklässt«, entgegnete sie. Dann sah sie zu ihm auf und fragte: »Oder doch?«

Er schloss die Augen und schüttelte den Kopf, aber weil er lächelte, glaubte sie nicht, dass er sich über die Frage ärgerte, und sie stattdessen als den Scherz auffasste, als den sie sie gemeint hatte.

»Nein, Zo, das habe ich nicht.«

Auf ihren Armen bildete sich eine Gänsehaut, als sie hörte, dass er sie Zo nannte. Noch nie hatte ihr jemand einen Spitznamen gegeben. Sie mochte ihn.

»Du hast mir heute etwas Wertvolles geschenkt, das ich nie vergessen werde.«

Sie überlegte angestrengt, was sie ihm gegeben hatte, aber ihr fiel nichts ein. War er im Delirium? Hatte er sich den Kopf gestoßen, als sie nicht hingesehen hatte?

»Geschichten über meinen Vater«, stellte er klar. »Ich habe die Erfahrung gemacht, dass nach dem Tod eines Menschen niemand über ihn sprechen will, weil die Leute Angst haben, die Angehörigen zu verärgern. Aber von seinem Alltag zu hören, zu wissen, dass er glücklich war und dass du für ihn da warst, bedeutet mir mehr, als ich ausdrücken kann.«

»Nun, freu dich nicht zu sehr, nicht jeder in deiner Familie mochte mich so sehr.« Zoey wusste, dass sie den Mund hätte halten sollen, als er sich an ihr anspannte.

»Mal?«, fragte er.

Sie nickte. »Und Sean.«

»Der Partner meines Vaters?«

»Ja. Ich habe gehört, wie er sich eines Abends mit Colin unterhielt und fragte, warum er mich hierbehält. Er sagte, wenn er eine Haushälterin bräuchte, könne er einen Service für deinen Vater einstellen.«

»Arschloch«, murmelte Mark.

»Und ich bin mir nicht sicher, ob sein Anwalt mich auch so sehr mag«, fuhr Zoey fort, die ihre außer Kontrolle geratene Zunge nicht mehr stoppen konnte. »Als er mich anrief, um mir von der Testamentseröffnung zu erzählen, klang er nicht gerade begeistert, dass ich in seinem letzten Willen erwähnt werde.«

»Die sind mir scheißegal«, sagte Mark entschieden. »Ich mag dich, und das ist alles, was zählt.«

Und in diesem Moment, während sie mitten im Nirgendwo in seinen Armen stand, war das auch für Zoey alles, was zählte.

Schließlich zog Mark sich zurück und sagte: »Komm schon, wir müssen anfangen. Ich weiß, es ist noch hell draußen, aber dir ist kalt. Ich will ein Feuer machen, damit du dich aufwärmen kannst.«

Es war offensichtlich, dass sie müder war als gedacht, denn selbst diese kleine Geste brachte Zoey fast zum Weinen. Sie nahm einen tiefen Atemzug und nickte. »Die gute Nachricht ist, dass wir uns keine Gedanken machen müssen, ein Feuer vor den Bösewichten zu verstecken, die uns vielleicht folgen.«

Als Mark nicht sofort antwortete, fragte sie nervös: »Richtig?«

»Tut mir leid, richtig. Du hast völlig recht. Und wer weiß, vielleicht macht ein Feuer dort, wo wir sind, jemanden darauf aufmerksam, dass wir hier draußen sind, und derjenige wird nachsehen wollen«, sagte Mark.

Zoey nickte. »Ich werde so viel Holz sammeln, wie ich finden kann, damit wir ein großes Feuer machen können.«

»Perfekt«, erwiderte Mark.

Zoey wandte sich ab, um ihren Beitrag zu leisten, aber als sie eine Minute später zu Mark zurückblickte, stand er immer noch dort, wo sie ihn verlassen hatte. Er starrte sie an, war aber offensichtlich in Gedanken versunken.

»Mark?«, fragte sie. »Ist alles in Ordnung?«

Das schien ihn aus seiner Trance aufzurütteln, in der er sich befunden hatte. »Ja, tut mir leid. Es ist alles in Ordnung.« Dann griff er in eine andere Tasche und holte das Messer heraus, das er ihr zuvor gezeigt hatte. Er sagte, er habe eine Sondererlaubnis erhalten, es mit sich zu führen, da sie mit einem gecharterten Flug außerhalb der regulären Sicherheitskanäle unterwegs gewesen waren. Während seines Fluges nach Anchorage war es jedoch in seinem Koffer gewesen.

Zoey fragte sich, was er noch in seinen Taschen hatte, und machte sich daran, Feuerholz zu sammeln. Sie träumte davon, wie er ein Fleischbällchen-Sandwich herausholte. Oder ein Satellitentelefon, woraufhin er lachen und dann sagen würde, dass er nur Zeit mit ihr hatte verbringen wollen, bevor er Hilfe holte.

Zoey wusste, dass sie in Schwierigkeiten steckte. Je mehr Zeit sie mit Mark Wright, dem meisterhaften SEAL verbrachte, desto mehr mochte sie ihn. Und das war keine Schulmädchenschwärmerei. Es war ausgewachsene Verliebtheit. Sie musste nur dafür sorgen, dass er es nie erfuhr. Auf keinen Fall wollte sie erneut diesen zärtlichen Ausdruck auf seinem Gesicht sehen – kurz bevor er sie abwies.

Ihr Leben war hier in Alaska und seines in Kalifornien. Er würde nie eine Stubenhockerin wie sie wollen. Sie musste die Zeit mit ihm genießen und diese Erinnerungen in ihrem Herzen bewahren, falls ... nein, *wenn* ... sie endlich von hier wegkamen.

KAPITEL FÜNF

Bubba starrte auf die tanzenden Flammen vor ihm, ohne sie wirklich zu sehen. Seine ganze Aufmerksamkeit war auf die Frau in seinen Armen gerichtet. Sie hatten nichts zu Abend gegessen, abgesehen von je einem Bonbon, und kauerten nun zusammen in dem kleinen Unterstand, den er vor dem Feuer errichtet hatte. Zoey zitterte, und er hasste es, dass er nicht mehr tun konnte, um sie aufzuwärmen.

Sie war eine große Hilfe beim Aufbau ihres kleinen Nachtlagers gewesen und wollte wissen, was sie sonst noch tun konnte, nachdem sie Holz für das Feuer gesammelt hatte. Er hatte ihr geduldig gezeigt, wie er ihren Unterstand baute, und sie hatte genau beobachtet, wie er mit dem Feuerstein in seiner Tasche das Feuer entfachte.

Nachdem er mit etwas Schnur aus seiner Tasche und Stöcken, die er in der Nähe des Lagers gefunden hatte, eine kleine Schlingenfalle aufgestellt und ein System zum Auffangen von Wasser aus den Bäumen eingerichtet hatte, kroch er hinter sie, schlang die Arme um sie und tat sein Bestes, sie von hinten zu wärmen, während das Feuer das Gleiche von vorn tat.

Sie hielt sich steif in seinen Armen, wich aber nicht von ihm zurück.

»Willst du, dass ich wegrücke?«, fragte er.

Zoey schüttelte sofort den Kopf. »Nein. Ich meine, dich vorhin zu umarmen war eine Sache, aber so an dir zu liegen ist ein bisschen ... peinlich.«

»Nein, ist es nicht«, erwiderte er. »Entspann dich einfach.«

»Aber wir sind Fremde.«

»Nein, das sind wir nicht. Ich kenne dich schon seit mehr als fünfzehn Jahren, Zoey.«

Sie schüttelte den Kopf. »Ja, aber ich habe dich dreizehn Jahre davon nicht gesehen, Mark.«

»Dann machen wir einfach da weiter, wo wir aufgehört haben«, gab er zurück.

Sie schnaubte, und Bubba stellte sich vor, dass sie wahrscheinlich mit den Augen rollte. »Ich glaube, ich hätte mich daran erinnert, wenn wir das früher gemacht hätten. Ich war in dich verknallt, weißt du.«

»Wirklich?«

Zoey seufzte. »Scheiße. Schon wieder hat mein Mundwerk meine Vernunft überrannt.«

»Falls es dich beruhigt, ich fand dich bereits in dem Moment süß, in dem ich dich zum ersten Mal gesehen habe.«

Sie drehte den Kopf und starrte ihn an. Die Sonne war noch nicht ganz untergegangen, und er konnte sehen, wie sie ihn skeptisch musterte. »Sagst du das nur, damit ich mich besser fühle?«

»Nein«, antwortete Bubba leichthin. »Du warst gerade mit deiner Mutter in die Schule gekommen. Du sahst verdammt verängstigt aus, und das konnte ich dir nicht verdenken. Das neue Kind auf einer Highschool in einem Ort wie Juneau zu sein würde selbst den härtesten

Menschen Angst machen. Aber als du gemerkt hast, wie die anderen dich ansehen, hast du dein Kinn gehoben und allen in die Augen geschaut. Das fand ich verdammt mutig und ich war fasziniert. Ganz zu schweigen von der Art und Weise, wie du die schwarze Jeans ausgefüllt hast, die du anhattest, und der Form deiner ... ähm ... Vorzüge unter dem rosa T-Shirt.«

»Du weißt noch, was ich anhatte, als du mich das erste Mal gesehen hast?«, fragte sie, wobei sie ihn weiter anstarrte.

Bubba spannte den Arm um ihre Taille an und legte den anderen diagonal um ihre Brust. Sie lehnte sich wieder an ihn zurück. Bubba fühlte sich wohler, jetzt, da sie ihn nicht mehr direkt anstarrte. Er schaute in die flackernden Flammen des Feuers, während er sprach. »Ja, das tue ich. Du hattest Chucks an, und ich wusste sofort, dass du cool bist.«

»Ich war nicht cool«, murmelte sie.

Er lachte leise. »Im Ernst, nach allem, was ich gesehen hatte, warst du zu jedem nett, den du getroffen hast. Du hast dich nicht für etwas Besseres gehalten und es war dir egal, ob jemand der Klassenstreber oder der Sportler war, du hast alle gleich behandelt.«

»Ich kann nicht glauben, dass du dich daran erinnerst, was ich anhatte«, sagte sie kopfschüttelnd.

Bubba lachte erneut. Er konnte sich nicht daran erinnern, wann er zuletzt so viel gelacht hatte. Er war kein Griesgram, nicht wie Phantom, aber er war auch nicht gerade fröhlich. Selbst in dieser beschissenen Situation lachte er durch Zoeys Gegenwart mehr als sonst.

»Mann, wenn ich gewusst hätte, dass du überhaupt von meiner Existenz wusstest, hätte ich vielleicht nicht zugestimmt, mit Malcom auszugehen, als er mich gefragt hat.«

Bubba tat sein Bestes, sich nicht zu verkrampfen. »Warum bist du mit ihm ausgegangen?«

Zoey zuckte mit den Schultern. »Ich dachte mir, er wäre das, was dir am nächsten kommt.«

Ihre Worte schienen in dem schwindenden Licht um sie herum zu hallen. Sie fuhr schnell fort: »Aber als wir uns bei unserer ersten Verabredung im Einkaufszentrum trafen, wusste ich sofort, dass es nicht funktionieren würde.«

»Warum?«

»Weil er mich praktisch ignoriert hat«, erklärte Zoey. »Er war zu sehr damit beschäftigt, sich umzuschauen, wer sonst noch da war und ihn vielleicht ansah. Erst als er einen seiner Freunde entdeckte, griff er nach mir und legte einen Arm um meine Schultern. Er zog mich an sich und würgte mich praktisch, während er mich zum Kino begleitet hat. Er hat zwar für meine Karte bezahlt, aber als wir drinnen waren, wo uns niemand sehen konnte, den er kannte, ließ er seinen Arm sinken und sagte mir, wenn ich einen Snack wolle, müsse ich ihn selbst kaufen. Während des ganzen Films hat er dann immer wieder versucht, mich zu begrapschen. Es war nervig und ich wollte nichts mehr mit ihm zu tun haben. Er bestand darauf, danach durch das Einkaufszentrum zu schlendern, wobei er mir wieder den Arm um den Hals gelegt hat.«

Bubba konnte das Bild, das sie zeichnete, in seinem Kopf sehen, und es gefiel ihm kein bisschen. »Mal hat mir erzählt, dass du und er den ganzen Film über geknutscht habt und du dich ihm an den Hals geworfen hast.«

Anstatt wütend zu werden, lachte Zoey. »Als ob. Jedenfalls habe ich es noch mit ein paar Verabredungen versucht, aber die waren genauso wie die erste und ich habe ihm gesagt, dass ich glaube, wir passen nicht zusammen. Er war sauer, dass ich ihn abserviert habe, bevor er mir an die Wäsche gehen konnte, also ließ er mich in Lena Beach zurück. Ich gebe zu, dass ich enttäuscht war, dass es mit uns nicht geklappt hat ... aber eher, weil ich gehofft hatte, dass er mehr wie *du* sein würde. Jedes Mal wenn ich dich in der Schule gesehen habe, warst du rücksichtsvoll gegenüber deinen Mitmenschen.«

»Mein Bruder und ich sind uns überhaupt nicht ähnlich«, sagte Bubba, der es hasste, wie schrecklich Malcom sie in der Highschool behandelt hatte.

»Ich weiß.«

Bubba wusste nicht, ob sie merkte, dass sie mit ihrer Handfläche über seinen Oberschenkel strich, als wolle sie ihn beruhigen, aber er konnte nicht leugnen, dass es sich gut anfühlte und ihn ruhiger machte, als er es sonst vielleicht gewesen wäre. Es war hart, von ihr zu hören, dass sie nur mit Malcom ausgegangen war, weil sie in *ihn* verknallt gewesen war.

Zu hören, dass Malcom sie wie Scheiße behandelt hatte, machte ihn extrem wütend.

»Ich dachte, Zwillinge stehen sich sehr nahe und sind sich sehr ähnlich«, sagte Zoey nach einem Moment.

Bubba zuckte mit den Schultern. Sie konnte ihn nicht sehen, aber sie konnte ihn wahrscheinlich an ihrem Rücken spüren. »Mal und ich haben noch nie die gleichen Dinge gemocht. Wenn mein Vater uns in die gleichen Klamotten steckte, als wir klein waren, hat sich immer einer von uns umgezogen. Mal war der Ungestümere von uns beiden, er stürzte sich Hals über Kopf in Situationen, bevor er sie durchdacht hat. Ich war immer etwas vorsichtiger. Und sagen wir einfach, es gibt einen Grund, warum Mädchen mich nach einer Trennung nicht abgrundtief gehasst haben.«

»Es war eine Enttäuschung«, gab Zoey zu. »Ich glaube, ich hatte für den Rest des Jahres keine weitere Verabredung mehr.«

»Wie kommt es, dass du noch nicht verheiratet bist?«, fragte Bubba. »Ich meine ... du bist doch nicht verheiratet, oder?«

Sie schüttelte den Kopf an seiner Brust, und er konnte den leichten Duft ihres Shampoos riechen. Selbst nach diesem Tag, an dem sie durch den Wald gestapft waren, roch sie noch gut.

»Ich bin nicht verheiratet. Ich habe mich in den letzten Jahren nicht einmal richtig verabredet.«

»Das verstehe ich nicht«, gestand Bubba. »Du bist wunderschön. Rücksichtsvoll. Klug. Was zum Teufel ist mit den männlichen Bürgern von Juneau los?«

Sie atmete schnaubend aus. »Danke. Ich schätze, ich will einfach ... mehr. Das klingt vielleicht blöd, aber ich wollte nicht den erstbesten Mann heiraten, der mich fragt, nur weil er vielleicht der *einzige* Mann ist, der mich fragt. Ich möchte mit jemandem zusammen sein, der sich nicht vorstellen kann, *nicht* mit mir zusammen zu sein. Einen Mann, der es nicht erwarten kann, am Ende des Tages nach Hause zu kommen, weil er weiß, dass ich auf ihn warten werde. Jemand, der mich mit Respekt behandelt und mich ermutigt, meine Träume zu verwirklichen, anstatt darauf zu bestehen, dass ich mir einen beschissenen Job suche, damit er sich so viel Gras und Alkohol kaufen kann, wie er will.«

Bubba verkrampfte sich unter ihr. »Hat das wirklich jemand getan?«, fragte er.

»Ja. Aber keine Sorge, ich habe mit ihm Schluss gemacht, zwei Sekunden nachdem er es vorgeschlagen hat. Ich weiß, ich bin eine Romantikerin, ich kann nicht anders. Ich will einen Lebenspartner. Nicht jemanden, um den ich mich kümmern muss, und nicht jemanden, der denkt, dass *ich* umsorgt werden muss. Ich bin eine erwachsene Frau, die es geschafft hat, ihr ganzes Leben lang ein Dach über dem Kopf und etwas zu essen im Bauch zu haben. Ich bin vielleicht keine Millionärin und habe auch keinen Traumjob, aber ich denke, ich schlage mich ganz gut.«

»Das tust du«, versicherte Bubba ihr. »Und du solltest dich nicht einfach zufriedengeben. Ich glaube, das ist ein großes Problem in unserer Heimatstadt. Die Leute denken, wenn sie nicht den ersten Menschen akzeptieren, der vorbeikommt, wird es nie einen anderen geben. Entschuldige das kitschige Klischee, aber es gibt viele Fische im Meer und du solltest dich nicht mit dem ersten zufriedengeben, der dir ins Netz geht.«

»Ja«, stimmte Zoey zu.

Sie schwiegen eine Weile, bis Bubba fragte: »Wenn ich dich um eine Verabredung gebeten hätte, hättest du dann Ja gesagt?«

»Ohne zu zögern«, sagte Zoey sofort.

»Ich wollte es«, gab Bubba zu, »aber nachdem du mit Malcom ausgegangen warst, dachte ich, dass es komisch sein könnte. Ich wollte nicht, dass die Leute denken, du würdest *seinetwegen* mit mir ausgehen. Kindisch, ich weiß.«

Zoey nickte, gab aber keinen Kommentar ab.

»Ich glaube, ich habe dich auch nicht gefragt, weil ich wusste, dass ich gleich nach dem Abschluss weggehen würde. Tief in mir drin wusste ich, dass es viel schwieriger sein würde, die Schule zu verlassen, wenn wir anfangen würden, miteinander auszugehen.« Bubba spürte, wie Zoey leicht an ihm zusammenzuckte, aber sie sagte nichts und drehte sich nicht um. »Und auch wenn es jetzt Jahre später ist, weiß ich, dass ich recht hatte. Es hätte uns beiden wehgetan, wenn ich gegangen wäre, und das wollte ich dir nicht antun.«

»Ich bin froh, dass du mich nicht gefragt hast«, sagte Zoey nach ein oder zwei Minuten.

Bubba blinzelte überrascht. Damit hatte er nicht gerechnet, nachdem sie sein Geständnis gehört hatte. »Wirklich?«

Sie nickte. »Ja. Es hätte mich umgebracht, mich von dir zu verabschieden, wenn wir uns nähergekommen wären und ich gewusst hätte, dass du nie wieder zurückkehren würdest. Und sieh dich an. Was du getan hast, ist unglaublich. Du hast unzählige Leben gerettet, du dienst deinem Land und tust das, was du liebst. In Juneau zu bleiben hätte dich erstickt. Du bist ein guter Mann, Mark, und ich bin stolz auf dich. Ich weiß, ich habe es dir schon gesagt, aber ich muss es wiederholen. Dein Vater hat ständig von dir gesprochen.«

Ihre Worte fühlten sich gut an. Er hatte nicht viel mit seinem Vater geredet und zu hören, dass sein alter Herr stolz auf ihn gewesen war, trug dazu bei, die Schuldgefühle in seinem Herzen zu lindern, weil er nicht da gewesen war, als er starb.

»Danke«, flüsterte er.

Zoey drückte seinen Oberschenkel, auf dem ihre Hand ruhte. »Gern geschehen.«

Bubba konnte spüren, wie angespannt Zoey noch immer an ihm war. Er wollte, dass sie sich entspannte. Sich an ihn lehnte. »Entspann dich, Zo. Ich werde nicht beißen und auch nicht denken, dass du dich an mich lehnst, weil du mich ausziehen und dir zu Willen machen willst.«

Sie kicherte. »Aber was ist, wenn es genau *das* bedeutet?«

Ihre Worte trafen ihn hart, aber er zwang sich, ruhig zu bleiben.

»Dann würde ich sagen, wenn wir in der Zivilisation ankommen, werde ich dir mit Freuden erlauben, mit mir zu tun, was auch immer du möchtest.«

Sie lachte unbeholfen. »Ich habe nur Witze gemacht«, sagte sie schnell.

»Ich nicht«, erwiderte er leise.

Er musste ihr lassen, dass sie sich nicht aus seiner Umarmung befreite und ihn beschimpfte, weil er sie angemacht hatte. »Ich verstehe nicht, warum in Liebesromanen das Paar auf der Flucht vor den Bösen im Dschungel immer anhält, um Sex zu haben. Ich meine, es ist erst ein Tag vergangen, weniger als das, und ich fühle mich widerlich und schmutzig. Ganz zu schweigen davon, dass ich friere. Da habe ich definitiv keine Lust, mich auszuziehen und es zu treiben.«

Bubba verschluckte sich fast. Dann lachte er. »Das ist zwar nicht mein Genre, aber ich schätze, es liegt an der Romantik des Ganzen.«

»Nichts für ungut, aber das ist nicht romantisch«, konterte Zoey.

»Was denn? Wir haben ein nettes Feuer, eine schöne Landschaft und tolle Gespräche. Was ist daran nicht romantisch?«

»Ähm ... es ist kalt, wir haben keine Ahnung, wo wir sind oder ob jemand weiß, dass wir vermisst werden, jemand will uns offensichtlich töten und wir könnten wochenlang hier draußen sein.«

»Das ist alles wahr, aber du musst auch die gute Seite sehen, Zo.«

»Es gibt eine gute Seite?«, fragte sie.

»Es gibt immer eine gute Seite«, gab Bubba zurück. »Es sieht nicht so aus, als würde uns jemand nach dem Leben trachten; es ist kein Winter, und obwohl es kühl ist, liegt kein Schnee auf dem Boden, und die Temperatur liegt über dem Gefrierpunkt; ich habe einen Kompass, also können wir uns nicht verirren; und wir werden nicht verhungern, weil ich jagen und jedes kleine Tier zubereiten kann, das dumm genug ist, in meine Schlinge zu laufen. Und wir sind nicht allein. Wir haben einander.«

»Stimmt«, sagte Zoey mit leiser Stimme. »Ich weiß nicht, was ich getan hätte, wenn ich allein wäre. Wahrscheinlich hätte ich einen Nervenzusammenbruch gehabt.«

»Nein, du hättest das getan, was du immer getan hast.«

»Und was ist das?«, fragte sie, als er seinen Gedanken nicht sofort zu Ende führte.

»Dir selbst aus der Patsche helfen und den Mist erledigen.«

»Ich glaube, das ist das Netteste, was jemand jemals zu mir gesagt hat«, gestand Zoey.

»Dann muss ich mich wohl noch mehr anstrengen, um das zu übertreffen«, sagte Bubba. Und er wollte sie nicht nur beschwichtigen. Alles, was er heute gelernt hatte, war sehr aufschlussreich gewesen. Zoey Knight war niemand, der sich vom Leben unterkriegen ließ. »Ich bin auch froh, dass ich nicht allein bin«, sagte er nach einer Weile.

Sie machte ein spöttisches Geräusch.

»Was?«, fragte er. »Ich meine es ernst.«

»Als bräuchtest du jemanden. Ich bremse dich doch nur.«

»Stimmt nicht«, erwiderte Bubba. »Ein Team zu haben ist das Wichtigste in einer solchen Situation. Du stehst hinter mir und ich hinter dir. So funktioniert ein Team.«

»Da hast du aber eine ziemlich beschissene Teamkameradin erwischt, Mark.«

Sein Name aus ihrem Mund ließ seinen Bauch jedes Mal Purzelbäume schlagen. »Sag so was nicht«, schimpfte er. »Als ich das SEAL-Training durchgestanden habe, wurde uns beigebracht, dass jeder Einzelne für die Mission wichtig ist. Ja, heute war es hart für dich, aber ich habe gesehen, wie du mit der Zeit immer mehr Vertrauen in deine Fähigkeiten gewonnen hast. Du weißt jetzt, wie man ein Feuer macht und einen Unterschlupf baut. Aber wahrscheinlich noch wichtiger ist, dass du mir Gesellschaft geleistet hast. Der Verlust meines Vaters war wie ein Schlag in die Magengrube. Ich empfinde eine Menge Schuldgefühle und Reue in Bezug auf unsere Beziehung und wenn du über ihn sprichst und Geschichten über ihn erzählst, fühle ich mich gleich viel besser. Glaube also nicht, dass du kein wichtiger Teil dieser Mission bist, Zo. Denn das bist du.«

»Also ist das jetzt eine Mission?«, fragte sie.

Die Sonne war endlich untergegangen und das Feuer vor ihnen war das einzige Licht im Umkreis von mehreren Kilometern. Es fühlte sich intim und gemütlich an.

»Es ist auf jeden Fall eine Mission«, erklärte Bubba ihr. »Jemand wollte uns aus dem Weg räumen. Wir müssen herausfinden, wer es ist und was er davon hat. Wir müssen lange genug überleben, um zurück in die Zivilisation zu gelangen. Irgendwann werden wir sicher auf jemanden treffen. Auch wenn wir in Alaska sind, gibt es hier Tausende von Menschen, die abgelegen leben. Wir wollen nicht von einem Bären oder Elch gefressen werden, wir müssen unsere eigene Nahrung und Wasser finden und vor allem müssen wir positiv bleiben. Also ja, Zo, es ist definitiv eine Mission.«

»Ich bin froh, dass du mit mir hier bist«, sagte Zoey.

»Und ich bin auch froh, dass du bei mir bist«, entgegnete Bubba.

Einige Minuten des Schweigens vergingen. Zoey zitterte in seinen Armen und Bubba drückte sie fester an sich. Eigentlich müsste er erschöpft sein, aber genau wie bei einer Mission für die Marine ließ sein Verstand sich nicht abschalten. Wie es seine Art war, konnte er nicht aufhören, darüber nachzudenken, warum sich jemand die Mühe gemacht hatte, sie hier auszusetzen. Er ging immer wieder alles durch, was Zoey über seinen Vater und die Menschen, die ihm am nächsten standen, gesagt hatte.

»Weißt du genau, wie mein Vater gestorben ist?«, fragte er nach mindestens zwanzig Minuten des Schweigens. »Ich meine, ich weiß, dass es sein Herz war, aber das ist alles, was ich weiß.«

»Ich kenne nicht alle Details. Er fühlte sich schon eine ganze Weile nicht ganz wohl. Wenn ich ihn besucht habe, habe ich ihm Hühnernudelsuppe und andere Sachen gekocht. An manchen Tagen war es besser als an anderen. Aber es ging ihm schon besser. Darüber war ich sehr erleichtert. Ich dachte, es sei in Ordnung, wenn ich nach Anchorage fliege. Dein Vater hat Ärzte gehasst und wollte nie zugeben, dass er einen brauchte. Wenn er Schmerzen in der Brust gehabt hätte, wäre er nicht ins Krankenhaus gegangen, wie er es hätte tun sollen. Wie dem auch sei, Malcom ging zum Haus, um nach ihm zu sehen, da er nicht zur Arbeit erschienen war, und fand ihn in seinem Bett. Er war offenbar irgendwann in der Nacht verstorben.«

»Ich wusste nicht einmal, dass er krank war«, murmelte Bubba leise. »Ich hasse das.«

Dann tat Zoey etwas, das Bubba umhaute. Sie nahm seine Hand, küsste seine Handfläche und legte sie dann wieder um ihren Oberkörper. »Er wollte nicht, dass es jemand weiß. Ich wusste es nur, weil ich jeden zweiten Tag bei ihm zu Hause war, um seine Post zu holen, das Haus aufzuräumen und solche Sachen. Sean wusste es, und Malcom. Oh, und ich schätze, Kenneth wusste es auch, aber das war's auch schon. Keiner seiner Angestellten wusste, wie krank er geworden war, und das war ihm auch lieber so. Ich habe ihn angefleht, zum Arzt zu gehen, aber er sagte immer, dass es ihm am nächsten Morgen besser gehen würde, und schob es immer wieder auf. Aber ich schwöre, keiner von uns dachte, dass er einen Herzinfarkt bekommen würde.«

»Das ist genau mein Vater.« Bubba seufzte. »Ich werde ihn vermissen.«

»Ich auch«, stimmte Zoey zu. »Was ist für morgen geplant?«

»Das Gleiche wie heute. Wir ziehen weiter nach Süden.

Hoffentlich habe ich etwas in der Falle gefangen und wir können etwas Protein zu uns nehmen. Wir werden nach essbaren Pilzen und Beeren Ausschau halten und können auch einige Blätter knabbern. Es besteht keine Gefahr, dass wir dehydrieren, denn es scheint, als müssten wir alle hundert Meter einen Bach überqueren. Wir gehen einfach weiter, bis wir entweder auf eine Stadt stoßen oder jemandem über den Weg laufen.«

»Bei dir klingt das so einfach«, beschwerte Zoey sich gutmütig.

»Einen Fuß vor den anderen setzen«, erklärte Bubba. »Das ist alles, was wir tun können.«

»Glaubst du wirklich, deine Freunde werden merken, dass etwas nicht stimmt?«

Vorhin, als sie das Lager für die Nacht aufbauten, hatte Bubba von seinem Team sowie seiner Überzeugung gesprochen, dass die anderen merken würden, dass etwas nicht stimmte, und ihn suchen würden, wenn er sich nicht meldete.

»Ja. Ich verwette alles, was ich besitze, dass Rocco bereits die Truppe zusammengerufen hat.«

Bubba spürte, wie Zoey sich endlich an ihm entspannte. Sie lehnte sich mit ihrem ganzen Gewicht an ihn, und dieser kleine Schritt in Richtung Vertrauen fühlte sich fantastisch an. Es war, als hätte er eine große Hürde genommen, auf die er tagelang hingearbeitet hatte.

Er bewegte sich, bis sie beide auf der Seite lagen. Er hielt einen Arm um ihre Taille und zog Zoey wieder an sich. Sie hatte das Feuer vor sich und hoffentlich würde seine Körperwärme sie ebenfalls warm halten. Es war kühl, aber nichts, was er nicht auch schon erlebt hatte. Aber Zoey war das überhaupt nicht gewohnt und wie sie sagte, schien ihre Körpertemperatur von Natur aus niedrig zu sein. Er würde sie genau beobachten müssen, um sicherzugehen, dass es ihr gut ging.

»Fürs Protokoll?«, sagte Zoey.

»Ja?«

»Wenn wir das nächste Mal campen gehen, möchte ich das Glamping-Erlebnis haben.«

»Glamping?«

»Ja, Camping mit allen Annehmlichkeiten von zu Hause. Ein richtiges Bett, echte Kissen, eine Dusche, vielleicht sogar einen Whirlpool. Feuerstelle und Zimmerservice.«

»Gibt es das wirklich oder hast du dir das ausgedacht?«

»Das gibt es wirklich«, sagte sie. »Schlag es nach. Nun ... du wirst es nachschlagen müssen, wenn wir zu Hause sind. Ich schlafe nicht gern auf dem Boden.«

»Ich bin auch kein großer Fan davon«, gestand Bubba. »Aber ich verspreche dir, mit dir einen Glamping-Ausflug zu machen, wenn wir zurück sind.«

»Gut. Mark?«

»Ja?«

»Ich weiß nicht, wie du es geschafft hast, aber ich flippe nicht aus. Ich habe Angst ... aber mit dir an meiner Seite denke ich, wir könnten es tatsächlich nach Hause schaffen.«

»Das werden wir. Ich schwöre bei Gott, dass ich dich heil nach Hause bringen werde.«

»Natürlich bedeutet das nicht, dass derjenige, der diesen kleinen Campingausflug organisiert hat, nicht wieder versuchen wird, uns loszuwerden«, murmelte sie.

Bubba verkrampfte sich.

Mist. Daran hatte er gar nicht gedacht. *Natürlich* würde derjenige das tun. Denn jemand würde sich nicht die Mühe machen, ihn und Zoey verschwinden zu lassen, wenn er es nicht ernst meinte. Er hatte keine Ahnung, ob sie beide das Hauptziel waren, aber im Moment war das auch egal.

»Ich werde herausfinden, wer das getan hat, und dafür

sorgen, dass du dein Leben so leben kannst, wie du es willst«, schwor Bubba.

Aber Zoey hatte ihn nicht gehört. Sie atmete tief, was darauf hindeutete, dass sie bereits eingeschlafen war.

Bubba zog sie fester an sich, bis er nicht mehr wusste, wo sie aufhörte und er anfing, und dachte an seine Freunde.

Rocco, du hast besser die Truppe zusammengetrommelt, als ich dich nicht angerufen habe wie versprochen.

»Irgendetwas stimmt nicht«, murmelte Rocco leise vor sich hin. Er hatte nur halb gescherzt, als er Bubba gesagt hatte, er solle nach der Landung anrufen. Aber als die Zeit kam und verging und einige Stunden verstrichen, wurde Rocco immer unruhiger.

Sein Unbehagen war noch größer geworden, als er Bubbas Nummer angerufen hatte und sofort die Mailbox angegangen war. Er hatte die Nachrichten überprüft und keinen Hinweis auf einen Flugzeugabsturz in der Gegend von Anchorage gefunden. Er hatte sogar versucht, die Details des Charterflugs herauszufinden, mit dem er geflogen war, aber ohne Erfolg.

Niemand auf dem Flughafen von Anchorage konnte oder wollte ihm etwas über einen Flug sagen, der ungefähr zu der Zeit gestartet sein sollte, als er das letzte Mal von Bubba gehört hatte.

Sein *Oh-scheiße*-Zähler war ausgelöst worden, und jetzt reichte es ihm.

Rocco nahm das Handy in die Hand und wählte die Nummer des einzigen Menschen, von dem er wusste, dass er ihm sofort helfen konnte. Tex.

Er hoffte inständig, dass er überreagierte. Dass Bubba wohlbehalten in Juneau gelandet und einfach zu beschäftigt damit war, sich um den Nachlass seines Vaters zu kümmern, um daran zu denken, ihn anzurufen.

Doch Rocco verwarf den Gedanken schnell wieder. Bubba war ein Profi. Er würde genauso wenig »vergessen«, Rocco anzurufen, wie er ohne Munition für seine Waffen zu einer Mission aufbrechen würde.

Nein, es war etwas passiert. Etwas Schlimmes. Und Rocco würde nicht eher ruhen, bis er herausgefunden hatte, was dieses Etwas war, und seinen Freund nach Hause gebracht hatte.

Er hoffte inständig, dass er Bubba nicht in einer Kiefernholzkiste nach Hause bringen würde, und hielt den Atem an, während er darauf wartete, dass Tex den Hörer abnahm.

KAPITEL SECHS

»Erzähl mir mehr von deinem Team«, bat Zoey am nächsten Tag, während sie nach Süden stapften.

Der Morgen war so gut gelaufen, wie er nur konnte. Mark hatte ein Kaninchen gefangen und das kleine Ding hatte Zoey schrecklich leidgetan. Sie war nicht begeistert, Mark dabei zuzusehen, wie er es häutete und ausnahm, hatte sich jedoch geweigert, sich abzuwenden. Wenn sie hier draußen seine Partnerin sein wollte, musste sie lernen, mehr zu tun. Ihren Beitrag zu leisten.

Sie hatte nicht geglaubt, dass sie Kaninchen mögen würde. Vor allem wenn sie daran dachte, wie niedlich und pelzig das kleine Ding gewesen war. Aber der Geruch des Fleisches ließ ihr das Wasser im Mund zusammenlaufen, und als es fertig war, hatte sie keine Hemmungen mehr, es zu probieren.

Während der ganzen Zeit, die Mark gekocht hatte, hatte ihr Magen ununterbrochen geknurrt. Sie war es nicht gewohnt, zum Abendessen nichts anderes als Beeren und ein Bonbon zu essen, und obwohl sie beim ersten Bissen etwas zögerlich gewesen war, war sie nun süchtig.

Die Manieren, die sie von klein auf gelernt hatte, waren nach dem ersten Bissen praktisch verschwunden. Es schmeckte *so* gut. Ein bisschen fade und zäh, aber so verdammt lecker. Sie hatten beide so viel Fleisch gegessen, wie sie von den Knochen bekommen konnten, und sich dann gestärkt und entschlossen auf den Weg gemacht, um ein Zeichen von Menschen und Zivilisation zu finden.

Drei Stunden später war ihre Begeisterung für das Abenteuer abgeflaut. Obwohl ihre Stiefel und Socken das Eindringen von Feuchtigkeit verhinderten, waren ihre Füße dennoch kalt. Mark marschierte weiter, als könnte er noch hundert Kilometer weitergehen, und das ärgerte sie ein wenig ... denn sie wusste, dass er es tatsächlich konnte. Sie würde schon viel früher erschöpft umfallen.

Um sich von ihren Schmerzen abzulenken und sich daran zu erinnern, wie sie an jenem Morgen in Marks Armen aufgewacht war – ein wahr gewordener Traum –, flehte sie Mark förmlich an, er möge reden. Sie war neugierig auf die Männer, von denen er sprach, als wären sie seine Brüder. Sie hatte noch nie eine solche Bindung zu jemandem gehabt, weder zu Freunden noch zur Familie, und war verdammt neugierig auf sie.

»Was willst du wissen?«, fragte er.

»Alles«, antwortete sie ihm.

Er lachte – ein Geräusch, das sich um ihr Herz legte und dafür sorgte, dass sie sich in der Situation, in der sie sich befand, ein wenig besser fühlte. Sie konnte sich nicht daran erinnern, dass Mark besonders fröhlich war, aber seit sie ausgesetzt worden waren, hatte sie ihn oft lachen hören.

»Nun, wir sind ein sechsköpfiges Team. Wir sind zusammen, seit wir die SEAL-Ausbildung abgeschlossen haben. Rocco ist mit fünfunddreißig Jahren der Älteste und unser inoffizieller Anführer. Ich bin mit einunddreißig tatsächlich der Jüngste in unserem Team.«

»Wow, wirklich?«

»Wirklich. Und wir sind schon so lange ein Team, dass wir praktisch wissen, was der andere denkt. Meistens handeln wir, bevor uns jemand einen Befehl gibt.«

»Das ist irgendwie cool«, bemerkte Zoey.

»Ja. Ich liebe diese Jungs. Ich würde alles für sie tun, genau wie sie es für mich tun würden.«

»Weißt du daher, dass sie nach dir suchen werden?«

»So ist es. Und ich weiß bis ins Mark, dass sie, selbst wenn wir hier draußen sterben, nicht aufhören werden, bis sie nicht nur unsere Leichen finden, sondern auch herausfinden, wer uns in diese Situation gebracht hat und wie wir gestorben sind.«

»Ähm ... das ist ein bisschen morbide.«

Mark lachte erneut. »Ja, das ist es wohl. Aber ich will damit sagen, dass sie die besten Freunde überhaupt sind und ich nicht weiß, wo ich ohne sie wäre.«

»Das muss schön sein«, entgegnete Zoey, ohne nachzudenken.

»Hast du nicht auch solche Freundinnen?«, fragte Mark.

Zoey ärgerte sich darüber, dass sie das Thema angesprochen hatte, und versuchte, seine Frage umzulenken. »Nein, ich meine ... es ist schön, dass du solche Leute hast, auf die du zählen kannst.«

»Und du nicht?«, fragte er.

Scheiße. Er wollte es nicht auf sich beruhen lassen. »Ganz ehrlich? Nein. Du weißt, wie es ist, wenn du nicht in Juneau geboren und aufgewachsen bist, bist du ein Außenseiter. Ich habe ein paar Leute, mit denen ich mich ab und zu treffe, aber nichts wie das, von dem du sprichst.«

»Du würdest Caite, Sidney und Piper lieben«, sagte Mark.

Sie war froh, dass er ihren Mangel an engen Freundinnen nicht weiter hinterfragte. Das war etwas, was sie hasste, und egal wie sehr sie sich bemühte, Freundschaften zu schließen, sie schienen nie tiefer zu reichen als ein gelegentlicher Drink oder ein gemeinsames Essen. »Wer?«

»Die Frauen von Rocco, Gumby und Ace.«

Zoey schüttelte den Kopf. »Ich schwöre, ihr habt sehr seltsame Spitznamen. Ich könnte dich auf keinen Fall Bubba nennen. Du bist so weit von einem Bubba entfernt, dass es nicht einmal lustig ist. Und ich bin sicher, deinen Freunden geht es genauso. Gumby? Ernsthaft? Ist er groß und grün?«

Mark lachte. »Nein. Phantom ist der Große mit eins fünfundneunzig.«

»Er ist der, von dem du sagtest, er sei intensiv, richtig?«, fragte Zoey.

»Ja. Er hatte eine schreckliche Kindheit, obwohl er nie mit uns darüber spricht. Nur so viel, um zu wissen, dass das Thema tabu ist und er weder seine Tante noch seine Mutter jemals wiedersehen will.«

Zoey fröstelte, und das nur zum Teil, weil die Luft kühl war. Sie war sich nicht so sicher, ob sie sein Team treffen sollte. Sie wusste, dass Mark die anderen Jungs wie Brüder liebte, aber sie konnte sich nicht vorstellen, von so viel Testosteron umgeben zu sein. Sie hatte schon genügend Probleme, mit Mark allein zurechtzukommen. »Erzählst du mir von den Frauen?«

Zoey hörte aufmerksam zu, als Mark erzählte, wie jeder seiner Freunde seine Frau kennengelernt hatte. Sie hörten sich alle fantastisch an und ein Anflug von Eifersucht durchfuhr Zoey.

»Hat Caite deinen Freunden in Bahrain tatsächlich das Leben gerettet?«, fragte sie. »Oder übertreibst du nur um der Geschichte willen?«

»Ich meine es ernst«, beharrte Mark. »Rocco sagte, sie hätten sich mit ihrem Tod abgefunden und überlegten, wie sie die meisten Schmuggler ausschalten könnten, bevor sie erschossen wurden, als Caite den Tisch von der Luke schob, die er fest verschlossen hielt. Wenn sie nicht aufgetaucht wäre, hätten die Schmuggler einfach über dem Keller, in dem sie festsaßen, stehen und Rocco, Gumby und Ace einen nach dem anderen erschießen können.«

Zoey erschauderte. Sie mochte nicht daran denken, dass es Mark gewesen sein könnte. Er hatte ihr zwar keine anderen Geschichten von seinen Einsätzen erzählt, aber sie hatte das Gefühl, dass es irgendwann einmal Mark gewesen sein *musste*. Zum Glück war er heute noch da.

»Ich bin so froh, dass Sidney Hannah gerettet hat«, sagte sie.

»Ja, ich auch. Dieser Pitbull war so misshandelt worden, aber das merkt man nicht, denn sie ist das liebevollste Geschöpf, das ich je getroffen habe ... außer wenn jemand ihre Menschen bedroht.«

»Und ich kann nicht glauben, dass Piper und Ace diese Mädchen so schnell adoptieren durften! Das ist doch nicht normal, oder?«

»Stimmt. Aber das ist Tex. Er ist unglaublich. Ich schwöre bei Gott, er findet eine Nadel im Heuhaufen, ohne ins Schwitzen zu kommen.«

Zoey wusste, dass sie etwas unsicherer klang als beabsichtigt, als sie sagte: »Ich hätte nie gedacht, dass ich mich mit einer Nadel vergleichen würde, aber ich hoffe bei Gott, dass du recht hast und er uns in diesem Heuhaufen von Wald finden kann.«

Mark blieb stehen und sah sie an. Zoey wünschte sich fast, er würde einfach weitergehen. Dann müsste sie nicht versuchen, mutiger zu wirken, als sie sich fühlte. Mit jeder Stunde, die sie in diesen Wäldern verbrachten, wurde ihr ihre Situation klarer. Das war nicht einfach nur ein harter Campingausflug. Jemand hatte tatsächlich versucht, dafür zu sorgen, dass sie für immer verschwinden würden. Wahrscheinlich hatte er gehofft, dass ein Bär sie fressen würde oder so.

»Er wird uns finden«, sagte Mark ohne den geringsten Zweifel.

»Das kannst du nicht wissen.«

»Doch. Und willst du wissen warum?«

»Warum?«

»Weil er der Beste ist in dem, was er tut. Weil er ein ehemaliger SEAL ist. Weil er weiß, wie wütend ich wäre, dass jemand es wagt, mich wegen etwas so Dummem wie Geld umbringen zu wollen.«

»Glaubst du wirklich, dass das der Grund ist?«, fragte Zoey.

Mark nickte. »Es gibt wirklich keine andere Erklärung. Die Frage ist nur wer? Kenneth? Er war derjenige, der den Charterflug für uns organisiert hat. Sean? Pops Geschäftspartner? Er könnte sauer sein, wenn Pop mir einen Teil des Geschäfts überlässt, vor allem nachdem ich überhaupt nicht daran beteiligt war.«

»Vielleicht war es Ashley«, sagte Zoey, um sich in die Diskussion einzufühlen.

»Wer?«

»Ashley Gilstrap. Sie war eine Krankenschwester, die dein Bruder eingestellt hat, um ein Auge auf deinen Vater zu haben. Sie kam an den Tagen, an denen ich nicht da war, zu ihm.«

»Ich wusste nichts von ihr. Ist sie älter? Jünger? Verheiratet?«

»Ich würde sagen, ungefähr in unserem Alter. Single. Ich glaube, dein Bruder und sie hatten eine Zeit lang etwas miteinander, aber ich bin mir nicht sicher.«

»Apropos ... Malcom können wir auch nicht von der Liste streichen.«

»Glaubst du wirklich, dein eigener Bruder würde versuchen, dich loszuwerden?«, fragte Zoey.

Mark zuckte mit den Schultern. »Nein. Zumindest würde ich das gern glauben, aber im Moment müssen wir jeden verdächtigen.«

»Seans Frau ist ein Miststück«, verkündete Zoey. »Dein Vater hat mir erzählt, dass Vivian Kassamali das Geschäft hasst und Sean ständig sagt, er solle seine Hälfte verkaufen.«

Mark schaute sie einen Moment lang an.

»Was?«, fragte Zoey mit schief gelegtem Kopf.

»Du bist fantastisch«, sagte Mark leise zu ihr.

Zoey hatte keine Ahnung, wovon er sprach. Sie sah mit gerunzelter Stirn zu ihm auf.

»Ich weiß, dass du nicht so denkst, aber es hilft schon, mit dir über alles zu reden. Das ist es, was mein Team macht. Wir machen ein Brainstorming und überlegen uns alle möglichen Folgen einer Aktion. Das hilft uns, einen Plan zu entwickeln und sicherzustellen, dass wir heil nach Hause kommen.«

»Innerlich flippe ich aus. Ich hasse das, Mark. Noch nie hat jemand versucht, mich zu töten, und es ergibt keinen Sinn«, erwiderte Zoey ehrlich.

»Umso bemerkenswerter ist die Art und Weise, wie du mit der Sache umgehst. Um auf unser ursprüngliches Thema zurückzukommen, Tex und mein Team werden uns finden ... wenn wir uns nicht vorher retten. Ich erwarte fast, dass sie auftauchen, lachen und darüber scherzen, wie lange ich gebraucht habe, um *sie* zu finden.«

»Ich hätte nichts dagegen, wenn sie auftauchen, aber sagen wir, sie kommen mit einem Hubschrauber, damit wir nicht noch hundert Kilometer laufen müssen, okay?«

Mark warf den Kopf zurück und lachte, und Zoey war fasziniert davon, wie sich seine Kehle bewegte. Dann erholte er sich und trat auf sie zu. Er zog sie in eine riesige Umarmung, die sich wunderbar anfühlte.

Sie hatte es geliebt, in seinen Armen aufzuwachen. Der Boden war kalt, das Feuer fast erloschen und sie konnte ihre Füße nicht mehr richtig spüren, aber irgendwann in der Nacht hatte sie sich ihm zugewandt und er hatte sich auf den Rücken gedreht. Ihre Nase war in seinem Nacken vergraben gewesen und sein Arm hatte er um ihre Taille gelegt, um sie festzuhalten. Sie konnte seine Körperwärme sogar durch ihre beiden Schichten hindurch spüren. Für einen kurzen Moment hatte sie die Augen geschlossen und versucht, sich vorzustellen, wie sie zusammen in ihrem Bett in Juneau schliefen. Dass er seinen Vater besucht hatte und sich sofort in sie verliebt hatte. Er hatte sie die ganze Nacht über geliebt und sie waren beide vor Erschöpfung eingeschlafen.

Es war dumm, aber sie konnte ihre eigensinnige Fantasie nicht unterdrücken.

»Ein Hubschrauber also, Zo«, sagte Mark, küsste sie auf die Schläfe und trat dann zurück. »Bist du bereit, noch eine Weile weiterzugehen?«

Zoey nickte. Sie war müde, aber sie wollte nicht, dass Iron Man vor ihr davon erfuhr.

Aber es schien, als wüsste er es dennoch. »Nur noch eine Weile. Wir halten bald an und ich besorge uns einen Snack, okay?«

»Okay«, stimmte sie zu.

Er sah sie einen Moment lang an und Zoey hätte in dieser Sekunde alles dafür gegeben, Gedanken lesen zu können, um zu wissen, was er dachte. Aber schließlich nickte er nur einmal, drehte sich um und sie machten sich wieder auf den Weg.

Es war kein Zuckerschlecken, einen Weg durch den Wald zu finden. Es gab keine Pfade, denen sie folgen konnten, also mussten sie sich ihren Weg selbst bahnen. Mark war ständig auf der Hut vor den Geräuschen von Bären oder anderen Tieren und mehr als einmal hielt er eine Hand hoch, um sie zum Stehenbleiben aufzufordern, und lauschte dann ein paar Minuten lang. Jedes Mal konnte Zoey nichts anderes hören als ihr eigenes Herz, das viel zu laut klang und viel zu schnell schlug. Aber jedes Mal setzten sie nach einem kurzen Moment ihren Weg fort. Bis jetzt waren sie noch keinem riesigen Bären oder Elch begegnet, aber Zoey wusste, dass das nur Glück war.

Nach etwa einer Stunde fand Mark wie versprochen einen großen Felsen, auf dem sie sich ausruhen konnte, während er loszog, um ihnen etwas zu essen zu besorgen.

»Geh nicht zu weit weg«, rief Zoey, als er gerade in den Wald um sie herum verschwinden wollte.

Er blieb stehen und kam zu ihr zurück. Er legte die Hände auf den Felsen neben ihrer Hüfte und lehnte sich zu ihr. Zoey konnte ihn nur erstaunt anstarren.

»Ich bin so schnell wie möglich wieder da.«

»O-okay«, stammelte sie.

»Ich lasse dich doch nicht allein hier draußen«, sagte er.

»Ich weiß. Aber ... Dinge passieren.«

»Ich schwöre bei meinem Leben, dass ich zurückkomme.«

Zoeys Kehle schnürte sich mit unvergossenen Tränen zu und sie nickte. Sie konnte nicht sprechen, ohne dass Mark mitbekam, wie nahe sie am Abgrund stand.

Als wüsste er es sowieso, strich er ihr die Haare aus dem Gesicht und beugte sich vor, um sie auf die Stirn zu küssen. Dann lehnte er seine verschwitzte Stirn an ihre und legte eine Hand in ihren Nacken.

Die Position war intim und persönlich. Keiner von beiden roch mehr besonders gut und Zoey wusste, dass ihr Haar wahrscheinlich vollkommen zerzaust war, aber im

Moment schien das alles keine Rolle zu spielen. Es war, als wären sie die einzigen beiden Menschen auf der Welt.

»Ich habe nicht die Gefangennahme durch die Taliban, zwei Hubschrauberabstürze und unzählige Arschlöcher überlebt, die mich erschießen und in die Luft sprengen wollten, um dann von einem Bären mitten in Alaska erledigt zu werden und mein Mädchen sich selbst zu überlassen. Ich. Werde. Zurückkommen. Und wenn du mir sonst nichts glaubst, dann wenigstens das. Alles klar?«

Zoey wollte alles über die Taliban und die Hubschrauberabstürze erfahren, aber sie dachte sich, dass es wahrscheinlich besser war, es nicht zu wissen. Außerdem konnte er wahrscheinlich sowieso nicht darüber reden. Also nickte sie einfach noch einmal.

»Ich weiß, dass es nicht gerade bequem ist, aber wenn du ein Nickerchen machen kannst, ist das kein Problem. Schließe wenigstens die Augen und versuche, dich zu entspannen. Ich komme bald mit etwas zu essen zurück und dann machen wir uns wieder auf den Weg.«

»Sei vorsichtig«, flüsterte sie, als er sich schließlich aufrichtete.

»Das werde ich.«

Und damit drehte er sich um und ging in den dichten Wald um sie herum. In der einen Sekunde war er noch da, und in der nächsten war sie allein. Sie konnte nicht einmal hören, wie Mark umherging. Es war beängstigend und sie zwang sich, nicht nach ihm zu rufen. Er hatte gesagt, er käme zurück, also würde er auch zurückkommen.

Zoey atmete tief durch und tat, was Mark vorgeschlagen hatte. Sie schloss die Augen und tat ihr Bestes, um sich zu entspannen.

Bubba hasste den wilden Ausdruck in Zoeys Augen. Er hasste es, dass sie verängstigt war. Bis jetzt hatte sie ihre Sache gut gemacht. Sie hatte sich mehr als wacker geschlagen und er hasste es, dass sie überhaupt in diese Situation geraten waren. Es gefiel ihm nicht, darüber nachzudenken, wer aus dem Umfeld seines Vaters ihr Ableben arrangiert haben könnte, aber er konnte es nicht ignorieren. Jemand hatte Eve Dane angeheuert, um sie in die Wildnis zu fliegen und dort auszusetzen.

Er vermutete, dass es noch schlimmer sein könnte. Derjenige, der dahintersteckte, hätte das Flugzeug sabotieren können, damit sie wirklich abstürzten.

Die ganze Situation war so bizarr. Warum sollten sie ausgesetzt werden, wenn ein Mord das Ziel war? Wer auch immer Eve angeheuert hatte, konnte nicht wissen, ob er und Zoey sterben würden, wenn sie in der Wildnis zurückgelassen wurden. Die Wahrscheinlichkeit, dass sie in ein paar Wochen wieder aus der Wildnis auftauchen würden, war zwar gering, aber es war dennoch möglich.

Zoey war natürlich kein SEAL und sie hatte recht damit, dass sie ihn bremste. Aber Tatsache war, dass es ihm egal war. Er wollte sie lieber bei sich haben als nicht. Bubba wusste nicht, ob sie noch zehn oder tausend Kilometer zu gehen hatten. Er hoffte, dass Rocco und Tex ihre Magie einsetzen und ihnen eher früher als später zu Hilfe kommen würden. In der Zwischenzeit mussten sie einfach weitergehen, genügend zu essen finden und so trocken und warm wie möglich bleiben. Er konnte hier draußen wahrscheinlich wochenlang allein durchhalten, aber er war sich nicht sicher, ob Zoey das auch konnte, obwohl sie sich bisher gut gehalten hatte.

Als er entdeckte, wonach er gesucht hatte, kniete Bubba an einem Baum und sammelte vorsichtig die Pilze ein, die an dem Stamm wuchsen. Sein Vater hatte ihm vor langer

Zeit beigebracht, welche Pilze man sicher essen konnte und welche nicht. Sein Vater hatte ihm verdammt viel beigebracht, und für einen Moment ließ Bubba den Kopf hängen, als ihn die Realität des Todes seines Vaters überrollte.

Er würde nie wieder Pops Lachen hören.

Er würde ihn nie wieder aufgeregt über irgendein neues Plastik reden hören.

Er würde nie wieder eine E-Mail von ihm lesen, in der er fragte, ob er schon eine Freundin gefunden hatte.

Nie mehr hören, wie er Bubba damit neckte, dass er Großvater werden wollte.

Es war nicht fair.

Bubba atmete tief durch und stand mit den Pilzen in der Hand auf. Er durfte nicht in der Vergangenheit schwelgen, sonst würde sein Kummer ihn auffressen. Wie er Zoey schon gesagt hatte, musste er nach vorn blicken. Aber er schwor sich in diesem Moment, den wichtigsten Menschen in seinem Leben zu zeigen, wie sehr er sie schätzte und liebte.

Als er seine Schritte zu Zoey zurückverfolgte, dachte er an all die Anzeichen von Problemen, die er ignoriert hatte. Wie Kenneth auf dem Charterflug bestanden hatte, obwohl ein kommerzieller Flug nach Juneau genauso schnell gewesen wäre. Die Art und Weise, wie Eve, die Pilotin, ihm nicht in die Augen geschaut hatte, als sie ihm beim Kennenlernen die Hand schüttelte. Wie sie nicht sofort einen Notruf abgesetzt hatte. Wie ruhig sie gewesen war, als sie angeblich abgestürzt waren.

Sogar das Geräusch des stotternden Motors hatte sich, jetzt, da er darüber nachdachte, nicht richtig angehört. Er war zwar kein Pilot, aber er hatte schon oft genug gehört, wie ein Flugzeug- oder Hubschraubermotor ausfällt, um zu wissen, wie es klang.

Ja, es hatte viele Dinge gegeben, um besondere

Vorsichtsmaßnahmen zu treffen, aber er hatte sich Sorgen um Zoey gemacht und sich darauf konzentriert, dass es ihr gut ging.

Er bereute es, die Anzeichen ignoriert zu haben, aber er bereute nicht, dass er hier und jetzt mit Zoey zusammen war. Wenn er im Flugzeug geblieben wäre und Zoey wäre ausgestiegen, hätte Eve sie dann allein gelassen? Hätte Eve, wenn er in irgendeiner Weise protestiert hätte, eine Waffe gezogen und sie beide einfach erschossen?

Bubba schüttelte den Kopf und zwang sich, nicht mehr über das Was-wäre-wenn nachzudenken. Er konnte nichts an dem ändern, was er getan hatte, und er musste sich auf die Gegenwart konzentrieren. Auf das Überleben und darauf, ihn und Zoey wieder nach Hause zu bringen.

Als er sich an die Angst in Zoeys Gesicht erinnerte, als er weggegangen war, packte ihn die Wut. Er wusste, wozu Menschen fähig waren. Er hatte es aus nächster Nähe miterlebt. Aber er hasste es, dass Zoey das erleben musste. Sie war durch und durch gut. Er wusste, dass sie hauptsächlich wegen seines Vaters in Juneau geblieben war. Weil er sie gebraucht hatte.

Dass sie Angst hatte, war inakzeptabel. Er würde herausfinden, wer hinter diesem halb garen Plan steckte, sie von der Bildfläche verschwinden zu lassen, und dafür sorgen, dass derjenige bezahlte. Er hatte es vermasselt, indem er sie nicht direkt umgebracht hatte. Wer auch immer es war, musste davon ausgegangen sein, dass er und Zoey in den Gewässern Alaskas untergehen würden, aber damit hatte derjenige sich selbst ins Knie geschossen.

»Ich werde herausfinden, wer du bist, und dafür sorgen, dass du dir wünschst, nie geboren worden zu sein«, presste Bubba zwischen zusammengebissenen Zähnen hervor. Als würde es durch das Aussprechen der Worte wahrer werden.

Bubba atmete tief durch, um seine Wut zu kontrollieren,

und ging schneller. Zoey würde sich Sorgen um ihn machen und er musste zurückkehren. Er musste ihr etwas zu essen bringen, dafür sorgen, dass sie genügend Wasser hatte, und sie vielleicht sogar ein bisschen aufwärmen, bevor sie weitergingen. Er hatte noch nie eine Frau getroffen, der immer so kalt war wie ihr.

Wahrscheinlich hatte sie überall im Haus Decken, unter die sie sich kuscheln konnte. Vielleicht sogar eine Heizdecke auf dem Bett. Sie würde Riverton lieben. Es war weder zu heiß noch zu kalt. Sie könnte an die vielen Strände gehen, sich in den Sand legen und die Sonnenstrahlen genießen. Er wusste ohne Zweifel, dass sie sich mit Caite, Piper und Sidney gut verstehen würde. Zoey erinnerte ihn sogar sehr an Piper. Als sie vor den Rebellen in Timor-Leste geflohen waren, war Piper erstaunlich widerstandsfähig gewesen.

Als er merkte, worauf seine Gedanken zusteuerten, grinste Bubba reumütig. Obwohl er Rocco gesagt hatte, dass er glücklich war, Single zu sein, war ihm der Gedanke, Zoey mit nach Riverton zu nehmen, nicht im Geringsten unangenehm.

Er hielt inne und neigte den Kopf zum Himmel. *Hast du sie zu mir geschickt, Pop? Habe ich zu lange gebraucht, um dir die Enkelkinder zu schenken, die du immer wolltest?*

Natürlich kam keine Antwort, aber der Gedanke, dass sein Vater Zoey irgendwie für ihn bei sich gehalten hatte, bis er den Weg zu ihr finden konnte, ließ ihn nicht los.

Bubba glaubte fest an das Schicksal, und jetzt, da er Zoey kennengelernt hatte und beeindruckt war von dem, was er erfahren hatte, wurde er das Gefühl nicht los, dass sein Vater irgendwie seine Finger im Spiel hatte. Er hatte wahrscheinlich nicht vorgehabt zu sterben, aber Bubba hoffte inständig, dass er jetzt irgendwo über sie wachte.

Als das Wegwerfhandy klingelte, fluchte der Boss lange und leise, bevor er abnahm.

Nur eine Frau hatte diese Nummer.

»Hallo?«

»Hey, Boss, ich bin's. Der Job ist erledigt. Jetzt brauche ich das Geld, das du mir versprochen hast.«

Zutiefst schockiert darüber, dass Eva Dawkins, auch bekannt als Eve Dane, noch am Leben war, wusste der Boss, dass die Kacke bald am Dampfen wäre. Eva war angeheuert worden, um Mark und Zoey nach Juneau zu fliegen, dann auf dem Weg dorthin einen »Motorschaden« vorzutäuschen und die beiden auszusetzen.

Der Motorschaden hätte allerdings echt sein sollen ... und Eva hätte zusammen mit ihren Passagieren sterben sollen.

Es würde nicht reichen, wenn Mark und Zoey nur verschwanden! Ihre Leichen mussten gefunden werden. Aber offensichtlich war etwas schiefgelaufen, denn Eva war tatsächlich am Telefon, obwohl sie eigentlich tot sein sollte. Aber bevor der Boss herausfinden konnte, wie er das Problem beheben konnte, musste Eva erklären, was sie mit ihren Passagieren gemacht hatte.

»Nicht so schnell. Ich brauche Details. Wo hast du sie gelassen?«, fragte der Boss.

Eva seufzte am anderen Ende der Leitung. »Mark ist gleich nach dem Start eingeschlafen, Gott sei Dank. Wenn er so hellwach gewesen wäre, wie du gesagt hast, hätte er gewusst, dass wir nicht nach Südosten in Richtung Juneau fliegen. Ich bin direkt nach Westen geflogen und ein wenig gekreist, bevor ich in Richtung Lake-Clark-Nationalpark gesteuert habe. Ich bin zwischen zwei Bergketten runter und in einem Nebenfluss des Two Lakes gelandet.«

»Und er hat keinen Verdacht geschöpft?«

»Nein. Ich glaube nicht. Erst als es zu spät war, etwas zu tun. Ich habe die Treibstoffzufuhr gedrosselt und es so aussehen lassen, als würden wir eine Bruchlandung machen. Sie gingen in Klemmhaltung. Ich landete auf dem See und sagte ihnen, dass ich nach dem Rechten sehen müsse. Ich ließ sie aussteigen, und als sie am Ufer waren, machte ich kehrt und flog weg.« Eva hielt inne. »Die Gesichter der beiden werden mich immer verfolgen, wenn ich ehrlich bin. Mark wusste sofort, was los war, und war überhaupt nicht erfreut. Zoey sah einfach nur verwirrt aus. Aber als ich das Flugzeug umgedreht habe, schaute ich zurück. Sie hatte einen Ausdruck völligen Unglaubens und Entsetzens im Gesicht.«

»Und du hast ihnen nichts mitgegeben, was ihnen beim Überleben helfen könnte, richtig?«

»Nein. Alles, was sie hatten, waren die Kleider, die sie trugen. Aber ich muss dir sagen, dass Mark die Erlaubnis hatte, ein Messer mit ins Flugzeug zu nehmen, und ich bin mir ziemlich sicher, dass die Taschen seiner Cargohose voll waren, aber ich weiß nicht womit. Ansonsten hatten sie nur die Kleidung, die sie am Leib trugen.«

»Gut.«

Aber es war nicht gut. Jetzt war *alles* im Arsch. Für die meisten Menschen wäre ein Messer keine große Hilfe gewesen, aber dies war Mark. Jeder wusste, dass er ein SEAL war. Allein der Besitz eines Messers konnte ihm in der Wildnis Alaskas einen Vorteil verschaffen, der ihm und der Schlampe, mit der er zusammen war, das Leben rettete.

»Bist du sicher, dass niemand weiß, wo du hingegangen bist und wo du dich jetzt aufhältst?«

»So sicher, wie ich nur sein kann«, sagte Eva. »Als ich den Flugplan eingereicht habe, habe ich einen falschen Namen benutzt und die Kennzeichnungs- und Seriennummern gefälscht. Wenn also jemand nach mir oder meinem Flugzeug sucht, wird er uns nicht finden. Ich habe das Flugzeug in einem Kaff mit einer Schotter-Landebahn abgestellt und einen Einheimischen überredet, mich nach Anchorage zu bringen, wo ich den Flug nach Seattle angetreten habe. Da wir außerdem in die entgegengesetzte Richtung derer geflogen sind, die ich im Flugplan angegeben hatte, wird jeder, der versucht, sie zu finden, an der falschen Stelle suchen.«

»Geschieht ihnen recht. Sie haben kein Recht auf Colins verdammtes Geld. *Keines.* Sie kriegen, was sie verdienen.«

Aber der Plan war gründlich in die Hose gegangen. Ihre Leichen sollten schnell gefunden werden. Das Flugzeug sollte kurz nach dem Start abstürzen, sodass alle Leichen innerhalb weniger Stunden geborgen werden würden. Jetzt, da Eva den Plan in die Tat umgesetzt hatte, den sie für den echten gehalten hatte … ließ sich nicht sagen, wann oder ob die Leichen von Mark und Zoey gefunden werden würden.

Und das war nicht gut. Ganz und gar nicht. Ein Antrag, sie für tot erklären zu lassen – nur um den Prozess zu starten –, konnte erst in einigen Jahren gestellt werden. Das verdammte Geld, das Colin ihnen hinterlassen hatte, würde vom Gericht beschlagnahmt werden, bis ihr Tod offiziell wäre.

»Also … wann bekomme ich mein Geld?«, fragte Eva.

»Du bekommst es, wenn ich weiß, dass sie nicht auftauchen und ihren Teil des Erbes einfordern werden.«

»Das war nicht die Abmachung! Du hast gesagt, dass ich bezahlt werde, sobald ich den Job erledigt habe.«

»Nun, der Job ist noch nicht erledigt, oder? Ich melde mich wieder.«

Ohne Eva Zeit für eine Antwort zu geben, beendete der Boss die Verbindung, schaltete das Handy aus und nahm sich vor, es zu entsorgen, damit die Schlampe keinen Kontakt mehr aufnehmen konnte.

Eva würde allerdings nicht die Bullen rufen. Sie saß fest. Sie brauchte dringend das Geld, das ihr versprochen worden war. Wenn sie es wagte, mit leeren Händen nach Hause zurückzukehren, würde ihr Ex mit den Kindern verschwinden, und sie wusste, dass sie sie nie wiedersehen würde.

Eva war perfekt für den Job gewesen. Entbehrlich und viel zu naiv. Sie hatte ihre ganze rührselige Geschichte ausgekotzt, was sie zum perfekten Sündenbock für den Plan machte. Als Eva Jay, ihren Ex, kennenlernte, hatte sie gedacht, sie hätte den Jackpot geknackt. Er hatte sie im Sturm erobert, sie geheiratet und geschwängert ... doch dann kam sein wahres Gesicht zum Vorschein. Er war ein gewalttätiges Arschloch, das seinen Lebensunterhalt mit Drogenhandel verdiente.

Sie brauchte eine Weile, um sich von Jay zu lösen, und sie hatte gedacht, sie hätte es geschafft. Aber dann hatte er ein paar Gefallen eingefordert und einen Richter dazu gebracht, ihm das volle Sorgerecht für die Kinder zuzusprechen. Er wollte sie nicht. Er hasste sie, um genau zu sein, aber er liebte es, die Oberhand zu haben. Es gefiel ihm zu wissen, dass er ihr wehtat. Aber er sagte, er würde ihr die Kinder aushändigen und für immer verschwinden, wenn sie ihm jeden Cent zurückzahlen würde, den er in den letzten vier Jahren für sie ausgegeben hatte.

Das war mehr Geld, als sie jemals allein aufbringen konnte. Natürlich hatte Jay ihr hilfsbereit den Namen eines Kontakts – des Bosses – gegeben, der ihr alles zahlen würde, was sie brauchte, wenn sie ihm einen kleinen Gefallen tat ...

Zum Glück für Miss Eva Dawkins war der *eigentliche* Plan schiefgegangen. Aber leider würde sie nie einen Cent des Geldes sehen, das ihr versprochen worden war. Sie hätte nicht überleben sollen. Sie hätte *tot* sein sollen, genau wie Mark und Zoey.

Seufzend wusste der Boss, dass die einzige Hoffnung, Colins Geld zu bekommen, darin bestand, seinen Sohn und diese dumme Schlampe Zoey zu finden. Aber das würde schwierig werden. Alle dachten, sie seien auf dem Weg von Anchorage nach Juneau, aber in Wirklichkeit befanden sie sich Hunderte von Kilometern in der anderen Richtung. Das war eine Katastrophe ... aber vielleicht war sie noch zu retten.

Es würde eine sorgfältige Planung und viel Einsatz erfordern, aber mit ein bisschen Glück würden die Leichen von Mark und Zoey eher früher als später gefunden werden und alle könnten ihr Leben weiterleben ... um einiges reicher.

KAPITEL SIEBEN

Am nächsten Morgen weckte Bubba Zoey nicht sofort. Er wusste, dass sie sich auf den Weg machen mussten, aber er konnte sich noch nicht dazu durchringen aufzustehen. Mit seinen einunddreißig Jahren hatte er schon einige Beziehungen hinter sich, aber den Reiz des Kuschelns hatte er nie wirklich verstanden. Er war ein Morgenmensch und immer bereit, aufzustehen und loszulegen.

Er hatte noch nie den Drang verspürt, einfach nur so im Bett zu liegen. Er hatte immer etwas zu tun. Die meiste Zeit musste er mit dem Rest des Teams zum Training gehen. Aber nachdem er nur zwei Morgen mit Zoey aufgewacht war, wurde ihm klar, was er bisher verpasst hatte.

Die Luft war kühl, aber nicht eiskalt. Anscheinend wusste Zoey das nicht. Irgendwann in der Nacht hatte sie sich wieder zu ihm umgedreht und ihr Gesicht an seiner Brust vergraben. Ihre Hände hatte sie unter seine Arme geschoben auf der Suche nach der Wärme, von der sie wusste, dass sie dort zu finden war. Ihre Beine waren ineinander verschlungen und Bubba konnte sich nicht erinnern, sich jemals so ... zufrieden ... mit einer Frau gefühlt zu haben.

Ja, sie befanden sich in einer besonderen Situation, aber er hatte das Gefühl, dass er sich in Zoeys Nähe auch wohlgefühlt hätte, wenn sie sich nicht in einer lebensbedrohlichen Lage befunden hätten. Bubba vermutete, dass es zum Teil auch daran lag, dass sie sich nicht gerade fremd waren. Er hatte sie bereits in der Highschool gemocht, und obwohl das schon lange her war, fühlte er sich auch jetzt noch zu ihr hingezogen.

Sie kannten dieselben Leute. Verdammt, sie stand seinem Vater näher, als er selbst es getan hatte. Am Abend zuvor hatten sie über die alten Treffpunkte aus ihrer Highschool-Zeit gesprochen und darüber gelacht, dass die Teenager heute das Gleiche taten wie vor über zehn Jahren. Die Dinge in Juneau hatten sich nicht allzu sehr verändert, was gleichzeitig beruhigend und ein wenig beunruhigend war.

Bubba rutschte herum, um den Stein loszuwerden, der sich in seinen Hintern bohrte, und seine Bewegungen weckten Zoey. Er lächelte, als sie aufstöhnte und langsam wach wurde. Sie war so anders als er. Wenn er wach war, war er *wach*. In Sekundenschnelle konnte er vom Tiefschlaf direkt auf die Füße springen, bereit zu kämpfen. Zoey brauchte mehrere Minuten, um auch nur die Augen zu öffnen, nachdem sie aufgewacht war. Er hatte das Gefühl, dass sie erst nach drei Tassen Kaffee wach genug war, um zu reden.

»Hast du gut geschlafen?«, fragte er nach einem Moment leise.

»Nein«, murmelte sie in seine Brust.

Lächelnd schüttelte Bubba nur den Kopf und wartete darauf, dass sie noch etwas wacher wurde. Es war schließlich nicht so, dass sie zu einer bestimmten Zeit irgendwo sein mussten. Er konnte den ganzen Tag mit ihr in seinen Armen liegen.

Es dauerte etwa fünf weitere Minuten, bis sie wach genug war, um an Bewegung zu denken. Fünf Minuten, in denen Bubba den Stein an seinem Hintern ignorierte und einfach den kurvigen Körper genoss, der sich an ihn schmiegte. Als sie schließlich den Kopf hob und aufblickte, spürte Bubba, wie sich etwas in ihm zusammenzog, als er ihren Blick sah.

Sie war immer noch schläfrig und ihr Haar war völlig durcheinander. Ihre Wangen waren rot, wahrscheinlich vom Sonnenbrand und ein wenig vom Wind. Das Make-up, das sie getragen hatte, war längst weggeschwitzt und abgerieben. Keiner von beiden roch besonders gut, aber aus irgendeinem Grund fühlte er sich mehr denn je zu ihr hingezogen.

»Hi«, sagte er dummerweise.

»Hi«, erwiderte sie. Dann fragte sie nach einem Moment: »Sehe ich so schlimm aus, wie ich mich fühle?«

Bubba lachte, dann log er ihr direkt ins Gesicht. »Nein.«

Sie verdrehte die Augen und Bubba musste über ihre Reaktion lächeln. Er würde nie wieder in seinem Leben jemanden sehen können, der mit den Augen rollt, ohne an sie zu denken.

»Lügner. Aber ich weiß es zu schätzen.« Sie setzte sich langsam auf und stöhnte noch einmal. »Ich habe keine Ahnung, warum du immer so verdammt warm bist, aber ich muss sagen, dass ich es mit jeder Minute, die vergeht, mehr zu schätzen weiß.«

»Wenn du mich als deine persönliche Heizung benutzen willst, stehe ich dir jederzeit zur Verfügung«, versicherte Bubba in einem viel ernsteren Ton als beabsichtigt.

»Danke«, sagte sie lachend. »Vielleicht kannst du mir einfach folgen und mich meine eisigen Hände unter dein Hemd schieben lassen, wenn mir kalt wird.«

Kaum hatte sie die Worte ausgesprochen, schloss sie kurz die Augen und Bubba sah, wie ihre Wangen noch röter wurden, als sie es ohnehin schon waren. »Ignoriere mich«, murmelte sie. »Ich bin offensichtlich im Delirium.«

Bubba schmunzelte. Dann stand er auf und hielt ihr eine Hand hin. Als sie sie nahm und er ihr beim Aufstehen half, sagte er: »Nein. Du bist vielleicht müde, hungrig und besorgt, aber nicht im Delirium.«

Dann nahm er ihre Hände in seine, schob sie seitlich unter sein Hemd und hielt sie an seine Haut. Sie waren kühl, aber nicht so sehr, dass es ihn wirklich störte.

Ihr verzückter Gesichtsausdruck war mehr als genug Entschädigung für das leichte Unbehagen, das er vielleicht empfand.

Sie schloss die Augen und stöhnte, und Bubba konnte nicht umhin, sich vorzustellen, wie sie dieselbe Reaktion zeigte, wenn er etwas anderes mit ihr tat, aber er schob den Gedanken schnell beiseite. Das Letzte, was einer von ihnen brauchte, war eine zusätzliche sexuelle Spannung in ihrer ohnehin schon stressigen Situation. Er musste jetzt einfach nur ihr Freund sein.

»Oh mein Gott«, sagte sie leise. »Das fühlt sich so gut an.«

Bubba stand ein paar lange Minuten mit seinen Händen an ihrer Taille da, während sie mit ihren seine nackte Haut unter seinem Hemd umklammerte, bevor sie seufzte und zu ihm aufsah. »Danke. Was steht heute auf dem Programm? Ein bisschen Fliegenfischen, gefolgt von einem schönen, ruhigen Waldspaziergang und einem Vier-Gänge-Menü in der Hütte, wenn wir müde sind? Oh, und vergessen wir nicht das Bad im Whirlpool unter dem Sternenhimmel, ja?«

Er lachte. »Ich habe mir gedacht, wir sollten nachsehen, ob wir etwas in der Schlinge gefangen haben. Wenn ja, braten wir das und schauen dann, ob wir nicht noch etwas

weiter kommen, um zwischen diesen beiden Bergen herauszukommen. Ich dachte auch, wir könnten heute einen Wett-
bewerb veranstalten, wer die meisten Pilze finden kann.«

Zoey seufzte, lächelte ihn aber mutig an. »Du wirst
verlieren, SEAL.«

»Es ist gut, Vertrauen zu haben«, antwortete er.

Dann haute sie ihn um, indem sie ernst wurde und
sagte: »Danke, dass du dafür gesorgt hast, dass es nicht so
schlimm ist, wie es sein könnte. Dass du mich von der
Tatsache ablenkst, dass jemand uns buchstäblich zum
Sterben hier draußen gelassen hat. Und danke, dass du
mehr Zeug in deine Taschen gepackt hast, als ich in
meinem ganzen Koffer habe. Ein Messer, Kompass, Bindfa-
den, Feuerstein und wer weiß, was da noch alles drin ist.
Einfach nur ... danke. Ich kann mir nicht vorstellen, wie das
mit jemand anderem als dir gut geht.«

Bubba konnte nicht anders. Er streckte eine Hand aus
und umfasste ihre Wange. »Du musst mir nicht danken, Zo.
Wenn du nicht das Pech gehabt hättest, in diesem Flugzeug
zu sitzen, wärst du wahrscheinlich schon in Juneau und
würdest mich verfluchen, weil ich nicht zur Testamentseröffnung meines Vaters erschienen bin.«

Sie sah ihn stirnrunzelnd an. »Was willst du damit
sagen? Dass du glaubst, dass derjenige, der das getan hat, es
auf *dich* abgesehen hat?«

»Genau das will ich damit sagen.«

»Weißt du, was im Testament deines Vaters steht?«

»Nein. Du?«

Sie schüttelte den Kopf.

»Gut. Offensichtlich hat Pop dir etwas hinterlassen. Ich
kann nicht sagen was, das weißt du vermutlich besser als
ich, aber es ist wahrscheinlich nicht genug, dass jemand
deinen Tod will.«

Zoey starrte zu ihm auf, antwortete aber nicht.

»Aber da ich sein Sohn bin ... und weiß, wie viel sein Geschäft wert ist, schätze ich, dass da eine Menge Geld für mich drin ist.«

Sie blinzelte, als wäre ihr gerade etwas eingefallen. »Oh mein Gott, Mark. Glaubst du, Malcom geht es gut? Was, wenn jemand auch hinter ihm her ist?«

Daran hatte Bubba auch schon gedacht, aber er hatte nichts gesagt, da er sie nicht beunruhigen wollte. Und ... wenn sein Bruder das getan hatte, dann war er natürlich *nicht* in Gefahr.

Als er nicht schnell genug antwortete, fragte Zoey: »Denkst du, Malcom steckt dahinter?«

»Ich weiß es nicht«, sagte Bubba rasch. »Aber im Moment mache ich mir nur Sorgen um uns beide. Wir können nichts anderes kontrollieren als unsere eigene Situation. Es ist sinnlos, sich über Dinge zu sorgen, gegen die wir nichts tun können.«

Zoey schloss die Augen und Bubba sah, wie ihre Schultern zusammensackten, als sie sich in seine Hand lehnte. Er hielt sie sanft fest und wartete darauf, bis sie das, worüber sie nachdachte, verarbeitet hatte.

Schließlich öffnete sie die Augen und sagte: »Ich hasse es, dass Geld Menschen so etwas antun kann. Ich *hasse* es. Ich meine, ich bin nicht dumm. Ich weiß, dass Geld die Welt regiert, aber es ist verrückt, wie wenig Geld nötig ist, um Menschen dazu zu bringen, furchtbare, schreckliche Dinge zu tun. Ich mag deinen Bruder nicht besonders. Er ist ein ziemlicher Idiot. Aber er arbeitet hart und war deinem Vater eine große Hilfe. Ich wünsche ihm nichts Böses, also hoffe ich, dass es ihm gut geht.«

»Was ist mit Sean?«

Zoey seufzte. »Ja, ich könnte mir vorstellen, dass er das tut. Ich weiß, dass er und Colin sich in letzter Zeit oft über das Geschäft gestritten haben. Ich glaube, Sean wollte die

Fabrik nach Übersee verlagern, wo die Herstellung der Produkte billiger wäre, aber dein Vater war dagegen. Er wollte, dass die Arbeitsplätze hier in Amerika bleiben. In Juneau. Sie haben viel darüber gestritten.«

»Auf welcher Seite war Malcom?«

Zoey zuckte mit den Schultern. »Ich weiß es nicht. Aber der ganze Streit und die Spannungen haben Colin sehr zugesetzt. Zusammen mit seiner ständigen Krankheit machte ihn das mürrisch und kurz angebunden.«

Bubba hasste den Gedanken, dass irgendjemand ihn umbringen wollte, vor allem wenn es um die Leute ging, die seinem Vater am nächsten standen. Zoey hatte recht, es war beschissen, dass Geld jemanden dazu bringen konnte, dafür zu töten.

In diesem Moment gab Zoeys Magen ein lautes Grummeln von sich. Sie rümpfte die Nase und Bubba ließ schließlich seine Hand von ihrem Gesicht sinken. Sie legte eine Hand auf ihren Bauch und sagte: »Könntest du bitte den Zimmerservice anrufen und fragen, warum es so lange dauert, unsere Bestellung zu bringen?«

Er lächelte zu ihr hinunter und dankte Gott nicht zum ersten Mal, dass sie zusammen zurückgelassen worden waren. »Ich kümmere mich sofort darum.«

»Und ich nehme an, du hast kein Shampoo in deinen Taschen, oder?«, fragte sie mit hoffnungsvoll hochgezogener Augenbraue.

»Leider nicht. Aber ich habe das hier ...« Bubba griff in eine Hosentasche in der Nähe seiner Wade und holte einen kleinen schwarzen Kamm hervor. Bei ihrem Gesichtsausdruck hätte Bubba denken können, er hätte einen Miniaturhubschrauber herausgeholt, der sie von dort wegbringen konnte.

»Ein Kamm! Oh mein Gott, du bist mein Held!«, rief sie aus.

Bubba hatte sich noch nie viel aus diesem Wort gemacht, aber es aus ihrem Mund zu hören und zu sehen, wie sie ihn anschaute, als hätte er ihr die Welt geschenkt, tat gut. Mit Blick auf ihr Haar zog er eine Grimasse und sagte: »Du könntest vielleicht Hilfe gebrauchen.«

Sie grinste und ließ sofort eine Hand zu ihrem Haar wandern, um es glatt zu streichen. »So schlimm, was?«, fragte sie.

Bubba schüttelte den Kopf. »Nichts, was wir nicht hinbekommen könnten.«

»Danke«, wiederholte sie.

»Nein. Nichts von alledem. Wir sind ein Team und stecken da zusammen drin.«

Sie schaute den Kamm einen Moment lang sehnsüchtig an, dann nahm sie einen tiefen Atemzug. »Nun, ich denke, meine Haare können warten. Wenn du keine Angst hast, mit mir in der Öffentlichkeit gesehen zu werden, wenn meine Haare so aussehen wie jetzt – sofern man diesen Wald als *in der Öffentlichkeit* bezeichnen kann –, dann kann ich mit dem Kämmen bis später warten. Wir müssen die Schlingen überprüfen, ein Feuer machen und herausfinden, wohin wir heute gehen.«

Bubba steckte den Kamm für später zurück in seine Tasche und musste sich zwingen, Zoey nicht in den Arm zu nehmen. Sie war unglaublich. Praktisch und bodenständig. Aber er konnte trotzdem die Verletzlichkeit und Unsicherheit in ihren Augen sehen. Er wollte sie ermutigen, ihre Flügel auszubreiten, und sie gleichzeitig in seine Arme schließen, um sie zu beschützen. Er entschied sich für die Frage: »Willst du die Schlinge überprüfen oder versuchen, das Feuer zu entfachen?«

»Feuer. Ich bin mir nicht sicher, ob ich das kann, aber ich überlasse dir die toten Tiere, wenn das okay ist.«

»Du kannst hier sitzen und nichts tun, wenn du willst«,

sagte Bubba zu ihr. Er hatte kein Problem damit, sich um beides zu kümmern. Aber sie schüttelte sofort den Kopf.

»Nein, ich bin keine Jungfrau in Nöten. Ich helfe.«

»Okay. Weißt du noch, was ich dir gestern über den Feuerstein erzählt habe?«

»Ja. Aber lass uns bei meinem ersten Mal keine Wunder erwarten, okay?«

Er lachte. »Wenn du mich brauchst, bin ich nur einen Schrei entfernt.«

»Gut. Es ist ja nicht so, dass wir uns Gedanken darüber machen müssen, leise zu sein oder so. Hier draußen kann uns sowieso niemand hören.«

Bubba nickte. Es wäre viel schlimmer gewesen, wenn derjenige, der ihr Verschwinden arrangiert hatte, ein paar Scharfschützen geschickt hätte, um sicherzugehen, dass sie es nicht nach draußen schafften, aber derjenige war entweder zu geizig, um das durchzuziehen, oder zu sehr davon überzeugt, dass es ausreichen würde, sie hier auszusetzen. »Ich bin bald wieder da.« Er griff in seine Tasche, holte den Feuerstein heraus und legte ihn in ihre offene Handfläche. »Du schaffst das, Zo.«

»Jup. Nenn mich einfach Laura Ingalls.«

»Wer?«, fragte Bubba verwirrt.

Sie lachte. »Ist doch egal. Geh. Husch. Du Mann, besorg Fleisch. Ich Frau, mach Feuer.«

Lachend drehte Bubba sich um, um ihren improvisierten Lagerplatz zu verlassen. Er liebte es, dass sie ihn ständig zum Lachen brachte.

Ja, man konnte behaupten, dass Zoey ihm unter die Haut gegangen war ... und er mochte sie dort. Sehr sogar.

Zoey tat ihr Bestes, ihre Atmung unter Kontrolle zu halten, als sie später am Morgen durch den Wald stapften. Wie sich herausstellte, war es ihr nicht gelungen, das Feuer zu entfachen. Mit dem Feuerstein hatte sie zwar ein paar Funken schlagen können, aber sie waren nicht dort gelandet, wo sie sie haben wollte, und die kleinen Stöcke, die sie gesammelt hatte, hatten kein Feuer gefangen.

Mark hatte es natürlich fast sofort geschafft, eine Flamme zu erzeugen, was ärgerlich war. Er war so nett gewesen, ihr zu sagen, dass er einfach Glück gehabt hatte, aber Zoey wusste, dass das nicht stimmte.

Je mehr Zeit sie mit Mark verbrachte, desto mehr wurde ihre Highschool-Schwärmerei neu entfacht. Aber dieses Mal war es mehr als nur eine Schwärmerei. Sie bewunderte Mark. Sie mochte den Mann, der er geworden war. Er war großzügig, höflich, mutig und kannte sich mit einer ganzen Menge aus.

Außerdem war er sehr aufmerksam. Sie war dabei, sein »Suche nach Pilzen«-Spiel zu verlieren, aber das war keine Überraschung. Sie hatte das Gefühl, dass er jeden Vogel, der über ihren Köpfen flog, und jedes kleine Säugetier, das im Unterholz Geräusche machte, genau kannte. Er hielt den Kompass in der Hand und hielt sie auf dem richtigen Weg, während er sie gleichzeitig auf jede Kleinigkeit hinwies, über die sie stolpern könnte, und jede verdammte Beere und jeden Pilz fand, an dem sie vorbeikamen.

Wenn sie ihn nicht so sehr bewundern würde, wäre sie mächtig genervt.

Aber es waren die Einblicke in den nicht ganz so perfekten Mann, die sie am meisten faszinierten. Er war kein sonderlich guter Sohn oder gar Bruder gewesen, wenn sie ehrlich war. Er hatte Colin ab und zu E-Mails geschrieben, aber er hatte nicht oft angerufen und ihn schon gar nicht besucht. Es blieb Malcom überlassen, Colin mit dem Geschäft und seinen täglichen Bedürfnissen zu helfen.

Vor zehn Jahren war das keine große Sache gewesen, aber als Marks Vater krank geworden war, brauchte er immer mehr Hilfe. Zoey tat, was sie konnte, aber Malcom hatte definitiv mehr einspringen müssen. Mark hatte nicht einmal von seiner Krankheit gewusst.

Und der Mann war einfach ein bisschen zu positiv.

Sie war sich sicher, dass er es ihr zuliebe tat, aber nur ein einziges Mal würde sie gern hören, wie er sich darüber beschwerte, dass sie mitten in einem verdammten Wald ausgesetzt worden waren. Oder darüber, dass er eine Dusche brauchte. Oder dass er etwas anderes zu essen haben wollte als Eichhörnchenfleisch, Beeren, Blätter und Pilze. Sie wusste, dass er sich unwohl fühlte und genervt sein musste, aber er war schon den ganzen Morgen übertrieben fröhlich gewesen ... und das machte sie wahnsinnig.

Zoey tat ihr Bestes, ihre eigene positive Einstellung beizubehalten, während sie ihren Weg fortsetzten. Er hatte versucht zu erklären, was sein Plan war und wo sie hinwollten, aber Zoey hatte ihn ein wenig ausgeblendet. Im Endeffekt war es auch egal, denn keiner von ihnen hatte eine Ahnung, wo sie sich befanden. Nördlich von Anchorage? Südlich? Sie wusste es einfach nicht.

Die Berggipfel zu beiden Seiten standen wie Gefängniswärter da und ließen sie nirgendwohin als nach Süden gehen. Es war fast so, als wären sie in diese Richtung getrieben worden, und Zoey konnte nicht anders, als zu erschaudern.

Sie war so in Gedanken versunken, dass sie Mark fast in den Rücken lief, als dieser stehen blieb. Sie konnte sich gerade noch rechtzeitig fangen und spähte um ihn herum, um zu sehen, warum er angehalten hatte.

Sie blinzelte ungläubig und fluchte über den großen

See, der ihnen den Weg versperrte. »Scheiße!« Sie blickte zu Mark auf und sah, wie er die Gegend intensiv untersuchte.

Seufzend sah sie einen Felsen in der Nähe und stapfte zu ihm hinüber. Sie ließ sich darauf nieder und zog die Knie an. Sie drückte sie an ihre Brust, legte eine Wange auf ihre Knie und schloss die Augen. Wenn es nicht das eine war, war es das andere. Ja, sie könnten wahrscheinlich um den See herumgehen, aber das würde ewig dauern. Nicht dass sie einen festen Zeitrahmen hatten. Sie könnten einen oder drei Tage mehr Zeit brauchen und es würde keinen Unterschied machen.

Aber sie *wollte* nicht noch einen oder drei Tage länger brauchen.

»Es könnte schlimmer sein«, sagte Mark nach einem Moment.

Zoey biss vor Verärgerung die Zähne zusammen. Sie wusste, dass sie unangemessen mürrisch war, aber sie konnte Marks positive Einstellung im Moment nicht ertragen. Sie wusste, dass es schlimmer sein könnte, aber hey – im Moment war es wirklich ziemlich beschissen.

Je größer ihre Frustration wurde, desto größer wurde auch ihre Verärgerung. Nur *einmal* wollte sie sehen, wie Mark sich aufregte. Das würde nichts ändern und nichts besser machen, aber es würde ihn in ihren Augen ein wenig menschlicher machen.

Sie wusste, dass sie nicht rational handelte – es wäre schlecht, wenn sie beide ausflippen würden –, aber sie konnte nichts für ihre Gefühle.

Als sie nicht antwortete, fuhr er fort, ohne sich ihres emotionalen Aufruhrs bewusst zu sein. »Ich glaube, ich kann den Rand des Sees im Westen sehen. Es wird einige Zeit dauern, aber hoffentlich finden wir auf der anderen Seite einen Fischer oder Jäger oder so etwas.«

Als sie immer noch nicht antwortete, fragte Mark: »Hast

du mich gehört, Zo? Dieser See ist eine gute Sache. Wir werden viel frisches Wasser zum Trinken haben und vielleicht können wir sogar einen Fisch zum Abendessen fangen, anstatt noch ein Eichhörnchen essen zu müssen.«

»Großartig«, murmelte sie, während sie sich nichts sehnlicher wünschte, als wieder in ihrem kleinen Haus in Juneau zu sein und ihr langweiliges, aber sicheres und warmes Leben zu führen.

Sie spürte, wie Mark mit einer Hand ihre Wade berührte, und nahm an, dass er vor ihr kniete. Sie öffnete nicht die Augen, um nachzusehen.

»Geht es dir gut?«, fragte Mark leise.

Das war es.

Sie hatte versucht, stark zu sein und ihre Angst, Wut und Frustration zu unterdrücken, aber sie konnte sein Mitgefühl jetzt nicht ertragen. »Nein«, flüsterte sie. »Mir geht es nicht gut.«

»Was ist los? Sprich mit mir, Zo.«

Zoey hob den Kopf, schaute in Marks besorgte braune Augen und hätte fast gekniffen. Sie könnte ihm sagen, dass sie einfach nur müde war, und dann würden sie um den riesigen See herumgehen ... oder sie könnte ihm sagen, was sie bedrückte.

Sie entschied sich für Ehrlichkeit.

»Ich kann das nicht mehr tun.«

Marks Augenbrauen zogen sich zusammen. »Was tun?«

»*Das hier.* So tun, als wären wir auf einem lustigen Campingausflug oder so. Du hast dich kein *einziges* Mal beschwert. Ich verstehe, dass das wahrscheinlich einfach ist, verglichen mit einigen Dingen, die du gesehen und getan hast, aber es ist nichts für mich. Ich hasse es. Jedes bisschen davon! Und zu hören, wie du so fröhlich und positiv bist, ohne dich auch nur einmal zu beschweren, bringt mich um! Bist du innerlich wirklich so ruhig? Ist das wirklich keine große Sache für dich? Für mich ist es das nämlich. Jemand will, dass wir hier draußen *sterben*, Mark! Ich muss wissen, dass du auch nur ein bisschen wie ein normaler Mensch bist. Dass du leidest. Dass du das hier hasst. Dass du Hunger hast, dass dir die Füße wehtun, *irgendwas*! Ich weiß, dass sich das alles lächerlich anhört, weil es nicht gut wäre, wenn wir beide ausflippen, aber ich bin hier völlig überfordert und will nur, dass du ehrlich zu mir bist.«

Er starrte sie einen Moment lang an und für eine Sekunde dachte Zoey, dass er nur versuchen würde, sie zu beruhigen. Dann sprach er.

»Ich bin *stinksauer*«, sagte er in einem Tonfall, der seine Wut mehr als deutlich machte. »Vor allem weil es mit dem Tod meines Vaters und der Testamentseröffnung zu tun haben muss, was bedeutet, dass derjenige, der dahintersteckt, jemand ist, den ich wahrscheinlich kenne. Jemand, der meinem Vater nahestand. Und das führt dazu, dass ich denjenigen am liebsten *umbringen* würde. Ich hasse es, dass ich so unvorsichtig war, dass ich das überhaupt zugelassen habe. Ich habe es versaut und jetzt sind wir beide in dieser Situation. Ich mache mir Sorgen um dich, aber gleichzeitig bin ich so beeindruckt, wie du dich bisher gehalten hast, dass es nicht einmal lustig ist. Ich versuche, optimistisch und positiv zu sein, weil du sonst eine Seite von mir sehen würdest, von der ich denke, dass sie dir Angst machen würde. Ich mache mir Sorgen, dass wir vielleicht noch hundert Kilometer laufen müssen, bevor wir einen anderen Menschen finden. Ich habe Angst, dass wir mit einem Bären oder einem anderen wütenden Tier in Kontakt kommen, und ich habe keine Waffe, um uns zu verteidigen. Ich bin hungrig und müde und vermisse meinen Kaffee – aber du hast recht, nichts davon ist etwas, womit ich nicht schon einmal zu tun hatte.«

Zoey konnte den Blick nicht von dem Mann vor ihr

abwenden. Es war, als wäre er ein völlig anderer Mensch ... und es war ihr irgendwie peinlich, dass sie so erregt war wie noch nie, als sie ihm beim Jammern zuhörte.

Das war genau das, was sie gebraucht hatte. Ein paar tiefe Gefühle von ihm zu sehen. Zu wissen, dass er ihre Situation nicht auf die leichte Schulter nahm, gab ihr seltsamerweise ein besseres Gefühl.

»Das Wichtigste bei einer Mission ist, sich nicht mit dem Negativen aufzuhalten, sondern das Positive zu sehen. Das ist alles, was ich zu tun versuche. Aber ich bin ein Mensch, Zo. Genau wie du. Glaube nicht, dass ich mir der Gefahren, denen wir ausgesetzt sind, nicht bewusst bin. Ich bin mir ihrer wahrscheinlich mehr bewusst als jeder andere. Ich versuche einfach, optimistisch zu bleiben, denn die Alternative wäre, so tief in unser Elend zu fallen, dass wir uns schließlich einfach hinsetzen und aufgeben. Und das ist *keine* Option. Ich mag dich, Zoey. Ich mochte dich schon, als wir achtzehn waren, und ich mag dich jetzt noch mehr. Ich hasse es, dass ich dich nicht wie ein normaler Mann zu einer Verabredung einladen kann. Dass ich dich nicht zu Hause abholen und sehen kann, wie du dich für mich in Schale wirfst. Ich möchte dich lachen und lächeln sehen, wenn du im Kerzenschein an einem Tisch in einem schicken Restaurant sitzt. Ich möchte die Vorfreude und Aufregung spüren, wenn ich dich nach Hause bringe und versuche herauszufinden, wie ich dich um einen Gute-Nacht-Kuss bitten kann, ohne wie ein Arsch dazustehen. Das ist *scheiße* ... und ich hasse es.«

Zoey konnte nicht glauben, was sie da hörte. Mark Wright mochte sie? *Mochte* sie? Heilige Scheiße. »Ich brauche so etwas nicht«, sagte sie, ohne nachzudenken. »Das habe ich noch nie. Ich will einen Mann, der gern rumsitzt und liest und mich ab und zu mit dem Fuß anstupst, damit ich weiß, dass er an mich denkt. Jemand, der mit mir einkaufen geht und mich im Gang mit den ganzen Müslisorten zum Lachen bringt. Ein Mann, der sich nicht scheut, mir seine Gefühle zu zeigen, und der mir sagt, dass er nicht in Stimmung ist, weil er Kopfschmerzen hat und seine Fußballen ihn umbringen.«

Mark lachte und Zoey war froh, dass der wütende Blick aus seinem Gesicht verschwunden war. Sie konnte einen Hauch seiner Gefühle in seinen Augen sehen und fühlte sich dadurch viel besser.

»Ich finde es toll, dass du so positiv denkst, aber ich möchte nicht, dass du deine Bedenken über das, was wir tun, vor mir verheimlichst. Wir sind ein Team. Sprich mit mir. Ich bin zwar kein SEAL, aber ich habe mein ganzes Leben in Alaska verbracht. Ich kann dir helfen. Zumindest würde ich gern glauben, dass ich das kann. Ich kann dir wenigstens als Gesprächspartnerin dienen«, sagte sie zu ihm. »Ich will dich nicht zurückhalten. Ich will nicht das Gefühl haben, dass ich dir zur Last falle und du dich ständig nach meinem geistigen Wohlbefinden erkundigen musst.«

Mark nickte. Er hatte seine Hand nicht von ihrem Bein genommen, und die Wärme und das Gewicht seiner Hand gaben Zoey ein gutes Gefühl.

»Du hältst mich nicht auf, und du bist definitiv *keine* Last. Aber ich hab's begriffen. Ich habe mich zu sehr bemüht, fröhlich zu sein. Verstehe. Ich werde mein Bestes tun, das zu kontrollieren, aber du musst verstehen, dass ich versuche, dich zu beschützen.«

»Das tue ich, und ich weiß es zu schätzen. Ich möchte nur, dass du du selbst bist. Und nicht so tust, als wären wir auf einer Vergnügungsreise. Und ich würde gern behaupten, dass ich keinen Schutz brauche, aber ich bin hier offensichtlich nicht in meinem Element, ungeachtet meiner fantastischen Vier auf der Wohlfühlskala in der Natur.« Sie schenkte ihm ein kleines Lächeln.

Er erwiderte es und legte eine Hand auf die Rückseite ihrer Wade. Sie spürte, wie er mit den Fingern über die Unterseite ihres Oberschenkels strich, und jeder Muskel spannte sich an ... auf eine gute Art.

»Verstanden. Und du schlägst dich gut, Zo. Wirklich gut. Das ist keine Lüge. Ich würde sagen, schon nach der kurzen Zeit, die wir hier draußen sind, hast du dich auf der Wohlfühlskala in der Natur auf fünf, fünfeinhalb verbessert.«

»Danke.«

»Gern geschehen. Also ... nun zu diesem See.«

»Ja?«

»Er ist zum Kotzen.«

Sie kicherte. »Ja. Das habe ich auch gedacht.«

»Aber ich war nicht nur Idealist, als ich dir von den Fischen und dem Drumherumgehen erzählt habe. Es ist scheiße, dass es mehr Zeit braucht, aber große Seen bedeuten manchmal auch Menschen. Also müssen wir einfach die Augen nach ihnen offen halten.«

»Und wenn wir keine finden?«

»Dann gehen wir weiter, bis wir welche finden.«

»Glaubst du wirklich, dass uns jemand finden wird? Dass deine Freunde nach dir suchen?«, fragte sie zum gefühlt hundertsten Mal.

»Sie suchen nach *uns*. Und ja. Ich weiß ohne jeden Zweifel, dass Rocco den Verstand verliert und bereits die Kavallerie gerufen hat, um nach uns zu suchen.«

»Alaska ist ein toller Ort, um Leichen zu verstecken«, antwortete Zoey in düsterem Tonfall.

»Ich weiß. Aber wir sind nicht tot und meine Freunde werden nicht aufhören, bis sie uns gefunden haben, egal ob sie glauben, dass wir ermordet und irgendwo abgelegt wurden oder nicht. Sie werden Eve ausfindig machen und herausfinden, wo sie uns zurückgelassen hat und wer dahintersteckt. Das garantiere ich dir.«

»Schon bist du wieder Idealist«, stichelte Zoey.

»Nein. Ich bin einfach realistisch«, argumentierte er.

»Wenn du so sicher bist, dass deine Freunde Eve aufstöbern und herausfinden werden, wo sie uns ausgesetzt hat, warum sind wir dann nicht in der Nähe des anderen Sees geblieben?«

»Weil ich nicht weiß, wie hartnäckig Eve ist. Oder wie lange es dauern wird, bis sie sie aufspüren. Und selbst wenn wir hundert Kilometer nach Süden gehen würden, bedeutet dieser Ausgangspunkt, dass sie ihren Suchradius langsam ausweiten werden. Irgendwann werden sie uns finden ... wenn wir uns nicht vorher gerettet haben. Ich bin nicht bereit, auf sie zu warten, wenn ich nicht muss.«

Zoey nickte. Das machte Sinn. »Also ... glaubst du wirklich, dass du einen Fisch fangen kannst?«, fragte sie. »Nicht dass ich dein Eichhörnchen nicht lieben würde, aber ich hätte jetzt nichts gegen einen schönen fetten Lachs.«

»Ich hoffe, dass ich das kann«, sagte er.

Zoey schätzte diese Ehrlichkeit im Gegenzug zu einem einfachen Ja mehr, als sie es ausdrücken konnte. Sie ließ langsam die Beine sinken, woraufhin Mark aufstand. »Wenn wir schon um diesen verdammten See herumgehen müssen, können wir auch gleich anfangen«, erklärte sie.

Mark zog sie an sich, und sie ließ sich gern darauf ein, legte ihre Wange an seine Brust und lauschte seinem Herzschlag. Seine Nähe beruhigte sie und gleichzeitig wollte sie sich an ihm festhalten und ihn nicht mehr loslassen. Sie zwang sich, einen Schritt zurückzutreten und eine Geste nach links zu machen. »Nach dir.«

»Du willst doch nur, dass ich zuerst gehe, um die ganzen Spinnweben zu zerreißen«, beschwerte Mark sich.

Zoey brach in Gelächter aus. »Sag mir nicht, dass du Angst vor Spinnen hast.«

»Ich kann sie nicht ausstehen«, antwortete Mark.

Obwohl sich nichts geändert hatte – sie saßen immer noch mitten im Nirgendwo fest, mit nichts als den Kleidern, die sie am Leib trugen –, fühlte sie sich so gut wie nie zuvor, seit sie das kleine Charterflugzeug bestiegen hatten.

»Ich sag dir was, wenn ich sehe, dass welche auf dir herumkrabbeln, werde ich dich auf jeden Fall vor ihnen retten.«

»Das weiß ich zu schätzen«, sagte Mark zu ihr. »Komm schon. Lass uns loslegen.«

Während sie hinter ihm herging, konnte Zoey nicht anders, als einen Funken Hoffnung zu spüren. Er glaubte weiterhin, dass seine Freunde nach ihnen suchen würden, und sie musste ihm glauben. Sie betete nur, dass sie Eve finden und dazu bringen würden, ihnen eher früher als später zu sagen, wo sie Mark und Zoey zurückgelassen hatte.

KAPITEL ACHT

Rocco schritt in dem kleinen Besprechungsraum auf dem Stützpunkt aufgeregt auf und ab. Es war zwei Tage her, seit Bubba in Juneau hätte landen sollen, um sich um das Testament seines Vaters zu kümmern. Doch als er drei Stunden nach der geplanten Landung noch immer keinen Kontakt aufgenommen hatte, rief Rocco Tex an und trommelte die Jungs zusammen, die sofort mit ihren Nachforschungen begannen.

Jetzt, zwei Tage später, hatten sie immer noch nichts von Bubba gehört, und niemand schien zu wissen, wo er war. Noch schlimmer, auch von dem Flugzeug, in dem er gesessen hatte, hatte man nichts gesehen oder gehört. Sie alle wussten, dass es wahrscheinlich abgestürzt war, aber irgendetwas fühlte sich nicht richtig an, und Rocco hörte immer auf sein Bauchgefühl. Es hatte ihm in der Vergangenheit schon mehr als einmal das Leben gerettet.

»Okay, wir haben in allen Krankenhäuser in Anchorage und Juneau angerufen, aber ohne Erfolg. Der Polizei in beiden Städten liegen keine Berichte über Flugzeugabstürze vor, und die Verkehrssicherheitsbehörde hat keine Notrufe in der Zeit gemeldet, in der das Flugzeug in der Luft sein sollte«, fasst Rocco zusammen, während er umherging.

»Ich habe die Mutter von Zoey Knight in Anchorage kontaktiert, und sie hat auch nichts von ihrer Tochter gehört«, sagte Rex.

»Und Kenneth Eklund war auch keine Hilfe«, seufzte Ace. »Er war sogar ausgesprochen *wenig* hilfreich. Er kannte weder den Namen der Pilotin noch wusste er etwas über das Flugzeug, das er gechartert hatte. Er behauptete, seine Assistentin hätte den Flug organisiert. Als ich ihn nach einer Quittung oder einem anderen Beleg fragte, der beweist, dass er das Flugzeug gechartert hat, konnte er nichts vorweisen. Dann bat ich darum, seine Assistentin zu sprechen, und er sagte, sie sei diese Woche im Urlaub. Das ist alles sehr verdächtig, wenn ihr mich fragt.«

Rocco stimmte zu. »Ja, aber wir konnten den Namen der Pilotin und die Flugzeugnummer vom Flughafen in Anchorage erfahren.«

»Aber wir haben *nichts* über eine Eve Dane herausfinden können«, fügte Gumby hinzu.

»Die ganze Sache ist verdammt verdächtig«, knurrte Phantom.

Rocco hob eine Hand. »Ich stimme dir zu. Aber im Moment geht es vor allem um Bubba. Der Kommandant hat uns die Erlaubnis gegeben, nach Anchorage zu fliegen und von dort aus mit der Suche zu beginnen.«

»Ich will ja kein Spielverderber sein, aber wir wissen nicht einmal, wo wir anfangen sollen«, warf Gumby ein.

»Nun, Juneau liegt südöstlich von Anchorage, also fangen wir zwischen den beiden Städten an zu suchen. Kommandant North hat uns mit den Alaska State Troopers zusammengebracht, und wir werden die Suche aus der Luft beginnen.«

Phantom stand so schnell auf, dass sein Stuhl hinter ihm

auf den Boden krachte, aber er entschuldigte sich nicht und hob ihn auch nicht auf. Wie Rocco schritt er unruhig neben dem Tisch umher. »Wir suchen nach einer Nadel im Heuhaufen«, beschwerte er sich. »Es gab keine Pings von Bubbas Handy, weil er es vor dem Abheben des Flugzeugs wahrscheinlich ausgeschaltet hatte. Auf diese Weise können wir ihn nicht aufspüren. Wenn das kleine Flugzeug, in dem er saß, abgestürzt ist, wäre es fast unmöglich, es durch die Bäume zu sehen. Oder, Gott bewahre, wenn es ins Meer gestürzt ist, wäre es wie ein Stein gesunken. Und wer weiß, ob sie überhaupt in Richtung Juneau geflogen sind. Wir haben einen Flugplan, aber wenn etwas schiefgelaufen ist, könnte die Pilotin davon abgewichen sein. Wir haben keine Ahnung, ob die verdammte Pilotin nach Norden, Osten, Süden oder Westen geflogen ist. Wir brauchen mehr. *Irgendetwas!*«

Rocco stimmte hundertprozentig zu. Er war genauso sauer wie Phantom, aber die Scheiße war, dass sie keine andere Möglichkeit hatten, als einfach herumzufliegen und nach ihrem Freund und Teamkameraden zu suchen. »Hört mal, wir alle kennen Bubba. Er ist ein harter Bursche. Erinnert ihr euch noch daran, als wir bei dieser einen Operation von diesen Arschlöchern im Nahen Osten gefangen genommen wurden? Er war derjenige, der es geschafft hat, sein verdammtes Armeemesser so gut zu verstecken, dass es nicht gefunden wurde, als sie uns durchsuchten. Er hatte so viel Mist in seinen Taschen, dass sogar unsere Entführer beeindruckt waren. Ich weiß nicht, was mit Bubba in Alaska passiert ist. Aber ich *weiß*, wenn es auch nur eine einprozentige Chance gibt, das zu überleben, was auch immer passiert ist – Bubba hat es getan. Und er hat wahrscheinlich ein verdammtes Zelt in einer seiner Taschen, in dem er sich verkriecht. Es ist mir egal, ob wir jeden verfluchten Quadratzentimeter des Staates durchsuchen müssen, ich gebe nicht auf, bis wir ihn finden, tot oder lebendig.«

Einer nach dem anderen nickten seine SEAL-Kameraden zustimmend.

Mit Ausnahme von Phantom.

Der Mann sah extrem wütend und frustriert aus und wie immer konnte Rocco nicht lesen, was er dachte.

Schließlich ergriff er das Wort. »Irgendetwas ist hier faul. Es ist viel zu zufällig, dass Bubba nach Alaska geflogen ist, um sich über sein Erbe zu informieren, und dann spurlos verschwindet. Jemand wollte ihn tot sehen, wahrscheinlich damit er das, was sein Vater ihm hinterlassen hat, nicht einfordern kann. Wir alle wissen, dass Sex und Geld die beiden Dinge sind, die scheinbar normale, gesetzestreue Bürger um den Verstand bringen. Wissen wir etwas über diese Zoey, die bei ihm war?«

Gumby nahm einen Zettel in die Hand und las ihn vor. »Zoey Knight. Einunddreißig Jahre alt. Sie ist in der zehnten Klasse nach Juneau gezogen und lebt seitdem dort. Ihre Mutter ist in Anchorage und ihr Vater hat keinen Kontakt. Schon seit Jahren nicht mehr. Im Sommer arbeitet sie Teilzeit in einem dieser kitschigen Touristenläden in der Innenstadt. Außerdem hilft sie Colin Wright seit etwa zehn Jahren. Sie hat ein Haus von Colin gemietet und verdient gerade genügend Geld, um davon zu leben. Sie hat etwa tausend Dollar auf ihrem Bankkonto. In den letzten vier Monaten gab es keine großen Einzahlungen oder Abhebungen. Sie war in Anchorage, um ihre Mutter zu besuchen, als Colin starb, und der Anwalt bat sie, auch zur Testamentseröffnung zu erscheinen. Da sie in Anchorage war, hat er dafür gesorgt, dass sie denselben Flug wie Bubba nimmt.«

»Sie könnte also in der Sache drinstecken, die ihm passiert ist«, schlussfolgerte Phantom. »Vielleicht war sie mit Bubbas Vater zusammen und er hat ihr gesagt, was er ihr hinterlassen wollte. Sie war sauer, dass sie nicht mehr bekommen hat. Wenn Bubba nicht aufgepasst hat, könnte sie ihn überrumpelt und getötet und dann mit der Pilotin zusammengearbeitet haben, um seine Leiche irgendwo zu versenken, bevor sie beide verschwunden sind.«

»An diesem Punkt ist das alles irrelevant«, erklärte Rocco.

»Wie kannst du das sagen?«, fragte Phantom. »Du weißt genauso gut wie ich, dass niemand unschuldig ist, solange wir nicht den Beweis haben, dass er nicht beteiligt ist.«

»Ich sage, dass das irrelevant ist, weil unser erstes Anliegen darin besteht, Bubba zu finden. Wenn sie bei ihm ist, gut. Wenn nicht, auch gut. Aber wir haben Zeit, diese Scheiße herauszufinden ... *nachdem* wir unseren Teamkameraden gefunden haben. Glaub mir, Phantom, wenn wir zu dem Schluss kommen, dass sein Verschwinden etwas anderes ist als ein verdammter Unfall, werde ich an der Spitze des Lynchmobs stehen und denjenigen zur Strecke bringen, der es gewagt hat, ihm zu schaden. Aber bis dahin geht es es mir nur darum, ihn zu *finden*. Je länger wir hier sitzen und Däumchen drehen, desto länger wird es dauern, ihn nach Hause zu bringen. Und wenn er verletzt oder im Wrack eines Flugzeugs gefangen ist, müssen wir sofort Augen im Himmel haben. Alles andere kann warten.«

Rocco starrte Phantom einen Moment lang in die Augen, nicht bereit, klein beizugeben. Ja, sie könnten Tex anrufen und ihn im Hintergrund arbeiten lassen, um das Wer und Warum herauszufinden – und das hatte er auch schon getan –, aber was das Team anging, hatte Bubba im Moment Priorität.

Schließlich nickte Phantom. »Du hast recht. Wenn wir ihn gefunden haben, haben wir Zeit, uns darüber Gedanken zu machen.«

Rocco ruckte mit dem Kinn und wandte sich dann an

die anderen. »Wir fliegen in zwei Stunden los. Fahrt nach Hause, packt, verabschiedet euch von euren Frauen und tut, was ihr tun müsst. Wir kommen nicht zurück, bis wir unseren Teamkameraden gefunden haben. SEALs lassen keine SEALs zurück. Niemals.«

Alle stimmten zu und verließen den Raum. Rocco sammelte die Papiere ein, bevor er tief Luft holte. Er presste die Lippen aufeinander und konnte nicht anders, als eine stumme Bitte an seinen vermissten Freund zu richten.

Wo auch immer du bist, Bubba, halte durch. Wir kommen dich holen.

»Genau so. Du hast es fast geschafft«, lobte Bubba, während er Zoey dabei beobachtete, wie sie zum vierten Mal versuchte, ein Feuer zu machen. Sie hatte große Mühe, den Feuerstein in den Griff zu bekommen. Es brauchte viel Übung, damit die Funken genau dort landeten, wo sie gebraucht wurden, und um sie dann in eine Flamme zu verwandeln.

Sie seufzte frustriert und lehnte sich auf ihren Fersen zurück, wobei sie ihm den Feuer- und Schlagstein entgegenhielt. »Vergiss es. Ich kann das nicht.«

Bubba griff nicht nach den Sachen. »Du hast es fast geschafft. Versuch es noch einmal«, drängte er.

Zoey schüttelte den Kopf. »Nein. Ich kann das nicht. Ich gehe einfach los und sammle mehr Holz. Du bist für das Feuer und die Unterkunft zuständig. Ich kann stattdessen Holz holen.«

Bubba griff nach ihrem Bizeps, um sie am Aufstehen zu hindern. »Gib nicht auf, Zoey.«

Sie sah ihn an, und er konnte die Niederlage in ihren Augen sehen und hasste sie. »Mark, ich weiß es zu schätzen, dass du versuchst, mir neue Dinge beizubringen, aber ich bin müde. Und hungrig. Und den Fisch, den du heute gefangen hast, können wir nur essen, wenn wir das Feuer anmachen. Bitte! Tu es einfach, und ich hole noch mehr Holz für später.«

Bubba wusste, dass es mehr schaden als nützen würde, wenn er sie weiter drängte, und nickte, bevor sie ihm ein müdes Lächeln schenkte und auf die Beine kam. Sobald sie mit dem Rücken zu ihm ein gutes Stück entfernt war, beugte er sich vor und entfachte mit dem Feuerstein in Sekundenschnelle das Feuer.

Sie hatte ihm bei ihrem Unterschlupf für die Nacht geholfen, und obwohl sie noch nicht genau wusste, wie sie die Zweige und Stöcke so biegen musste, dass sie zusammenhielten, wurde sie immer besser. Er war sich sicher, dass sie bis zu dem Zeitpunkt, an dem Rocco und sein Team sie fanden, eine Expertin sein würde. Sie war jetzt frustriert, ja, aber meistens konnte er die Entschlossenheit in ihren Augen sehen, nicht zur Last zu fallen und so viel wie möglich zu lernen, damit sie ihren Beitrag leisten konnte.

Es war drei Tage her, dass sie in der Wildnis ausgesetzt worden waren, und wenn sie auf der Wohlfühlskala der Natur eine Vier gewesen war, als man sie zurückgelassen hatte, war sie jetzt mindestens eine Sechseinhalb.

Bubba bewunderte sie. Sie ließ sich von ihrem Frust nicht übermannen und blieb meistens optimistisch und positiv. Er war nicht überrascht, dass sie jetzt schwächer wurde. Sie hatten den größten Teil des Tages in Deckung gehen müssen, da es geregnet hatte. Das Schlimmste, was ihnen passieren konnte, war, durchnässt zu werden. Sie hatten keine Kleidung zum Wechseln und auch wenn es nicht mitten im Winter war, war es nicht gerade warm. Nasse Kleidung würde ihnen die Körperwärme entziehen und sie könnten sich verkühlen, auch wenn die Temperatur nicht unter dem Gefrierpunkt lag.

Der Rest des Abends verging ziemlich schnell. Sie hatten ihr Abendessen zu sich genommen, das aus dem Lachs, den er gefangen hatte, und weiteren Beeren und Pilzen bestand. Der Fisch war köstlich und eine willkommene Abwechslung zu dem zähen Fleisch der Eichhörnchen gewesen, die er gefangen hatte. Aber Bubba merkte, dass es Zoey schwerfiel, ihre Frustration abzuschütteln.

Als sie mit dem Essen fertig waren und das Feuer so weit wie möglich angefacht hatten, streckte Bubba eine Hand aus. »Komm her.«

Sie schaute ihn fragend an, legte aber ihre Hand in seine und ließ sich von ihm zu seinem Platz ziehen. Er platzierte sie vor sich und legte die Arme um sie. Seine Beine waren rechts und links von ihr ausgestreckt und es fühlte sich an, als wären sie in diesem Moment buchstäblich die einzigen beiden Menschen auf der Welt. Er stützte sein Kinn auf ihre Schulter, sie saßen Wange an Wange da und starrten ein paar Minuten lang ins Feuer.

Er sprach nicht gern über die vergangenen Ereignisse, auf die zu erzählen er sich vorbereitete, aber er dachte, dass sie es an diesem Punkt hören musste.

»Ich habe dir schon erzählt, dass ich von den Taliban gefangen gehalten wurde.«

Er spürte, wie sie in seinen Armen vor Überraschung leicht zusammenzuckte, aber sie wich nicht zurück, sondern nickte nur einmal.

»Rex und Ace waren verletzt, und auch wenn wir vier anderen gesund und munter waren, konnten wir es nicht mit den zwanzig Männern aufnehmen, die uns umzingelt hatten, also haben wir uns gefangen nehmen lassen.«

»Heilige Scheiße, wirklich?«, fragte Zoey.

»Ja. Wir hätten wahrscheinlich entkommen können,

aber wir wollten Rex und Ace nicht zurücklassen. Nie im Leben.«

Zoey drehte den Kopf, um ihn anzusehen, aber er starrte geradeaus auf die knisternden Flammen. Er war sich nicht sicher, was sie sah, aber nach einem Moment drehte sie sich wieder um, krümmte die Hände um seine Oberschenkel und hielt sich fest.

Er seufzte leise, denn er mochte ihre Hände auf sich, aber er musste seine Geschichte hinter sich bringen.

»Sie haben uns durchsucht, und genau wie jetzt hatte ich eine Menge Zeug in meinen Taschen, aber sie waren zu sehr damit beschäftigt, über mich und mein riesiges Sortiment an Vorräten zu lachen, als dass sie uns wirklich gründlich durchsucht hätten.«

Zoey atmete scharf ein. »Was haben sie denn übersehen?«

Er lächelte, weil sie ihn so schnell durchschaut hatte, und antwortete: »Ein Messer. Es war in einer geheimen Innentasche meiner Hose verstaut.«

»Also hast du es benutzt, um sie zu töten und von dort zu verschwinden?«, fragte sie.

Bubba schüttelte den Kopf und erwiderte: »Nein, leider nicht. Sie waren ziemlich begeistert, dass wir ihnen ausgeliefert waren, und haben die ersten vierundzwanzig Stunden damit verbracht, uns die Scheiße aus dem Leib zu prügeln. Sie haben uns alle in getrennten Räumen gefesselt – eigentlich waren es eher Ställe ... es gab Wände, aber keine Türen – und sind von Raum zu Raum gegangen, um uns zu schlagen.«

Zoey atmete scharf ein und krallte die Finger in seine Oberschenkel, aber sie kommentierte es nicht.

»Wir konnten hören, was passierte, aber wir konnten uns nicht sehen. Wir wurden darauf trainiert, Folter zu ertragen, also waren es nicht die Schläge, die mir zu schaffen machten. Ich konnte mit den Schmerzen umgehen. Es war die Sorge um Rex und Ace, die mich fast zerbrach. Ich erinnerte mich daran, als wir zusammen in der Höllenwoche waren. Das ist die dritte Woche der Ausbildung, bevor die Navy eine teure Investition in das SEAL-Einsatztraining tätigt. Das sind fünfeinhalb Tage buchstäblich die Hölle. Vier Stunden Schlaf in der ganzen Woche, Laufen, Schwimmen, Paddeln, Sit-ups, Liegestütze, sich im Sand wälzen, durch den Schlamm stapfen ... was dir auch einfällt, sie haben es uns durchmachen lassen. Der Sand rieb mich an Stellen auf, an die ich mich nicht erinnern möchte, und das Salzwasser des Meeres ließ die Schnitte und Schrammen an meinem Körper brennen. Wir mussten Einschätzungen durchstehen, die von uns verlangten, dass wir denken, führen, gute Entscheidungen treffen und funktionieren, während wir halluzinierten, unterkühlt waren und unter Schlafentzug litten.«

»Das klingt schrecklich«, sagte Zoey. »Warum um alles in der Welt sollten sie euch das antun?«

»Weil sie wissen wollen, wer *wirklich* ein SEAL sein will. Sie wollen wissen, wer die körperlichen Fähigkeiten und die mentale Stärke hat, um das Training durchzustehen und möglicherweise sein eigenes Leben und das seiner Kameraden zu retten, wenn es bei einem Kampfeinsatz ernst wird.«

»Und das hattest du«, sagte Zoey schlicht.

»Irgendwann, ja. Aber ich war an einem Punkt angelangt, an dem ich fertig war und praktisch bereit, die Glocke zu läuten.«

»Die Glocke läuten?«, fragte Zoey.

»Ja, aufhören. Die Ausbilder der Höllenwoche sind sehr stolz darauf, ihr Bestes zu geben, um die Auszubildenden zum Aufhören zu bewegen. Sie benutzen ein Megafon, um praktisch unsere inneren Stimmen zu imitieren, die uns sagen, dass wir es nicht schaffen können. Dass wir nicht gut sind. Dass es zu schwer ist. Sie lassen es logisch, ja sogar ehrenhaft erscheinen aufzuhören. Aus der Kälte zu kommen, eine Glocke zu läuten, die eine Niederlage bedeutet, und Donuts und eine Tasse heißen Kaffee zu genießen.«

»Aber das hast du nicht getan.«

»Nein. Aber nur wegen Rocco, Gumby, Ace, Rex und Phantom. In der Höllenwoche geht es mehr darum, geistig als körperlich durchzuhalten. Die Ausbilder könnten jeden dazu bringen aufzuhören, wenn sie es wirklich wollten. Sie *wollen* wirklich, dass die Leute Erfolg haben. Aber die Auszubildenden müssen die mentale Stärke haben, es durchzuhalten. Sie müssen den Schmerz und die innere Stimme ignorieren, die ihnen sagt, dass sie aufgeben sollen. Die sagt, dass sie es nicht mehr aushalten können. Und meine Teamkameraden haben mir geholfen, den brennenden Wunsch in mir zu finden, ein SEAL zu sein. Nicht aufzugeben. Nicht aufzugeben und die verdammte Glocke zu läuten. Daran habe ich gedacht, als ich von diesen Taliban-Arschlöchern verprügelt wurde. Sie wollten, dass ich aufgebe, dass ich die Glocke läute. Dass ich dem Scheiß nachgebe, der in meinem Kopf vorgeht. Ich erinnerte mich daran, was meine Teamkameraden in der Höllenwoche für mich getan hatten, und revanchierte mich. Jedes Mal wenn ich getroffen wurde, stöhnte oder fluchte ich nicht, sondern brüllte ein Wort, das mich an die Höllenwoche erinnerte. Laut genug, sodass meine Teamkameraden es hören konnten. Sand, Kälte, Baumstamm, Paddel, Boot, Essen, Schlaf … es ging immer so weiter. Ich konzentrierte mich voll und ganz darauf, mir neue Wörter auszudenken, anstatt darüber nachzudenken, was mit mir oder meinen verletzten Teamkameraden passierte.«

Zoey lag so still wie eine Statue in seinen Armen. Er war sich nicht sicher, ob sie überhaupt atmete. Der Wunsch, seine Geschichte zu beenden, damit er an etwas anderes denken konnte, ließ ihn schneller sprechen.

»Wie lange sie uns fertiggemacht haben, weiß ich nicht, aber irgendwann sind sie gegangen. Wir waren alle noch in unseren eigenen Ställen und ich bin sicher, dass sie dachten, sie hätten uns gebrochen. Nach einer Weile gelang es mir, eine Hand aus dem Seil zu befreien, mit dem sie mich gefesselt hatten.«

Bubba erzählte Zoey nicht, dass er sich die Schulter auskugeln und sein Handgelenk mit seinem eigenen Blut hatte einschmieren müssen, um das zu bewerkstelligen.

»Ich holte das Messer aus meiner Tasche und schnitt mich los. Dann bin ich von Stall zu Stall gegangen und habe die anderen befreit. Wir taten unser Bestes, um Ace und Rex zu stabilisieren und von dort abzuhauen. Der Punkt meiner langen Geschichte ist, dass es *okay* ist, frustriert zu sein. Das Gefühl zu haben, dass du aufgeben willst. Aber das kannst du nicht. Selbst wenn die Dinge schrecklich erscheinen und du denkst, dass du nicht weitermachen kannst, darfst du nicht aufgeben. Ich weiß, dass das nicht leicht für dich ist, Zoey, aber vertrau mir, wenn ich dir sage, dass du das großartig machst. Du kannst also kein Feuer machen, na und? Du tust mehr, als nur deinen Beitrag zu leisten. Du machst es mir so leicht, dass ich fast ein schlechtes Gewissen hätte.«

»Leicht?«, sagte sie so leise, dass er sie fast nicht hören konnte. »Du hast unsere ganze Nahrung gefangen, das Feuer und die Unterkunft gemacht und du hattest alle Dinge in deinen magischen Taschen, die wir zum Überleben brauchten. Ich fühle mich, als wäre ich ein riesiger Anker, der dich zurückhält.«

»Aber genau das bist du nicht. Und ich lüge nicht, Zoey. Nein, das hier ist kein Zuckerschlecken für dich und du bist nicht in deinem Element. Aber du hast dich tapfer durchgekämpft und dein Bestes gegeben. Du bist nicht oft ausgeflippt. Das Wichtigste ist, dass du nicht aufgegeben und mich gezwungen hast, dich zu tragen. Und ja, bevor du fragst, ich *würde* dich auf jeden Fall tragen, wenn ich müsste. Und du hast außerdem mit mir geredet. In den letzten drei Tagen habe ich mehr über meinen Vater erfahren, als ich während der letzten dreizehn Jahre über ihn wusste. Dank dir fühle ich mich, als würde ich ihn wieder kennen. Ich bereue, dass ich nicht alles selbst herausgefunden habe, aber ich werde dir immer dankbar sein, dass du mir das ermöglicht hast. Deine Stärke liegt in der Ablenkung, damit wir nicht ständig daran denken, wie kalt und elend uns ist. Welchen Hunger wir haben. Wie schmutzig wir sind und dass wir eine heiße Dusche brauchen. Jeder hat seine Stärken und Schwächen. Bitte gib nicht auf und läute die Glocke. Ich brauche dich, Zoey.«

Bubba hielt den Atem an. Er hatte eine Weile gebraucht, um auf den Punkt zu kommen, und er war sich nicht sicher, ob er nicht nur sinnloses Zeug geredet hatte, aber er hoffte inständig, dass sie verstand, was er sagte.

Es dauerte ein paar Minuten. Ein paar sehr lange Minuten, in denen Bubba sich im Geiste dafür schimpfte, dass er von seiner Gefangennahme und der Höllenwoche gesprochen hatte. Wahrscheinlich vermisste sie seinen Vater genauso sehr wie er, und es war ein Fehler gewesen, auch ihn zu erwähnen.

»Ich werde nicht aufgeben«, sagte sie, woraufhin Bubba erleichtert die Augen schloss.

»Dies ist scheiße. Und es ist härter als alles, was ich je in meinem Leben gemacht habe. Ich glaube nicht, dass meine Finger und Zehen jemals auftauen werden. Ich habe eine Todesangst, dass uns niemand findet und wir an Skorbut oder so sterben, aber ich gebe nicht auf. Wenn du es mich weiter versuchen lässt, werde ich mir diesen Feuerstein eines Tages zu willen machen.«

Bubba konnte nicht anders, er lachte. »Erstens wird Skorbut durch das Fehlen von Vitamin C im Körper verursacht und es dauert mindestens drei Monate, bis Symptome auftreten. Da wir viele Beeren und Blattgemüse essen, denke ich, dass wir gut dran sind. Und zweitens habe ich keinen Zweifel daran, dass du den Feuerstein in den Griff bekommst. Du hattest es heute Abend fast.«

Zoey entspannte sich und lehnte sich an ihn, und etwas in Bubba machte klick. Es war schön, sie in seinen Armen zu haben. Wenn er neben ihr schlief, entspannte er sich und fühlte sich getröstet. Aber wenn sie sich an ihn lehnte, in dem Vertrauen darauf, dass er sie nicht fallen lassen würde, fühlte er sich drei Meter groß.

Er spannte die Arme um ihre Brust an. Sie hob die Hände und griff fest nach seinen Unterarmen. Es war wahrscheinlich zehn Minuten später, als sie sagte: »Es tut mir leid, dass das mit dir und deinen Freunden passiert ist. Das klingt, als wären sie alle ziemlich fantastisch.«

»Das sind sie auch. Und du wirst sie kennenlernen, wenn sie uns finden.«

Sie zögerte, dann sagte sie: »Du bist dir wirklich sicher, dass sie uns finden werden, oder?«

»Uns finden? Absolut. Ich weiß, dass ich nicht gut genug erklärt habe, was wir in der Höllenwoche durchgemacht haben, aber es ist eine Bindung, die tiefer ist als alles, was ich je in meinem Leben erlebt habe. Ich weiß, dass ich sie jederzeit und überall anrufen könnte und sie für mich da wären, ohne Fragen zu stellen. Dass ich ohne ein Wort verschwinde, wird ihnen nicht gefallen, und sie werden Himmel und Hölle in Bewegung setzen, um herauszufinden, was passiert ist. Sie sind unterwegs, Zoey. Wir müssen nur so lange weitermachen, bis das passiert.«

»Das ist gut, denn meine Mutter hätte keinen blassen

Schimmer, wo sie anfangen sollte, mich zu suchen … wenn sie überhaupt weiß, dass ich vermisst werde.«

»Ich bin mir sicher, dass sie es weiß und wahrscheinlich verzweifelt ist.«

Zoey schüttelte leicht den Kopf und seufzte. »Meine Mutter ist … nicht wie andere Mütter.«

»Inwiefern?«, fragte Bubba.

»Sie war schon immer ein bisschen egoistisch. Versteh mich nicht falsch, ich liebe sie … aber sie hat sich immer an die erste Stelle gesetzt. Bevor ich nach Juneau kam, sind wir oft umgezogen, und das immer nur, weil sie einem neuen Freund folgte. Sie hat nie darüber nachgedacht, wie schwer es für mich sein könnte umzuziehen. Sie wünscht sich so sehr, von einem Mann geliebt zu werden, dass sie *alles* aufgeben würde, um das zu erreichen. Aber bis jetzt hat sie nur Herzschmerz bekommen. Als ich zur Testamentseröffnung deines Vaters nach Juneau zurückgerufen wurde, hatte sie gerade einen neuen Mann kennengelernt. Ich kann die Zeichen deuten. Sie hat sich schon total in ihn verknallt, und wenn er morgen in den Busch von Alaska ziehen würde, würde sie, ohne zu zögern, mitgehen. Ich bin mir sicher, dass sie sich Sorgen um mich macht – *falls* sie weiß, dass ich vermisst werde –, aber sie wird wahrscheinlich davon ausgehen, dass die Behörden alles tun, um mich zu finden, also würde es sich für sie nicht lohnen, sich darüber aufzuregen.«

»Sich darüber aufregen?«, fragte Bubba ungläubig.

»Ich weiß, das klingt schlimm. Ich meine, es *ist* auch schlimm. Aber ich musste sie anflehen, in Juneau zu bleiben, bis ich mit der Highschool fertig war. Sie hat schließlich nachgegeben, aber ich wusste, dass sie innerlich starb. Sie wollte zurück nach Anchorage und versuchen, *die Liebe ihres Lebens* zu finden. Sie hatte ihn in Juneau nicht gefunden, und ich glaube, ihr war klar, dass sie das nie tun würde.

Sie liebt mich auf ihre Weise, aber ich bin definitiv nicht die wichtigste Person in ihrem Leben. Einmal habe ich drei Tage lang bei einer Freundin übernachtet, bevor sie mich anrief und fragte, wo ich sei.«

Bubba hasste das für Zoey. Sie hatte es verdient, uneingeschränkt geliebt zu werden, besonders von ihrer eigenen Mutter.

»Ich glaube, deshalb stand ich deinem Vater so nahe«, sagte Zoey leise. »Ich habe es nie vermisst, keinen Vater zu haben, aber ich habe diese elterliche Liebe vermisst. Die habe ich von Colin bekommen. Er war nicht nur mein Freund, sondern auch mein Ersatzvater. Ich werde ihn sehr vermissen.«

Bubba drückte sie, da er nicht wusste, was er sagen sollte.

Er spürte, wie sie sich noch stärker an ihn lehnte, und Bubba merkte zum ersten Mal, dass sie sich völlig entspannt hatte. Sie hatte in seinen Armen geschlafen, aber wenn sie wach war, war sie immer etwas steif gewesen und hatte einen Teil von sich von ihm getrennt. Als wollte sie sich schützen.

Er hatte das Gefühl, dass sie ihn endlich verstand und ihm glaubte, wenn er sagte, dass Rocco und die anderen sie irgendwann finden würden. »Das mit deiner Mutter tut mir sehr leid, aber ich bin froh, dass mein Vater für dich da war. Und meine Freunde *werden* uns finden. Es könnte eine Woche dauern«, sagte er zu ihr. »Oder einen Monat, aber sie werden es schaffen, daran habe ich keinen Zweifel.«

»Ich hoffe, ich kann das verdammte Feuer anzünden, bevor sie es tun«, murmelte sie nach einer Weile.

Bubba schüttelte den Kopf und lachte nur. »Mach die Augen zu«, bat er sie. »Versuche, etwas zu schlafen. Morgen früh müssen wir die Stiefel ausziehen und unsere Füße eine Weile auslüften lassen.«

»Warum nicht jetzt?«, fragte sie.

»Das möchte ich nicht riskieren, da die Temperatur über Nacht sinkt. Ohne Schuhe und Socken würde unsere Innentemperatur ebenfalls sinken.«

Sie seufzte. »Ja, das wäre nicht gut. Aber ich muss zugeben, dass ich mich überhaupt nicht darauf freue, meine Socken auszuziehen. Meine armen Zehen zittern schon in meinen Stiefeln.«

»Würde es helfen, wenn ich dir eine Fußmassage verspreche?«

Überraschenderweise schüttelte sie den Kopf. »Nein. Igitt, eklig. Mark, Füße sind eklig. Ich hatte noch nie eine Pediküre und werde auch nie eine machen lassen. Zum einen bin ich zu kitzlig, zum anderen kann ich den Gedanken nicht ertragen, dass jemand meine Füße anfasst.«

Er schüttelte den Kopf. Zoey sagte nie das, was er erwartete. »Gut. Keine Massage, aber wie wäre es, wenn ich verspreche, deine Zehen dabei nicht zu kalt werden zu lassen?«

Sie legte den Kopf zurück und sah ihn mit zusammengekniffenen Augen an. »Wie?«

»Meine Achselhöhlen?« Es klang eher wie eine Frage als wie eine Antwort.

Als Antwort grinste sie. »Mein Gott, ich hätte nie gedacht, dass ich das mal sagen würde, aber ich habe das Gefühl, wenn ich meine eiskalten Zehen in deine Achselhöhlen stecke, komme ich dem Paradies so nahe wie möglich.«

Bubba lächelte zurück. »Schlaf, Zoey. Morgen wird nur ein weiterer Tag unseres Wildnisabenteuers sein. Wir sollten es genießen, solange es andauert.«

Sie schüttelte den Kopf und lehnte sich an ihn zurück. »Du bist seltsam, Mark.«

»Jup. Zoey?«

»Du weißt doch, dass ich besser schlafe, wenn du aufhörst, mit mir zu reden, oder?«, scherzte sie.

»Nur noch eine Sache.«

»Okay. Was denn?«

»Ich bin froh, dass du mit mir in dem Flugzeug warst. Ich kann nicht sagen, dass ich dich seit dem Schulabschluss vermisst habe, aber das liegt nur daran, dass ich nicht *wusste*, was ich verpasse. Jetzt, da ich dich kennengelernt habe, tut es mir noch mehr leid, dass ich nie nach Hause gekommen bin, um Pop zu besuchen. Ich fand dich vor Jahren ziemlich cool und ich bereue es, damals nicht versucht zu haben, dich besser kennenzulernen.«

Er dachte, sie würde nicht antworten, als sie mehrere Minuten lang nichts erwiderte. Schließlich sagte sie leise: »Glaubst du, dass wir uns jemals wiedersehen werden, wenn wir hier rauskommen? Ich meine, ist das eine situationsbedingte Sache?«

Der Gedanke, dass sie aus seinem Leben verschwinden und er sie nie wiedersehen würde, brachte Bubba dazu, die Stirn zu runzeln. »Wir werden uns wiedersehen«, entgegnete er bestimmt. »Die Situation hat es uns ermöglicht, uns wieder kennenzulernen, und ich bin nicht so dumm, dich jetzt aus meinem Leben verschwinden zu lassen.« Als sie nicht sofort antwortete, fügte er lahm hinzu: »Das heißt ... wenn du das willst.«

»Ich kenne dich schon seit Jahren«, sagte sie. »Dein Vater hat ständig von dir gesprochen. So oft, dass ich wirklich das Gefühl hatte, wir wären Freunde. Ich möchte dich unbedingt wiedersehen.«

»Gut. Und jetzt schlaf. Morgen steht ein großer Tag mit Pilzesammeln, Achselhöhlen-Ringen und Feuermachen an.«

Zoey zog ihre Füße hoch und rollte sich an seiner Brust zu einer Kugel zusammen. Sie saß zwar immer noch, aber so wie sie sich eingeigelt hatte, spürte er ihr ganzes Gewicht an sich. Es wäre nicht bequem für ihn, so zu schlafen, wenn er sie im Sitzen an sich drückte, aber er würde sie so lange wie möglich halten, bevor er sie für die Nacht hinlegte.

Als Zoeys Atemzüge gleichmäßiger wurden und sie schlief, fühlte Bubba sich so entspannt wie seit Tagen nicht mehr.

Sie waren zwar noch nicht außer Gefahr, nicht einmal annähernd, aber irgendwie fühlte er sich mit ihrer Situation wohler. Zoey würde nicht mental aufgeben und er würde alles tun, was nötig war, um sie beide gesund und sicher zu halten, bis sie gefunden wurden.

KAPITEL NEUN

Rocco und der Rest des SEAL-Teams saßen im Hauptquartier der Alaska State Troopers in Anchorage am Tisch, um zu besprechen, wie die Suche bisher verlaufen war. Es waren Vertreter der State Troopers, der Ordnungsbehörde, der Alaska State Park Rangers, der Küstenwache, der Verkehrssicherheitsbehörde und der Polizei von Juneau und Anchorage anwesend.

Es schien, als hätten sie in den letzten zwei Tagen jeden Zentimeter Land zwischen Anchorage und der Hauptstadt abgesucht ... ohne Erfolg.

Bubba war seit fast einer Woche verschwunden. Einer *Woche*. Es gab immer noch kein Anzeichen für ein abgestürztes Flugzeug, und selbst nachdem sie die Nachricht im ganzen Bundesstaat und auf allen örtlichen Flughäfen verbreitet hatten, hatte niemand gemeldet, dass er ein Mayday gehört hatte oder dass ein Flugzeug außerplanmäßig gelandet war.

Es war verdammt frustrierend, aber Rocco war noch nicht bereit aufzugeben.

»Was tun wir jetzt?«, fragte Malcom Wright.

Es war ein wenig unheimlich, dass Bubbas Zwillingsbruder im Raum saß. Aber abgesehen davon, dass er genauso aussah wie Bubba, würde Rocco die beiden Männer niemals verwechseln. Zum einen strahlte Bubba ein Selbstbewusstsein aus, das Malcom nicht besaß. Und Malcom war im besten Fall eingebildet, im schlimmsten Fall nervtötend. Außerdem war Bubba körperlich größer und stärker als sein Bruder.

Malcom hatte darauf bestanden, sich an der Suche zu beteiligen und alles zu tun, was er konnte, um Bubba zu finden, was Rocco ihm nicht verweigern konnte.

»Wir erweitern den Suchbereich«, antwortete Rex entschieden.

Rocco nickte einem der Polizisten zu, mit dem er vor dem Treffen gesprochen hatte, um ihm grünes Licht zu geben, den Plan zu besprechen.

»Ganz genau«, sagte der Polizist. »Wir haben mit den Ordnungsbehörden in allen umliegenden Dörfern gesprochen und niemand hat etwas Ungewöhnliches gemeldet. Keine Fremden in der Stadt, niemand hat gehört oder gesehen, wie ein Flugzeug abstürzt. Da wir nichts auf der Flugroute von Anchorage nach Juneau gefunden haben, gehen wir davon aus, dass das Flugzeug nicht in diese Richtung geflogen ist. Natürlich ist es möglich, dass wir es einfach übersehen haben, aber keiner von uns will die Möglichkeit ausschließen, dass die Pilotin absichtlich in die falsche Richtung geflogen ist und das Flugzeug vorsätzlich in einem abgelegenen Gebiet abstürzen ließ.«

»Ach, kommt schon.« Malcom runzelte die Stirn. »Glaubt ihr wirklich, dass das passiert ist? Was sollte ihr Motiv sein? Das ist einfach verrückt.«

Ein Detective von der Polizei in Juneau beugte sich vor und sagte: »Ist es das? Colin Wright war zur Hälfte Eigentümer eines Multimillionen-Dollar-Unternehmens. Ich habe sein Testament nicht gesehen, aber ich gehe davon aus, dass dieses Vermögen zwischen seinen beiden Söhnen aufgeteilt wird. Es wurden schon Menschen für weit weniger Geld umgebracht, Mr. Wright.«

Bubbas Zwilling wurde blass und lehnte sich kleinlaut in seinem Sitz zurück.

»Gut«, sagte Rocco, der weitermachen wollte, damit sie Bubba wiederfinden konnten. Er war sich nicht sicher, ob er Malcom vertraute, aber jetzt war weder die Zeit noch der Ort, um ihn über seine mögliche Verwicklung in das Verschwinden seines Bruders zu befragen. »Also, die Troopers und sogar die Küstenwache haben sich bereit erklärt, wie schon in den letzten zwei Tagen Such- und Rettungseinsätze zu fliegen, aber dieses Mal werden wir uns aufteilen. Einige werden nach Westen fliegen, einige nach Norden und andere nach Osten. Wir werden nach Anzeichen von Bubba oder dem Flugzeug Ausschau halten. Aufsteigender Rauch, umgeknickte oder verbrannte Bäume, Krater in der Erde. Alles Mögliche. Es wird eine lange, harte Aufgabe werden. Unsere Aufmerksamkeit darf keine einzige Sekunde nachlassen.« Er hielt inne, dann scannte er den Raum ab und begegnete den Blicken jedes Einzelnen für einen Moment.

»Bubba ist da draußen. Irgendwo. Unser einziges Ziel im Moment ist es, ihn zu finden. Wenn wir ihn gefunden haben, kümmern wir uns um das Testament, um Colins Geschäfte und um alles andere. Im Moment können wir uns nur auf unsere Vermutungen stützen, was passiert ist. Und so sehr ich auch die Gründe wissen und meine Millionen von Fragen beantwortet haben möchte, ist Bubba das Wichtigste. Und natürlich Zoey und die Pilotin, die mit ihm im Flugzeug waren.«

Alle nickten zustimmend.

»Gut. Wir teilen uns auf und überlegen uns, wer wohin geht, wenn wir hier fertig sind.«

»Ich würde auch gern mitkommen«, verkündete Malcom.

Rocco schüttelte sofort den Kopf. »Nein. Wir brauchen dich hier. Du bist unser Mittelsmann mit dem Anwalt und Sean, Colins Geschäftspartner.«

Malcom runzelte wieder die Stirn, und Rocco spannte sich an. Er wollte auf keinen Fall in eine Endlosdebatte mit Bubbas Bruder geraten. Der Mann war nicht ausgebildet wie die SEALs und die Gesetzeshüter. Sie brauchten keinen Zivilisten, der ihnen in die Quere kam. Er mochte sein ganzes Leben in Alaska verbracht haben, aber man sah ihm an, dass er – in seinem dreiteiligen Anzug, den er gerade trug – nicht vorbereitet war, in einen Hubschrauber oder ein Flugzeug zu steigen und stundenlang nichts als Bäume und Wasser zu sehen, um nach seinem Bruder zu suchen.

»Gut. Aber ich kenne Leute. Ich würde auch gern meinen eigenen Suchtrupp organisieren. Sie sind zwar keine SEALs, aber ich habe Freunde, die sich in Alaskas unwegsamstem Gelände bestens auskennen. Vielleicht können sie helfen. Und ich will benachrichtigt werden, sobald jemand etwas erfährt«, sagte Malcom.

Rocco nickte. »Großartig. Wir können jede Hilfe gebrauchen, die wir bekommen können. Bubba mag dein Blutsbruder sein, aber er ist auch unser Bruder. Wir werden nicht aufgeben, bis wir ihn gefunden haben.« Rocco konnte den Ausdruck, der kurz auf Malcoms Gesicht aufblitzte, nicht lesen, aber in der einen Sekunde war er da und in der nächsten nickte er.

»Gut. Ich werde Sean und Kenneth anrufen und sie auf den neuesten Stand bringen. Der Anwalt wird nicht glücklich darüber sein, dass er die Verlesung des Testaments meines Vaters noch mal verschieben muss, aber ich werde dafür sorgen, dass er weiß, dass er keine andere Wahl hat.«

»Und Sean ist einverstanden, das Geschäft zu führen?«, fragte Gumby.

Malcom nickte einmal. »Natürlich, warum sollte er das nicht sein? Um die Fabrik kümmert sich der Projektleiter, und um alles andere, was auftaucht, können Sean und ich uns kümmern, so wie wir es die letzten zehn Jahre getan haben. Geht und findet meinen Bruder«, sagte er schroff. »Je eher wir ihn finden, desto eher können wir zur Normalität zurückkehren.«

Und damit schob Malcom seinen Stuhl zurück. »Wenn ihr mich entschuldigt, ich muss ein paar Telefonate führen.« Dann nickte er in den Raum hinein und machte sich auf den Weg zur Tür.

Kaum war er weg, schüttelte Ace den Kopf. »Wenn er nicht genauso aussehen würde wie Bubba, würde ich nicht glauben, dass sie verwandt sind.«

Rocco stimmte ihm zu, aber er hatte weder die Zeit noch die Geduld, jetzt über Bubbas Arschloch von Bruder zu diskutieren. Er sah den ranghohen Alaska State Trooper an, der bei ihnen war, und dann den Vertreter der Küstenwache. »Lasst uns noch einmal das Suchraster durchgehen und dann entscheiden wir, wer wohin geht.«

Beide Männer nickten und beugten sich vor, um auf die Karten vor ihnen zu schauen.

Rocco wollte die Planung vergessen, einfach in einen Hubschrauber steigen und losfliegen, aber er wusste, dass sie einen Plan brauchten. Er hoffte inständig, dass die zusätzliche Zeit, die sie benötigten, nicht über Bubbas Leben oder Tod entscheiden würde. Wenn er verletzt war und medizinische Hilfe brauchte, konnte jede Minute, die verging, kostbar sein.

»Halte durch, Bruder«, murmelte er, bevor er sich wieder den anderen zuwandte.

Malcom Wright war kein glücklicher Mann. So lange von Juneau weg zu sein war nicht das, was er sich vorgestellt hatte, als er wegen Marks Verschwinden nach Anchorage gekommen war.

Er hatte bereits die Gedenkfeier für ihren Vater allein organisieren und sich mit fast allen Bewohnern von Juneau auseinandersetzen müssen. Er hatte sie für zwei Tage nach der Ankunft seines Bruders geplant, und als er merkte, dass Mark verschwunden war, war es zu spät, um abzusagen. Jeder in der Stadt war dort gewesen. Alle Angestellten der Fabrik, alle Ladenbesitzer und sogar einige Obdachlose aus der Gegend waren gekommen, um Colin die letzte Ehre zu erweisen. Malcom hatte es vorgezogen, den Gottesdienst ohne seinen Bruder abzuhalten, aber er konnte nicht einfach die ganze Stadt ausladen.

Er wusste, dass einige damit nicht einverstanden waren, vor allem Sean, aber Malcom ließ sich nicht beirren. Sein ganzes Leben lang hatte sich alles um Mark gedreht. Auch wenn der Mann Juneau verlassen und nie zurückgeblickt hatte, wusste jeder, dass er ein SEAL war – dank Colin.

Nur dieses eine Mal sollte die Aufmerksamkeit auf ihrem Vater liegen.

Malcom war nicht gern eifersüchtig auf seinen Zwilling, aber seit ihrer Kindheit schien es, als wäre Mark der erfolgreichere Sohn gewesen. Noten, Sport, Mädchen ... was auch immer es war, Mark war überragend.

Und natürlich hatte Pop kein Problem damit gehabt, Malcom mit seinem überambitionierten Bruder zu vergleichen.

Warum kannst du nicht mehr wie Mark sein?

Mark hat eine Eins bekommen, warum du nicht?

Du gehst nicht zum Tanz? Vielleicht kann Mark dir helfen, eine Verabredung zu finden.

Ich habe heute eine E-Mail von Mark bekommen. Er ist gerade von einer Mission zurückgekommen und hat zwei Dutzend Menschen das Leben gerettet. Das ist so unglaublich!

Es ging immer so weiter. Sein Vater hörte nicht auf, von Mark zu erzählen, obwohl er sich kein einziges Mal die Mühe gemacht hatte, ihn zu besuchen, seit er nach dem Highschool-Abschluss weggegangen war.

Malcom tat sein Bestes, sich seine Gefühle nicht anmerken zu lassen – damit niemand erfuhr, wie sehr er seinen Zwilling hasste.

Niemand konnte es je verstehen. Sie sagten, er müsse seinen Bruder mehr lieben als jeden anderen auf der Welt. Sie bestanden darauf, dass sie eine Art Zwillingsverbindung haben mussten.

Die Realität könnte nicht weiter von der Wahrheit entfernt sein. Für Malcom war Marks Verschwinden nicht das Schlimmste auf der Welt.

Als er nach draußen ging, holte er sein Handy heraus und wählte eine Nummer, die er schon lange auswendig kannte.

»Hallo?«

»Ich bin's«, sagte Malcom.

»Schon was gehört?«, fragte die Stimme am anderen Ende der Leitung.

»Noch nicht. Es gibt weder eine Spur von dem Flugzeug noch von meinem Bruder. Die Arschlöcher heute hatten die Frechheit zu fragen, ob das Geschäft in Ordnung sei. Als könnte ich den Laden nicht am Laufen halten, wie ich es seit Jahren tue. Es ist verdammt nervig.«

»Was ist mit der Verlesung des Testaments?«

»Aufgeschoben, bis sie etwas über Mark herausgefunden haben.«

»Scheiße! Ich kann nicht glauben, dass diese Arschlöcher, die wir angeheuert haben, um das Flugzeug zu sabotieren, es so sehr vermasselt haben.«

»Hast du sie finden können?«, fragte Malcom.

»Nein. Sie sind verschwunden. Glaub mir, wenn ich sie finden könnte, würden sie es bereuen, dass sie mein Geld genommen und ihren Teil der Abmachung nicht eingehalten haben.«

»Wir hätten sie einfach im Vorbeifahren erschießen sollen oder so«, murmelte Malcom.

»Oh, *das* wäre gar nicht verdächtig gewesen«, kam die sarkastische Antwort. »Das Entscheidende ist, dass wir sie vor allen anderen finden müssen. Du wirst das Geld nie bekommen, wenn sie verschwunden sind. Ich werde jemanden auftreiben, der nach ihnen sucht, und wenn sie sie finden, werden sie, falls sie noch am Leben sind, ausgeschaltet, bevor jemand erfährt, dass sie überlebt haben. Marks Anteil an dem, was Colin ihm hinterlassen hat, wird an dich gehen.«

»Seine Teamkameraden sind verdammt entschlossen. Sie werden nicht aufgeben, bis sie ihn gefunden haben, tot oder lebendig.«

»Nun, dann müssen wir eben dafür sorgen, dass er tot ist, nicht wahr?«, sagte der Boss.

»Wir hätten es anders machen sollen«, entgegnete Malcom.

»Haben wir aber nicht! Was geschehen ist, ist geschehen, und wir müssen es zu Ende bringen«, gab der Boss säuerlich zurück.

»Wie auch immer. Sorge nur dafür, dass du für die Verlesung von Colins Testament bereit bist, sobald die Suche beendet ist. Ich will das hinter mich bringen und mit meinem Leben weitermachen, verdammt.«

»Das werde ich. Halte den Kopf unten. Tu oder sage nichts, was irgendjemandem einen Hinweis geben könnte.«

»Hältst du mich für einen Idioten? Ich werde nicht riskieren, das ganze Geld zu verlieren.«

»Okay. Ich muss Schluss machen. Halte mich auf dem Laufenden.«

»Mache ich. Tschüss.«

»Tschüss.«

Malcom schaltete das Telefon aus und presste die Lippen fest aufeinander. Nichts lief nach Plan. Das Charterflugzeug seines Bruders hätte gleich nach dem Start in Anchorage abstürzen sollen. Malcom hätte den trauernden Sohn und Bruder gespielt, und alle hätten Mitleid mit ihm gehabt. Er hätte die Hälfte von Heritage-Kunststoffe zugesprochen bekommen und wäre fürs Leben versorgt gewesen.

Jetzt musste er sich Sorgen machen, dass die verdammte Pilotin den Mund aufmachte und jemandem erzählte, was sie getan hatte.

Sie hatten vorgehabt, auch *sie* zu töten, als sie den wahnsinnigen Plan ausheckten, Mark in der Wildnis Alaskas auszusetzen. Was keinen Sinn ergab – wenn seine Leiche nie gefunden wurde, konnte es Jahrzehnte dauern, bis er offiziell für tot erklärt wurde –, aber Eva war zu dumm, um das zu erkennen, und sie hatte den Köder leicht geschluckt.

Jetzt musste Malcom also hoffen, dass der Boss jemanden anheuern konnte, der fähig genug war, dorthin zu gelangen, wo Mark und diese Schlampe Zoey ausgesetzt worden waren, sie zu finden und auf eine Art und Weise zu töten, die in der Wildnis angemessen war.

Jetzt war alles viel zu kompliziert, was Malcom extrem stresste.

Er holte tief Luft und sagte sich, dass er dem Boss vertrauen sollte. Die ganze Situation würde sich lösen und am Ende würde ihm die Hälfte von Heritage-Kunststoffe gehören.

»Dieses Mal wirst du nicht gewinnen, Bruderherz«, sagte Malcom leise. »Dieses Mal nicht.«

KAPITEL ZEHN

Zoey wusste schon gar nicht mehr, welcher Tag heute war. Sie verschmolzen mittlerweile irgendwie miteinander. Sie wachten morgens auf, zogen ihre Schuhe aus und lüfteten ihre Füße, aßen ein paar Beeren zum Frühstück, gingen ein paar Stunden, machten eine Pause und aßen einen Snack, gingen weiter, Mark suchte einen Platz für ihr Nachtlager, sie versuchte, ein Feuer zu machen – ohne Erfolg –, und half ihm dann bei der Errichtung ihrer Unterkunft. Mark angelte oder legte eine Schlinge für ihr Abendessen aus, sie saßen am Feuer und redeten, dann schlief sie in seinen Armen ein.

Sie war müde, schmutzig und machte sich von Tag zu Tag mehr Sorgen.

Mark behauptete, dass seine Freunde sie finden würden, und sie glaubte ihm, aber sie begann langsam zu denken, dass sie selbst aus dem Gebiet entkommen würden, in dem sie ausgesetzt worden waren, bevor das passierte.

»Hey, geht es dir gut? Wie geht es deinen Füßen?«

Zoey schaute zu Mark hinüber. »Die sind in Ordnung.

Deine Achselhöhlen haben sie heute Morgen gut warm gehalten.«

Er grinste, doch dann wurde er nüchtern. »Ich weiß, das ist nicht ideal.«

Nicht ideal? Machte er Witze? Er war kurz davor, wieder zu dieser allzu positiven Einstellung zurückzukehren, die sie so sehr reizte. Sie grunzte nur.

Natürlich würde er ihr das nicht durchgehen lassen. Mark war der gesprächigste Mann, den sie je getroffen hatte. Sollten SEALs nicht eigentlich sehr verschlossen sein und so? Gott, was würde sie dafür geben, in Ruhe schmollen zu können.

Er blieb vor ihr stehen und wartete darauf, dass sie zu ihm aufsah. »Was?«, fragte sie etwas mürrischer als beabsichtigt.

Er musterte sie eine Weile, bevor er sagte: »Ich weiß, dass das hart ist.«

Zoey konnte nicht anders. Sie prustete. »Mark, hart ist es, aufzustehen, weil du weißt, dass du zur Arbeit musst, obwohl du einen Kater hast. Hart ist es, einen Mathetest zu bestehen, obwohl du nicht dafür gelernt hast. Hart ist es, was der Schwanz eines Mannes sein muss, bevor ein Schäferstündchen beginnen kann. Das hier ist nicht hart. Es ist unmöglich. Wir versuchen, Alaska mit nichts als einem Messer, einem Feuerstein und ein paar anderen Utensilien zu durchqueren.«

Sie hatte nicht über ihre Worte nachgedacht. Sie hatte sie einfach ausgespuckt. Aber in dem Moment, in dem sie den Mund schloss, wurde ihr klar, was sie gesagt hatte, und sie schloss verlegen die Augen.

Mark lachte, und sie wusste, dass sie noch mehr errötete. Sie hielt die Augen geschlossen, da sie ihn in diesem Moment nicht ansehen wollte.

Aber anstatt den Idealisten wiederaufleben zu lassen, überraschte er sie. »Du hast recht.«

Sie riss die Augen auf und starrte ihn an. »Habe ich das?«

»Natürlich, Zoey. Dies ist scheiße. Ich wäre lieber nicht hier. Niemand wäre das. Ich habe keine Ahnung, wie lange wir noch unterwegs sein werden, bevor wir irgendeine Spur von Zivilisation finden. Ich habe von einem riesigen Eisbecher geträumt und, ob du es glaubst oder nicht, von panierten Hähnchenstreifen. Ich würde alles geben, um mich jetzt über die Fahrt zum Supermarkt oder den Verkehr in Riverton zu beschweren.«

Sie wartete darauf, dass die unvermeidlichen aufmunternden Worte kommen würden. Aber als Mark nichts weiter sagte, starrte sie ihn praktisch mit offenem Mund an. »Und?«

»Und was?«

»Sprich weiter. Sag mir, dass deine Freunde uns bald finden werden. Dass wir morgen um diese Zeit das Eis essen werden. Sei so positiv wie immer«, drängte sie ihn.

Er seufzte. »Die Wahrheit ist, dass ich zu kämpfen habe. Genau wie du. Ich schäme mich, es zuzugeben, aber ich wäre fast lieber mitten in einem weit entfernten Land, wo ich mir mit den Bösen einen Schusswechsel liefere. Dann wüsste ich wenigstens, dass das, was wir tun, ein Ende hat.«

Zoey griff nach oben, packte Marks Bizeps und sagte: »Nein.«

»Nein, was?«

»Nein, das kannst du nicht tun. Du bist der positive Mensch. Der Optimist. Du bist derjenige, der so sicher ist, dass deine Freunde uns finden werden. So sehr mich das auch nervt und obwohl ich dir vor ein paar Tagen gesagt habe, dass du realistischer sein musst, habe ich meine

Meinung geändert. Ich *brauche* dich jetzt als den nervtötend positiven Typen.«

»Ich bin nicht perfekt«, entgegnete Mark. »Und das hier ist echt scheiße.«

Sie starrten einander einen Moment lang an, bevor Zoey sich ein Lächeln nicht verkneifen konnte.

»Ich habe keine Ahnung, worüber du lächelst«, grummelte Mark.

Sie trat einen Schritt auf ihn zu, schlang die Arme um ihn und drückte sich so fest wie möglich an ihn. Sie war erleichtert, als er die Umarmung erwiderte. Sie hatte keine Ahnung, wie lange sie so dastanden. Keiner von beiden roch gut und sie wusste, dass ihr Haar schlaff und fettig war, weil sie es eine Woche lang nicht gewaschen hatte. Ihre Kleidung war schmutzig, genau wie seine, und sie konnte hören, wie sein Magen knurrte.

Als sie zu ihm aufschaute, sagte sie: »Das wird schon wieder.«

Seine Mundwinkel zuckten nach oben. »Wer ist *jetzt* der positive Typ?«, fragte er.

»Hey, wir können nicht beide negativ sein. Und du hast gesagt, dass wir positiv sein müssen, um hier rauszukommen.«

»Stimmt.«

Sie ging ein Risiko ein – sie griff nach oben und umfasste sein Gesicht. Seine Bartstoppeln waren fast zu einem Vollbart herangewachsen und sie konnte sehen, wie viel Schmutz unter ihren Fingernägeln war, aber sie machte weiter. »Da ist eine Sache, die dein Vater immer zu mir gesagt hat, wenn ich traurig oder deprimiert war.« Sie senkte ihre Stimme, um Colins nachzuahmen: »Zoey, Mädchen ... so schlimm wie die Dinge jetzt auch aussehen, sie könnten immer noch schlimmer sein.«

Sie freute sich über das Lächeln, das über Marks Gesicht huschte. »Das klingt wie etwas, das Pop sagen würde.«

»Wie wir beide wissen, *kann* es immer noch schlimmer sein. Es könnte Dezember sein und es könnte ein halber Meter Schnee auf dem Boden liegen. Einer von uns hätte bei der Landung verletzt werden können, wenn es anders gelaufen wäre. Wir hätten auch getötet werden können. Es gibt so viele Dinge, die unsere Situation noch viel schlimmer machen könnten, als sie ist. Ich bin nicht immer ein sehr positiver Mensch, aber ich habe trotzdem versucht, mein Bestes zu geben. Ich bin hier nicht in meinem Element, aber du hast das hier so viel besser gemacht, als es sonst gewesen wäre. Ich mag dich, Mark. Sehr. Und ich bewundere dich. Das tat ich schon, bevor ich dich dank deines Vaters richtig kennenlernte, aber nach einer Woche mit dir hier draußen sehe ich so viel mehr, als ich mir je hätte vorstellen können.«

Er antwortete nicht, also fuhr sie fort: »Ich sehe einen Mann, der seine Freunde so sehr liebt, dass er ohne Zweifel weiß, dass sie für ihn da sein werden. Einen Mann, der Reue empfindet und sie offen zugibt. Einen Mann, der auch zugeben kann, wenn er sich geirrt hat, und der ein immenses Wissen darüber hat, wie er sich selbst schützen und am Leben halten kann. Du hast dich nicht darüber beschwert, dass ich nicht in der Lage bin, meinen Teil der Arbeit zu erledigen, und du hast Geduld mit mir, wenn ich versuche, Dinge hinzubekommen, die du in Sekundenschnelle erledigen könntest. Ich kann eine Zeit lang die Positive sein, aber wenn du dich in deinem Kopf verlierst und ich dich nicht herausziehen kann, werden wir hier draußen sterben.«

Das zauberte ein kleines Lächeln auf sein Gesicht. »Wir werden nicht sterben«, entgegnete er nachdrücklich.

»Gut. Denn in Anchorage gibt es eine tolle Eisdiele, in

die ich dich mitnehmen möchte, wenn wir wieder zurück sind«, sagte sie.

Ein aufrichtiges Lächeln erhellte sein Gesicht. »Abgemacht.«

»Ja?«

»Allerdings. Und in Riverton, Kalifornien gibt es die besten Hähnchenflügel, die du je gegessen hast. Dorthin möchte ich *dich* mitnehmen.«

Jetzt wurde es ernst, aber das war Zoey egal. »Okay.«

»Okay. Und auch wenn wir beide müde sind, müssen wir heute noch ein bisschen weitergehen. Bei dir alles in Ordnung?«

»Ist bei *dir* alles in Ordnung?«, konterte sie.

»Ja. Deine aufmunternden Worte haben geholfen.« Er grinste. »Und du hast recht, es ist nicht hart. Ich zeige dir gern, was *hart* ist, wenn wir gerettet sind und geduscht, gegessen und ein bisschen geschlafen haben.«

Zoey schloss die Augen und schüttelte den Kopf. »Woher wusste ich, dass du das nicht durchgehen lassen würdest?«

Er lachte. »Weil du mich kennst.«

Und Zoey war überrascht festzustellen, dass er recht hatte. Sie kannte ihn *wirklich*. Sie hatten viel Zeit miteinander verbracht und sie hatte eine Menge über seine Persönlichkeit und seinen Charakter erfahren. Genau wie er über sie.

»Wie auch immer, Marinejunge.« Es war eine lahme Antwort, aber sie konnte ihm ja schlecht sagen, was sie wirklich dachte. Dass er ihr seine Art von »hart« jederzeit zeigen konnte, wenn er wollte.

»Komm schon«, sagte er mit einem kleinen Lächeln. Er nahm ihre Hand in seine, führte sie zu seinem Mund und küsste sie, bevor er ihre Finger drückte. »Zeit, wieder auf die Straße zu kommen.«

»Straße?«, fragte sie sarkastisch.

»Straße, Waldweg, durch das Unterholz klettern ... ist doch alles dasselbe.«

Sie konnte nicht anders, sie musste lachen.

Vier Stunden später war Zoey nicht mehr zum Lachen zumute. Sie war müde und bereit, für den Tag aufzuhören. Sie passte nicht auf und stolperte zum gefühlt hundertsten Mal direkt in Marks Rücken, nachdem er plötzlich stehen geblieben war.

Als sie aufblickte, erschrak sie über das, was sie sah. Es erinnerte sie an den großen See, der ihnen den Weg versperrt hatte. Direkt vor ihnen war ein tiefer, schnell fließender, breiter Fluss, ein Nebenarm des Sees, um den sie seit Tagen herumgingen. Entweder mussten sie das rauschende Wasser hier überqueren oder ihm wer weiß wie lange folgen, um einen einfacheren Weg zu finden. Die andere Möglichkeit bestand darin, umzukehren und den Weg zurückzugehen, den sie gekommen waren. Worauf sie absolut keine Lust hatte.

»Scheiße«, murmelte sie.

Mark sagte nichts, sondern legte einen Arm um sie, als sie Schulter an Schulter standen und auf das Hindernis vor ihnen starrten.

»Was jetzt?«, fragte sie leise.

»Wir überqueren ihn«, antwortete Mark sachlich.

Zoey schaute ungläubig zu ihm auf. »Wie?«

»Sehr vorsichtig«, lautete Marks nicht gerade hilfreiche Antwort.

»Klugscheißer«, sagte sie zu ihm. »Hast du eine Idee?«

Mark betrachtete ihre Umgebung. Zoey ließ ihn in Ruhe nachdenken und unterbrach ihn nicht, während er das

Problem löste. Er ging in der unmittelbaren Umgebung umher und stocherte an einigen umgestürzten Baumstämmen herum.

Zoey beobachtete nur, wie er berechnete, was sie brauchen würden, um über das Wasser zu kommen. Die Sonne schien heute, Gott sei Dank. Sie hatte den Regen so satt, wie sie nur konnte. Es nieselte fast jede Nacht, und ein- oder zweimal wären sie beinahe in einen Regenguss geraten. Mark hatte ständig wiederholt, dass sie es auf keinen Fall gebrauchen konnten, klatschnass zu werden. Draußen war es ohnehin schon kühl, und kaltes Material auf der Haut würde sie noch schneller schwächen und vielleicht sogar töten als alles andere.

Mark kam schließlich zurück an ihre Seite und seufzte. Das Geräusch gefiel ihr gar nicht.

»Und?«, fragte sie. »Kehren wir jetzt doch um?«

»Nein. Ich bin mir ziemlich sicher, dass das funktionieren wird. Aber ich brauche deine Hilfe.«

»Natürlich«, sagte Zoey.

»Es gibt einen umgestürzten Baum, etwa zehn Meter von der Baumgrenze entfernt, von dem ich denke, dass wir ihn benutzen können. Er sieht so aus, als wäre er lang genug, um über das Wasser zu kommen. Wenn wir ihn hierher ziehen und an seinem Ende aufrichten können, können wir ihn rüberschieben und er sollte den Fluss überspannen. Dann können wir gehend oder rutschend auf die andere Seite gelangen.«

Zoey sah ihn an, als würde ihm ein Horn aus dem Kopf wachsen. »Machst du Witze?«

»Nein.«

Er sah sie an, ohne eine Spur des Humors und der Albernheit, die sie in der letzten Woche genossen hatte. Sie drehte den Kopf und sah das Ende des Baumstamms, von dem er wahrscheinlich sprach. Er war groß; das Ding konnten sie unmöglich zum Wasser ziehen, geschweige denn aufrecht stellen und über den Fluss fallen lassen.

»Du weißt schon, dass ich kein Kerl bin, oder? Dass ich viel schwächer bin als du?«

»Ich weiß sehr wohl, dass du kein Kerl bist ... Gott sei Dank. Ich habe einen Plan und werde den größten Teil der Arbeit erledigen. Aber ich weiß, dass wir es mit deiner Hilfe schaffen können. Da der Boden nass ist, denke ich, dass uns der Schlamm in dieser Situation sogar helfen wird. Der Stamm wird einfach über den Boden gleiten.«

Zoey wusste, dass er die Situation beschönigte, aber sie sprach ihn nicht darauf an. »Na gut. Was soll ich tun?«

Anstatt zu antworten, erschreckte Mark sie, indem er eine Hand ausstreckte und sie in seine Arme zog. Sie ließ sich die Chance, ihm nahe zu sein, nicht entgehen und gab ihm bereitwillig nach. Je mehr Zeit sie miteinander verbrachten, desto mehr mochte sie ihn. Er war nicht perfekt, das war nach ihrem morgendlichen Gespräch klar, aber er schien perfekt für *sie* zu sein.

Was verdammt beängstigend war.

Ihre Situation war sicherlich ungewöhnlich. Und sie wusste, dass sie ihre Gefühle für ihn gefestigt hatte. Sie war sich ziemlich sicher, dass er sie auch mochte, aber die große Frage war, ob er sie wie eine alte Freundin mochte, die er gern wieder kennenlernen wollte, oder wie ein Mann eine Frau mochte. Sie hatte keine Ahnung.

Er zog sich zurück, und sie tat es ihm gleich und sah ihm in die Augen. Sie konnte nicht lesen, was sie dort entdeckte.

»Habe ich dir in letzter Zeit gesagt, wie froh ich bin, dass du mit mir hier draußen bist?«

Zoey nickte. »Ja.«

»Gut. Denn ich bin es.«

»Ich auch. Ich meine, es ist wohl offensichtlich, dass ich

nicht weit gekommen wäre, wenn du nicht bei mir gewesen wärst.«

Mark schüttelte den Kopf. »Auf keinen Fall. Du hättest herausgefunden, wie du überleben kannst. Daran habe ich keinen Zweifel.«

Zoey wusste, dass er falschlag, aber sie sagte nichts. Er ließ den Blick zu ihrem Haar wandern und sie zuckte zusammen, da sie wusste, dass es eine Katastrophe war. Er lächelte und griff nach oben, um eine Tannennadel aus ihren braunen Strähnen zu zupfen. Im Gegenzug schnappte sie sich heimlich eine Tannennadel von seiner Schulter und tat dann so, als würde sie sie aus der Gesichtsbehaarung ziehen, die ihm in der letzten Woche auf den Wangen gewachsen war.

Grinsend nahm er ihre Hand in seine. Er hielt ihre verschränkten Hände zwischen ihnen. Mit den Fingern streifte er die Wölbung einer ihrer Brüste und sie spürte, wie sich ihre Brustwarze daraufhin zusammenzog. Während sie ihre Kleidungsschichten sowohl verfluchte als ihnen auch dankte, starrte Zoey einfach zu ihm auf.

Langsam, ganz langsam, senkte Mark den Kopf zu dem ihren. Zoey schloss die Augen erst in letzter Sekunde. Seine Lippen berührten ihre leicht, als wollte er sie testen, um sicherzugehen, dass sie sich nicht zurückziehen würde.

Auf keinen Fall würde sie irgendetwas tun, um ihn zurückzuweisen. Sie wollte ihn küssen, seit sie ihn vor über einem Jahrzehnt zum ersten Mal in den Fluren der Juneau Highschool gesehen hatte. Natürlich waren ihre Fantasien ganz anders als die Realität, aber das spielte keine Rolle.

Sie schloss ihre Finger um seine und klammerte sich mit der anderen Hand an seine Seite, wobei sie sich auf die Zehenspitzen stellte, um ihm näher zu kommen. Sie spürte, wie er lächelte, als seine Lippen wieder ihre berührten, aber es war ihr egal, dass sie ihn amüsierte. Sie küsste Mark Wright.

Heilige Scheiße.

Und sie küssten sich wirklich. Nach der ersten zaghaften Berührung seiner Lippen war jede Zurückhaltung, die er vielleicht an den Tag gelegt hatte, verschwunden. Er legte den Kopf schief, griff mit der freien Hand in ihr Haar, hielt sie fest und verschlang sie.

Der Kuss war intensiv, leidenschaftlich und fast ein wenig verzweifelt. Zoey stöhnte in ihrer Kehle, woraufhin er sie noch näher zu sich zog. Ihre Zungen lieferten sich ein Duell und ihre Zähne prallten in ihrer Leidenschaft aufeinander. Keiner von beiden schien es zu bemerken oder sich darum zu scheren.

Zoey konnte nur daran denken, ihm näher zu kommen. Sie drückte sich an ihn und spürte seine Erektion. Er war hart und Zoey wollte ihn fast noch mehr aus der Nähe sehen, als sie sich eine heiße Dusche und saubere Kleidung wünschte.

Wie lange sie sich küssten, wusste Zoey nicht, aber irgendwann musste sie atmen, mehr als nur ein wenig Luft durch die Nase, weshalb sie sich widerwillig zurückzog. Mark ließ sie sofort los, behielt aber eine Hand an ihrem Hinterkopf und ihre Hand in seiner. Sie waren praktisch von den Hüften bis zum Oberkörper aneinandergepresst und Zoey musste den Kopf nach hinten neigen, um ihm in die Augen zu sehen.

Sie betete, dass er nichts sagen würde, was diesen Moment für sie ruinierte. Fast mit angehaltenem Atem wartete sie darauf, dass er etwas sagte.

Er ließ den Blick über ihr Gesicht wandern, über ihr Haar und dann zurück zu ihren Lippen. Zoey leckte sich unbewusst darüber, woraufhin er die Finger an beiden Händen anspannte. Sie fühlte sich von Mark umgeben. Als würde er buchstäblich Drachen für sie töten. Sie betete, dass diese Sache es zwischen ihnen nicht unbehaglich machen würde. Dass er es nicht bereute, sie geküsst zu haben. Im Stillen flehte sie ihn an, etwas zu sagen. Irgendetwas.

»Das wollte ich schon seit Tagen tun«, sagte er nach einer Minute und Zoey sackte vor Erleichterung über seine Worte fast zusammen.

»Ich auch«, flüsterte sie.

Er lächelte zu ihr herab. »Du faszinierst mich, Zoey Knight. Ich möchte dich weiter kennenlernen. Ich möchte mit dir in das schickste Restaurant und in die einfachste Kneipe gehen. Ich möchte dich meinen Freunden vorstellen, auf der Terrasse von Gumbys Haus sitzen, dich lachen und mit den Kindern von Ace und Piper am Strand spielen sehen. Ich möchte wissen, welche Lebensmittel du magst und welche du hasst. Zum ersten Mal in meinem Leben habe ich das Gefühl, etwas zu verpassen, wenn ein Tag vergeht, an dem ich nicht mit dir gesprochen oder dich gesehen habe. So etwas habe ich noch nie für jemanden empfunden. Niemals.«

Mit jedem Wort, das er sagte, schmolz Zoey mehr dahin. »Es liegt wahrscheinlich an der Situation«, murmelte sie leise. Sie wollte das nicht glauben, aber sie musste ehrlich zu sich selbst und ihm sein.

Er schüttelte den Kopf. »Nein. So ist das nicht. Zo, ich verbringe mein Leben in Situationen wie dieser. Auf Leben und Tod. Intensiv. Nicht wissend, was hinter der nächsten Ecke lauert. Wir haben schon viele Frauen gerettet, aber keine hat mich so berührt wie du. Vielleicht liegt es an der Verbindung, die wir bereits haben, weil wir uns schon vorher kannten. Vielleicht liegt es daran, dass ich weiß, dass du meinen Vater genauso geliebt hast wie ich. Ich weiß es nicht. Aber ich kann nicht einfach weggehen, wenn wir gerettet sind. Ein Tag, eine Woche oder einen Monat von jetzt an. Ich will sehen, wie es weitergeht, wenn wir wieder in der echten Welt sind.«

Zoey konnte nichts weiter sagen. Sie war so überwältigt von ihren Gefühlen für Mark, dass sie ihr die Kehle zuzuschnüren schienen. Sie wollte das. Mehr als alles andere. Es schien wie ein wahr gewordener Traum.

Nach einem Moment runzelte Mark die Stirn und sie spürte, wie sich sein Griff um sie lockerte, als er sich vorbereitete, von ihr zurückzutreten. »Wenn du nicht dasselbe fühlst, ist das okay. Ich wollte nur, dass du es weißt.«

Zoey schüttelte hektisch den Kopf. Sie warf sich ihm an den Hals in dem Wissen, dass er sie auffangen würde, was er auch tat. »Ich will das auch«, sagte sie schnell. »Ich stand nur unter Schock. Ich mochte dich schon als Teenager und bewunderte dich schon allein wegen der Dinge, die dein Vater mir erzählte. Aber jetzt, da ich dich *wirklich* kennengelernt habe, wird mir klar, dass das, was ich über dich zu wissen glaubte, nur der Anfang war. Du bist so viel mehr. Du bist nicht nur der Militärheld oder der Highschool-Adonis, den ich mir ausgemalt hatte. Du bist *echt*. Du regst dich auf, machst dir Sorgen und dein Magen knurrt genau wie meiner, wenn du Hunger hast. Und so sehr ich mir auch wünsche, gerettet zu werden, so sehr fürchte ich mich davor, denn das bedeutet, dass ich zu meinem langweiligen Leben zurückkehren muss. Ich fürchte mich davor, dich nicht jeden Tag zu sehen. Ich will nichts weiter als zu sehen, wohin das führt.«

Die Falten in seiner Stirn glätteten sich und er lächelte sie an. »Gut. Vielleicht noch ein Kuss, um die Sache zu besiegeln, bevor wir diesen Baumstamm anpacken und unsere Reise fortsetzen?«

Zoey erwiderte sein Lächeln und nickte vermutlich ein wenig zu enthusiastisch.

Erneut senkte er den Kopf, dann küssten sie sich wieder. Sein Bart kratzte an ihrem Gesicht, aber Zoey bemerkte es kaum. Sie konzentrierte sich darauf, wie er neckend an ihrer Unterlippe knabberte, und als sie sich ihm öffnete, zögerte er nicht, seine Zunge in ihren Mund zu schieben.

Ihr Kuss war kürzer als zuvor und weniger intensiv, aber er ließ Zoeys Körper dennoch kribbeln. Er zog sich zurück, legte seine Stirn auf ihre und sagte leise: »Wir haben noch nicht viel darüber gesprochen, was nach unserer Rettung passiert, aber hör zu – ich werde nicht einfach weggehen und nie zurückschauen. Wir wissen nicht, wer dahintersteckt, aber wenn es auch nur den kleinsten Hinweis gibt, dass du in Gefahr sein könntest, werde ich dich nicht allein lassen. Ich würde dich nie im Stich lassen. Das wird sich jetzt verrückt anhören ... aber ich möchte, dass du darüber nachdenkst, mit mir nach Kalifornien zurückzukommen.«

Zoey atmete scharf ein, aber er ließ ihr keine Gelegenheit zu sprechen.

»Sag jetzt nichts, denk einfach darüber nach. Ich weiß, dass du ein Leben in Juneau hast. Einen Job. Freundinnen. Aber jeder, der so viel auf sich nimmt, um uns loszuwerden, würde nicht zögern, es noch einmal zu versuchen, und wenn du dort in Juneau ein leichtes Ziel bist, könnte ich nicht damit leben, wenn dir etwas zustoßen würde.«

»Mark«, protestierte Zoey, »ich glaube nicht, dass ich der Mensch bin, auf den derjenige es hier abgesehen hat. Ich bin niemand.«

Mark zog sich zurück und strich ihr mit seiner Handfläche die Haare aus dem Gesicht. »Das haben wir doch schon besprochen. Unterschätze deinen Wert nicht, Zo. Wir haben keine Ahnung, was Pop dir hinterlassen hat, und ich glaube, es ist wahrscheinlich mehr, als wir beide dachten. Aber selbst wenn es nicht so ist, spielt das keine Rolle. Pop hat dich offensichtlich geliebt. Du hast ihn geliebt.«

Zoey erschauderte, da sie nicht daran denken wollte, dass jemand sie töten wollte. Sie war *wirklich* niemand Wichtiges. Der Gedanke, dass jemand ihren Tod wollte, war verrückt, oder?

»Denk einfach darüber nach, okay?«

Sie nickte.

Mark holte tief Luft und sagte: »Gut. Zeit, an die Arbeit zu gehen. Bist du bereit?«

Zoey ahmte sein Einatmen nach und nickte. »Fahre fort, oh furchtloser Anführer.«

Jetzt war er an der Reihe, mit den Augen zu rollen, und der Anblick brachte Zoey zum Lächeln.

»Das ist ein Kinderspiel. Lass uns das erledigen und mit dem Tag weitermachen«, scherzte er. Als er sich umdrehte, hielt er ihre Hand fest und Zoey wusste, dass sie diesen Moment für den Rest ihres Lebens nicht mehr vergessen würde. Als der Mann, in den sie schon seit Jahren verknallt war, sie küsste. Dann behauptete, er wolle mit ihr zusammen sein. Und ihr anbot, sie nach Kalifornien zu bringen, damit er sicher sein konnte, dass sie in Sicherheit war.

Oh ja, das war definitiv einer der besten Tage ihres Lebens.

Hatte sie gesagt, dass dies der beste Tag ihres Lebens war? Zoey schüttelte den Kopf. Sie hatte gelogen. Der heutige Tag war beschissen. Einen einfachen Baumstamm dreißig Meter weit zu schleppen hätte nicht so schwer sein dürfen, wie es war. Das Ding war schwer. *Richtig* schwer. Die beiden brauchten über eine Stunde voller Fluchen, Ausrutschen und purer roher Kraft, um ihn nahe genug an den Fluss zu bringen.

Dann brauchten sie weitere dreißig Minuten und das Seil, das Mark in seiner Tasche hatte, um den Stamm dorthin zu rollen, wo sie ihn brauchten. Sie schafften es, ihn auf ein Ende zu stellen und über den Fluss zu stoßen, was erstaunlich gut funktionierte. Er war zwar nicht besonders stabil, aber er lag nicht im Wasser und zumindest in der Theorie konnten sie ihn überqueren, ohne nasse Füße zu bekommen, was ja das Ziel war.

Während der Arbeit hatten sie beide ihre äußerste Lage ausgezogen, denn in der Sonne war ihnen warm und sie schwitzten. Zoey trug ihr Trägerhemd und ihr langärmeliges Hemd, Mark hatte nur sein grünes Henley an.

Sie hätte seinen kräftigen Bizeps bewundert, wenn sie nicht so besorgt darüber gewesen wäre, den blöden Fluss zu überqueren. Als sie auf die behelfsmäßige Brücke blickte, erschien es ihr plötzlich wie eine schlechte Idee. Vor allem wenn man bedachte, dass sie keine Ahnung hatten, was auf der anderen Seite war. Es wäre möglich, dass sie diesen Fluss überquerten, nur um einhundert Meter weiter hinter einer Biegung auf einen breiteren Strom zu stoßen.

»Vielleicht sollten wir doch umkehren«, sagte Zoey, als sie und Mark auf den Baumstamm und das schnell fließende Wasser darunter blickten.

»Wir schaffen das schon«, erwiderte Mark in seinem gewohnt positiven Tonfall. »Ich gehe zuerst. Um dafür zu sorgen, dass es sicher ist. Ich werde ihn auf der anderen Seite mit ein paar Steinen verankern, damit er nicht wegrollt. Dann kannst du rüberkommen, okay?«

Zoey wollte Nein sagen. Dass sie zu viel Angst hatte. Aber sie versuchte, positiv zu sein, indem sie schwer schluckte und nickte.

Mark legte einen Finger unter ihr Kinn und zwang sie, zu ihm aufzuschauen. »Hey, wir schaffen das.«

Sie versuchte zu lächeln, wusste jedoch, dass es ihr nicht gelang.

»Ich lasse dich sogar mein Oberhemd tragen. Ich weiß, dass du in ein oder zwei Minuten anfangen wirst zu zittern, und du wirst die zusätzliche Wärme brauchen.«

»Und du nicht?«

»Nein. Mir geht's gut. Ich bin es viel mehr gewohnt zu frieren als du. Was schon lustig ist, wenn man bedenkt, dass du diejenige bist, die hier oben in Alaska lebt. Du bist diejenige, die meinen sollte, dass das Wetter warm genug ist, um sich zu sonnen.«

Zoey schauderte. Sie konnte sich nicht vorstellen, im Badeanzug herumzuliegen. Auch wenn die Sonne schien, waren es wahrscheinlich nicht einmal fünfzehn Grad. Außerdem würden wahrscheinlich jeden Moment Wolken aufziehen. So war es in den frühen Herbstmonaten in Alaska. In der einen Sekunde konnte es schön und sonnig sein und in der nächsten bewölkt und neblig.

»Ein Kuss als Glücksbringer?«, fragte Mark.

Das konnte Zoey tun. Sofort stellte sie sich auf die Zehenspitzen und küsste ihn. Es war kurz und süß, aber jedes Mal, wenn seine Lippen die ihren berührten, schossen Funken bis zu ihren Zehen hinunter. Es war ein sehr effektiver Weg, um sie von dem abzulenken, wo sie waren und was sie taten, und zusätzlich wärmte es sie auch noch auf.

Mark zog sich zurück und küsste ihre Schläfe, bevor er sich dem Baumstamm zuwandte. Er band sich das lange Seil, das er aus Ranken, Rinde und toten Pflanzen geflochten hatte, um die Taille und Zoey nahm das andere Ende in die Hand. Für eine Sicherheitsleine war es nicht viel, aber er hatte ihr versichert, dass es nur eine Vorsichtsmaßnahme war. Dass nichts passieren und er am anderen Ufer sein würde, noch bevor einer von ihnen blinzeln könnte.

Zoey beobachtete, wie er die Stabilität ihrer behelfsmäßigen Brücke testete, und zuckte zusammen, als sie wackelte, als er sich darauf niederließ. Anstatt aufrecht zu gehen, was Selbstmord gewesen wäre, setzte er sich rittlings darauf. Er zog die Füße hinter sich hoch, um sich zu stabilisieren. Langsam bewegte er sich vorwärts und hielt alle paar Zentimeter an, um das Gleichgewicht zu halten, wenn der Stamm unter ihm rutschte.

Zoey konnte nicht atmen. Sie packte das dünne Seil fester und ließ immer ein Stück locker, während er über den umgestürzten Baum kroch.

Einen Moment lang dachte sie, er würde es schaffen. Er war gut unterwegs und hatte die Hälfte geschafft, als das Unglück geschah.

Er war gerade dabei, sich einen weiteren Zentimeter vorwärtszubewegen, als Zoey zufällig flussaufwärts schaute. Ihre Augen weiteten sich und sie schrie: »Pass auf!«

Aber es war zu spät.

Ein großer Baum, der irgendwo flussaufwärts umgestürzt war, raste der Länge nach auf Mark und ihre unsichere Brücke zu.

Er wappnete sich und streckte sogar eine Hand aus, um den Baumstamm wegzuschieben, aber es war sinnlos. Die Äste des schwimmenden Stammes rammten Mark und der Baum selbst blieb unter der Brücke stecken. Die Wucht des Wassers und des Baumes war zu groß, und in der einen Sekunde saß Mark noch auf dem Baumstamm, in der nächsten verschwand er unter einem Wirbel aus Blättern und Ästen im reißenden Strom.

Das Seil in ihren Händen wurde sofort straff und Zoey bemühte sich mit all ihrer Kraft darum, es festzuhalten. Sie spürte nicht, wie das provisorische Seil Brandspuren auf ihren Handflächen hinterließ; ihr einziger Fokus war Mark. Sie ließ sich am Ufer auf den Hintern fallen und stöhnte, als das Wasser versuchte, ihn wegzureißen. Einen Moment lang dachte sie, dass es vielleicht besser wäre, ihn loszulassen und ihn die Stromschnellen hinunter zum See schwimmen zu lassen, wo es ruhiger war, aber dann dachte sie daran, wie kalt das Wasser war. Es musste aus den Bergen kommen, wo der Schnee und das Eis ständig schmolzen. Es bestand eine gute Chance, dass er es nicht bis zum See schaffen würde, und selbst wenn, wäre es möglich, dass er wegen der Kälte nicht mehr die Kraft hätte herauszukommen.

Also hielt Zoey verzweifelt fest. Sie wurde immer näher an den Fluss herangezogen. Mark war um einiges schwerer als sie, aber sie weigerte sich loszulassen.

Sie wurde immer näher gezerrt, aber wie es der Zufall wollte, befand sich ein großer Felsen zwischen ihr und dem Ufer. Sie drehte sich leicht und stützte sich mit den Füßen dagegen.

Es funktionierte. Sie bewegte sich nicht mehr.

Sie wickelte die Ranken um ihre Handgelenke und schwor sich, alles zu tun, um Mark ans Ufer zu bringen. Ab und zu sah sie, wie sein Kopf in den Stromschnellen aus dem Wasser ragte, und sie wusste, dass er sich am anderen Ende des Seils abmühte.

Sie sah zu, wie er sich langsam, ganz langsam, auf das Ufer zubewegte. Nachdem er sich von dem zerstörerischen Baum befreit hatte, der genau zum falschen Zeitpunkt aufgetaucht war, konnte er sich ein wenig schneller bewegen. Innerhalb von dreißig Sekunden spürte Zoey, wie das Seil in ihren Händen erschlaffte.

Er hatte es geschafft.

Ohne auf die Quetschungen zu achten, die an ihren Handgelenken bereits sichtbar wurden, wickelte sie die Ranke von ihren Händen ab und lief zu Mark, der auf Händen und Knien aus dem Fluss kroch.

»Mark! Ist alles in Ordnung mit dir?«

»Fass mich nicht an«, stieß er hervor.

Zoey blieb vor Schreck stehen. »Was?«

»Ich bin klatschnass. Ich will nicht, dass du mir zu nahe kommst. Gib mir eine Sekunde.«

»Was kann ich tun?«, fragte Zoey. Noch während sie zusah, begann Marks Körper zu zittern. Jetzt, da das Adrenalin von seinem Sturz ins Wasser nachließ, machte sich die Kälte bemerkbar.

»Geh einfach zurück, Süße. Mir geht's gut, wirklich.«

Zoey hasste es, dass sie nichts tun konnte, um zu helfen, aber sie tat, was er verlangte. Sie blieb in seiner Nähe, während er noch weiter aus dem Fluss kroch. Er erreichte einen Flecken Gras und versuchte aufzustehen, schaffte es aber nicht und fiel auf den Hintern zurück.

»Mark!«, rief Zoey.

»Mir geht's gut«, sagte Mark wieder. »M-Mir ist nur k-kalt.«

Dann sah er zu ihr auf und Zoey konnte sehen, dass seine Lippen bereits blau anliefen.

Scheiße, Scheiße, Scheiße!

Mark begann, an den Schnürsenkeln seiner Stiefel herumzufummeln, aber es sah so aus, als fiele es ihm schwer.

»Von wegen, ich soll dich nicht anfassen«, murmelte Zoey und ging vor seinen Füßen auf die Knie. Sie stieß seine Hände weg und machte sich daran, seine Stiefel zu öffnen. Es war schwer, sie von seinen Füßen zu bekommen, aber nachdem sie eine Weile gezerrt hatte, war sie schließlich erfolgreich.

»Die S-Socken auch«, stotterte Mark.

Zoey wusste, dass er recht hatte, aber sie hasste das. Und ausgerechnet jetzt, da sie es am meisten brauchten, war das Sonnenlicht hinter schnell wachsenden Wolken verschwunden. Sie zog ihm die Socken aus, und als er die Hände zum Knopf seiner Hose wandern ließ, wurde ihr klar, dass er sich tatsächlich nackt ausziehen würde.

Blitzschnell stand sie auf und lief zurück zu der Stelle, an der sie den frühen Nachmittag damit verbracht hatten, den Baumstamm zum Bach zu bringen. Beide Hemden, die sie ausgezogen hatten, hingen noch an einem Ast. Dankbar, dass er etwas Trockenes zum Anziehen hatte, sprintete sie dorthin zurück, wo sie ihn zurückgelassen hatte.

Als sie zurückkam, hatte er es geschafft, seine Hose und sein Hemd auszuziehen. Er saß auf dem Boden, nur noch in seinen durchnässten Boxershorts. In jeder anderen Situation wäre Zoey begeistert gewesen und hätte ihn angestarrt, aber im Moment konnte sie nur an seine Gesundheit und sein Wohlbefinden denken.

Er versuchte, auf die Knie zu kommen, um sich seiner Unterwäsche zu entledigen, aber er hatte Schwierigkeiten, sich aufrecht zu halten. Zoey ließ ihre Hemden auf den Boden fallen und griff nach ihm. »Lass mich helfen«, befahl sie.

»Ich k-kann d-das«, beharrte Mark.

»Blödsinn. Mark, du zitterst so sehr, dass du nicht einmal den Bund greifen kannst. Leg dich hin«, sagte sie. Zoey wünschte sich, er könnte seine Unterwäsche anbehalten, aber sie war klatschnass, genau wie alles andere. Und diese nasse Baumwolle konnte er auf keinen Fall an seinen empfindlichsten Stellen gebrauchen. Er musste alles ausziehen, trocken werden und sich aufwärmen.

Zoey schluckte die Panik hinunter, die sie zu überwältigen drohte, und konzentrierte sich darauf, eine Sache nach der anderen zu tun.

Stirnrunzelnd legte Mark sich zurück. Zoey schob ihre Finger unter die Baumwolle – und zuckte zusammen, als Mark leise lachte.

»Was zum Teufel gibt es da zu lachen?«, schimpfte sie.

»Ich w-wollte, dass du m-mich anfasst, aber ich hätte nie g-gedacht, dass es s-so schnell gehen w-würde.«

»Halt die Klappe«, sagte sie zu ihm, freute sich jedoch insgeheim, dass er seinen Sinn für Humor nicht verloren hatte.

»B-Bitte denk daran, w-was k-kaltes Wasser mit d-dem Schwanz e-eines M-Mannes anstellt, Zo.«

Bei diesen Worten ließ sie den Blick zu ihm wandern – und sie war überrascht, einen Hauch von Sorge in seinen Augen zu erkennen, den er mit Humor zu verbergen versuchte.

Kopfschüttelnd schaute sie wieder auf das, was sie gerade tat. »Du brauchst dir keine Sorgen zu machen, SEAL. Im Moment bin ich mehr um deine blauen Hoden als um die Größe deines Prachtstücks besorgt.«

Er brach in Gelächter aus und es tat Zoey gut, ihm das geben zu können. Ihre aktuelle Situation war ganz und gar nicht lustig.

Sie konnte nicht umhin, Marks Schwanz zu sehen, als sie ihm half, seine Unterwäsche auszuziehen. Selbst wenn er fast gefroren war, war er immer noch beeindruckend.

Sie zog schnell ihr langärmeliges Hemd aus und fröstelte sofort in der kühlen Nachmittagsluft, aber sie ignorierte ihr eigenes Unbehagen in dem Wissen, dass Mark sich nach dem Eintauchen in das Gletscherwasser des Flusses zwanzigmal schlechter fühlen musste. Sie streckte ihm ihr Hemd entgegen. »Hier, trockne dich damit ab, so gut du kannst. Du kannst dein trockenes Flanellhemd anziehen und mein mit Fleece gefüttertes Hemd benutzen, um deine Beine zu bedecken. Wenn du dich hiermit abgetrocknet hast, kann es dir vorübergehend auch als Unterwäsche dienen.«

Das war nicht genug. Zoey wusste es. Er antwortete

nicht, sondern versuchte unbeholfen, sich mit ihrem Hemd abzutrocknen. Seine Bewegungen waren unkoordiniert und steif. Sie rutschte auf ihren Hintern und fing an, an ihren Schuhen herumzufummeln.

»W-Was machst d-du da?«, fragte Mark.

»Ich ziehe meine Socken aus. Du brauchst sie mehr als ich. Du kannst es dir nicht leisten, einen Zeh zu verlieren.«

»Ich n-nehme d-deine Socken n-nicht«, gab Mark unwirsch zurück.

»Doch, das tust du«, sagte Zoey, ohne aufzuschauen.

»Zo, s-sieh m-mich an«, stotterte er.

Sie weigerte sich. Sie zog ihre Socken aus, schob ihre Füße zurück in die Stiefel und schnürte sie wieder zu. Sie stand auf, schnappte sich die beiden langärmeligen Hemden und trug sie zu Mark hinüber. Sie riss ihm das Hemd aus der Hand, trocknete seinen Rücken ab und rubbelte auch über sein Haar, um so viel Feuchtigkeit wie möglich aus den Strähnen zu bekommen. Gott sei Dank war es kurz; lange Haare würden hier ewig brauchen, um zu trocknen. Sie half ihm, seine zitternden Hände in jeweils einen Ärmel seines warmen Flanellhemdes zu stecken, und seufzte erleichtert auf.

»Hoch«, befahl sie, während sie auf eine seiner Schultern drückte. Mark gehorchte, indem er sein Gewicht verlagerte, bis eine seiner perfekten Pobacken vom kalten Boden gehoben war. Sie schob ihr nun feuchtes langärmeliges Hemd unter seinen Hintern und ging auf seine andere Seite, um dasselbe zu tun. Daraufhin tat sie ihr Bestes, die Ärmel entspannt um seine Taille zu knoten, wobei sie gleichzeitig seinen Intimbereich verdeckte. Dann legte sie ihr eigenes, mit Fleece gefüttertes Hemd vorn um seine Taille. Schließlich ging sie zu seinen Füßen und zog ihm ihre Wollsocken über. Sie passten zwar nicht ganz, aber sie würden reichen.

»Beweg dich nicht«, befahl sie, bevor sie wieder aufstand.

»Mir geht's gut, Z-Zo«, stotterte Mark.

»Ich weiß. Du bist ein SEAL. Dies hier ist gar nichts für dich«, sagte sie, wobei sie die Worte eher an sich selbst als an ihn richtete. Aber tief in ihrem Inneren wusste sie, dass dies nicht wie die Höllenwoche war. Er hatte ihr viele Geschichten darüber erzählt, was sie durchgemacht hatten, aber der Unterschied war, dass es keine Glocke gab, die man läuten konnte, um *diese* Hölle zu beenden. Keine Sanitäter, die für den Fall der Fälle bereitstanden. Es gab kein Krankenhaus gleich um die Ecke, in das man jemanden bringen konnte, wenn etwas schieflief. Es gab nur sie. Sie würde ihn nicht im Stich lassen.

Zoey wusste, dass sie hier draußen allein nicht überleben konnte. Deshalb war es in ihrem besten Interesse, alles zu tun, damit Mark so schnell wie möglich wieder warm wurde.

Ohne ein weiteres Wort lief sie von Mark weg in Richtung der Baumgrenze. Sie ignorierte, dass er ihren Namen rief, und konzentrierte sich auf die anstehende Aufgabe, nämlich so viel Holz für ein Feuer zu sammeln, wie sie konnte. Das Wichtigste war jetzt, dass Mark es warm hatte. Es war ihr egal, dass sie nur in einem Trägerhemd und ohne Socken herumlief. Zum ersten Mal in ihrem Leben war ihr nicht kalt. Sie fühlte absolut nichts außer Entschlossenheit.

Sie sprintete mindestens ein Dutzend Mal zwischen der Baumgrenze und der Stelle, an der Mark saß, hin und her und ignorierte dabei, dass er von ihr verlangte, langsamer zu werden und Luft zu holen. Sie hatte etwas Moos in einem Baum gefunden, das relativ trocken schien, was ein kleines Wunder war. Sie sammelte kleine, mittelgroße und auch einige große Stöcke. Die meisten der größeren Äste und

Stämme waren feucht, aber das war im Moment nicht zu ändern.

Nachdem sie die letzte Ladung Holz abgeladen hatte, nickte sie zufrieden in Richtung des Haufens neben Mark.

»Zoey, b-bleib kurz stehen und s-sieh mich an«, flehte Mark.

Sie atmete tief durch und tat, was er verlangte. Er saß immer noch auf ihrem Hemd, hatte es aber geschafft, seine Knie unter sein übergroßes Hemd zu ziehen. Alles, was sie von ihm sehen konnte, waren seine Füße – bedeckt von ihren lila Wollsocken – und sein Kopf. Sie wünschte, sie hätte eine Mütze für ihn, denn es war bekannt, dass der Mensch die meiste Körperwärme über den Kopf verlor. Seine Lippen waren immer noch blau umrandet und er stotterte weiterhin, was nicht gut war.

»Mir geht es gut«, sagte Mark zu ihr.

Zoey schüttelte den Kopf. »Nein, eben nicht. Dir ist eiskalt. Ich wusste, dass der blöde Baumstamm eine schlechte Idee war. Scheiße!«

»Zo«, sagte er nachdrücklich.

Zoey konnte nicht aufhören. Sie konnte ihn nicht ansehen. Sie konnte nicht zuhören. Er würde nur versuchen, ihr zu sagen, dass es ihm gut ging, aber sie wusste, dass es nicht so war. Sie ging zu seiner Hose, die in der Nähe lag, und kramte in der Tasche, von der sie wusste, dass er darin den Feuerstein aufbewahrte. Als sie ihn herauszog, schickte sie ein Gebet nach oben. *Bitte lass es klappen. Seine Hände zittern zu sehr, als dass er das Feuer anzünden könnte. Es liegt an mir.*

Schnell errichtete sie die Feuerstelle so nahe bei Mark, wie sie sich traute. Sie befanden sich auf einer kleinen Lichtung in der Nähe des Flusses, und obwohl sie lieber unter den Bäumen und in einem Unterstand wäre, musste das für den Moment genügen.

Mark schien endlich zu verstehen, dass sie im Moment

nicht reden konnte. Dass sie tun musste, was sie tun musste, und dass sein Reden sie ablenken würde. Während sie arbeitete, bildete sich eine Gänsehaut auf ihren Armen und der Schweiß tropfte ihr übers Gesicht. Ihr war heiß und kalt zugleich. Zoey ignorierte alles, außer das Feuer zu machen.

Als sie das Moos an seinem Platz hatte und die kleinen Stöcke bereit waren, um die größeren in Brand zu setzen, lehnte Zoey sich zurück und holte tief Luft.

»So ist es gut, Z-Zo. Du k-kannst das«, sagte Mark leise. Er verlangte nicht, dass sie ihm den Feuerstein übergab. Er versuchte nicht, die Kontrolle über das Anzünden des Feuers zu übernehmen. Er vertraute darauf, dass sie es schaffen würde.

Mit einem Nicken beugte Zoey sich über das Moos und schlug mit dem Metallgegenstück auf den Feuerstein. Die Funken flogen, wie sie sollten, aber wie jedes Mal, wenn sie versucht hatte, das Feuer zu entfachen, flogen sie in alle Richtungen und nicht auf das Moos, wo sie sie brauchte.

»Lass dir Z-Zeit«, ermutigte Mark sie.

Mit zusammengebissenen Zähnen schlug Zoey wieder auf den Feuerstein. Und wieder. Mit jedem Schlag bekam sie mehr Funken. Langsam hatte sie den Dreh raus und die Entschlossenheit setzte ein. Sie brauchte dieses Feuer. Mark brauchte dieses Feuer. Es würde auf jeden Fall brennen, verdammt noch mal, egal was passierte.

Es waren wahrscheinlich zwei Dutzend Anschläge nötig, aber schließlich landete ein Funke genau dort, wo sie ihn brauchte. Wahrscheinlich war es mehr Glück als etwas Bestimmtes, das sie getan hatte, aber das war ihr egal. Rauch stieg aus dem Moos auf und mit einem Adrenalinschub beugte Zoey sich über den wertvollen Funken und blies ganz sanft darauf, genau wie Mark es ihr beigebracht hatte.

Innerhalb von Sekunden hatte sich der Funke in eine Flamme verwandelt.

Da sie nichts tun wollte, was das empfindliche Feuer zum Erlöschen bringen könnte, schob sie ein paar Stöcke zu dem schwelenden Moos hinüber. Langsam, aber sicher fingen auch sie Feuer.

Fünf Minuten später brannte ein knisterndes, warmes Feuer.

Zoey drehte sich ungläubig zu Mark um. »Ich habe es geschafft.«

»Ja, d-das hast d-du, S-Süße.«

Als sie sein Stottern hörte, verdrängte Zoey das Gefühl, etwas geschafft zu haben, und rutschte zu Mark hinüber. »Komm schon. Du musst näher an das Feuer heran.«

Ganz langsam stand Mark auf, ihr Hemd an seine Hüfte gedrückt. Zoey ging schnell zu ihm und legte einen Arm um ihn, um ihn zu stützen. Innerhalb weniger Augenblicke saß er wieder, dieses Mal direkt neben dem Feuer. Sie konnte die Hitze der Flammen spüren und überlegte kurz, ob sie sich neben Mark setzen sollte, um sie aufzusaugen, aber sie hatte noch mehr zu tun.

Sie ließ Mark am Feuer zurück, nahm seine Kleidung und presste so viel Wasser wie möglich aus ihr heraus. Dann drapierte sie sie über einige Holzscheite, die sie zum Feuer getragen hatte. Ohne seine Kleidung konnte er nicht weitergehen, und er konnte sie nicht anziehen, wenn sie nass war. Also blieb ihr nichts anderes übrig, als alles zu tun, um sie zu trocknen. Zum Glück bestand die Cargohose nicht zu hundert Prozent aus Baumwolle, wie es bei einer Jeans der Fall gewesen wäre. Sie dachte sich, dass sie ziemlich schnell trocknen würde. Aber sein T-Shirt und seine Unterwäsche würden viel länger brauchen, um wieder tragbar zu sein.

Dann machte sie sich daran zu schauen, was sie für die

beiden zu essen finden konnte. Eine Schlinge zu legen und ein Eichhörnchen zu töten überstieg ihre Fähigkeiten, aber Zoey gelang es, ein paar Beeren, ein paar Pilze und sogar ein paar Rohrkolbenpflanzen zu finden. Sie schmeckten zwar nicht besonders gut, aber Colin hatte ihr beigebracht, dass sie in der Not essbar waren.

Die Sonne war vollständig hinter den Nachmittagswolken verschwunden und Zoey fröstelte. Aber sie tat ihr Bestes, ihr Unbehagen zu ignorieren. Mark war in viel schlechterer Verfassung. Sie konnte mit ein wenig Kälte umgehen.

Sie brachte ihre Beute dorthin zurück, wo sie Mark zurückgelassen hatte, und fand ihn auf der Seite liegend vor. Zoey legte mehr Holz auf das Feuer und ignorierte die Rauchschwaden, die in den Himmel stiegen. Solange sie Flammen hatten, war es ihr egal, wie viel Rauch es gab.

Das Geräusch, das sie mit dem Feuer machte, weckte Mark und er richtete sich auf.

»Ich habe etwas zu essen gefunden«, verkündete Zoey mit einem kleinen Lächeln. Sie sah den bewundernden Ausdruck in seinen Augen, ignorierte ihn aber für den Moment. »Neben unserem üblichen Beeren- und Pilzschmaus habe ich auch ein paar Rohrkolben gefunden.«

»Rohrkolben?«, fragte Mark.

Zoey freute sich, dass er nicht mehr so sehr zu zittern schien und auch nicht mehr stotterte. »Ja. Dein Vater hat es mir beigebracht. Ich werde die Triebe rösten, denn das ist hier draußen am einfachsten zu machen. Die Wurzeln kann man auch essen, aber sie sind nicht so gut.«

»Das hat mein Pop dir beigebracht?«, fragte Mark.

Zoey nickte, als sie sein Messer benutzte, um die Triebe zu schneiden. »Ja. Eines Tages sprachen wir über all die Dinge in der Wildnis, die essbar sind. Er hat mir gesagt, dass Rohrkolben es seien, aber ich habe ihm nicht geglaubt. Also musste er mich natürlich eines Besseren belehren.« Zoey kicherte. »Ganz ehrlich, das wird nicht besonders gut schmecken, aber da ich kein Fleisch für uns fangen kann, muss das hier erst mal reichen.«

»Das über Rohrkolben wusste ich nicht«, sagte Mark.

Er klang so anders, dass Zoey besorgt zu ihm aufschaute.

»Du bist fantastisch, Zo.«

Errötend zuckte Zoey mit den Schultern. »Wenn ich so fantastisch wäre, hätte ich einen Elch fangen und uns Elchburger machen können.« Sie war nicht an Komplimente gewöhnt. Zumindest nicht an solche, die von einem Blick wie dem von Mark begleitet wurden. »Ich muss die hier waschen. Ich bin gleich wieder da.«

»Fall nicht rein«, scherzte Mark.

Zoey verdrehte die Augen. »Ich glaube, ein spontanes Bad reicht aus. Obwohl ich ein bisschen neidisch bin, dass du baden und dir den Dreck der letzten Woche abwaschen konntest.« Sie konnte nicht glauben, dass sie tatsächlich über das scherzte, was passiert war, aber sie nahm an, dass es eine gute Möglichkeit war, etwas nervöse Energie loszuwerden.

Bubba war stinksauer. Auf sich selbst. Es war zwar nicht seine Schuld, dass der Baum genau zur falschen Zeit in den Fluss gestürzt war, aber er hätte zumindest mit so etwas rechnen müssen. Er hätte mehr von seiner Kleidung ausziehen können, nur für den Fall, dass er im Wasser landen würde. Dann würde er jetzt nicht nackt auf dem Boden sitzen und zusehen, wie Zoey sich um ihn kümmerte.

Es war ein seltsamer Rollentausch, der ihm nicht gefiel.

Es gefiel ihm nicht, dass Zoey nur mit einem Trägerhemd bekleidet herumlief. Anhand ihrer harten Brustwarzen unter dem BH und der Gänsehaut, die sie jedes Mal auf den Armen bekam, wenn sie vom Feuer zurücktrat, konnte er erkennen, wie kalt ihr war. Es gefiel ihm nicht, dass sie ihm buchstäblich ihr letztes Hemd und auch noch ihre Socken gegeben hatte.

Wenn sie beide durchnässt gewesen wären, wären sie am Arsch gewesen. Zoey hatte alles richtig gemacht.

Sein ganzes Leben lang hatte er es für selbstverständlich gehalten, dass seine Teamkameraden ihm den Rücken freihalten würden. Wäre er mit einem von ihnen zusammen gewesen, hätte er sicher sein können, dass sie das Gleiche getan hätten wie Zoey. Aber sie war kein SEAL. Sie war nicht seine Teamkameradin. Und doch hatte sie sofort gehandelt und ihn vor unnötigem Leid bewahrt. Er war zwar noch nicht ganz über den Berg, aber die Wärme des Feuers trug viel dazu bei, sich eher früher als später zu erholen.

Bubba war mächtig stolz darauf, dass Zoey es geschafft hatte, das Feuer zu entfachen. Er hätte es nicht geschafft, seine Hände hatten zu sehr gezittert. Aber sie hatte es gemeistert und der Ausdruck des Erfolgs, den er in ihrem Gesicht gesehen hatte, war wunderschön.

Sie hatte das Feuer entfacht, ihnen Nahrung besorgt, ihm etwas beigebracht, was er nicht über essbare Wildpflanzen wusste, und jetzt war es an der Zeit, dass sie für zwei Sekunden stehen blieb und sich entspannte. »Komm her«, sagte er zu ihr, nachdem sie ein weiteres Holzscheit auf das Feuer gelegt hatte. Bubba streckte einen Arm aus, um sie zu ermutigen, sich an ihn zu kuscheln.

Sie kam, ohne zu zögern, zu ihm, woraufhin er sich drei Meter groß fühlte. Sein kolossaler Fehler schien ihre Bereitschaft, in seiner Nähe zu sein, nicht geschmälert zu haben.

Als sie sich an ihn schmiegte, konnte er die Kälte ihres Körpers an seinem eigenen spüren.

Er hielt sie fest und rückte sie ein wenig näher an die Flammen heran.

»Weißt du, was ich mir jetzt wünsche?«, fragte sie, als sie es sich bequem gemacht hatten.

»Ein großes Steak mit Kartoffeln zum Abendessen?«, fragte Bubba.

Sie kicherte. »Abgesehen davon.«

»Nein, sag es mir.«

»Wenn ich zu Hause Wäsche gewaschen habe, habe ich am liebsten die Handtücher und Bettwäsche frisch aus dem Trockner genommen und es mir damit auf der Couch darunter gemütlich gemacht. Die Wärme ist in meine Knochen eingedrungen und hat mich von innen heraus gewärmt. Alles roch frisch und sauber, und das war schon immer eine dieser kleinen Annehmlichkeiten, von denen ich weiß, dass andere Leute sie für seltsam halten würden, aber ich tat es trotzdem. Ich wünschte, ich hätte einen Trockner hier, dann könnte ich die warmen Handtücher herausnehmen und sie um uns wickeln.«

Bubba konnte sich Zoey in diesem Moment vorstellen. Sie würde lächeln und die Augen schließen, während sie sich an den kleinen Dingen des Lebens erfreute. Das wollte er ihr geben. Er wollte ihr alles geben.

»Wenn wir in Anchorage ankommen, werde ich das für dich möglich machen, Süße.«

Er spürte, wie sie mit den Schultern zuckte. »Ist schon gut. Mark?«

»Ja?«

»Du hast mich zu Tode erschreckt.«

Bubba schloss die Augen. Er hatte sich irgendwie selbst erschreckt. Als er unter dem Ast im schnell fließenden Wasser eingeklemmt gewesen war, hatte er für eine

Sekunde gedacht, er sei verloren. Und als er sich befreit hatte, hatten ihn nur das Seil um seine Taille und Zoey, die sich am anderen Ende festhielt, davor bewahrt, weggeschwemmt zu werden.

Er streckte eine Hand aus und griff nach einer der ihren. Sie war schmutzig, weil sie das letzte Holzscheit auf das Feuer gelegt hatte, und unter ihren Nägeln hatte sich Dreck angesammelt. Als er sie umdrehte, bemerkte er eine dunkelrote Brandverletzung, die von dem Seil stammte, mit dem sie ihm das Leben gerettet hatte, und einen blauen Fleck, der sich um ihr Handgelenk gebildet hatte, wahrscheinlich da sie die Ranke darum gewickelt hatte. Bubba küsste beides sanft.

»Danke, dass du da warst. Du hast alles richtig gemacht, Süße.«

Sie antwortete nicht, sondern schmiegte sich noch enger an ihn.

»Es tut mir leid, dass ich dich erschreckt habe. Ich kann dir nicht versprechen, dass ich in Zukunft nichts tun werde, was dich verunsichert oder ängstigt, aber ich verspreche, vorsichtiger zu sein. Kein Risiko einzugehen. Wir hätten heute einfach umdrehen sollen. Oder ich hätte mir mehr Gedanken über alternative Möglichkeiten machen sollen, um den Fluss zu überqueren. Es tut mir leid.«

Zoey nickte an ihm. Es gefiel ihm, dass sie nicht sagte, es sei okay. Oder versuchte, ihn davon zu überzeugen, dass er keinen Mist gebaut hatte, obwohl sie beide wussten, dass er es getan hatte. Aber ihm gefiel auch, dass sie ihn nicht ausschimpfte oder etwas sagte, wodurch er sich noch schlechter fühlen würde, als er es ohnehin schon tat.

»Aber weißt du was?«

»Was?«, murmelte sie.

»Ich glaube, nach dem heutigen Tag bist du auf der Wohlfühlskala in der Natur eine Zehn von Zehn.«

Daraufhin hob sie den Kopf. »Ernsthaft?«

Er lachte leise. »Ja. Du hast meinen Arsch aus dem Fluss gezogen. Du hast mich gewärmt. Du hast Feuer gemacht. Du hast meine Kleidung getrocknet und uns etwas zu essen besorgt. Ich bin mir sicher, dass du uns auch einen Unterschlupf bauen könntest, wenn wir ihn bräuchten. Also ja, ich würde sagen, das bringt dich auf eine Zehn von Zehn.«

»Na, ein Hoch auf mich«, erwiderte sie sarkastisch. »Wann bekomme ich mein Verdienstabzeichen?«

Bubba fühlte sich in diesem Moment besser als in den letzten paar Stunden. Er trug nur sein Hemd, hatte ein Paar Damensocken an und ihre lila Fleecejacke um seine Taille gewickelt, aber er hatte sich noch nie so wohlgefühlt.

Sie saßen eine ganze Weile schweigend da. Sie genossen die Wärme des Feuers und des Körpers des anderen. Zoey hatte aufgehört zu zittern, was Bubba sehr erleichterte.

Er wollte ihr gerade eine willkürliche Frage stellen ... als er glaubte, etwas zu hören.

Während der letzten Woche hatten sie nur das Rauschen der Blätter, den Gesang der Vögel, ihre eigenen Stimmen, den Wind und den Regen gehört. Das, was er jetzt hörte, war definitiv etwas Ungewöhnliches.

»Zoey! Schnell, leg mehr Holzscheite ins Feuer!«

»Was?«, fragte sie, während sie sich aufsetzte.

Bubba drückte etwas heftiger gegen ihre Schulter als beabsichtigt. »*Sofort*, Zo. Tu es! Ein nasses, wenn du es finden kannst. Wir brauchen Rauch. Viel davon!«

Daraufhin setzte sie sich in Bewegung. Ohne weitere Fragen zu stellen, sprang sie auf, eilte zu dem Holzstapel, den sie vorhin fallen gelassen hatte, und schürte schnell das Feuer.

Bubba stand auf, und obwohl er zuerst schwankte, fand er schnell sein Gleichgewicht wieder. Er stand in Zoeys lilafarbenen Socken, presste ihr Fleecehemd an seinen Schritt und hatte den Hintern zum Feuer gedreht, während er in den Himmel schaute.

Die Wolken hingen tief, was ihnen vielleicht einen Strich durch die Rechnung machen könnte, aber Bubba hoffte, das würde nicht der Fall sein.

Zoey kam an seine Seite und legte einen Arm um seine Taille. Er legte seinen um ihre Schultern und sie starrten beide nach oben.

»Ist es das, was ich denke?«, fragte sie. Die Hoffnung war deutlich in ihrer Stimme zu hören.

»Ja. Es ist ein Hubschrauber. Aber es gibt keine Garantie, dass er landet. Wir können nicht einmal wissen, wie nahe er ist. Der Schall wird hier draußen sehr weit übertragen. Er könnte kilometerweit weg sein«, warnte er.

»Der Pilot wird uns sehen«, flüsterte Zoey. »Das muss er.«

Bubba warf einen Blick auf das Feuer und stellte fest, dass Zoey gute Arbeit geleistet hatte, um es größer zu machen. Oben gab es außerdem keine Bäume, die den Rauch abhielten. Falls der Hubschrauber tief genug flog, konnte er sie auf keinen Fall verfehlen. Aber das war ein großes Falls. Da die Wolken so dicht waren, war es möglich, dass der Hubschrauber über ihnen flog und den Rauch des Feuers nicht sah. Oder er könnte kilometerweit entfernt sein.

Zoey drehte sich zu ihm und schlang die Arme um seine Taille. Sie vergrub ihren Kopf an ihm und hielt sich fest. Er wusste, dass sie so sehr betete, wie sie konnte, und er stimmte mit ein.

»Kommt schon«, sagte er leise. »Wir sind genau hier. *Seht uns.*«

KAPITEL ELF

Rex war frustriert. Er hatte den ganzen Tag in einem Hubschrauber der Alaska State Troopers verbracht. Sie waren westlich von Anchorage über das ihnen zugewiesene Suchgebiet geflogen und waren fast den ganzen Tag damit beschäftigt gewesen. Das Wetter war anfangs sonnig und klar gewesen, aber langsam wurde es immer bewölkter. Der Pilot sagte, dass sie bald zum Flughafen zurückkehren müssten, da die Sicht so schlecht geworden war, dass es gefährlich war, die Suche fortzusetzen.

Sie hatten keine Spur von Bubba oder dem Flugzeug gefunden, in dem er gesessen hatte. Es war, als hätte er sich in Luft aufgelöst. Es war frustrierend und demoralisierend. Der Pilot stand in Kontakt mit den anderen, die ebenfalls nichts gefunden hatten. Sie waren bis zum Whitefish Lake geflogen, einem ziemlich großen und beliebten Ausflugsziel für Naturliebhaber und Jäger, aber sie hatten nichts Ungewöhnliches entdeckt.

Der Trooper, der hinten im Hubschrauber mit ihm suchte, hatte sich nicht über die lange und langweilige Arbeit beschwert, denn er hatte Verständnis für die Notwendigkeit, einen Teamkameraden zu finden und zu retten. Sie hatten zwei Trooper verloren, als der Hubschrauber, in dem sie gesessen hatten, nach der Rettung eines gestrandeten Schneemobilfahrers abgestürzt war. Es gab keine Überlebenden, aber sie hatten rund um die Uhr gearbeitet, um zu dem Wrack zu gelangen und die Leichen ihrer Waffenbrüder zu bergen.

Der Hubschrauber war abgesunken und flog wegen der Wolken viel tiefer, als der Pilot normalerweise geflogen wäre. Auf ihrer Suche hatten sie an diesem Tag die Bergkette mit dem Denali überquert, dem sechstausend Meter hohen Gipfel nördlich ihres Standortes. Jetzt, da das Wetter schlecht war, würde es viel schwieriger sein, über die Berge zurückzufliegen. Es gab zwar keine weiteren riesigen Sechstausender wie den Denali, aber selbst ein zwei- bis dreitausend Meter hoher Berg war immer noch genug, um sich Sorgen zu machen.

Sie wären schon längst wieder in Anchorage, aber die Trooper hatten einen Anruf von einem Ordnungsbeamten bekommen, der Hilfe brauchte, und sie hatten für ein paar Stunden in der kleinen Stadt gehalten, um sich darum zu kümmern.

Rex war froh über die Pause gewesen, denn es war anstrengend für seine Augen, ständig die Landschaft nach allem abzusuchen, was nicht hergehörte. Jetzt wurde er wieder müde und wollte sich ein paar Stunden hinlegen, bevor er am nächsten Tag mit einem neuen Plan wieder aufbrach. Morgen würden sie die Küste abklappern, um zu sehen, ob sie etwas finden würden.

Rex dachte gerade an die große Tasse Kaffee, die er sich gleich nach der Landung einschenken wollte, als ihm etwas ins Auge fiel. Er drehte den Kopf und starrte, während er sich fragte, ob das, was er sah, nur Wolken waren ... oder mehr als das.

Nach wenigen Sekunden war er sicher, dass es keine Wolken waren.

»Vier Uhr«, blaffte er in das Mikrofon an seinen Lippen. »Rauch. Wo sind wir? Könnte das von einem Haus kommen?«

»Auf keinen Fall«, sagte der Pilot sofort und drehte den Hubschrauber in die Richtung, die Rex angegeben hatte. »Wir sind direkt über dem Lake-Clark-Nationalpark. Hier draußen gibt es nichts. Es sind keine Jäger erlaubt und es gibt auch keine Wohnhäuser.«

Rex' Herz begann, schneller zu schlagen.

»Sofern es kein außer Kontrolle geratener Wildbrand ist, was bei den vielen Regenfällen der letzten Zeit unwahrscheinlich ist, ist da unten jemand«, erklärte der andere Trooper.

Rex tat sein Bestes, sich nicht allzu große Hoffnungen zu machen. Es war möglich, dass es ein Jäger war, der gegen das Gesetz verstieß, oder jemand, der zeltete. Nur weil Rauch zu sehen war, hieß das noch lange nicht, dass es Bubba war. Aber nachdem er den ganzen Tag nichts gesehen hatte, und angesichts des aktuellen Wetters, war auch nur der Anblick des Rauches von einem Feuer ein kleines Wunder.

Der Rauch stieg weiter auf, und je näher sie kamen, desto deutlicher konnte Rex erkennen, dass er von einer Art Lagerfeuer kam. Der Pilot verlangsamte den Hubschrauber so weit wie möglich und begann, über dem Rauch zu kreisen. Sie sanken langsam ab und Rex betete so intensiv wie noch nie in seinem Leben.

Als der Hubschrauber abdrehte und wieder zurückkam, entdeckte Rex, wonach er gesucht hatte. Wonach sie *alle* in der letzten Woche gesucht hatten.

Bubba stand in der Mitte einer Lichtung mit einer Frau an seiner Seite. Ein Feuer loderte fröhlich hinter ihnen und stieß Rauch aus, als hätte derjenige, der es entfacht hatte, keine Ahnung, dass das Holz umso mehr Rauch produzierte, je nasser es war.

Rex lehnte sich so weit wie möglich hinaus in dem Wissen, dass ihn die Sicherheitsleine schützen würde, die an seinem Gurt um die Brust befestigt war. Mit Handzeichen fragte er Bubba, ob er verletzt war.

Was war das für ein freudiger Anblick für Rex, als Bubba einen Arm hob, eine Faust machte und sich auf den Kopf tippte!

Er war in Ordnung.

Verdammt. Bubba ging es gut, und sie hatten ihn verdammt noch mal gefunden.

Rex hörte vage, wie der Pilot über Funk meldete, dass die Zielpersonen gefunden worden waren und gesund und munter zu sein schienen. Er behielt seinen Freund im Auge, während sie über ihnen schwebten. Es gab keinen Platz zum Landen, also mussten sie Bubba und die Frau – Zoey – mit einer Schleifkorbtrage hochziehen. Rex konnte es kaum erwarten, sie in den Hubschrauber zu bekommen. Er wusste weder, wo das Flugzeug noch wo die Pilotin war, aber im Moment war er erleichtert, seinen Freund gefunden zu haben.

Rex konnte sehen, dass Bubba praktisch nackt war. Er trug ein langärmeliges Flanellhemd, aber seine Beine waren nackt. Er hatte so etwas wie zwei Hemden um die Taille gewickelt, von denen das eine vorn und das andere hinten gebunden war, sodass es aussah, als würde er eine Art seltsamen Lendenschurz tragen. Außerdem hatte er lila Socken an den Füßen. Dann bemerkte er etwas, von dem er annahm, dass es Bubbas Kleidung war, die über einem Holzscheit neben dem Feuer hing. Die Frau trug eine Hose und Schuhe, aber ansonsten nur ein Trägerhemd.

In dem Wissen, dass das, was passiert war, nichts Gutes

war, wurde Rex noch ungeduldiger, seinen Freund in den Hubschrauber zu befördern und aus diesem verdammten Mitten im Nirgendwo herauszukommen. Seine Sorge wurde durch seine Aufregung und Erleichterung gemildert. Er hatte tatsächlich zu glauben begonnen, dass er nie wieder mit Bubba sprechen würde. Er war glücklicher, als er ausdrücken konnte, sich geirrt zu haben.

Der Weg hinauf zum Hubschrauber war nichts, was Zoey jemals wiederholen wollte. Mark hatte darauf bestanden, dass sie zuerst ging. Sie hatte nicht einmal für eine Sekunde von ihm getrennt sein wollen. Die wenigen Minuten, die es dauerte, sie in den Hubschrauber zu befördern, bevor die Trage zu ihm zurückkehrte, fühlten sich wie Stunden an.

Es ärgerte sie. Sie war nicht die Art von Frau, die sich für ihr Wohlbefinden auf einen Mann verlassen musste oder wollte.

Aber in Anbetracht dessen, was sie während der letzten Woche durchgemacht hatte, beschloss sie, sich selbst mit Nachsicht zu behandeln. Außerdem waren sie und Mark sieben Tage lang buchstäblich jede Minute zusammen gewesen. Sie hatten sich in fast allen Belangen aufeinander verlassen müssen. Da war es nur natürlich, dass sie sich unwohl fühlte, wenn er nicht neben ihr saß.

Sie wusste, dass sie dieses Gefühl überwinden musste ... und zwar schnell. An der Art und Weise, wie ein bestimmter Mann im Hubschrauber den Blick auf Mark richtete, konnte sie erkennen, dass es sich wahrscheinlich um einen seiner SEAL-Kameraden handelte. Sie wusste nicht, wer es war, aber es war unschwer zu erkennen, dass er sehr besorgt war.

Als Marks Kopf schließlich unter der Öffnung des

Hubschraubers auftauchte, atmete Zoey erleichtert auf. Er hatte ihr Hemd noch um seine Taille gebunden, sodass sein Schritt bedeckt war, und ihr Fleecehemd in die entgegengesetzte Richtung, um seinen Hintern zu verdecken. Seine Beine waren immer noch nackt und sie hoffte inständig, dass jemand irgendwo eine Hose für ihn hatte.

Er trug seine Kleidung auf dem Schoß und hatte das Feuer gelöscht, bevor er zum Hubschrauber hinaufgekommen war.

In der Erwartung, dass er seinen Freund und die anderen Besatzungsmitglieder im Hubschrauber begrüßen würde, war Zoey überrascht, als er in der Sekunde, in der er in der Kabine war, auf sie zukam.

Marks Blick war auf sie gerichtet und Zoey konnte sich nicht erinnern, wann sie sich jemals geschätzter gefühlt hatte. Umsorgter. Er ließ sich neben ihr nieder und griff nach der metallischen Rettungsdecke, die sein Freund in der Hand hielt. Anstatt sie um sich selbst zu wickeln, schüttelte er sie aus und legte sie um ihre Brust und hinter ihre Schultern.

Der Lärm des Hubschraubers war ohrenbetäubend und sie wusste, dass er sie nicht hören konnte, also schüttelte sie den Kopf und versuchte, ihn dazu zu bringen, sie zu nehmen. Aber Mark ignorierte sie einfach und griff nach einer weiteren der kleinen, kompakten Decken, die sein Freund ihm entgegenstreckte. Nachdem er sie in beide eingewickelt hatte, kümmerte Mark sich schließlich um sich selbst und hüllte sich in das dünne, aber sehr warme Material. Als er sich niedergelassen hatte, deckte der andere Mann im hinteren Teil des Hubschraubers – der, wie Zoey jetzt sah, ein Alaska State Trooper war – sie beide mit einer großen, schweren Wolldecke zu.

Mark nahm dann ein Headset, das sein Freund ihm hinhielt, setzte es ihr vorsichtig auf den Kopf und richtete das Mikrofon so aus, dass es genau an ihren Lippen anlag. Danach setzte er sich selbst einen Kopfhörer auf.

»Gut, Zo?«, fragte er.

Sie zuckte bei dem Klang seiner Stimme in ihrem Kopf zusammen. Durch die Kopfhörer wirkte sie noch intimer. Sie nickte.

»Bubba, heilige Scheiße, Mann, ist das schön, dich zu sehen!«, sagte der Mann, von dem sie annahm, er sei sein Teamkamerad.

»Ich glaube, das ist mein Satz«, antwortete Mark.

Zoey hörte zu, wie die beiden Männer einander aufzogen, und seufzte zufrieden, als sie spürte, wie Marks Hand unter der Decke über die ihre glitt.

»Ich kann zwar eins und eins zusammenzählen, aber willst du mir sagen, warum du keine Hose trägst?«

Mark erklärte ihr, wie er in den Fluss gefallen war und Zoey ihm geholfen hatte, ihn herauszuziehen. Wie er seine Kleidung hatte ausziehen müssen, weil sie klatschnass gewesen war. Sie sah, wie sein Freund verständnisvoll nickte, und hatte das Gefühl, dass er es wahrscheinlich besser verstand als die meisten anderen.

»Rex, ich möchte dir Zoey Knight vorstellen. Zoey, das ist einer meiner besten Freunde und Teamkameraden, Rex. Auch bekannt als Cole Kingston.«

»Ich würde dir gern die Hand schütteln, aber ich bin sicher, dass du sie lieber unter der warmen Decke hältst. Es freut mich sehr, dich kennenzulernen, Zoey.«

»Gleichfalls«, sagte sie leise. »Ich habe während der letzten Woche viel über dich von Mark gehört.«

»Alles Lügen«, entgegnete der SEAL mit einem Lächeln.

Zoey konnte nicht anders, als es zu erwidern.

»Hör auf, mit meinem Mädchen zu flirten«, knurrte Mark.

Zoey drehte sich, um ihn anzustarren. Sein Mädchen?

Gott, das hörte sich gut an. Aber Zoey wusste, dass die reale Welt in das Band, das sie während der letzten sieben Tage geknüpft hatten, eindringen würde. Es war eine Sache, sich mit jemandem zu verbinden, wenn man keine andere Wahl hatte und sich in ihrem Fall buchstäblich darauf verließ, dass er einen am Leben erhielt.

»So ist das also?«, fragte Rex.

»Ja«, bestätigte Mark.

Sie spürte, wie er ihre Hand drückte, um sie zu beruhigen, aber er drehte sich nicht um, um sie anzuschauen. Zoey vermutete, dass sie sich darüber ärgern sollte, dass er sie auf so chauvinistische Art und Weise beanspruchte, aber sie konnte sich nicht dazu durchringen, sich darum zu scheren.

»Also, willst du mir die Kurzfassung von dem geben, was passiert ist?«, fragte Rex Mark. »Wo ist das Flugzeug? Und die Pilotin?«

»Ihr habt sie nicht gefunden?«, fragte Mark erstaunt.

Zoey war ebenso schockiert. Sie war sich sicher, dass die Besatzung des Hubschraubers so gewusst hatte, wo nach ihnen zu suchen war.

»Nein.«

»Wie habt ihr uns dann gefunden? Wo waren wir überhaupt?«, fragte Mark.

Jetzt war es an Rex, überrascht auszusehen. »Du weißt es nicht?«

»Ich habe keinen Schimmer. Ich habe geschlafen, als die Pilotin uns darüber informierte, dass es ein Problem mit den Triebwerken gibt. Sie landete auf einem See und wir stiegen aus, damit sie sehen konnte, ob sie das Problem beheben könnte. Sobald wir auf dem Land waren, hat sie das Flugzeug umgedreht und ist abgehauen.«

»Scheiße!«, fluchte Rex.

»Ja«, stimmte Mark zu.

»Ihr seid mitten im Lake-Clark-Nationalpark«, sagte Rex.

Mark reagierte nicht, aber Zoey atmete scharf ein, was seine Aufmerksamkeit erregte.

»Was? Wo ist das?«, fragte er sie.

»Es liegt westlich von Anchorage. Hier draußen gibt es weder große Städte noch Dörfer. Eve musste von Anfang an in diese Richtung geflogen sein. Ich bin so dumm! Ich habe nicht einmal bemerkt, dass wir in die falsche Richtung geflogen sind.«

»Du kannst nichts dafür«, sagte Rex, womit er Mark zuvorkam. »Und soweit wir wissen, existiert eine Eve Dane nicht. Wir haben alle Datenbanken durchsucht, die wir finden konnten, und es gibt niemanden mit diesem Namen, der in Alaska oder sonst wo eine Pilotenlizenz hat.«

»Verdammte Scheiße«, fluchte Mark. »Wie habt ihr uns also gefunden?«

»Nachdem wir uns jeden Kilometer Land und Meer zwischen Anchorage und Juneau angeschaut hatten, beschlossen wir alle, uns aufzuteilen. Rocco und Phantom gingen nach Norden, Ace und ich nach Westen und Gumby blieb im östlichen Teil, um zu sehen, ob wir ein abgestürztes Flugzeug übersehen hatten. Eigentlich hätten wir gar nicht so weit draußen sein dürfen, aber die Trooper bekamen einen Hilferuf von einem der Ordnungsbeamten. Wir flogen wegen des Wetters tiefer als normal und waren auf dem Weg zurück nach Anchorage, als wir den Rauch von eurem Feuer sahen.«

»Heilige Scheiße«, flüsterte Zoey.

»Was?«, fragte Mark sofort. »Bist du okay? Ist dir noch kalt? Rex, wirf mir noch eine Decke rüber.«

»Nein. Ich meine ... ja, ich glaube, mir wird noch einen Monat lang kalt sein, aber das habe ich nicht gemeint.« Zoey merkte, dass sie die Aufmerksamkeit aller drei Männer im Hubschrauber hatte. Sogar der Pilot drehte sich immer wieder zu ihr um, bevor er sich wieder darauf konzentrierte, wohin er flog. »Es ist nur so, dass wir heute zum ersten Mal ein Feuer auf freier Fläche gemacht haben. Sonst befanden wir uns immer geschützt unter Bäumen. Wenn wir heute umgedreht hätten und den Weg zurück gegangen oder dem Fluss gefolgt wären, um ihn zu umgehen, und wenn du nicht versucht hättest, ihn zu überqueren, oder wenn wir schneller oder langsamer dabei gewesen wären, den Baumstamm über den Fluss zu legen ... wenn ich nicht in der Lage gewesen wäre, das Feuer zu entfachen, oder das Holz nicht so nass gewesen wäre ... dann wären sie direkt über uns weggeflogen.«

Die anderen Männer im Hubschrauber schienen im Hintergrund zu verschwinden. Sie starrte Mark an und konnte nicht wegsehen. Sein Blick war durchdringend und sein Griff um ihre Hand tat fast weh, aber sie versuchte nicht, sich loszureißen. In diesem Moment fühlte sie sich Mark näher als während der letzten Woche, und das wollte schon etwas heißen. Ihr wurde bewusst, wie kurz davor sie gewesen waren, überhaupt nicht entdeckt zu werden.

»Ich habe das getroffen, was ich für eine dumme Entscheidung hielt«, sagte Mark.

Zoey wusste, dass jeder im Hubschrauber ihr Gespräch hören konnte, aber es fühlte sich trotzdem so an, als wären sie die einzigen beiden Menschen auf der Welt.

»Aber wie sich herausstellt, war es genau das Richtige zur richtigen Zeit. Ich habe in meinem Beruf schon einige unheimliche Begegnungen mit dem Schicksal gehabt, aber ich muss sagen, in diesem Fall war mehr als nur Glück im Spiel.«

»Colin«, flüsterte Zoey.

Mark nickte. »Pop«, stimmte er zu.

Zoey fiel das Atmen schwer, wenn sie daran dachte, wie viel Glück sie gehabt hatten. Hätten sie nur eine Sache anders gemacht, wären Rex und die Trooper direkt über sie hinweggeflogen und hätten nie erfahren, dass sie da waren. Es war ein ernüchternder Gedanke.

Für den Rest des Fluges hörte Zoey vage zu, wie Mark mit Rex über alles sprach, was während der letzten Woche passiert war. Dass es keine Spur von Eve Dane oder dem Flugzeug gab, dass die Verlesung von Colins Testament verschoben worden war und dass alle fünf SEAL-Kameraden nur wenig geschlafen und jeden Stein auf der Suche nach ihrem Freund umgedreht hatten.

Als sie schließlich in Anchorage landeten, schlief sie praktisch schon. Danach ging alles ganz schnell. Mark weigerte sich, von ihr getrennt zu werden, was eine große Erleichterung war, und sie wurden beide mit dem Krankenwagen ins Krankenhaus gebracht, um untersucht zu werden.

Nachdem sie für erstaunlich gesund erklärt worden waren, hielt Rex an und besorgte riesige Hamburger, Pommes, Salate und zwei Stücke Pekannusskuchen. Er fuhr sie zu dem Hotel, in dem er und die anderen SEALs untergebracht waren. Ohne zu fragen, hatte Mark zugestimmt, dass sie das Zimmer übernahmen, das Rex und Ace sich geteilt hatten.

Sie seufzte erleichtert, dass sie sich noch nicht verabschieden musste, als sie das Hotelzimmer betraten. Mark trug einen Kittel, den das Krankenhauspersonal ihm gegeben hatte. Zoey trug immer noch ihre schmutzigen Klamotten und hatte wieder ihr langärmeliges Fleecehemd an, das sie Mark gegeben hatte, nachdem er im Wasser gelandet war.

»Die Dusche gehört ganz dir«, sagte Mark, als sie drinnen angekommen waren. »Rex ist losgezogen, um dir ein paar Klamotten zu besorgen, und sollte zurück sein, wenn du fertig bist.«

Zoey schüttelte den Kopf. »Nein, du warst derjenige, der schwimmen war. Du solltest zuerst gehen.«

Mark legte die Hände auf ihre Schultern und drehte sie so, dass sie ihn ansah. Sie schaute ihm in die Augen. »Geh duschen, Süße. Du kannst so lange da drin bleiben, wie du willst, das heiße Wasser sollte nicht ausgehen. Rex hat gesagt, dass es im Bad Shampoo und Spülung gibt, du kannst alles benutzen. Rocco hat auch Zahnbürsten und Zahnpasta aus dem kleinen Laden in der Eingangshalle mitgebracht. Es ist mir egal, ob du eine Stunde da drin bist, solange du sauber, glücklich und warm herauskommst. Ich werde nach nebenan gehen und duschen.« Er wies mit dem Kopf auf die Verbindungstür. »Dort sind Rocco, Phantom und Gumby untergebracht. Wenn du etwas brauchst, ruf einfach nach mir. Ich werde dich hören, okay?«

Zoey konnte nur noch nicken. Sie war wie betäubt. Nicht wegen der Temperatur, aber aufgrund ihrer Gefühle und Gedanken. Während der letzten Tage war so viel passiert. Sie war verzweifelt, beunruhigt, extrem verängstigt, wieder beunruhigt und dann aufgeregt gewesen.

Als wüsste er, wie angespannt sie war, zog Mark sie in seine Arme. Wie lange sie so aneinandergekuschelt dastanden, wusste Zoey nicht. Aber sie war nicht annähernd bereit, dass er sich zurückzog, als er es tat. »Geh duschen, Zo. Danach fühlst du dich wieder mehr wie du selbst, versprochen.«

Sie nickte und machte sich auf den Weg ins Bad.

Es war mindestens eine Stunde später, als Zoey schließlich aus dem dampfgefüllten Raum auftauchte. Mindestens die ersten zehn Minuten hatte sie nur unter dem heißen Wasser gestanden und sich nicht bewegt. Dann hatte sie geweint. Als sie glaubte, keine Tränen mehr im Körper zu haben, wusch sie sich dreimal die Haare, bevor sie sie mit Spülung bearbeitete. Sie schrubbte ihren Körper, bis er rosa war und kribbelte, dann schrubbte sie ihn noch einmal, nur um sicherzugehen. Es hatte sich noch nie so gut angefühlt, sauber zu sein.

Als sie schließlich aus der Dusche stieg, kam ihr der Gedanke, dass es wahrscheinlich gut war, dass der Spiegel beschlagen war, damit sie ihre Haare nicht sehen konnte. Sie hatte versucht, sie mit den Fingern zu kämmen, allerdings mit wenig Erfolg. Sie würde fragen müssen, ob Mark einen Kamm oder eine Bürste für sie auftreiben konnte. Zoey hatte immer noch keine Kleidung zum Anziehen, also wickelte sie eines der großen, flauschigen Handtücher um ihren Körper und öffnete langsam die Tür.

Fröstelnd wegen des Temperaturunterschieds zwischen Bad und Schlafzimmer ging sie hinaus. Als Mark sie sah, stand er sofort auf und kam auf sie zu. Er hob einen Stapel Kleidung auf, der auf dem Bett lag, und drückte ihn ihr in die Hand.

»Das hier hat Rex gefunden. Du hast die Wahl. Rex kann deine Klamotten runterbringen und reinigen lassen, damit du sie morgen tragen kannst, oder er kann wieder losziehen und neue Sachen kaufen. Ich war mir nicht sicher, wie du dich dabei fühlst, die gleichen Sachen zu tragen, die du schon seit einer Woche anhast.«

Zoey wusste, dass sie nicht überrascht sein sollte, wie rücksichtsvoll Mark war, aber sie wurde trotzdem rot. »Ich habe kein Problem damit, die gleichen Sachen zu tragen. Das wäre mir sogar lieber.«

Nickend sagte Mark: »Okay, gib sie mir und ich gebe sie Rex, während du dich umziehst. Dann habe ich eine Überraschung für dich.«

Ihre Augenbrauen schossen in die Höhe. »Eine Überraschung?«

Mark lächelte und Zoey spürte, wie die Schmetterlinge

in ihrem Bauch zu flattern begannen. »Ja, Süße. Eine Überraschung.«

Mit dem Gedanken, dass es schon sehr lange her war, dass jemand versucht hatte, sie zu überraschen, ging sie mit ihren neuen Klamotten zurück ins Bad. Sie weigerte sich, rot zu werden, als sie ihre schmutzige Kleidung, einschließlich ihrer Unterwäsche, übergab. Mark war kein siebzehnjähriger Junge, er war ein Mann, der nicht mit der Wimper gezuckt hatte, während er sich nackt vor ihr auszog, als sein Leben in Gefahr war. Er und seine Freunde hatten schon viel schlimmere Dinge gesehen als ihre einfache weiße Baumwollunterwäsche.

Als sie ein paar Minuten später aus dem Bad kam, sah sie Mark an der offenen Tür zum Flur stehen. »Leg dich aufs Bett«, befahl er mit einem Lächeln.

»Was um alles in der Welt?«, fragte Zoey.

»Bitte? Ich verspreche dir, es wird dir gefallen«, sagte Mark.

Achselzuckend und mit dem Gedanken, dass sie ihm den Gefallen genauso gut tun konnte, tat Zoey, worum er sie bat. Sie ging in das Zimmer und legte sich auf eines der beiden Doppelbetten.

»Schließ die Augen«, befahl Mark von der Tür aus.

Verärgert seufzend tat Zoey, wie geheißen.

Sie hörte Schritte und Geflüster, aber sie war so müde, dass sie sie nicht mehr wahrnahm.

Sekunden später wurde ihr Körper von einer köstlichen Wärme umhüllt.

Überrascht riss sie die Augen auf und starrte zu Mark hoch. Er stand über ihr und lächelte, während er einen Haufen warmer Handtücher auf sie legte.

Er hatte sich an die Geschichte erinnert, die sie ihm erzählt hatte, wie gern sie das zu Hause tat. Die Handtücher stammten offensichtlich aus der Waschküche des Hotels.

Zoey hatte keine Ahnung, wie er das Hotelpersonal dazu gebracht hatte, dem zuzustimmen, aber sie konnte das warme und wohlige Gefühl, das sich in ihrem Herzen bildete, nicht leugnen.

»Mark«, sagte sie. Die Tränen, von denen sie dachte, sie seien verbraucht, traten ihr erneut in die Augen.

»Schließ die Augen und genieße es«, sagte er zu ihr. »Ich habe versprochen, all diese Handtücher zu falten, wenn ich sie mir nur für zwanzig Minuten ausleihen darf.«

Gott. So etwas hatte noch nie jemand für sie getan. Zoey konnte nicht sprechen. Sie konnte nicht protestieren, dass sie aufstehen und ihm beim Falten helfen konnte. Sie konnte nichts anderes tun, als dazuliegen und die Wärme zu genießen, die bis in ihre Knochen drang.

Rex steckte den Kopf in den Raum und fragte: »Können wir reinkommen?«

»Ja«, antwortete Mark.

Und bevor Zoey sichs versah, war der Raum mit fünf weiteren der attraktivsten Männer gefüllt, die sie je gesehen hatte. Sie trugen alle einen Bart und waren wahnsinnig muskulös. Außerdem strahlten sie eine Kompetenz und ein knallhartes Auftreten aus, das ihr Angst gemacht und sie dazu gebracht hätte, den Raum so schnell wie möglich zu verlassen, wenn sie nicht unter einem Haufen warmer Handtücher begraben gewesen wäre.

»Hi!«, sagte einer der Männer fröhlich. »Ich bin Rocco. Wir stehen in deiner Schuld, weil du dieses Arschloch da draußen am Leben gehalten hast.«

Zoey öffnete den Mund, um zu protestieren und zu sagen, dass Mark derjenige war, der *sie* am Leben gehalten hatte, als einer der anderen Männer sprach.

»Ich bin Ace. Bubba hat uns erzählt, wie du seinen Arsch aus dem Fluss gezogen und ihm buchstäblich die Kleider vom Leib gerissen hast. Vielen Dank.«

»Und ich bin Gumby. Es war klug, nasses Holz für das Feuer zu verwenden, denn dadurch stieg der Rauch so hoch, dass man ihn sehen konnte.«

Zoey richtete den Blick auf den letzten Mann im Raum. Er runzelte die Stirn und der kalte Ausdruck in seinen Augen ließ sie erschaudern. Sie schluckte schwer, da sie fast Angst hatte zu hören, was er zu sagen hatte.

»Nach dem Ausschlussverfahren bin ich Phantom. Bubba hat erzählt, dass du ihm nicht auf die Nerven gegangen bist, als ihr da draußen wart. Wenn er das sagt, ist das ein großes Lob. Vielen Dank.«

Sie blinzelte überrascht und brauchte ein paar Versuche, bis sie sprechen konnte, aber schließlich sagte sie: »Schön, euch alle kennenzulernen. Mark hat mir versichert, dass ihr uns finden würdet. Ich muss zugeben, dass ich nicht ganz überzeugt war. Aber ich bin froh, mich geirrt zu haben. Ich habe schon so viel von euch gehört. Ich bin so froh, euch zu treffen.«

Die Jungs hoben alle ihr Kinn an, dann machten sie sich daran, die über ihr liegenden Handtücher zu falten. Sie achteten darauf, sie mit den Fingern nicht auf unangemessene Weise zu streifen, und Zoey liebte es, die Scherze zwischen ihnen zu hören. Sie konnte sehen, dass sie sich nahestanden, was sie für Mark freute. Sie verstand ein wenig besser, warum er nicht nach Hause gekommen war, nachdem er der Marine beigetreten war. Er hatte seine Familie direkt bei sich gehabt.

Das Telefon auf dem kleinen Tisch zwischen den Betten klingelte und erschreckte Zoey fast zu Tode. Ace beugte sich vor und ging ran.

»Hallo? ... Ja, das ist ihr Zimmer. Darf ich fragen, wer anruft? ... Einen Moment bitte.« Dann hielt er den Hörer an seine Brust und sagte zu Zoey: »Sie sagt, sie sei deine Mutter.«

Zoey schob eifrig eine Hand unter den Handtüchern hervor und Ace legte ihr den Hörer hinein.

»Mom?«

»Ja, ich bin's! Ist alles in Ordnung mit dir? Als die Polizei anrief und mir sagte, dass du vermisst wirst, war ich so besorgt!«

»Mir geht es gut. Es stand eine Zeit lang auf der Kippe, aber die State Troopers und Marks Teamkamerad haben uns gefunden. Wirst du im Hotel vorbeikommen?«

»Oh, Schatz, ich wünschte, ich könnte ... aber ich bin gerade dabei zu packen.«

Zoey rutschte das Herz in die Hose. »Packen?«

»Ja!«, rief ihre Mutter aufgeregt. »Du hast Liam kennengelernt, als du hier warst. Er wohnt eigentlich in Fairbanks und war nur für kurze Zeit beruflich hier. Er hat mich gefragt, ob ich bei ihm einziehen will, und wir fahren morgen los! Ich habe bisher nur die Hälfte meiner Sachen gepackt und weiß, dass ich die ganze Nacht auf sein werde, um den Rest in Kartons zu verstauen.«

»Das ist toll, Mom«, sagte Zoey mit so viel Begeisterung, wie sie aufbringen konnte.

»Das ist es! Er ist anders als alle anderen, die ich bisher getroffen habe. Er sieht so gut aus und hat auch einen guten Job.«

»Bist du sicher, dass du das willst, Mom?«, fragte Zoey, die bereits wusste, was ihre Mutter sagen würde, bevor sie es aussprach.

»Ja! Das ist es, Zoey. Ich fühle es in meinen Knochen!«

»Dann freue ich mich für dich.«

»Danke, Baby. Ich rufe dich an, wenn ich mich eingelebt habe, und gebe dir meine neue Adresse.«

»Okay.«

»Ich bin froh, dass es dir gut geht!«

»Ich auch. Fahr vorsichtig.«

»Das werde ich. Hab dich lieb.«

»Hab dich auch lieb, Mom. Tschüss.«

»Tschüss.«

Zoey gab den Hörer an Ace zurück und rutschte auf dem Bett hoch. Die meisten Handtücher waren gefaltet und sie spürte sechs Augenpaare auf sich gerichtet.

Sie achtete darauf, dass keine Emotionen auf ihrem Gesicht zu sehen waren, blickte auf und sagte unnötigerweise: »Das war meine Mom.«

»Sie wird dich nicht besuchen?«, fragte Rex mit einem Stirnrunzeln.

Zoey zuckte mit den Schultern. »Anscheinend zieht sie mit ihrem neuen Freund nach Fairbanks.«

Keiner der Jungs sagte etwas und es fühlte sich sehr unbehaglich an, also versuchte Zoey, es zu erklären. »So ist sie nun mal. In meiner Kindheit sind wir nie lange an einem Ort geblieben. Wir zogen von Stadt zu Stadt, wenn Mom Männer kennenlernte. Sie dachte immer, es wäre *der Richtige*. Daran bin ich gewöhnt. Es ist in Ordnung.«

»Sie sollte *hier* sein«, sagte Phantom barsch.

Zoey zuckte zusammen, zog jedoch die Schultern hoch. »Sie tut ihr Bestes. Sie hatte es nicht leicht im Leben. Wir waren sogar eine Zeit lang obdachlos, als wir hier in Anchorage lebten. Ich war in der Mittelstufe und wir wohnten etwa drei Monate lang in unserem Wagen, bis sie einen Job fand und wir in eines dieser Motelzimmer zur Wochenmiete ziehen konnten. Das Einzige, was sie im Leben will, ist ein Mann, der sich um sie kümmert.«

Je mehr Zoey redete, desto erbärmlicher klang ihre Mutter, und das hasste sie. »Sie ist kein schlechter Mensch«, sagte sie eindringlich. »Sie ist ... Es ist nur so, dass ihr Ziel im Leben Stabilität ist, und die hat sie noch nicht gefunden. Also zieht sie von Stadt zu Stadt, von Mann zu Mann, auf der Suche danach.«

»Deshalb bist du in der zehnten Klasse nach Juneau gezogen?«, fragte Mark.

Zoey nickte. »Ja. Ihr letzter Freund wohnte dort und hat sie überredet, zu ihm zu ziehen. Als ich im letzten Schuljahr war, machte sie mit ihm Schluss, blieb aber, damit ich meinen Abschluss machen konnte. Nachdem ich mein Abschlusszeugnis entgegengenommen hatte, zog sie noch am gleichen Tag mit einem neuen Freund nach Kodiak.«

»Mein Gott«, murmelte Gumby.

»Und du bist geblieben«, sagte Mark. Er hatte den Blick nicht von ihr abgewandt.

»Ja. Mir gefiel es dort und ich war es leid, ständig umzuziehen. Außerdem war es viel einfacher für meine Mutter. Sie musste sich keine Sorgen um mich machen.«

»Du meinst, die Arschlöcher, mit denen sie sich eingelassen hat, mussten sich um eine Person weniger Sorgen machen«, sagte Rex leise.

»Ja, das auch«, stimmte Zoey zu. Sie wusste, dass sie in den Beziehungen ihrer Mutter das fünfte Rad am Wagen gewesen war. Einige der Männer hatten das mehr als deutlich gemacht. Sie machten mit ihrer Mutter Schluss, weil sie ein Kind hatte, oder ignorierten Zoey einfach. »Aber im Ernst, sie liebt mich und ich liebe sie. Ich hoffe, dass dieser Typ derjenige ist, für den sie ihr ganzes Leben lang gebetet hat.« Sie erwähnte nicht, dass sie das bezweifelte, aber das musste sie auch nicht.

»Ich bringe die Handtücher zurück zum Zimmerservice«, verkündete Rocco.

»Ich werde dir helfen«, fügte Ace hinzu.

»Wir werden alle helfen«, sagte Gumby.

In der einen Sekunde war Zoey von sechs heißen, bärtigen Männern umgeben, und in der nächsten war sie wieder allein mit Mark. »Danke«, sagte sie zu ihm. »Ich habe mich nicht mehr so verwöhnt gefühlt, seit ich zehn war und meine Mutter mir Frühstück bei McDonald's, Mittagessen bei Hardees und Abendessen bei Kentucky Fried Chicken gekauft hat.«

Mark lächelte, aber sie merkte, dass es gezwungen wirkte. »Es tut mir leid, dass du deine Mutter nicht sehen kannst.«

Zoey zuckte mit den Schultern. »Ehrlich gesagt, Mark, ich bin daran gewöhnt. Und ich habe noch etwas Zeit mit ihr verbracht, bevor ich in dieses blöde Flugzeug gestiegen bin. Es ist in Ordnung.«

Sie merkte, dass er mit der Nachlässigkeit ihrer Mutter zu kämpfen hatte, aber sie entspannte sich, als ihr klar wurde, dass er es auf sich beruhen lassen würde. »Ich habe noch eine Überraschung«, erklärte er.

Zoey schüttelte den Kopf. »Du hast schon genug für mich getan. Ich sollte Wege finden, um *dich* zu verwöhnen. Ich war nicht derjenige, der einen Kopfsprung in einen von Gletschern gespeisten Fluss gemacht hat.«

Er ignorierte sie, als hätte sie nichts gesagt, und fuhr fort: »Komm her und setz dich auf den Boden neben das Bett.« Er nahm ein Kissen und legte es auf den Boden am Ende des Bettes.

Stirnrunzelnd stand sie vom Bett auf, ging dorthin, wo er es angedeutet hatte, und setzte sich langsam auf das Kissen. Er schnappte sich eine Tasche von der Kommode und ließ sich hinter ihr auf dem Bett nieder. Seine Beine waren rechts und links neben ihrem Körper und sie spürte, wie seine Wärme auf sie überging.

»Ich habe Rex gebeten, in der Apotheke vorbeizuschauen. Er hat ein Entwirrungsspray – ich glaube, so heißt es – und verschiedene Kämme und Bürsten besorgt. Ich wusste nicht, was bei deinem Haar am besten funktioniert, und wollte es nicht an den Wurzeln ausreißen.«

Zoey hielt einen Moment inne, dann drehte sie sich, um ihn anzustarren. »Das hast du getan?«

»Ja. Ich habe dir gesagt, dass ich dir beim Bürsten helfen würde, wenn wir gerettet werden, und das tue ich jetzt auch ... es sei denn, es wäre dir lieber, wenn ich es nicht täte.«

Sie schüttelte den Kopf. »Nein, das würde mir gefallen. Aber ich ...« Sie verstummte.

»Du was?«, fragte Mark.

»Ich dachte, du würdest gern mit deinen Freunden abhängen. Sie freuen sich offensichtlich, dich zu sehen. Ich bin nur etwas verwirrt.«

»Ich verlasse dich nicht, Zo. Vielleicht bin ich der Einzige, der sich ein wenig verloren fühlt, aber ich möchte nicht von dir getrennt sein.«

»Glaubst du, wir sind noch in Gefahr?«, fragte Zoey.

»Vielleicht. Aber das ist nicht der Grund, warum ich nicht von dir getrennt sein will. Da draußen ist etwas passiert. Ich habe dich immer gemocht, Zoey. Schon als wir Teenager waren, dachte ich, dass du etwas Besonderes bist. Aber nachdem ich eine Woche lang jeden Tag mit dir verbracht habe, wurde aus dem *Mögen* mehr. Respekt. Bewunderung. Ich möchte sehen, wohin die Dinge zwischen uns führen können. Vielleicht wird mir in der realen Welt klar, dass das, was ich gefühlt habe, nicht das war, wofür ich es gehalten habe. Aber was ist, wenn ich mich dir dadurch noch näher fühle? Wenn ich hier meine Grenzen überschreite, ist es nun für dich an der Zeit, etwas zu sagen.«

Zoey schluckte schwer. Sie stand in dieser Sekunde an einem Scheideweg in ihrem Leben. Sie konnte den einfachen Weg wählen. Allein in ihr langweiliges und einsames Leben in Juneau zurückkehren, jetzt, da Colin tot war. Oder sie konnte den kurvenreichen, holprigen Weg mit Mark einschlagen. Sie hatte keine Ahnung, wohin dieser beängstigende und unbekannte Weg sie führen würde, aber zumindest würde sie leben.

Einen Moment lang fragte sie sich, ob ihre Mutter sich oft so fühlte. Dass der kurvenreiche Weg vielleicht zu Herzschmerz führen würde, aber auch zu dem Leben führen könnte, von dem sie immer geträumt hatte. In diesem Moment verstand sie ihre Mutter ein wenig besser und hatte ein schlechtes Gewissen, da sie sie immer so hart verurteilt hatte.

»Du überschreitest nicht deine Grenzen«, versicherte sie Mark. »Ich habe dich schon bewundert und respektiert, bevor wir uns überhaupt wiederbegegnet sind, wegen deines Vaters. Er hat ständig von dir gesprochen. Um ehrlich zu sein, war ich immer in dich verknallt. Aber jetzt, da ich dich *kenne*?« Sie schüttelte den Kopf. »Du bist so viel mehr als die Geschichten, die dein Vater erzählt hat. Und ich würde auch gern sehen, wohin die Dinge zwischen uns führen können, aber ich habe große Angst davor, wie meine Mutter zu sein. Jedes Mal in eine andere Stadt zu ziehen, wenn ein Mann mich darum bittet.«

Mark lächelte, dann legte er ihr eine Hand auf die Schulter und drehte sie so, dass sie ihm wieder den Rücken zuwandte. Er besprühte ihr zerzaustes Haar mit dem Mittel und begann, langsam und vorsichtig ihr Haar zu bürsten.

»Für wie viele Männer bist du schon umgezogen?«, fragte er.

»Nun, für keinen«, antwortete Zoey.

»Gut. Ich habe darüber nachgedacht, seit wir gefunden wurden. Ich habe dir schon gesagt, dass ich will, dass du mit mir nach Riverton kommst, zum einen, um dich vor demjenigen zu schützen, der uns verschwinden lassen wollte, und zum anderen, weil ich dich dann immer sehen kann. Ich will nicht, dass du das Gefühl hast, völlig von mir abhängig zu sein. Ich weiß, dass du unabhängig sein willst, und ich habe kein Problem damit. Ich habe eine Nachbarin ... Sie ist dreiundachtzig und lebt allein. Sie hatte nie Kinder und ihr Mann ist vor etwa fünf Jahren gestorben. Sie kommt ganz gut allein zurecht, aber ich habe bemerkt, dass sie in letzter Zeit langsamer wird. Ich mähe ihren Rasen und versuche, mich einmal in der Woche mit ihr zu unterhalten, aber ihr Haus wird in letzter Zeit nicht mehr so geputzt, wie sie es gern hätte, und ich glaube, sie isst auch nicht mehr so gut, wie sie sollte. Sie ist verdammt einsam. Als ich eines Abends zu Besuch kam, blieb ich mehrere Stunden. Wir haben Karten gespielt und geredet. Sie sagte, sie würde sich über jemanden freuen, der bei ihr wohnt, aber sie hat keine Familie mehr. Als ich dich traf und hörte, wie du dich um Pop gekümmert hast, kam mir ein Gedanke. Was wäre, wenn *du* bei ihr einziehen würdest? Sie ist wirklich nett und braucht eigentlich nicht viel Pflege. Sie braucht nur jemanden, der im Fall der Fälle für sie da ist und mit dem sie reden kann. So gern ich auch möchte, dass du bei mir einziehst, bin ich mir nicht sicher, ob das an diesem Punkt für uns beide das Beste wäre. Also könnte das hier die nächstbeste Lösung sein. Ich könnte dich immer noch fast jeden Tag sehen, weil du auf der anderen Straßenseite wohnst, aber du wärst unabhängig und könntest das tun, was dir Spaß macht ... dich um andere kümmern.«

Zoey schloss die Augen. Mit seinen Händen auf ihrem Haar, das er langsam bürstete, und seinen Worten war sie praktisch eine Pfütze zu seinen Füßen. Sie wollte sich umdrehen und sich in seine Arme werfen, aber ein Teil von ihr hatte immer noch Angst, dass sie das, was er sagte, falsch interpretieren könnte.

»Du willst also, dass ich nach Kalifornien komme, weil ich vielleicht noch in Gefahr bin und weil du jemanden brauchst, der sich um deine Nachbarin kümmert?«

Er hörte auf zu bürsten, beugte sich vor, legte eine Hand

auf ihr Kinn und drehte sie so, dass sie keine andere Wahl hatte, als ihn anzuschauen. »Nein. Ich möchte, dass du nach Kalifornien kommst, weil mich der Gedanke, ohne dich von hier zu verschwinden, krank macht. Und ich möchte, dass du dich um Jess kümmerst, weil ich ehrlich glaube, dass dir das gefallen würde. Ich habe gesehen, wie angeregt du warst, als du davon gesprochen hast, mit meinem Vater Zeit zu verbringen und ihm zu helfen. Außerdem wirst du dadurch unabhängiger und bist in meiner Nähe, damit ich dich jeden Tag sehen kann.«

Als Zoey ihn nur anstarren und versuchen konnte, ihre Gedanken zu ordnen, um zu antworten, sprach er weiter.

»Ich weiß, dass das plötzlich kommt und du ein Leben hier in Alaska hast. Du hast einen Job und alle deine Sachen sind hier. Aber das kriegen wir schon hin. Ich habe gehört, was du über deine Mutter gesagt hast, und das ist es *nicht*. Du bist ganz allein eine großartige Frau. Du brauchst mich nicht, um im Leben erfolgreich zu sein. Du brauchst keinen Mann. Aber ich sitze hier und flehe dich geradezu an, mich an deinem Leben teilhaben zu lassen. Du hältst hier alle Trümpfe in der Hand, Zoey. Jess kann dich dafür bezahlen, ihr zu helfen, also bist du nicht auf mich angewiesen. Ich ... kann dich einfach nicht gehen lassen. Bitte sag Ja. Probiere es wenigstens aus.«

»Ja«, antwortete Zoey, als er Luft holte, wahrscheinlich um weitere Dinge zu sagen, durch die sie sich noch mehr in ihn verlieben würde.

»Ja?«, fragte er.

Zoey nickte.

Mark stieß einen kleinen Freudenschrei aus, der Zoey zum Kichern brachte, dann stand er auf, zog sie mit sich hoch, schloss sie in die Arme und drehte sich lachend im Kreis.

»Alles in Ordnung hier drin?«, fragte Rocco, der den Kopf durch die Verbindungstür des Zimmers steckte.

»Alles ist großartig«, erklärte Mark ihm. »Zoey hat zugestimmt, mit uns nach Riverton zu gehen.«

»Fantastisch. Oh, und Bubba, ich habe mit dem Anwalt deines Vaters gesprochen. Morgen Nachmittag wird er die offizielle Verlesung von Colins Testament vornehmen.« Dann zog er sich zurück und schloss die Verbindungstür hinter sich.

Zoeys Begeisterung wurde gedämpft, als sie das hörte. Mark hielt sie immer noch fest im Arm. »Das mit deinem Vater tut mir so leid«, murmelte sie. »Ich bin mir nicht sicher, ob ich dir das in der ganzen Hektik überhaupt gesagt habe.«

»Ich weiß es trotzdem. Und ehrlich gesagt bin ich froh, dass wir das jetzt hinter uns bringen. Je eher wir wissen, was Dad uns hinterlassen hat und warum uns jemand tot sehen wollte, desto eher können wir herausfinden, wer dahintersteckt.«

»Glaubst du wirklich, dass es in seinem Testament große Überraschungen geben wird?«, fragte Zoey. »Ich meine, dein Vater war einer der geradlinigsten Männer, die ich kenne. Ich kann mir nicht vorstellen, dass er irgendwo in Übersee Millionen von Dollar versteckt hat. Oder dass er Mitglied einer geheimen Organisation war und seine *Partner* sein Geld in die Finger kriegen wollen.«

Mark lächelte sie an. »Nein, ich glaube nicht, dass es etwas Schockierendes sein wird. Ich schätze, dass seine Besitztümer zwischen Malcom und mir aufgeteilt werden. Und offensichtlich hat er dir etwas hinterlassen. Und da er Partner eines Unternehmens ist, wird auch damit etwas geschehen müssen. Ich kann mir keinen Grund vorstellen, warum jemand uns umbringen sollte.«

»Oh ... apropos Testament, hast du deinen Bruder

gesehen?«

»Ja. Ich habe ihn kurz gesehen, als du geduscht hast.«

»Und?«

»Und was? Wir haben uns gefreut, uns zu sehen. Er war in Anchorage, um bei der Suche nach uns zu helfen.«

»Und ist es gut gelaufen?«

Mark starrte sie einen Moment lang an. »Ja, ist es. Er schien sehr froh zu sein, mich gesund und munter zu sehen. Tatsächlich hat mich das überrascht. Entweder ist er ein sehr guter Schauspieler oder er war wirklich erleichtert, mich zu sehen.«

»Interessant. Hat er etwas über mich gesagt?«

»Was verschweigst du mir?«, fragte Mark, der jetzt besorgt aussah.

»Nichts. Es ist nur ... wir kommen nicht wirklich miteinander aus, Mark. Und es ist keine große Sache, aber er war wütend auf mich, bevor ich Juneau verlassen habe. Er sollte zu dem Haus kommen, das ich gemietet habe, um sich das Dach anzusehen und jemanden zu schicken, der ein Leck repariert, aber er ist nicht gekommen. Ich habe ihn dreimal gefragt, wann er kommen würde, bevor ich schließlich zu Colin gehen musste, was Malcom sehr verärgert hat. Ich tat es nur ungern, aber das blöde Dach hätte sich nicht von selbst repariert. Wie auch immer ... es ist lächerlich. Natürlich hat er es nicht erwähnt, weil es albern ist, sich jetzt darüber Gedanken zu machen, wo du doch verschwunden warst und auf wundersame Weise gefunden wurdest.«

»Ich will nicht leugnen, dass Malcom und ich uns auseinandergelebt haben, seit ich Juneau verlassen habe, aber ehrlich gesagt standen wir uns schon als Kinder nicht besonders nahe. Wir waren einfach zu verschieden. Er ist immer noch mein Bruder, und ich liebe ihn. Aber wenn er dich morgen anpöbelt oder dich auch nur schief ansieht, sag mir Bescheid und ich kümmere mich darum.«

Zoey seufzte. »Danke. Ich bin mir sicher, dass es in Ordnung sein wird.«

Mark schaute skeptisch, sagte aber nichts weiter dazu. »Wie wäre es, wenn du dich wieder hinsetzt und ich dir die Haare fertig mache?«, schlug er vor.

Mit einem Nicken ließ Zoey sich wieder auf das Kissen sinken und bekam eine Gänsehaut, als Mark erneut mit der Bürste durch ihr Haar fuhr. Es fühlte sich so gut an und sie spürte in diesem Moment eine echte Verbindung zu ihm.

Sie war fast eingeschlafen und schwankte in ihrer Position, während Mark ihr Haar wesentlich länger als nötig bürstete. Als er schließlich aufhörte, war es praktisch trocken. »Komm schon, Süße. Bringen wir dich ins Bett.«

Er half ihr auf und führte sie zum Bett. Als er zurücktreten wollte, griff sie nach seinem Arm. »Bleibst du bei mir?«

»Bist du sicher?«, fragte er. »Ich wollte eigentlich in dem anderen Bett schlafen.«

Zoey schüttelte den Kopf. »Bitte?«

Kommentarlos streifte Mark seine Hose ab und kroch unter die Decke. Er zog sie an sich heran, bis sie seine Schulter als Kopfkissen benutzte. Sie verschränkte ihr Bein mit seinem und er spannte seinen Arm um sie an. »Gott, das fühlt sich so viel besser an als der harte, kalte Boden«, murmelte sie.

»Allerdings. Schlaf, Zo. Wir sind in Sicherheit.«

»Ich habe mich noch nie sicherer gefühlt, als wenn deine Arme um mich sind«, gab Zoey schläfrig zu.

Sie spürte nicht, wie er sich unter ihr entspannte, spürte nicht, wie er ehrfürchtig ihre Schläfe küsste. Sobald die Worte ihren Mund verlassen hatten, fiel sie in einen Schlaf, der von einer Woche Unbehagen, Kälte und der Ungewissheit, ob sie gerettet werden würden, herrührte.

KAPITEL ZWÖLF

Nach einem nervösen Flug nach Juneau saß Bubba am nächsten Nachmittag an einem großen Tisch und hörte zu, wie Kenneth Eklund, der Anwalt seines Vaters, den letzten Willen von Colin Wright verlas. Der Raum war voll besetzt mit ihm, seinem Bruder, Zoey, Tracy Eklund, der Frau des Anwalts – die auch als seine Assistentin fungierte –, Sean Kassamali, dem Geschäftspartner seines Vaters, und dessen Frau Vivian. Ebenfalls anwesend waren Rocco und Phantom. Bubba hatte sie gebeten, alle Anwesenden im Auge zu behalten und Tex bestimmte Namen mitzuteilen, um zu sehen, ob dem Computergenie ein Grund einfallen würde, warum jemand ihn und möglicherweise auch Zoey tot sehen wollte.

Je mehr er darüber nachdachte, wie knapp sie von dem Suchhubschrauber verpasst worden waren, desto mehr war Bubba überzeugt, dass sein Vater bei ihrer Rettung seine Finger im Spiel gehabt haben musste. Normalerweise war er nie so unvorsichtig, wie er es an diesem Fluss gewesen war. Nichts war so passiert, wie er es geplant hatte, und weil es so sehr im Arsch gewesen war, glaubte er, dass alles genau so gelaufen war, wie es das hatte tun sollen.

Er war froh, am Leben zu sein. Er war froh, Zoey wiedergetroffen zu haben. Er war froh, seinen Bruder persönlich sehen zu können. Mit Sean zu sprechen war ebenfalls gut. Der Mann war schon immer ein Miesepeter gewesen, aber es schien, dass Colins Tod ihn etwas milder gemacht hatte. Er war nicht mehr das Arschloch, als das Bubba ihn in Erinnerung hatte. Er sagte viele tolle Dinge über seinen Vater und es war klar, dass der andere Mann seinen Freund liebte und über seinen Tod am Boden zerstört war.

»Wenn es für alle in Ordnung ist, werde ich Colins Testament paraphrasieren, anstatt das Juristenlatein Wort für Wort zu verlesen«, sagte der Anwalt, nachdem alle Platz genommen hatten und bereit waren zu beginnen.

Kenneth war Mitte fünfzig und trug einen grauen Anzug mit einer roten Krawatte, die so gar nicht zu dem feierlichen Anlass zu passen schien. Er war etwa einen Meter fünfundsiebzig groß und hatte einen ausgeprägten Bierbauch. Sein helles Haar war nach hinten gekämmt und Bubba konnte die Linien sehen, die der Kamm beim letzten Zurückstreichen gezogen hatte.

Seine Frau und Assistentin Tracy stand hinter seinem Stuhl und sah völlig gelangweilt aus. Sie hatte vorhin all die richtigen Dinge gesagt und Bubba sowie Malcom ihr Beileid ausgesprochen, aber ihr Tonfall passte nicht ganz zu ihren Worten. Sie war ein ganzes Stück jünger als ihr Mann und hatte mit ihren Absätzen die gleiche Größe wie er. Sie trug ein schwarzes Kleid, das ihren schlanken Körper umschmeichelte, aber alles in allem sah sie einfach so aus, als würde sie sich zu sehr bemühen, modisch und jünger zu wirken, als sie tatsächlich war.

Als alle zustimmten, fuhr er fort. »Also, Colin hatte ungefähr hunderttausend Dollar in bar auf seinen Konten.

Dieses Geld wird zu gleichen Teilen zwischen Mark und Malcom Wright und Zoey Knight aufgeteilt. Das Haus, in dem er gewohnt hat, geht an Malcom, das Haus, das Zoey gemietet hat, geht an sie. Sie kann damit machen, was sie will. Seine Investitionen hat er an vier verschiedene Wohltätigkeitsorganisationen in Juneau weitergeleitet: Ruhmeshalle, eine Notunterkunft und Lebensmittelbank; der Beste-Freunde-Tierschutzverein, ein Tierheim, das keine Tiere tötet; Große Brüder, Große Schwestern; und die letzte, die er in letzter Minute hinzugefügt hat, als er krank war ... Hospiz und häusliche Pflege von Juneau.«

Bubba war nicht überrascht, dass sein Vater beschlossen hatte, Geld an die Wohltätigkeitsorganisationen zu spenden, die ihm am meisten bedeuteten. Er hatte schon immer eine Schwäche für Tiere und Kinder gehabt. Außerdem hatte er es gehasst, wie viele Obdachlose und Not leidende Menschen es in ihrer Heimatstadt gab. Alaska war kein einfaches Pflaster, wenn man kein Dach über dem Kopf und nichts zu essen hatte. Letztere Organisation war etwas überraschender, aber er nahm an, dass sein Vater durch seine Krankheit die Notwendigkeit der Pflege am Lebensende erkannt hatte.

»Was Heritage-Kunststoffe angeht«, fuhr der Anwalt fort, »war Colin immer dankbar, dass sein Freund Sean vor all den Jahren beschlossen hatte, mit ihm ins Geschäft einzusteigen und ein Risiko einzugehen. Sean, du besitzt bereits fünfzig Prozent der Anteile, aber Colin gibt dir weitere fünf Prozent seiner Aktien. Malcom, du bekommst dreiundzwanzig Prozent; Mark, du bekommst siebzehn; und Zoey, du bekommst die letzten fünf Prozent.«

Bubba war allerdings überrascht, wie sein Vater seine Hälfte des Unternehmens aufgeteilt hatte. Indem er Sean zusätzliche fünf Prozent gab, hatte dieser nun die Mehrheit der Anteile, selbst wenn sein Vater alle anderen Anteile an Malcom gegeben hätte.

»Das ist doch Blödsinn«, schimpfte Malcom. »Im Ernst. Ich war über ein Jahrzehnt lang an seiner Seite. Ich habe Mitarbeiter eingestellt und entlassen und den Betrieb im Grunde genommen Tag für Tag am Laufen gehalten. Was hat *sie* getan? *Nichts.* Nicht eine verdammte Sache«, fauchte er, während er Zoey anfunkelte.

Bubba verkrampfte sich. Er war genauso überrascht wie sein Bruder, aber andererseits hatte auch er keinen Tag in der Fabrik gearbeitet. Er wusste nicht, wie man ein Unternehmen von der Größe der Firma seines Vaters führte. Aber er würde nicht zulassen, dass Malcom Zoey schlechtmachte und schikanierte.

»Das war unangebracht, Bruder«, sagte er in tiefem, rauem Tonfall.

Malcom schüttelte den Kopf und lehnte sich mit verschränkten Armen in seinem Stuhl zurück. »War es das?«, fragte er. »Woher willst *du* das wissen? Du scherst dich einen Dreck um alles. Seit du verschwunden bist, hast du dich nicht mehr in Juneau blicken lassen. Du hast uns einfach sitzen lassen, und es hat dich nicht einmal interessiert. Du warst unterwegs, um die Welt zu retten, aber die Familie, die du zurückgelassen hast, war dir scheißegal. Hat Pop dir erzählt, wie er fast das Haus verloren hätte? Nein, ich sehe an deinem Gesichtsausdruck, dass er es nicht getan hat. Die Zeiten waren hart und er war mit der Hypothek im Rückstand. Aber es warst nicht *du*, der ihm zu Hilfe kam, sondern *ich*. Nicht lange danach ging es mit dem Geschäft wieder aufwärts und alles wurde gut, aber ich will damit sagen, dass du nichts davon wusstest oder dich nicht darum geschert hast. Es gibt unzählige andere Male, bei denen ich für ihn da war und *du* nicht. Aber natürlich konnte Pop nicht aufhören, ein Loblied auf dich zu singen!

Der gute alte Mark, der Navy-SEAL-Held! Gott, was für ein Witz.«

Bubba war schockiert von Malcoms Ausbruch. Er hatte keine Ahnung, dass sein Bruder so viel Feindseligkeit für ihn hegte. »Ich wusste nicht, dass ihr Hilfe braucht, weil es mir niemand *gesagt* hat«, schoss er zurück.

»Wie auch immer«, schnaubte Malcom.

Bubba ballte die Faust in seinem Schoß. Er wusste nicht, wie er das in Ordnung bringen sollte. Er hatte es bereut, weggeblieben zu sein, aber je mehr Zeit verging, desto schwerer war es ihm gefallen, seinen Vater anzurufen und ihm zu sagen, dass er zu Besuch kommen würde. Er hatte ab und zu E-Mails geschrieben und angerufen, aber das war natürlich nicht genug.

Wenn er ehrlich zu sich selbst war ... hatte er Angst gehabt, dass sein Vater ihn überreden würde, zu bleiben und Heritage-Kunststoffe mit ihm und Malcom zu führen. Was dumm war, denn er konnte nicht einfach aus der Marine abhauen.

Er hatte es versaut und all die Reue, die er vor dieser Reise empfunden hatte, belastete ihn noch viel stärker.

Als er spürte, wie Zoey leicht seinen Oberschenkel unter dem Tisch drückte, schloss Bubba die Augen und atmete tief ein.

Er brauchte das. Er brauchte sie, um sich zu erden.

Es war nicht so, als hätte er ein einfaches Leben gehabt. Seinem Vater und seinem Bruder hatte er nichts von den Schrecken erzählt, die er gesehen oder durchgemacht hatte. Er hatte ihnen nicht erzählt, wie er von den Taliban gefangen genommen worden war. Sein Leben war kein Zuckerschlecken gewesen, aber er hatte seine Familie zu sehr geliebt, um sie mit diesen Details zu belasten. Er nahm an, dass das auch der Grund war, warum sein Vater ihm nichts von seinen Problemen erzählt hatte.

»Äh ... Wenn wir weitermachen können?«, fragte Kenneth.

Bubba schaute zu Zoey hinüber und sah, dass ihr Blick auf den Anwalt gerichtet war. Sie sah weder ihn noch Malcom an. Aber sie ließ ihre Hand genau dort, wo sie war.

Mit einer langsamen Bewegung, um keine Aufmerksamkeit auf die beiden zu lenken, bedeckte er ihre Hand mit seiner. Wie immer war sie kühl, also schlang er seine Finger um ihre, in dem Versuch, ihr etwas von seiner Wärme zu geben.

Eine halbe Stunde später war der Anwalt mit der Verlesung des Testaments fertig. Sie hatten alle Papiere unterschrieben, die er vorbereitet hatte, und die Anwesenden gingen auseinander. Mark hatte Zoey mit Rocco und Phantom in dem kleinen Eingangsbereich zurückgelassen. Sie würden dafür sorgen, dass es ihr gut ging und niemand sie belästigte oder etwas Unangemessenes sagte.

Er joggte, um zu Sean und seiner Frau aufzuschließen. »Sean?«

Der älteste Freund seines Vaters drehte sich zu ihm um. »Das mit Colin tut mir leid.«

»Mir auch«, sagte Bubba. »Ich weiß, wir haben in den letzten Jahren nicht viel miteinander geredet, aber ich wollte mich bei dir bedanken.« Er stand Auge in Auge mit Sean und stellte fest, dass der Mann müde aussah. Er war ein paar Jahre älter als sein Vater, aber sein braunes Haar war noch nicht ergraut und seine blauen Augen waren so klar wie immer. Das Leben in Alaska tat ihm offensichtlich gut, denn er schien stark und gesund zu sein.

»*Mir* danken? Wofür?«, fragte Sean.

»Dafür, dass du Pops Freund warst. Dass du ihn etwas hast tun lassen, was er liebte. Ich weiß, dass ihr nicht immer einer Meinung wart, aber ich weiß auch, dass er dich sehr respektiert hat.«

Sean nickte. Dann presste er die Lippen zusammen und seufzte.

»Was?«

Seans Blick aus seinen blauen Augen traf auf Bubbas und er fragte: »Darf ich ehrlich sein?«

»Ich würde es vorziehen.«

»Ich bin nicht begeistert von Colins Entscheidungen, was das Geschäft angeht.«

Bubba versteifte sich, als der ältere Mann weitersprach.

»Malcom ist eine große Hilfe, aber er ist ein wenig hitzköpfig. Er denkt nicht nach, bevor er handelt, und wir haben dadurch einige gute Mitarbeiter verloren. Du hast noch nie einen Fuß in die Fabrik gesetzt und weißt nicht das Geringste darüber, was wir tun oder wie das Geschäft abläuft. Ich meine, du bist sein Sohn und hast sicherlich ein Anrecht auf einen Teil seines Erbes, aber ich dachte, er würde dir eher Geld als Anteile an Heritage hinterlassen. Und warum er Zoey überhaupt einen Teil des Unternehmens überlassen hat, ist mir ein Rätsel.«

»Aber er hat dafür gesorgt, dass du die Mehrheit bekommst«, gab Bubba zurück.

»Ich weiß. Aber das heißt nicht, dass ich herumsitzen und alle Entscheidungen treffen kann. Es gibt viel zu tun in einer Organisation von der Größe wie der unsrigen. Ich kann das nicht allein machen. Colin und ich sprachen täglich über Gewinne und Ausgaben, unsere Mitarbeiter und sogar über neue Produkte. Wir haben Gespräche darüber geführt, ins Ausland zu expandieren, kurz bevor er starb, und ich bin fest davon überzeugt, dass wir das immer noch in Betracht ziehen sollten. Aber jetzt sind es nicht mehr nur zwei Personen, die die Entscheidungen treffen, sondern vier. Hast du vor, zurück nach Juneau zu ziehen?«

»Du weißt, dass ich das nicht tun werde«, sagte Bubba zu Sean.

»Ja. Das habe ich mir schon gedacht.« Der ältere Mann seufzte erneut. »Auch wenn du nur einen Anteil von siebzehn Prozent hast, brauche ich deinen Beitrag, und es gibt Dinge, die du wirst unterschreiben müssen. Rechne mit vielen Anrufen und E-Mails, während wir das klären.«

Bubba schaute Sean in die Augen und sah, dass er es ernst meinte. »Ich könnte dir meinen Anteil verkaufen«, sagte er.

Zum ersten Mal sah er, wie sich ein Hauch von Freundlichkeit in den Gesichtsausdruck des anderen Mannes schlich, aber er schüttelte den Kopf. »Das ist anständig von dir, Junge, aber das löst nicht das Problem, Hilfe beim Führen dieses Geschäfts zu brauchen.«

»Ich könnte an Malcom verkaufen«, bot Bubba an. Er dachte, Sean würde die Gelegenheit beim Schopfe packen, aber stattdessen schüttelte er sofort wieder den Kopf.

»Nein. Das würde meine Probleme nur noch schlimmer machen. Wir werden uns etwas einfallen lassen. Versprichst du mir nur, dass du meine Anrufe entgegennimmst?«

»Natürlich«, stimmte er sofort zu.

Dann streckte Sean eine Hand aus, und Bubba schüttelte sie.

»Das mit deinem Vater tut mir wirklich leid. Colin war ein guter Mann und er hat dich sehr geliebt.«

Bevor Bubba den Freund seines Vaters gehen ließ, fragte er: »Kannst du mir sagen, was passiert ist? Ich meine, ich dachte, Pop war ziemlich gesund.«

»Ja, das dachte ich auch. Aber du kennst ihn ja. Er ging nicht gern zum Arzt. Er hatte eine Magenverstimmung und wurde sie nicht mehr los. Er hat sich nie richtig erholt. Einen Tag sah ich ihn noch in der Fabrik, und am nächsten Tag rief Malcom mich an und erzählte mir, dass er im Schlaf gestorben sei.«

Das war so ziemlich dasselbe, was Zoey ihm erzählt hatte. Bubba runzelte die Stirn. »Verdammt.«

»Ja. Wie auch immer, ich bin froh, dass deine Freunde dich gefunden haben. Pass gut auf dich auf. Sei wachsam. Das Leben ist kurz, und jedem von uns könnte es so ergehen wie deinem Vater.«

»Das werde ich«, versprach Bubba. Seans Andeutung gefiel ihm nicht wirklich. Hatte er ihn bedroht? Oder war es nur eine allgemeine Aussage? Bubba konnte es nicht sagen.

Sie nickten einander zu, dann drehte Sean sich mit seiner Frau um und ging weg.

Bubba fand es ein wenig seltsam, dass Vivian nichts gesagt hatte. Sie hatte einfach neben ihrem Mann gestanden und die beiden beobachtet, während sie sich unterhielten. Obwohl sie fünf Jahre jünger war als ihr Mann, war Alaska nicht so nett zu ihr gewesen. Sie hatte tiefe Falten im Gesicht und es war mehr als offensichtlich, dass sie ihr blondes Haar gefärbt hatte. Sie hatte ein wenig herumgezappelt, während Bubba mit ihrem Mann sprach, als wartete sie ungeduldig darauf zu gehen. Und nicht nur das, Bubba hatte Vivians intensiven Blick auf sich gespürt, während er mit ihrem Mann geredet hatte. Es bereitete ihm Unbehagen, aber da er wusste, dass er vor seiner Abreise noch mit dem Anwalt sprechen musste, vergaß Bubba die Sache.

Er schloss zu Kenneth und seiner Frau auf, bevor sie den Konferenzraum verließen. »Kann ich kurz mit dir reden?«, fragte er.

Der Anwalt nickte.

Bubba sah Tracy Eklund an und hob eine Augenbraue.

»Ich bin seine Assistentin«, erklärte sie ihm hochmütig. »Alles, was du zu ihm sagst, kannst du auch zu mir sagen.«

Bubba wusste, dass es so nicht funktionierte, aber da er nicht wirklich etwas Privates zu besprechen hatte, ließ er es bleiben. »Ich fliege morgen zurück nach Kalifornien. Ich werde nicht mehr da sein, um weitere Papiere zu unterschreiben, also wollte ich nur sichergehen, dass alles in Ordnung ist.«

»Das sollte es«, sagte Kenneth. »Ich gehe davon aus, dass deine Adresse in Kalifornien die gleiche ist wie die, über die ich dich bisher kontaktiert habe?«

»Ja.« Bubba wollte sarkastisch sein und dem Mann sagen, dass er in der letzten Woche keine Gelegenheit gehabt hatte umzuziehen, weil er mitten in der Wildnis Alaskas gewesen war, aber er unterließ es. »Du musst mir aber einen Gefallen tun.«

Der Anwalt zog eine Augenbraue hoch.

»Zoey kommt mit mir nach Kalifornien.«

»Wirklich?«, fragte Tracy.

Als Bubba sie mit, wie er wusste, beschützender Miene anfunkelte, erklärte sie rasch: »Ich bin nur überrascht. Ich meine, sie hat fast ihr ganzes Leben in Juneau verbracht. Es scheint einfach schnell zu gehen. Da draußen im Busch muss es gut gelaufen sein.«

Bubba spürte, wie Wut in ihm aufstieg, aber er tat sein Bestes, sie zu unterdrücken. Er wusste, dass die Leute darüber reden würden, wie schnell sich ihre Beziehung zu entwickeln schien, aber das war ihm egal. Intensive Erlebnisse hatten eine Art, den Mist im Leben eines Menschen zur Seite zu schieben und deutlich zu machen, was wirklich wichtig war.

Aber er hatte das Gefühl, dass nichts, was er zu dieser Wichtigtuerin sagte, von Bedeutung sein würde, also erwiderte Bubba nur: »Wir werden dir ihre neue Adresse mitteilen, aber eigentlich wollte ich fragen, ob du eine Firma empfehlen kannst, die sich um Zoeys Haus kümmert. Wir haben noch nicht darüber gesprochen, was sie damit machen will, aber wenn sie beschließt, in Kalifornien zu bleiben, wird sie es entweder vermieten oder verkaufen müssen. Und egal, ob sie für immer nach Riverton zieht oder sich entscheidet, nach Juneau zurückzukehren, in der Zwischenzeit braucht sie jemanden, der sich um das Haus kümmert. Um sicherzugehen, dass es keine Beschädigungen oder Ähnliches gibt.«

»Ich kann helfen«, bot Tracy sofort an. »Ich kenne eine gute Maklerin und bin bereit, ihr beim Einpacken ihrer Sachen zu helfen und das Haus in Szene zu setzen, wenn sie es verkaufen will.«

»Danke. Wir bleiben in Kontakt«, sagte Bubba, der nichts mehr wollte, als aus dem Gebäude und diesem Bundesstaat herauszukommen. Die Haare in seinem Nacken stellten sich auf und er wusste nicht warum. Er drehte sich um und sah, dass sein Bruder sich immer noch im Eingangsbereich aufhielt.

Mit einem Blick auf Rocco und Phantom, die immer noch bei Zoey standen, bedeutete er ihnen mit einer kleinen Kinnbewegung, dass sie ihn draußen treffen sollten.

Phantom nickte, beugte sich vor und sagte etwas zu Zoey. Dann nahm er ihren Ellbogen und führte sie zur Tür. Sie schaute ihn an und Bubba tat sein Bestes, zu lächeln. Er wusste, dass es ihm nicht wirklich gelungen war, als sie sehr besorgt aussah, während seine Freunde sie aus dem Büro geleiteten.

Bubba atmete tief durch und ging zu seinem Zwilling hinüber. »Geht es dir gut?«, fragte er.

Malcom schüttelte nur den Kopf. »Lass mich raten, du verschwindest wieder.«

Für den Bruchteil einer Sekunde hatte Bubba ein schlechtes Gewissen und nickte. »Ich bin schon zu lange weg. Ich hatte ein paar Tage Urlaub, um zur Testamentseröffnung und zu Pops Gedenkfeier zu kommen, aber ich habe offensichtlich mehr Zeit gebraucht, als ich eingeplant hatte. Ich muss zurück.« Bubba war bestürzt gewesen, als er hörte, dass die Gedenkfeier für seinen Vater ohne ihn stattgefunden hatte, aber nicht wirklich überrascht. Er hatte Zoey gesagt, dass das wahrscheinlich passieren würde, aber es war dennoch ein wenig traurig. Er und Zoey würden einfach ihre eigene private Zeremonie abhalten, wenn sie zurück in Kalifornien waren.

»Klar. Das habe ich auch nicht anders erwartet«, murmelte Malcom.

Wütend knurrte Bubba: »Du willst das hier und jetzt machen? Na gut. Worüber bist du sauer, Bruder? Dass Pop mir etwas von seinem Geld gegeben hat? Dass er seine Investitionen für wohltätige Zwecke gespendet hat? Dass du nicht sein ganzes Geschäft bekommen hast?«

»Willst du es wirklich wissen?«, fragte Malcom.

»Ja, das will ich wirklich.«

»Gut. Ich bin sauer, dass du dich kein einziges Mal dazu durchringen konntest, ihn zu besuchen, obwohl Pop den Boden verehrt hat, auf dem du gehst. Ich bin sauer, dass er dir einen Teil des Unternehmens überlassen hat, obwohl du keinen einzigen Tag in deinem ganzen Leben damit zu tun hattest und von Anfang an klar gemacht hast, dass du alles daran hasst. Vor allem bin ich sauer darüber, dass er auch nur einen kleinen Teil dieser Schlampe gegeben hat, die ihn seit dem Tag schröpft, an dem sie ihn kennengelernt hat!«

Bubba konnte es verkraften, dass Malcom sich darüber aufregte, dass er nicht nach Juneau gekommen war, um ihn zu besuchen. Er war deswegen wütend auf sich selbst. Aber seinen Seitenhieb gegen Zoey konnte er nicht auf sich beruhen lassen. »Warum magst du sie so wenig?«, presste er zwischen zusammengebissenen Zähnen hervor.

Malcom seufzte und seine Stimme wurde ein wenig sanfter. »Hör mal, ich verstehe ja, dass ihr beide eine schreckliche Erfahrung durchgemacht habt. Ich bin glücklicher, als ich sagen kann, dass es euch gut geht. Aber Zoey ist nicht so, wie du denkst. Du kennst sie nicht so, wie du glaubst.«

Bubba glaubte seinem Bruder kein einziges Wort, aber er fragte: »Und du schon?«

»Ja, Mark, ich kenne sie. Sie hängt bei ihm herum, seit wir unseren Abschluss gemacht haben. Sie hat immer die eine oder andere rührselige Geschichte auf Lager. Sie hat ihn überredet, ihr das Haus für die Hälfte des Preises zu vermieten, den er von jemand anderem hätte bekommen können. Dann hat sie sich auch noch in sein Privatleben eingeschmeichelt. Sie kam zu ihm und spielte Brettspiele. Schaute fern. Sie hatte die ganze Zeit ein Auge auf sein Geld und sein Geschäft. Es würde mich nicht wundern, wenn sie ihn kaltgemacht hätte, um das Haus zu bekommen. Wahrscheinlich hat sie mit Ashley zusammengearbeitet, der inkompetenten Krankenschwester, die er eingestellt hat. Verdammt, wahrscheinlich hat sie ihn vergiftet!«

Bubba war wirklich fassungslos über die Abneigung seines Bruders gegen Zoey. Er kannte sie zwar nicht so gut wie Malcom, aber er konnte sich wirklich nicht vorstellen, dass sie etwas von dem getan hatte, was er ihr vorwarf.

»Erstens hast *du* Ashley eingestellt, nicht Dad. Zweitens war Zoey in Anchorage, um ihre Mutter zu besuchen, als Pop starb«, erinnerte Bubba ihn.

Er schnaubte. »Klar. Ich dachte, du wärst weltgewandt, Bruderherz. Sie hätte jemanden anheuern können, um ihn zu töten. Wie ich schon sagte, hätte es nur einer Dosis Arsen oder Zyanid oder so bedurft. Wenn sie mit der Krankenschwester zusammengearbeitet hätte, wäre es ein Leichtes gewesen.«

»Ernsthaft? Mein Gott, Malcom, was stimmt nicht mit dir? Ich kann nicht glauben, dass du Zoey tatsächlich beschuldigst, Dad *umgebracht* zu haben! Normale Menschen denken nicht sofort an Mord, wenn ihre Liebsten sterben. Es tut mir leid, dass du nicht mehr von Dads Geld bekommen hast, als du wolltest, aber das ist kein Grund, so ein Arschloch zu sein.«

Bubba war fertig mit diesem Gespräch. »Ich kehre morgen früh nach Riverton zurück. Aber ich werde mich besser einbringen. Wenn du etwas brauchst, ruf an. Wenn ich nicht auf einer Mission bin, werde ich immer erreichbar sein. Ich kann bei den Geschäften und dem Treffen von Entscheidungen helfen. Es tut mir leid, dass ich nicht für Pop da war, aber ich bin für *dich* da. Ich liebe dich, Malcom. Du bist mein Bruder. Mein Zwilling. Wir mögen uns gegenseitig auf die Nerven gehen, aber das heißt nicht, dass wir keine Familie sind.«

Er sah, wie Malcom einen Moment lang mit einem inneren Dämon kämpfte, bevor er nickte. Er hielt ihm die Hand hin und Bubba schüttelte sie.

»Danke, Bruderherz. Ich werde dich beim Wort nehmen. Und wundere dich nicht, wenn ich dich irgendwann in naher Zukunft hierher zurückhole. Jetzt, da Pop nicht mehr da ist, muss eine Menge hinter den Kulissen passieren. Und da wir beide die zweit- und drittgrößten Eigentümer des Unternehmens sind, müssen wir an diesen Entscheidungen beteiligt sein.«

»Verstanden«, sagte Bubba zu ihm. »Sei vorsichtig da draußen, Mal. Jemand wollte Zoey und mich aus dem Weg räumen. Du könntest das nächste Ziel sein.«

»Glaubst du, Sean ist sauer, dass er Dads Anteile nicht bekommen hat?«

Bubba hätte überrascht sein sollen, wie schnell Malcom zu dieser Schlussfolgerung kam, aber nach seinen Mordanschuldigungen war er es nicht. »Ich habe keine Ahnung. Ich will damit nur sagen, dass du auf dich aufpassen sollst. Du bist jetzt meine einzige Familie. Ich will dich nicht auch noch verlieren.« Dann überraschte Bubba die beiden, als er Malcom in eine kurze Umarmung zog. Es war ein wenig unbeholfen, aber es fühlte sich gut an. Richtig. »Ich habe dich vermisst«, murmelte er, als sie zurücktraten.

Malcom nickte und erwiderte: »Ich bleibe in Kontakt.« Dann machte er auf dem Absatz kehrt und ging.

Bubba atmete tief durch und schaute einen kurzen Moment lang zur Decke. »Ich versuche es, Pop«, flüsterte er, bevor er den Raum verließ, um Zoey und seine Teamkameraden zu suchen.

Spät am nächsten Morgen saß Zoey neben Mark im Flugzeug. Sie hatten alle die Nacht in ihrem kleinen Haus verbracht. Sie hatte ein schlechtes Gewissen, weil Marks Freunde auf dem Boden hatten schlafen müssen, aber sie hatten ihr versichert, bereits an wesentlich schlimmeren Orten geschlafen zu haben. Sie war früh ins Bett gegangen, da sie die Augen nicht offen halten konnte, und hörte Mark nicht einmal, als er später hinzukam. Beim Aufwachen war ihre Nase an seinem Hals vergraben und sie fühlte sich warm und geborgen.

Aber sie hatte nicht faulenzen und es genießen können, da sie zum Flughafen mussten, um einen Flug nach Kalifornien zu erwischen. Nachdem sie zwei Koffer mit so vielen Klamotten wie möglich gepackt hatte, saß sie schon bald in einem anderen Flugzeug ... welches jedoch wesentlich größer war als das kleine Wasserflugzeug, das ihr Leben für immer verändert hatte.

Marks Teamkameraden waren auf den Plätzen um sie herum verteilt, aber das machte es nicht besser für sie. Es war ihr zweiter Flug seit dem Absturz, aber sie war nicht entspannter als auf dem Flug nach Juneau am Morgen zuvor. Sie klammerte sich an die Armlehnen, als würde die Maschine allein dadurch nicht abstürzen.

»Entspann dich, Zo«, sagte Mark sanft in ihr Ohr. Er löste ihre Hand von der Armlehne und legte sie mit seinen beiden auf seinen Oberschenkel.

»Ich kann nicht«, flüsterte sie. »Dieses Flugzeug ist nicht wie das Wasserflugzeug und wir sind nicht abgestürzt, aber ich kann nicht umhin, mich daran zu erinnern, wie es sich angefühlt hat, als ich in der Klemmhaltung zusammengekauert war, und wie ich dachte, wir würden sterben.«

»Aber das sind wir nicht«, erwiderte Mark ruhig. »Wir sind am Leben und hatten ein lustiges kleines Abenteuer.«

Zoey verdrehte die Augen, woraufhin Mark leise lachte. »Das ist die Zo, die ich kenne und liebe.«

Ihr Herz blieb bei seinen Worten fast stehen. Er versuchte nicht, sie zurückzunehmen, sondern starrte ihr nur fest in die Augen.

Hatte er es ernst gemeint? Nein, das konnte er nicht. Es war nur eine Redewendung. Sie versuchte krampfhaft, sich etwas einfallen zu lassen, was sie sagen könnte. »Vielleicht sollte ich einfach hierbleiben. Ich meine, jetzt, da alle wissen, dass ich nicht viel von Colin bekommen habe, wird es mir gut gehen.«

»Atme, Zoey«, befahl Mark. »Und jetzt, da alle wissen, was du tatsächlich bekommen hast, könntest du noch mehr in Gefahr sein.«

Sie funkelte ihn an. »Wie kommst du darauf? Ich meine, ein Haus ist nicht gerade bares Geld. Und so sehr ich es auch liebe, es ist eine Menge Arbeit nötig, um es zu modernisieren. Und fünf Prozent seines Unternehmens sind keine große Sache.«

»Zo, fünf Prozent entsprechen etwa einer Viertelmillion Dollar. Und vergiss nicht die dreiunddreißigtausend Dollar in bar, die du bekommen wirst. Hörst du nicht die Nachrichten? Oder schaust dir die Sendungen über wahre Verbrechen im Fernsehen an?«

»Ja, aber das ist Fernsehen. Das hier ist das wahre Leben«, gab sie zurück.

»Diese Sendungen basieren auf echten Fällen, das weißt du doch. Menschen töten für viel weniger Geld, als du gerade von Pop bekommen hast.«

Sie starrte zu Mark hoch. »Aber ... du und Malcom habt viel mehr bekommen als ich.«

»Und deshalb habe ich ihn auch gebeten, vorsichtig zu sein.«

Zoey konnte kaum glauben, dass dies ihr Leben war. Dass jemand vielleicht ihren Tod wollte. Sie war jedoch immer noch weitestgehend davon überzeugt, dass Mark das Ziel gewesen war. »Um ehrlich zu sein, kann ich nicht glauben, dass er mir etwas hinterlassen hat«, sagte sie in dem Versuch zu ignorieren, dass sie auf dem Weg zur Startbahn waren.

»Warum nicht? Nach allem, was ich gehört habe, warst du ein großer Teil seines Lebens.«

»Ich denke schon.« Sie schaute zu ihm auf. »War Malcom wirklich so sauer, dass ich etwas bekommen habe?«

Sie konnte sehen, dass er es nicht zugeben wollte.

»Vergiss es«, murmelte sie. »Ich weiß, dass er es war.«

»Was ist da zwischen euch beiden?«, fragte Mark.

Zoey seufzte. »Ich schätze, es fing an, als ich in der Highschool mit ihm Schluss gemacht habe. Von da an mochte er mich nicht mehr. Ihm gefiel auch nicht, dass ich viel Zeit mit deinem Vater verbrachte, aber ich habe mich geweigert, mich von ihm abschrecken zu lassen.«

»Er hat dir Angst gemacht?«, fragte Mark scharf.

Zoey schüttelte den Kopf. »Das war nur eine Redewendung. Er ließ mich nur durch seine Blicke und abfälligen Bemerkungen hier und da wissen, dass er sich wünschte, ich wäre nicht da. Ich weiß, dass er versucht hat, Colin auszureden, mir das Haus zu vermieten, aber nachdem dein Vater gehört hatte, dass ich zu meiner Mutter nach Anchorage ziehen wollte, hat er mir das Haus zu einem wahnsinnig niedrigen Preis angeboten. Ich wusste, dass er mir damit einen großen Gefallen getan hat, und ich habe mich geschämt, dass ich es annehmen musste, aber ich wollte wirklich nicht weg.«

Sie errötete und schaute aus dem Fenster, als sie spürte, wie das Flugzeug schneller wurde und über die Startbahn zu rasen begann.

Mark legte seine Finger unter ihr Kinn und drehte ihr Gesicht wieder zu ihm. »Was dann?«

»Was meinst du?«, fragte Zoey.

»Hat er nach einer Weile deine Miete erhöht?«

»Nein. Aber ich habe es ihm gesagt. Ich habe sogar angefangen, meinen Scheck mit der Miete über mehr als die vereinbarte Summe auszustellen, aber er hat mir immer heimlich Bargeld in die Tasche gesteckt, wenn ich zu Besuch war. Also habe ich das aufgegeben, bin aber raffinierter geworden.« Sie lächelte.

»Wie?«, fragte Mark.

»Ich habe angefangen, Geld in seinem Haus zu hinterlassen. Einen Zwanziger hier, einen Zehner dort. An Stellen, von denen ich dachte, dass er sie nicht bemerkt.« Sie zuckte verlegen mit den Schultern, als sie seinen zärtlichen Gesichtsausdruck sah. »Ich glaube, er hat herausgefunden, was ich getan habe, aber zu dem Zeitpunkt war es schon eine Art Spiel zwischen uns. Er tat so, als würde er es nicht bemerken, und ich tat so, als wäre ich immer noch heimlich dabei.«

»Das klingt wie etwas, das Pop tun würde. Malcom hat also nichts davon gewusst?«

Zoey rümpfte die Nase. »Nein. Ich wollte nicht mit ihm

über meine Finanzen sprechen. Wir haben uns nicht verstanden und er war nicht begeistert, dass ich so freien Zugang zu Colins Haus hatte, vor allem als er noch dort wohnte. Aber es ist ja nicht so, dass er dort viel geholfen hätte. Unsere Beziehung wurde noch schlechter, als ich ihn vor ein paar Jahren mit irgendeiner geheimnisvollen Frau erwischt habe. Ich weiß bis heute nicht, wer sie war, aber er war *nicht* glücklich mit mir. Ich war auf der Suche nach Colin, um seine Meinung zu einer Investition einzuholen, die ich tätigen wollte, und rief in der Fabrik an. Sean sagte mir, er sei nach Hause gegangen. Also ging ich zu seinem Haus und fand stattdessen Malcom dort vor. Jedenfalls benutzte ich den Schlüssel, den Colin mir gegeben hatte, und sah den Rücken einer Frau, als sie in das Zimmer lief, das Malcom gerade benutzte. Er war wütend auf mich, weil ich hineingegangen war. Es war mir peinlich, dass ich ihn fast beim Knutschen auf der Couch erwischt hätte. Ich meine, wir waren beide Ende zwanzig, es hätte keine große Sache sein sollen, aber er hat es zu einer gemacht. Er schrie mich an, ich solle verschwinden, und sagte, ich würde Hausfriedensbruch begehen und hätte kein Recht, dort zu sein. Dabei wusste er ganz genau, dass ich das Recht dazu hatte, denn ich half Colin sehr und tat Dinge, die eigentlich dein Bruder hätte tun sollen. Aber ich bin einfach gegangen. Danach war es noch unbehaglicher und angespannter zwischen uns.«

»Es tut mir leid, Zo. Das klingt stressig.«

Sie zuckte mit den Schultern. »Weißt du, ich muss zugeben, dass ich trotz all der guten Dinge, die dein Vater über dich gesagt hat, nervös war, dich wiederzusehen.«

»Warum?«

»Weil ich Angst hatte, dass du wie Malcom sein könntest. Dass du einen Blick auf mich werfen und denken würdest, ich sei nur auf sein Geld aus oder so. Ich habe deinen Vater geliebt, Mark. Ich schwöre, das habe ich getan. Ich wollte nie etwas anderes von ihm als seine Freundschaft.«

»Ich weiß, das glaube ich dir. Und ... was hast du von mir gehalten, als du mich wiedergesehen hast?«, fragte Mark mit einem Grinsen.

Zoey wusste, dass sie rot wurde, aber sie zwang sich, Mark in die Augen zu sehen. »Ich habe dich sofort erkannt. Ich konnte den Unterschied zwischen dir und deinem Bruder immer erkennen. Du verhältst dich anders. Du hast mehr Selbstbewusstsein. Mehr ... ich weiß nicht ... Offenheit? Wie auch immer, ich hätte nicht gedacht, dass du mich erkennst.«

»Ich habe mich ziemlich schnell an dich erinnert«, sagte Mark. »Ich sollte das wahrscheinlich nicht zugeben, aber es gab viele Nächte in der Highschool, in denen ich von dir geträumt habe.«

Zoey fiel die Kinnlade herunter. »Wirklich?«

»Ja.«

»Scheiße, wenn ich das gewusst hätte, hätte ich mich vielleicht getraut, dich anzusprechen.«

Er lächelte. »Das ist es also? Du wusstest, dass ich nicht Malcom bin, und dachtest, ich sei selbstbewusster?«

»Nun, zuerst war ich nervös, aber als du nichts Abfälliges gesagt oder mich angeschaut hast, als wäre ich der leibhaftige Teufel, habe ich mich entspannt. Und ich gebe zu, dass ich dich beobachtet habe, als du im Flugzeug geschlafen hast, bevor ... du weißt schon ... wir eine vorgetäuschte Bruchlandung gemacht haben.«

Mark verzog das Gesicht. »Das war nicht mein bester Moment. Ich hätte nicht schlafen sollen.«

Zoey rollte mit den Augen. »Wie auch immer. Du hattest keine Ahnung, dass Eve oder wie auch immer sie heißt das tun würde, was sie getan hat.«

Er zuckte mit den Schultern und Zoey wusste, dass er sich immer Vorwürfe dafür machen würde, unaufmerksam gewesen zu sein. »Also, was hast du gesehen, als du mich beim Schlafen beobachtet hast?«

Zoey wandte den Blick von ihm ab und bemerkte, dass sie in der Luft waren. Er hatte sie während des Starts abgelenkt, um ihr zu helfen, sich zu entspannen. Erneut regte sich etwas in ihr. Sie wollte dahinschmelzen, wie rücksichtsvoll er war. Das war das Allerwichtigste, was ihn von seinem Zwilling unterschied. Malcom würde alles dafür tun, dass sie sich so unwohl wie möglich fühlte, wenn er könnte.

Sie zog den Kopf ein und sah, dass ihre Hand immer noch fest in seiner lag. Es vermittelte ihr ein Gefühl der Sicherheit, was verrückt war, schließlich war es nicht so, als könnte er etwas tun, *falls* dieses Flugzeug abstürzte.

Als sie merkte, dass er immer noch darauf wartete, dass sie seine Frage beantwortete, beschloss sie, ehrlich zu sein. »Ich fand, dass du jetzt zwanzigmal besser aussiehst als in der Highschool. Viel reifer, wenn das Sinn ergibt.«

Er schaute ihr in die Augen und sie konnte den Blick nicht abwenden. Als er mehrere Sekunden lang nicht antwortete, kam sie sich dumm vor. Sie öffnete den Mund, um etwas hinzuzufügen, etwas Angemesseneres, aber er unterbrach sie, bevor sie es zurücknehmen konnte.

»Willst du wissen, was ich dachte, als ich *dich* sah?«, fragte er.

Das wollte sie nicht. Nicht wirklich. Aber sie nickte trotzdem.

»Ich habe es noch mehr bereut, Pop nicht besucht zu haben. Und das will schon was heißen, denn das hatte ich schon vorher mehr als alles andere in meinem Leben bereut. Ich habe dir gesagt, dass ich dich schon als Teenager mochte, und das war keine Lüge. Aber die Frau, die ich am Flughafen vor mir sitzen sah, war hundertmal hübscher als vor zehn Jahren. Wie du sagtest ... reifer. Das hat mir gefallen. Sogar sehr.«

Zoey fiel nichts ein, was sie darauf hätte erwidern können. Gar nichts. Sie war verblüfft und schockiert ... und erregter, als sie es je zuvor in ihrem Leben gewesen war. Auf der »Schönheitsskala« war sie ziemlich normal. Sie hatte fantastische Kurven, mehr als ihr manchmal lieb war, und sie mochte ihr dichtes Haar. Aber im Allgemeinen fand sie, dass der Rest ihrer Merkmale eher unscheinbar war. Ganz zu schweigen davon, dass sie die meiste Zeit ihres Lebens dick eingemummelt verbracht hatte, weil ihr immer kalt war. Aber nichts hatte ihr mehr das Gefühl gegeben, etwas Besonderes zu sein, als Marks Worte.

Als wüsste er, wie sehr er gerade ihre Welt auf den Kopf gestellt hatte, schob er die Armlehne zwischen ihnen nach oben und zog sie zu sich heran. Zoey kam ihm bereitwillig nach und legte ihre Wange an seine Brust, froh, dass sie kein Wort sagen musste.

Er roch gut. Wirklich gut. Nach ihrer Zeit in der Wildnis hatte sie sich an seinen männlichen Moschusduft gewöhnt, aber jetzt hatten frische, saubere Seife und Mundwasser nie besser gerochen.

»Warum machst du nicht ein Nickerchen?«, schlug er leise vor und Zoey konnte den Nachhall seiner Stimme unter ihrer Wange spüren. Sie nickte an ihm. Sie hatte sich daran gewöhnt, an Mark gelehnt zu schlafen, und der Gedanke, ohne ihn ins Bett zu gehen, war nicht angenehm. Aber sie musste mit ihrem Leben weitermachen, genau wie er.

Sie hatte keine Ahnung, wie die Dinge mit seiner Nachbarin Jessica Martens laufen würden, aber sie hoffte, dass die ältere Frau sie mögen würde. Es war beängstigend, in eine neue Stadt zu fliegen und ein neues Leben zu beginnen. Zoey hatte keine Ahnung, wie ihre Mutter das immer wieder schaffte.

Mit der Entscheidung, für nur ein oder zwei Minuten die Augen zu schließen, entspannte sie sich.

———

»Schläft sie?«, fragte Rex Bubba vom Sitz neben ihm.

Bubba nickte. Er war überrascht gewesen, dass Zoey so schnell eingeschlafen war. Sie war wegen des Fluges gestresst und nervös gewesen und er hatte das Einzige getan, was ihm einfiel, um ihr beim Entspannen zu helfen … reden.

»Ich bin froh, dass du sie mit zurücknimmst«, sagte Rex.

Bubba hob fragend eine Augenbraue.

»Erstens ist es offensichtlich, wie sehr ihr einander mögt. Ihr habt euch da draußen verbunden und ihr wärt verrückt, nicht alles zu tun, um herauszufinden, ob es das Richtige für euch beide ist.«

Bubba war überrascht. Rex redete nicht viel über Frauen, andererseits hatte er auch nicht viele Verabredungen. Jeder wusste, dass er ein Auge auf eine der Krankenschwestern im Krankenhaus auf dem Stützpunkt geworfen hatte, aber aus irgendeinem Grund hatte er sie noch um keine Verabredung gebeten.

»Zweitens wurde derjenige, der wollte, dass ihr in der Wildnis sterbt, noch nicht gefasst.«

Bubba nickte. *Das* war etwas, worüber er reden konnte. »Ich nehme an, ihr habt Tex angerufen.«

»Natürlich. Rocco hat fast von Anfang an mit ihm Kontakt gehabt.«

»Und?«

»Und er konnte weder die Pilotin noch das Flugzeug ausfindig machen.«

Bubba runzelte die Stirn. »Wow, ernsthaft? Sie kann sich doch nicht in Luft aufgelöst haben.«

»*Du* hast es fast getan«, erwiderte Rex.

»Sie hat den Triebwerkausfall vorgetäuscht«, sagte Bubba. »Sie besaß die Fähigkeit, beide Triebwerke auszuschalten und das Flugzeug trotzdem sicher zu landen. Sie ist eine erfahrene Pilotin, keine Amateurin.«

»Was ist also deine Theorie?«, fragte Rex.

Bubba zuckte mit einer Schulter, derjenigen, auf der Zoey gerade nicht schlief. »Jemand wollte nicht, dass Zoey und/oder ich sterben. Derjenige hat Eve angeheuert, um uns mitten ins Nirgendwo zu fliegen und dort zurückzulassen. Er hat sich nicht die Mühe gemacht, jemanden am Boden zu platzieren, um uns zu töten, weil er dachte, die Wildnis Alaskas würde die Drecksarbeit für ihn erledigen. Das sagt mir, dass derjenige, der es war, entweder ein Feigling oder einfach nur dumm ist. Und ich muss annehmen, dass die Pilotin aus irgendeinem Grund Geld brauchte und verzweifelt war, wenn sie sich auf diesen verrückten Plan eingelassen hat.«

»Wir müssen die Pilotin finden«, seufzte Rex.

»Ja. Ich rufe Tex an, wenn wir zu Hause sind, und erzähle ihm alles, was ich über sie weiß. Vielleicht hilft das ja.«

»Kann nicht schaden«, stimmte Rex zu. »Und Zoey? Was ist mit ihr?«

»Was *ist* mit ihr?«, fragte Bubba.

»Wenn es nur um Sex geht, ist das keine gute Idee.«

Bubba runzelte die Stirn. »Nicht cool, Rex.«

Sein Freund hob eine Hand. »Hör mir zu.« Nachdem Bubba ihm kurz zugenickt hatte, fuhr er fort: »Ihr habt beide einen Haufen Gefühle. Ihr habt da draußen eine Menge Scheiße durchgemacht, vor allem nachdem sie dir das Leben gerettet hat, als du im Wasser gelandet bist. Ihr fühlt euch wahrscheinlich beide besonders verletzlich und bedürftig. Ihr mögt euch gegenseitig. Es scheint eine gute Idee zu sein, dass sie mit dir nach Hause kommt. Aber, Bubba, ich sehe es in ihren Augen, wenn sie dich ansieht. Das ist nichts Zwangloses für sie. Sie ist in dich verknallt. So richtig. Ich will damit nur sagen, dass du darüber nachdenken solltest, bevor du es so weit treibst, dass du nicht mehr aussteigen kannst, ohne sie zu zerstören.«

Bubba wollte seinem Freund den Kopf waschen, aber er wusste, dass er nur auf Zoey aufpasste. Darüber konnte er nicht wütend werden. Außerdem wusste sogar Bubba, dass es schnell ging. »Du klingst, als würdest du aus Erfahrung sprechen.«

Rex zuckte mit den Schultern. »Ich habe in der Vergangenheit viele Fehler gemacht und bin entschlossen, sie nicht zu wiederholen.«

»Hast du deshalb die Krankenschwester, mit der du geflirtet hast, noch nicht zu einer Verabredung eingeladen?«

»Ich bin nicht für Beziehungen geeignet«, sagte Rex. »Ich kann ein Arschloch sein und möchte nicht, dass sie sich Hoffnungen macht, zwischen uns könnte etwas passieren. Ich mag sie. Sie ist lustig, süß und scheint eine großartige Krankenschwester zu sein, aber in den letzten fünf Jahren hatte ich keine einzige Beziehung, die funktioniert hat. Ich mag es nicht, Frauen zum Weinen zu bringen. Ich will damit nur sagen, dass Zoey es nicht bereuen soll, mit dir nach Kalifornien gekommen zu sein.«

Bubba schaute auf die Frau an seiner Seite hinunter. Sie benutzte ihn immer noch als Kissen, ihr Körper war seitlich zu einer Position gekrümmt, die nicht sehr bequem aussah, aber sie schlief dennoch tief und fest. Er blickte wieder zu seinem Freund. »Ich glaube, du irrst dich, wenn du sagst, dass du nicht für Beziehungen geeignet bist. Wenn du der Arsch wärst, für den du dich zu halten scheinst, wären dir die Gefühle der Krankenschwester völlig egal. Du würdest mit ihr ausgehen, die körperliche Seite der Beziehung genießen und dann ohne einen Blick zurück wieder gehen. Aber du hast recht, Zoey und ich mögen uns. Wir haben viel durchgemacht, aber kein einziges Mal habe ich mir gewünscht, sie wäre nicht bei mir. Ich mochte diese Frau schon in der Highschool und in der Zeit, die seitdem vergangen ist, ist sie nur noch fantastischer geworden. Und ich bin total schockiert, dass sie immer noch Single ist. Ich bringe sie nach Riverton in der Hoffnung, dass sie bleiben wird. Sie kann eine Weile bei meiner Nachbarin wohnen, bis ich sie überreden kann, bei mir einzuziehen.«

»Liebst du sie?«, fragte Rex.

Bubba hörte weder Humor noch Hohn in der Stimme seines Freundes. Er meinte es ernst.

»Liebe? Ich bin mir nicht sicher, ob ich weiß, was das ist. Ich meine, ich dachte, ich hätte in der Vergangenheit Frauen geliebt, aber nichts von dem, was ich empfunden habe, ist vergleichbar mit dem, was ich für Zoey empfinde. Sie verwirrt und erregt mich. Wenn ich aufwache, will ich sie sehen, und ich liebe es, wie sie sich in meinen Armen anfühlt, wenn ich einschlafe. Ich mache mir ständig Sorgen um sie, weil ich sichergehen will, dass sie es warm genug hat und genug isst. Und ich will auf keinen Fall, dass jemand sie wegen des Geldes tötet, das Pop ihr hinterlassen hat. Ist das Liebe? Ich weiß es nicht. Aber ich bin auf jeden Fall bereit, es herauszufinden. Und das kann ich nicht, wenn sie in Alaska ist und ich in Kalifornien.«

»Sei einfach vorsichtig«, sagte Rex. »Zoey hat ihr ganzes Leben in Alaska verbracht. Das wird alles neu für sie sein. Geh es langsam an. Wenn dir wirklich etwas an ihr liegt, dann gib ihr, was sie braucht, und nicht das, worum sie bittet ... und das wird wahrscheinlich nichts sein.«

»Verstehe. Danke für den Ratschlag. Und im Ernst, ich

finde, du solltest die Krankenschwester um eine Verabredung bitten. Ich habe dich schon lange nicht mehr so interessiert an jemandem gesehen.«

»Ich werde darüber nachdenken«, entgegnete Rex. »Aber man munkelt, dass sie auf eine Sondermission nach Afghanistan geht, um die dortigen Krankenschwestern über Schwangerschaftsvorsorge und andere frauenspezifische Themen zu unterrichten.«

»Wie lange?«

»Wie lange die Mission dauert?«, fragte Rex.

»Ja.«

»Ich bin mir nicht sicher. Ich glaube, es ist nur eine kurzfristige Sache. Vielleicht ein paar Monate.«

»Dann sag ihr, dass du Interesse hast, bevor sie abreist, und wenn sie zurückkommt, kannst du sie vielleicht ausführen«, schlug Bubba vor.

»So einfach ist das nicht«, beschwerte Rex sich.

»Wenn ich in den letzten Wochen etwas gelernt habe, dann, dass nichts, was sich lohnt, einfach ist. Ich bereue vieles, Rex, und das wünsche ich niemandem. Wenn sie nach Übersee geht und etwas passiert, wirst du es bereuen, ihr nicht wenigstens gesagt zu haben, dass du sie magst und mit ihr ausgehen willst.«

»Du bist ein Arschloch«, grummelte Rex. »Wenn ihr da drüben etwas passiert, gebe ich dir die Schuld.«

Bubba lächelte. »Frag sie, ob sie mit dir ausgeht«, befahl er sanft.

»Ich werde darüber nachdenken«, sagte Rex. Dann wechselte er das Thema und fragte: »Wirst du Zoey mitbringen, um die anderen Frauen kennenzulernen?«

»Ja, auf jeden Fall. Sobald wir es arrangieren können.«

Rex lächelte. »Ich bin sicher, das wird kein Problem sein. Sie wissen bereits über sie Bescheid, denn sie waren genauso besorgt um dich wie wir. Rocco hat Caite angerufen, nachdem du gefunden worden warst, und ihr gesagt, dass du in Sicherheit bist – *und* er hat ihr mitgeteilt, dass Zoey mit dir nach Riverton kommt.«

»Glaubst du, sie werden am Flughafen sein, wenn wir landen?«, fragte Bubba grinsend.

»Es würde mich nicht überraschen«, antwortete Rex.

»Ich sollte sie wahrscheinlich aufwecken und sie warnen«, sagte Bubba, der wieder zu Zoey hinuntersah.

»Lass sie schlafen«, widersprach Rex. »Nach dem zu urteilen, was ich gesehen habe, wird sie sich gut behaupten und anpassen können.«

Bubba nickte. Ja, seine Zoey war anpassungsfähig, das stand fest.

Seine Zoey. Das hörte sich gut an.

Er schloss die Augen und lehnte sich zurück an die Kopfstütze, legte den Arm fester um die Frau an seiner Seite und seufzte zufrieden, als sie etwas murmelte und sich noch enger an ihn schmiegte.

KAPITEL DREIZEHN

Es war früher Abend, als das Flugzeug in Südkalifornien landete, und trotz des Nickerchens, das Zoey gemacht hatte, war sie nach den Ereignissen der letzten anderthalb Wochen immer noch erschöpft. Sie nahm den Rucksack, den Rex in Anchorage für sie gekauft hatte, in der Hoffnung, dass es nicht lange dauern würde, bis der Rest ihrer Sachen gepackt und verschickt war. Sie hatte zwei Koffer voller Kleidung, aber es gab immer noch eine Menge Dinge, die sie hatte zurücklassen müssen.

Sie hatte vereinbart, dass Tracy Eklund in ihr Haus ging und ihr den Rest ihrer Kleidung und ein paar persönliche Dinge schickte. Alles andere konnte sie später holen ... falls sie in Kalifornien blieb.

Es kam ihr unwirklich vor, dass sie eine so spontane Entscheidung getroffen hatte, aber ehrlich gesagt fühlte sie sich bei Mark wohler und sicherer als bei jedem anderen, den sie in ihrem ganzen Leben getroffen hatte. Die Tatsache, dass er verstand, dass sie ein Ziel brauchte und nicht einfach nach Kalifornien gehen konnte, ohne einen Plan und einen Job zu haben, sagte viel darüber aus, wie gut er sie bereits kannte.

Sie freute sich darauf, seine Nachbarin kennenzulernen, und hoffte, dass sie sich mit ihr auch nur halb so gut verstehen würden wie mit Colin.

Der Gedanke an Marks Vater machte sie traurig, aber sie verdrängte das Gefühl, während sie Hand in Hand zur Gepäckausgabe gingen. Keiner der SEALs hatte Gepäck aufgegeben, als sie nach Anchorage geeilt waren, und nur so viel mitgenommen, wie sie für ein paar Tage brauchten. Sie hatten es geschafft, ihre Wäsche im Hotel zu waschen, während sie nach Mark suchten, und es war offensichtlich, dass sie alle darauf brannten, nach Hause zu kommen.

Nachdem sie ihre Taschen eingesammelt hatten, nahm das Team die Rolltreppe zum Ausgang hinunter. Zoey und Mark bildeten das Schlusslicht, als sie sah, dass unten eine kleine Willkommensgruppe wartete. Es waren drei Frauen und drei Kinder – und Zoey wusste auf einen Blick, dass sie auf die SEALs warteten.

In der Sekunde, in der die Frauen und Kinder die Truppe auf der Rolltreppe entdeckten, verriet die Aufregung in ihren Gesichtern mehr als deutlich, wie sehr sie sich freuten, das Team zu sehen. Die Kinder fingen an, energisch zu winken, und die Frauen zappelten auf der Stelle, in ungeduldiger Erwartung darauf, dass die Rolltreppe so schnell wie möglich ihre Männer ablieferte.

Zoey fühlte sich unwohl, da sie niemanden kannte, aber Mark wich nicht von ihrer Seite. Seine Hand an ihrem Rücken beruhigte und entspannte sie ein wenig. Doch kaum waren sie unten angekommen, wurde Mark von all den Frauen und kleinen Mädchen umringt. Zoey trat ein paar Schritte zurück, um ihnen Platz zu machen. Sie standen um Mark herum und umarmten ihn nacheinander.

»Ich bin so froh, dass es dir gut geht!«

»War es sehr kalt?«

»Ich habe gehört, du dachtest, du wärst Aquaman!«

»Bubba sicher?«

Letzteres kam von dem kleinsten der drei Mädchen und Zoey beobachtete, wie Mark sie hochhob und an sich drückte. Sie tätschelte seine Wangen, seinen Kopf und sogar seine Brust, als wollte sie sich vergewissern, dass es ihm gut ging und er unversehrt war.

»Mir geht es gut, Rani«, sagte Mark zu dem kleinen Mädchen. »Hast du dir Sorgen um mich gemacht?«

Sie nickte enthusiastisch mit dem Kopf. »Mama hat gesagt, du hättest dich verlaufen. Aber du warst gefunden.«

Er lachte. »Ja, so ähnlich.«

Sie zappelte, Mark stellte sie wieder auf die Beine und Zoey sah zu, wie sie zu der Frau lief, von der sie annahm, es sei die Mutter.

Zoey war es gewohnt, in den Hintergrund zu treten, deshalb zögerte sie, als Mark sich ihr zuwandte und ihr die Hand reichte. Aber sie nahm sie, woraufhin er sie an seine Seite zog und einen Arm um ihre Taille legte.

»Leute, das ist Zoey Knight. Sie hat sich in Alaska um Pop gekümmert und mir das Leben gerettet, als wir in der Wildnis waren.«

Zoey schüttelte den Kopf, denn sie wusste, dass er völlig übertrieb, was sie getan hatte, nachdem er in den Fluss gefallen war, aber die Frauen gaben ihr keine Chance zu erklären, was wirklich passiert war. Ehe sie sichs versah, wurde sie von Mark weggezogen und in eine Gruppenumarmung gehüllt.

»Ich bin Caite«, sagte eine Frau mit hellbraunen Haaren, die ungefähr so groß war wie Zoey. »Blake ist mein Verlobter.«

»Blake?«, fragte Zoey verwirrt.

Sie lachte. »Tut mir leid, Rocco.«

Zoey nickte. Sie schaute hinüber und sah, dass der große schwarzhaarige SEAL seine Verlobte im Blick hatte.

»Und ich bin Piper. Die Mädchen sind meine. Ace und ich haben sie erst seit ein paar Monaten, aber es fühlt sich an, als gehörten sie schon immer zu uns.« Sie legte eine Hand auf ihren Bauch, während sie sprach, und Zoey erkannte, dass sie schwanger sein musste. »Ich musste ein paar Nächte im Dschungel von Timor-Leste verbringen, aber ich habe das Gefühl, dass meine Erfahrung nicht mit deiner zu vergleichen ist.« Sie erschauderte. »Ich kann die Kälte nicht ausstehen.«

Zoey lächelte. »Ich kann nicht behaupten, dass ich sie besonders gern mag. Auch wenn ich in Alaska lebe, bin ich kein Fan davon.«

Die beiden Frauen lächelten sich an.

»Und ich bin Sidney«, erklärte eine zierliche Frau mit langen schwarzen Haaren. Sie lächelte Zoey breit an, und im Gegensatz zu dem falschen Lächeln der Touristen und vieler Menschen, mit denen sie zu Hause in Kontakt kam, konnte sie erkennen, dass Sidney sich wirklich freute, sie kennenzulernen. »Wir sind so froh, dass es dir gut geht. Du hattest sicher riesige Angst.«

Gumby stellte sich hinter sie und legte einen Arm um ihre Brust. Sidney hob sofort die Arme und hielt sich an seinem Unterarm fest. »Ich glaube, sie tut ihr Bestes, um es zu vergessen«, schimpfte er sanft.

Sidney neigte den Kopf zurück und lächelte ihn an, dann richtete sie den Blick wieder auf Zoey. »Es ist sicher für sie, darüber nachzudenken und mit uns darüber zu reden«, sagte sie zu Gumby.

Zoey sah etwas in den Augen der anderen Frau. Etwas, das sie glauben ließ, dass sie tatsächlich sicher war. Dass Sidney nicht weniger von ihr halten würde, wenn sie zugab, dass sie während der ganzen Woche in der Wildnis zu Tode verängstigt gewesen war.

Sie erinnerte sich daran, wie Mark ihr erzählt hatte, dass Sidney selbst etwas Traumatisches durchgemacht hatte, und etwas in dem Gesichtsausdruck der anderen Frau gab Zoey das Gefühl, dass sie sie verstehen würde. Ihre Angst verstehen würde.

Als sie sich zu den anderen beiden Frauen umdrehte, spürte sie, dass auch sie das tun würden. Zoey hatte sich noch nie zuvor in einer Gruppe von Frauen so willkommen und wohl gefühlt. Sie war schon öfter »die Neue« gewesen und hoffte wirklich, endlich eine Gruppe von Freundinnen gefunden zu haben, in die sie hineinpassen würde. Dass sie keine Außenseiterin sein würde.

»Ich muss sagen, es war nicht gerade ein Zuckerschlecken«, sagte Zoey nach einem Moment. Jetzt war nicht der richtige Zeitpunkt, um in alle Einzelheiten zu gehen, aber sie fuhr fort: »Wenn ich allein gewesen wäre, hätte ich es wohl nicht geschafft. Aber mit Mark an meiner Seite war es hundertmal leichter zu bewältigen.«

Sie spürte, wie er den Arm um ihre Taille anspannte, aber sie hielt den Blick auf Sidney gerichtet.

»Ja, unsere Jungs machen jede Situation besser. Ich freue mich schon darauf, dich kennenzulernen, Zoey.«

»Ebenfalls«, antwortete sie.

»Hey! Ich habe eine Idee! Was macht ihr alle dieses Wochenende? Wie wäre es, wenn wir alle zu Gumbys Strandhaus fahren und dort eine *Gott sei Dank ist Bubba stärker, als irgendein Arschloch denkt, Party* feiern?«, schlug Piper vor.

»Du lädst dich jetzt also einfach selbst ein?«, fragte Gumby mit einem Lachen.

Zoey schaute ihn an in der Hoffnung, dass der andere Mann nicht beleidigt war, aber sie entspannte sich, als

Rocco sagte: »Als würde dich das interessierten, Mann. Ich glaube, du bist am glücklichsten, wenn du ein Haus voller Leute hast, die dein Paradies am Meer genießen.«

»Stimmt«, gab Gumby zu. »Also ... Grillparty bei uns? Samstag? Gegen zwei?«

Alle stimmten zu und Zoey begnügte sich damit, sich an Mark zu lehnen und die Dynamik der Gruppe zu beobachten. Auch wenn Phantom und Rex keine Frauen hatten, die sie begrüßten, wurden sie nicht ausgeschlossen. Das älteste der drei Mädchen stand neben Phantom und umklammerte seine Hand, und Rex trug das mittlere Mädchen auf seiner Hüfte.

Alle schienen sich aufrichtig zu freuen, zusammen zu sein, was Zoeys Herz glücklich machte.

»Ich weiß nicht, wie es euch geht, aber ich bin mehr als bereit, meine Frau nach Hause zu bringen«, sagte Ace. Er hatte seine Hand auf ihren Bauch gelegt und strich mit dem Daumen sanft über ihren leichten Babybauch. »Außerdem habe ich drei kleine Mädchen, mit denen ich einiges aufholen muss, und jede Menge Kuscheleinheiten zu vergeben.«

Zoey hätte darüber gelacht, wie rührselig der große böse SEAL war, aber es war eines der zärtlichsten Dinge, die sie je gesehen hatte. Ace hatte keine Angst zuzugeben, dass er sich um Piper kümmern wollte, und er gab offen zu, Zeit mit seinen Kindern verbringen zu wollen.

Das war es, was sie wollte. Einen Mann, der knallhart sein konnte, sich aber auch nicht scheute, seine zärtliche Seite zu zeigen, wenn er unter Freunden war.

Innerhalb weniger Augenblicke war die Gruppe auf dem Weg zum Ausgang. Als Zoey ihnen folgen wollte, wurde sie von Mark angehalten, der an ihrer Hand zog. Sie drehte sich zu ihm um. »Was ist los?«

»Nichts. Ich wollte mich nur vergewissern, dass das immer noch das ist, was du willst.«

»Es ist ein bisschen spät, um zu fragen, ob ich mit dir nach Kalifornien kommen will«, scherzte sie. Als Mark nicht lächelte, runzelte sie die Stirn. »Warte, warum? Hast *du* es dir anders überlegt?«

»Nein, ganz und gar nicht«, sagte er sofort, was Zoey ein wenig beruhigte.

»Okay, was dann? Ich verstehe das nicht.«

Mark deutete mit dem Kopf in Richtung einer seiner Teamkameraden, der mit Zoeys Gepäck in der Nähe der Tür stand. »Rex wird uns nach Hause fahren, da sein Wagen hier ist und meiner nicht. Wir werden dich Jess erst morgen vorstellen. Aber wenn es dir unangenehm ist, mit zu mir nach Hause zu kommen, kann Rex dich in ein Hotel bringen. Ich bezahle dafür, also musst du dir darüber keine Sorgen machen. Aber ich will auf keinen Fall, dass du dich unwohl fühlst, wenn du allein mit mir in meinem Haus bist.«

Zoeys Herz schmolz zum gefühlt tausendsten Mal in seiner Gegenwart dahin. Sie legte eine Hand auf Marks Brust und lehnte sich an ihn. Sie neigte den Kopf zurück, um ihm in die Augen sehen zu können, während sie sagte, was sie zu sagen hatte.

»Mark, wenn du mich in einem Hotel absetzen würdest, würde ich es mir wahrscheinlich anders überlegen und morgen früh zurück nach Alaska fliegen. Ich bin nicht nach Kalifornien gekommen, um mein Leben neu zu beginnen. Ich bin gekommen, weil *du* hier bist. Außerdem habe ich die ganze letzte Woche mit dir verbracht, warum sollte ich mich jetzt unwohl fühlen?«

Er umfasste ihren Nacken mit einer seiner großen, schwieligen Hände und das Gefühl ließ eine Gänsehaut auf ihren Armen entstehen. »Ich will nur nicht, dass du das

Gefühl hast, hier festzusitzen. Als hättest du keine anderen Optionen. Ich habe dir nicht viel Zeit gegeben, darüber nachzudenken. Ich möchte nicht, dass du dich gefangen fühlst. Und mit mir in meinem Haus zu wohnen ist etwas ganz anderes als draußen in der Wildnis, und ich denke, das weißt du auch. Wir sind nicht mehr aufeinander angewiesen. Du kannst gehen, wann immer du willst. Aber wenn du dich entscheidest zu bleiben ... bedeutet mir das etwas.«

»Mir bedeutet es auch etwas«, sagte Zoey. »Es bedeutet, dass ich die Verbindung, die wir im Wald aufgebaut haben, erforschen will. Ich fühle mich nicht gefangen und wenn ich ehrlich bin, glaube ich, dass ich mich verloren fühlen würde, wenn ich heute Nacht von dir getrennt wäre. Das hier ist zwar nicht die Wildnis Alaskas und ich muss auch kein eigenes Feuer machen, aber ich war noch nie hier und es ist alles neu für mich.«

Zufriedenheit erfüllte Marks Augen. »Okay. Aber ich meinte, was ich sagte. Wenn es nicht klappt und du nach Hause willst, helfe ich dir, dorthin zu kommen.«

»Ohne Colin fühlt Juneau sich immer weniger wie ein Zuhause an, je mehr Zeit ich fern von dort verbringe. Es ist an der Zeit, dass ich die Sicherheitsleine durchtrenne und das Leben erlebe. Ich habe meine gesamten einunddreißig Jahre in Alaska verbracht. Ich liebe es dort, aber ich freue mich darauf, neue Städte zu sehen und neue Dinge zu erleben. Wusstest du, dass ich noch nie im Meer geschwommen bin?«

Mark sagte einen Moment lang nichts und Zoey wurde besorgt. »Mark?«

Er holte tief Luft und erklärte: »Tut mir leid, ich denke nur daran, wie viel Glück ich habe.« Er zwinkerte. »Komm schon, ich glaube, Rex wird gleich sagen: ›Zum Teufel damit‹, und uns zu Fuß gehen lassen.«

Zoey wollte Mark sagen, dass *sie* die Glückliche war,

aber er drehte sich bereits um, um ihren Rucksack zu nehmen und sie mit seiner Hand an ihrem Rücken zur Tür zu führen. Mark versuchte, sie auf den Vordersitz zu setzen, als sie den Langzeitparkplatz erreichten, aber sie protestierte und nahm den Rücksitz, wo sie Mark und Rex zuhörte, wie sie über ihren Kommandanten, das Training und andere allgemeine Dinge sprachen.

Sie war schon halb eingeschlafen, als Rex vor Marks Haus hielt. Sie kletterte hinaus und warf einen ersten Blick auf sein Zuhause.

Das Haus war klein, aber gut gepflegt. Es war zweistöckig, aus Stein und hatte eine hübsche kleine Veranda. Es war nicht besonders schick und es war offensichtlich, dass die Nachbarschaft zur unteren Mittelschicht gehörte, aber insgeheim war Zoey erleichtert. Sie hatte in ihrem Leben noch nie so viel Geld gehabt, und sie wäre sich nicht sicher gewesen, wie sie sich dabei gefühlt hätte, wenn Mark in einer riesigen Villa gelebt hätte.

Aber nein, das Haus war bescheiden. Genau wie Mark.

»Danke fürs Mitnehmen, Rex. Ich werde morgen später kommen. Ich bringe Zoey rüber, um Jess kennenzulernen und ihr alles zu zeigen, aber wir sehen uns nach dem Training.«

»Klingt gut. Ich werde dem Kommandanten Bescheid sagen, obwohl ich sicher bin, dass er dich morgen gar nicht erwartet.«

»Ich werde da sein«, erwiderte Mark nachdrücklich.

Das war eine weitere Sache, die Zoey an ihm mochte. Seine Arbeitsmoral. Sie entsprach der ihren. Sie wollte nicht herumsitzen und nichts tun. Innerhalb weniger Stunden würde sie sich zu Tode langweilen. Sie war froh, dass sie sich morgen mit Jess treffen würde. Sie wollte unbedingt anfangen zu arbeiten, etwas Produktives tun.

»Ich bin froh, dass es dir gut geht«, sagte Rex zu Zoey.

»Danke, dass du dich um diesen großen Klotz gekümmert hast. Ich weiß nicht, was wir alle ohne ihn machen würden.«

»Das wirst du auch nie erfahren«, sagte Mark zu seinem Freund. »Und jetzt verschwinde.«

Rex lachte und nickte ihnen beiden kurz zu, bevor er sich in seinem Sitz drehte, um durch die Heckscheibe zu schauen, als er aus der Einfahrt fuhr.

»Was denkst du?«, fragte Mark.

Zoey schaute zu ihm auf. »Worüber?«

»Das Haus. Die Nachbarschaft.«

»Ich mag beides. Es ist bodenständig. So wie du.«

Er seufzte erleichtert. »Als wir hier stationiert wurden, habe ich eine Zeit lang in der Kaserne gewohnt, aber das wurde schnell langweilig. Ich hatte nicht viel Geld, aber ich hatte genug für eine Anzahlung. Ich wollte ein kleines Haus, das ich sauber halten konnte. Ich wollte kein Durchschnittshaus und bevorzugte ein älteres Zuhause mit mehr Charakter. Die Gegend war damals nicht die beste, aber meine Maklerin versicherte mir, dass sie aufstrebend sei. Sie hatte nicht unrecht. Jess hat die meiste Zeit ihres Lebens hier verbracht und kennt jede Menge verrückte Geschichten über dieses Viertel in den Siebzigern und Achtzigern.«

»Ich kann es kaum erwarten, sie kennenzulernen«, sagte Zoey.

»Morgen«, versprach Mark mit einem Nicken. »Komm mit, ich zeige dir alles.«

Zoey folgte ihm zur Haustür und atmete tief ein, als sie sein Haus betraten. Es roch nach ihm. Sie hatte seinen Duft schon beim Schlafen im Freien wahrgenommen, aber seit sie die Nacht zusammen im Hotel verbracht hatten, war es, als würde sie jedes Mal einen Hauch von ihm wahrnehmen, wenn er in ihre Nähe kam. Frische Seife, gemischt mit seinem eigenen Moschusduft.

Als sie hier in seinem Haus war, umgeben von seinen

Sachen, wurde ihr klar, wie sehr sie diesen Geruch zu schätzen gelernt hatte. Er bedeutete für sie Sicherheit. Und sein Heim zu betreten und seinen Duft so stark zu riechen löste in ihr den Wunsch aus, nie wieder wegzugehen.

»Geht es dir gut?«, fragte Mark, immer wachsam und sich ihrer Gefühle bewusst.

»Großartig«, antwortete sie.

»Gut. Komm, ich zeige dir alles.«

Es dauerte nicht lange, ihr das Haus mit den drei Schlafzimmern und zwei Badezimmern zu zeigen, aber Zoey verliebte sich sofort. Es fühlte sich gemütlich an. Bewohnt. Die Holzböden sahen original aus, mit Schrammen und Kratzern. Die Küche war nicht die beste, aber sie hatte alles, was Zoey brauchte oder wollte, um schnelle und einfache Mittagessen und aufwändigere Abendessen zuzubereiten. Die anderen Zimmer waren eher klein und sie schaffte es, nicht rot zu werden, als er ihr das Schlafzimmer mit dem Doppelbett zeigte.

Als er mit dem Rundgang fertig war, zeigte Mark durch die große Fensterfront auf das dunkle Haus auf der anderen Straßenseite. »Das ist das Haus von Jess. Ich sehe, dass ihr Rasen gemäht werden muss, und ich kümmere mich morgen darum, wenn ich von der Arbeit nach Hause komme. Pass auf, dass sie nicht auf die Idee kommt, es selbst zu tun.«

Zoeys Augenbrauen schossen in die Höhe. »Das würde sie tun?«

»Ja«, sagte Mark mit einem Seufzer. »Sie würde es tun und hat es auch schon getan. Es ist nervig.«

Aber an dem leichten Lächeln auf seinem Gesicht konnte sie erkennen, dass er nicht wirklich genervt war.

»Hast du Hunger?«

Zoey schüttelte den Kopf. Sie hatten kurz vor ihrer Abreise aus Alaska gegessen und sie nahm an, dass die

Woche, in der sie nur Beeren, Blätter, Pilze und gelegentlich Fisch oder Eichhörnchen zu sich genommen hatten, ihren Appetit verringert hatte. »Mir geht's gut. Danke.«

»Müde?«

Sie wollte Nein sagen. Dass sie gern aufbleiben und mit ihm reden würde. Aber allein die Frage brachte sie sofort zum Gähnen.

Mark lachte leise. »Komm schon, Zo. Ich bin auch fertig. Ich schätze, die ganze Zeit in der Wildnis Alaskas hat mich mehr erschöpft als gedacht.«

Sie ging vor ihm die Treppe hinauf und steuerte direkt auf das Schlafzimmer zu. Mark nahm ihre Hand und hielt sie auf. Sie schaute ihn überrascht an.

»Wenn du dich damit wohler fühlst, kann ich auch im Gästezimmer schlafen.«

Oh, Mist. Hatte sie etwas angenommen, was sie nicht hätte annehmen sollen? Wollte er nicht neben ihr schlafen? In den letzten beiden Nächten hatten sie sich ein Bett geteilt, und sie war einfach davon ausgegangen, dass sie das auch bei ihm tun würden. Sie wand sich ein wenig, unsicher darüber, was sie in diesem Moment sagen sollte.

Aber Mark beruhigte sie, wie er es immer tat. »Ich *will* es nicht, aber ich werde es tun, wenn du es willst oder brauchst.«

Zoeys Kopf schüttelte sich aus eigenem Willen. »Es hat mir gefallen, die letzten Morgen neben dir aufzuwachen. Und ich weiß, dass wir hier sicher sind und niemand es wagen würde, uns in deinem Haus anzugreifen, aber ich würde mich trotzdem wohler fühlen, wenn du in der Nähe bist.«

Mark trat einen Schritt vor, womit er in ihren persönlichen Bereich eindrang, aber Zoey wich nicht zurück. Sie umklammerte sein Hemd an den Seiten, als er ihr Gesicht in die Hände nahm. »Hör mir gut zu – dir wird *nichts* passieren.«

»Das kannst du nicht garantieren.«

»Wir haben noch nicht über alles gesprochen, was passiert ist, auch weil ich darauf warte, mit meinem Freund und Computergenie Tex zu reden, aber ich werde alles tun, was nötig ist, um dich zu beschützen, Zo.«

»Glaubst du, dass wir noch in Gefahr sind?«

Anstatt den Kopf zu schütteln, zuckte Mark mit den Schultern. Das flößte Zoey nicht gerade Vertrauen ein, aber sie tat ihr Bestes, nicht in Panik zu geraten.

»Ich bin mir nicht sicher. Ich meine, wenn jemand es aufgrund von Pops Testament auf uns abgesehen hat, hat sich nichts geändert. Nur wissen wir jetzt, was er uns hinterlassen hat. Aber Tatsache ist, dass wir bekommen haben, was wir bekommen haben, und wenn jemand darüber nicht glücklich ist, dann könnte er uns immer noch wehtun wollen. Aber das Gute ist, ich bin mir ziemlich sicher, dass wir jetzt außerhalb seiner Reichweite sind. Wir sind hier, und derjenige ist immer noch in Alaska. Und ehrlich gesagt ist die Liste der Leute, die uns vielleicht loswerden wollen, ziemlich kurz, deshalb bin ich mir noch sicherer, dass wir hier in Sicherheit sind.«

Zoey nickte. Sie hasste das. Sie *hasste* es. Denn die kurze Liste der Leute, die über Colins Testament verärgert sein könnten, war voll mit Menschen, die sie persönlich kannten. Solange es niemanden in Colins Leben gab, der nicht in das Testament aufgenommen worden war und das Gefühl hatte, dass er oder sie es hätte sein sollen – und Zoey fiel keine einzige Person ein –, hatte ihre Situation sich nicht geändert. Die Wahrscheinlichkeit war hoch, dass ihr potenzieller Mörder jemand war, der ihnen nahestand. Was beschissen war. Sehr sogar.

Mark starrte sie so lange an, dass Zoey unter seinem Blick unruhig wurde. »Was?«

»Je länger ich in deiner Nähe bin, desto schöner wirst du. Wie ist das möglich?«

Seine Worte bereiteten ihr Unbehagen. Zoey wusste, dass sie nicht schön war. Sie war nicht unattraktiv, aber sie war immer etwas gewöhnlich gewesen. Braune Haare, die meistens ihr eigenes Ding machten, anstatt das zu tun, was sie wollte, langweilige haselnussbraune Augen, ein Körper, der dank ihrer Liebe zu Kohlenhydraten kurviger war, als er sein sollte.

»Du glaubst mir nicht.« Es war keine Frage.

Sie zuckte mit den Schultern. »Ich bin einfach ich«, murmelte sie.

»Ja, ich weiß«, erwiderte er geheimnisvoll. Er beugte sich vor und presste seine Lippen auf ihre Stirn, woraufhin Zoey die Augen schloss und tief einatmete, um seinen Duft in ihre Seele zu saugen.

Er lachte. »Riechst du mich?«

Ohne nachzudenken, nickte Zoey. Dann zuckte sie zusammen.

»Ich mag es auch, wie du riechst«, sagte er ohne eine Spur von Verlegenheit, während er sich noch weiter vorbeugte, um die Nase an der Haut zwischen ihrem Hals und ihrer Schulter zu vergraben.

Zoey neigte den Kopf, um ihm mehr Raum zu geben, während sie sich mit aller Kraft an seinem Hemd festhielt. Sie fühlte sich, als würde sie zu seinen Füßen zu einer Pfütze aus Glibber zerfließen, aber innerhalb weniger Sekunden richtete Mark sich auf.

Er lächelte zu ihr herab. »Ich weiß nicht, wie du das machst.«

»Was machen?«

»Mich alles vergessen zu lassen. Dass du dich erst

einmal eingewöhnen musst. Dass du müde bist. Dass ich müde bin. Ich glaube, ich könnte die ganze Nacht hier mit dir stehen und wäre vollkommen glücklich.«

»Ich auch«, gab Zoey leise zu.

»Komm schon. Ich weiß, dass du einige deiner eigenen Sachen mitgebracht hast, aber wenn du keine Lust hast, etwas auszupacken, kannst du heute Nacht in einem meiner T-Shirts schlafen … wenn du willst.«

Der Gedanke, eines seiner Hemden anzuziehen, ließ sie wohlig erschaudern. Sie nickte.

»Gut. Brauchst du eine Jogginghose oder Socken? Ich will nicht, dass du frierst.«

»Ich glaube, ich komme klar. Ähm … Bleibst du bei mir?«

»Ja, Zo. Ich schlafe auch hier.«

»Okay, dann sollte ich klarkommen. Du bist ziemlich warm.«

Er lächelte und Zoey wusste, dass sie es nie satthaben würde, es zu sehen. »Ja, ich neige dazu, heiß zu laufen. Ich werde dich warm halten.« Er ging zu einer Kommode, um ein graues Hemd herauszuholen, und Zoey sah das Wort NAVY darauf, bevor er sich umdrehte und ins Bad ging. Er verschwand darin und war innerhalb von Sekunden wieder da. »Ich hole deinen Rucksack von unten, dann kannst du dir die Zähne putzen und dich nach dem Umziehen fertig fürs Bett machen. Brauchst du sonst noch etwas, während ich unten bin?«

Zoey schüttelte den Kopf.

»Ich bin gleich wieder da.« Dann war er weg.

Zoey atmete scharf aus und machte sich auf den Weg ins Bad. Sie hatte das Gefühl, dass Mark es ernst meinte und in ein oder zwei Minuten zurück sein würde.

Es war fast unglaublich, wie sehr ihr Leben sich in der letzten Woche verändert hatte. Sie hatte Juneau verlassen, um ihre Mutter zu besuchen. Ihr bester Freund Colin war gestorben. Sie war mitten im Nirgendwo dem Tod überlassen worden, sie hatte ihren Highschool-Schwarm wiedergetroffen und ihm das Leben gerettet, sie hatte zum ersten Mal ihren Heimatstaat verlassen und sie hatte sich verliebt.

Bei diesem letzten Gedanken hielt sie inne und starrte sich im Spiegel in Marks Badezimmer an.

Die gleichen alten, langweiligen Augen starrten zurück und Zoey konnte keinen Unterschied zu vor einer Woche erkennen. Sie hatte ein bisschen mehr Farbe auf den Wangen, weil sie sich beim Herumstapfen im Wald einen Sonnenbrand geholt hatte, aber ansonsten sah sie genauso aus wie immer.

Was verrückt war, denn innerlich fühlte sie sich ganz anders. Zum ersten Mal seit langer Zeit freute sie sich auf das, was der nächste Tag bringen würde. Alles schien neu und aufregend zu sein, im Gegensatz zu dem langweiligen Alltag, den sie in Juneau gelebt hatte.

Aber Liebe? Es schien verrückt. Sie benahm sich wie eine alte Jungfer, die sich in den ersten Mann verliebt hatte, der ihr jemals Aufmerksamkeit schenkte. Und sie wollte auf keinen Fall wie ihre Mutter sein und ständig auf die schönen Worte eines Mannes hereinfallen. Aber Mark schien nicht die Art von Mann zu sein, der jemanden an der Nase herumführte oder für seine eigenen Zwecke benutzte, wie sie es bei ihrer Mutter erlebt hatte. Außerdem war er seit ihrer Rettung extrem körperbetont und berührte sie ständig auf irgendeine Weise. Und würde er einige der Dinge sagen, die er gesagt hatte, wenn er nicht an ihr interessiert wäre?

Das war schwer zu sagen. Sie hatte nicht viel Erfahrung mit Beziehungen und Männern. Wenn sie hier mit Malcom wäre, könnte sie ohne Zweifel behaupten, dass er sie auf jeden Fall an der Nase herumführen würde, und sei es nur, um Sex zu haben. Aber sie wusste, dass Mark nicht so war. Er hatte sich Mühe gegeben, damit sie sich wohlfühlte und er keinen Druck auf sie ausübte.

»Hier, bitte schön«, sagte Mark, womit er Zoey einen gehörigen Schreck einjagte.

Sie zuckte zusammen und stolperte fast über ihre Füße, als sie versuchte, von dem Türrahmen wegzukommen, in dem Mark aufgetaucht war.

Er griff nach ihrem Arm, um sie zu stützen. Sobald sie wieder sicher auf den Beinen war, ließ er sie los und trat einen Schritt zurück, um ihr Raum zu geben. »Ich wollte dich nicht erschrecken. Es tut mir leid.«

Zoey schüttelte den Kopf. »Nein, ist schon in Ordnung. Ich habe nicht aufgepasst.«

»Hast du es dir anders überlegt?«, fragte Mark leise.

»Nein«, antwortete sie sofort und ein wenig verzweifelt. »Ganz und gar nicht. Es war einfach eine verrückte Woche.«

Die Falten um seine Augen glätteten sich. »Ja, das war es. Lass dir Zeit. Ich benutze das andere Badezimmer.« Dann war er wieder weg.

Diesmal stand Zoey nicht da, um sich anzustarren. Schnell zog sie sein T-Shirt an, auch wenn sie sich in nichts weiter als ihrem Slip und dem Hemd, das ihr bis zur Mitte der Oberschenkel reichte, nackt fühlte. Sie putzte sich die Zähne und ging ins Schlafzimmer.

Mark war noch nicht da, also schlüpfte sie unter die Decke und atmete noch einmal tief durch. Gott, sie war sich nicht sicher, ob sie es überleben würde, in seinem Bett, in seiner Bettwäsche zu schlafen. Sie hoffte und betete, dass sein Duft über Nacht in ihre Haut einziehen würde, damit sie immer ein Stück von ihm in sich trug.

Als sie beschloss, dass das komisch und sie wirklich seltsam war, schloss sie die Augen und versuchte, an etwas anderes zu denken als daran, wie gut es sich anfühlte, in

Marks Bett zu liegen. Und was für ein verdammtes Wunder das war.

Sie hörte, wie er zurück ins Zimmer kam, und ohne ein Wort zog er die Decke zurück und legte sich neben sie. Seine nackten Beine berührten die ihren und eine Wärme, wie sie sie noch nie gespürt hatte, strömte über ihren Körper. Als er sie nach seinen Wünschen bewegte und sie schließlich ihren Kopf auf seiner Schulter und einen Arm auf seinem flachen Bauch liegen hatte, seufzte Zoey zufrieden.

»Bequem?«, fragte er leise.

»Ja.«

»Schlaf gut, Süße.«

»Du auch.«

Sie spürte, wie seine Lippen ihre Schläfe berührten, und konnte nicht anders, als den Kopf zu drehen und seine Schulter zu küssen. Er drückte sie kurz fester an sich, dann entspannte er sich wieder. Sie wollte wach bleiben. Den Moment auskosten. Aber er war zu bequem. Und er roch zu gut. Und er fühlte sich unter ihr zu gut an.

Innerhalb weniger Minuten war sie eingeschlafen.

KAPITEL VIERZEHN

Bubba stand auf und klopfte an die Tür von Jessica Martens. Es war acht Uhr und er konnte sich an keinen Morgen erinnern, den er mehr genossen hatte. Allein das Aufwachen mit Zoey in seinen Armen hätte ausgereicht, aber dann hatte er, ohne nachzudenken, gehandelt und sie wach geküsst, was sie nur allzu gern erwidert hatte. Er hatte ihr ein Frühstück mit Rührei und Speck gemacht und es war ein schönes Gefühl gewesen, den Tag mit jemandem an seiner Seite zu beginnen.

Als Zoey nach oben ging, um sich fertig zu machen, hörte er das Wasser laufen und wusste, dass sie oben in seinem Badezimmer war, völlig nackt, was ihn mehr als alles andere, an das er sich erinnern konnte, erregte. Als er an der Reihe war zu duschen, roch das Zimmer nach dem Mädchenkram, den er ihr in Anchorage gekauft hatte, und er hatte sich einen runterholen müssen, um überhaupt aufrecht gehen zu können.

Die Selbstbefriedigung hatte es zwar gelindert, aber sobald er sah, dass Zoey es sich unter einer der Decken, die auf der Rückenlehne seiner Couch lagen, gemütlich gemacht hatte und auf ihn wartete, wurde er wieder hart. Er wünschte sich nichts sehnlicher, als sich mit ihr unter die Decke zu kuscheln und ihr zu zeigen, wie sehr es ihm gefiel, sie in seinem Haus zu haben.

Aber Jess und die Arbeit warteten. Er wäre nicht so erpicht darauf gewesen, seinen Tag zu beginnen und sich von Zoey zu trennen, aber er wollte mit Tex reden. Er musste dem Geschehenen auf den Grund gehen und hatte das Gefühl, dass es damit beginnen würde, Eve Dane zu finden. Und darin war Tex besonders gut.

»Bist du bereit?«, fragte Bubba Zoey, während sie darauf warteten, dass Jess an die Tür kam.

»Ja. Bist du sicher, dass ich annehmbar aussehe?«

Bubba musterte Zoey von Kopf bis Fuß. Sie trug eine Jeans und ein grünes T-Shirt, das sie am Flughafen von Anchorage gekauft hatten. Darauf war ein Bär abgebildet, der auf seinen Hinterbeinen stand, sowie die Worte »Juneau ist ein schöner Monat!«

Er fand es lustig und hatte es als Überraschungsgeschenk gekauft. Sie hatte gekichert, als sie es sah, und er war begeistert von ihrer Freude über das einfache Geschenk gewesen. Sie sah darin so schön aus wie immer. Sie war außerdem überrascht gewesen, dass sie keine Jacke tragen musste, und sagte, es sei gewöhnungsbedürftig, sich nicht jedes Mal, wenn sie nach draußen ging, einmummeln zu müssen.

Die Tür vor ihnen knarrte, als sie sich langsam öffnete. Bubba lächelte Jess an und trat sofort vor, um sie zu umarmen. Er war nicht überrascht, als sie ihre Arme mit einer Kraft um ihn schlang, die ihrem Aussehen widersprach.

»Hi Jess«, sagte er in ihr Haar.

Die ältere Frau zog sich zurück und starrte zu ihm auf. Im Vergleich zu ihm war sie winzig, er war mindestens dreißig Zentimeter größer als sie. Aber ihre große Persönlichkeit machte ihre kleine Statur mehr als wett. »Es wird auch Zeit, dass du nach Hause kommst«, schimpfte sie. »Schau dir meinen Rasen an. Er ist viel zu hoch und ich glaube, eine Familie von Erdhörnchen hat sich dort niedergelassen.«

»Ich kümmere mich heute Abend darum.« Bubba drehte sich um und hielt einen Arm um Jess, damit sie nicht das Gleichgewicht verlor. »Das ist Zoey. Ich habe dir gestern von ihr erzählt, als ich anrief.«

Mit einem vorsichtigen, hoffnungsvollen Blick beobachtete Bubba, wie Jess sich zu Zoey umdrehte und sie sofort umarmte. »Freut mich, dich kennenzulernen, Zoey. Jeder, der es eine Woche lang mit diesem Kerl mitten im Nirgendwo aushält, muss ein Heiliger sein. Komm rein und entspann dich. Ich will *alles* hören.«

Bubba wollte ihnen nach drinnen folgen, aber Jess legte ihm eine Hand auf die Brust und hielt ihn auf. »Nur für Mädchen. Tut mir leid. Außerdem ist es schon spät. Du musst zur Arbeit und deinen Supersoldatenkram erledigen.«

Er hörte, wie Zoey ein Kichern hinter einer Hand verbarg, und lächelte Jess an. »Okay, ich habe den Wink verstanden. Ich gehe dann mal. Zoey, rufst du an, wenn du etwas brauchst?« Rocco war in einem Laden in Anchorage gewesen und hatte ihnen beiden vor ihrer Abreise Ersatzhandys besorgt.

»Natürlich. Aber ich habe das Gefühl, dass wir klarkommen werden.«

»Und ob wir das werden«, sagte Jess. »Ich habe den Lebensmittelladen auf der Kurzwahltaste und der heiße junge Hüpfer mit dem Hintern, mit dem er Nüsse knacken könnte, wird mir alles bringen, was ich brauche. Also husch. Ich brauche etwas Zeit zum Tratschen mit deiner jungen Dame.«

Bubba korrigierte sie nicht. Es fühlte sich für ihn tatsächlich so an, als sei Zoey seine junge Dame. Er lehnte sich um Jess herum, legte eine Hand in Zoeys Nacken und zog sie zu sich heran. Bubba küsste sie kurz auf die Lippen. Es war nur ein kurzer Kuss, aber er spürte trotzdem, wie die Funken durch ihn hindurchschossen, als ihre Lippen sich berührten. »Ich schreibe dir später eine SMS«, versprach er ihr.

Zoey leckte sich über die Lippen und er war sich sicher, dass ihre Pupillen sich dabei weiteten. »Okay«, antwortete sie.

»Viel Spaß. Jess, verdirb Zoey nicht allzu sehr, okay?«

»Papperlapapp«, schimpfte sie, lächelte aber dabei.

»Tschüss, Mark«, sagte Zoey zu ihm.

Er nickte ihr zu und drehte sich um, um über die Straße zurück zu seinem Wagen zu gehen. Auf dem ganzen Weg musste er lächeln.

Es war leicht zu erkennen, dass Jess Zoey auf den ersten Blick mochte, was eine Erleichterung war. Die ältere Frau war niemand, der um den heißen Brei herumredete, und wenn sie etwas gespürt hätte, das ihr an Zoey nicht gefiel, hätte sie nicht gezögert, ihm mitzuteilen, dass sie ihre Meinung geändert hatte und Zoeys Hilfe nun doch nicht brauchte.

Sein Mädchen war in guten Händen. Es war an der Zeit, demjenigen, der versucht hatte, sie zu töten, ein für alle Mal auf die Schliche zu kommen.

Vier Stunden später, nachdem er alles nachgeholt hatte, was er in der letzten Woche bei der Arbeit verpasst hatte; nachdem er seinem Kommandanten versichert hatte, dass es ihm wirklich gut ging; und nachdem er einigen anderen

SEALs, denen er begegnet war, öfter als er zählen konnte erklärt hatte, was in der Wildnis passiert war; nachdem er die Anrufe von Malcom *und* Sean mit Fragen über das Geschäft in Juneau entgegengenommen hatte; und nachdem er Zoey angerufen hatte, um sich zu vergewissern, dass es ihr gut ging und sie Jess helfen würde, wählte Bubba die Nummer von Tex und stellte das Telefon auf Lautsprecher, bevor er es vor sich auf die Tischplatte legte.

Rocco, Gumby, Ace, Rex und Phantom waren mit ihm im Raum und alle waren gespannt, was der Computerguru zu sagen hatte.

»Tex hier.«

»Hey, Tex. Ich bin's, Bubba.«

»Schön, von dir zu hören, Mann«, sagte Tex. »Es ist verdammt frustrierend, wenn man nichts tun kann, um einen Menschen zu finden, wenn er buchstäblich mitten im Nirgendwo ist und es keine Technik gibt, mit der ich ihn aufspüren kann, und keine Zeugen, die ich befragen kann.«

Bubba konnte sich ein Lachen nicht verkneifen. »Das kann ich mir vorstellen.«

»Ich wünschte, ihr würdet noch mal darüber nachdenken, einen meiner verdammten Peilsender zu tragen. Ich hätte dich auf einen Meter genau orten und in der ersten Nacht einen Hubschrauber zu dir schicken können«, meckerte Tex.

Bubba und der Rest seines Teams hatten es immer abgelehnt, wenn Tex ihnen einen seiner berüchtigten Peilsender anbot. Aber nach dem, was er gerade durchgemacht hatte, zog Bubba es ernsthaft in Erwägung. »Ich werde dir Bescheid sagen.«

»Wurde auch Zeit«, murmelte Tex.

»Was hast du über Eve Dane oder ihr Flugzeug herausgefunden?«, fragte Rocco. »Als wir das letzte Mal gesprochen haben, hast du noch nach beidem gesucht.«

»Erstaunlicherweise hat sie sich für einen Amateur sehr gut unsichtbar gemacht«, sagte Tex.

»Du hast sie gefunden?«, fragte Rex aufgeregt.

»Ja, endlich. Aber die schlechte Nachricht ist, dass sie wieder verschwunden ist.«

»Scheiße«, murmelte Bubba.

»Allerdings. Aber das ist nur eine Frage der Zeit, denn sie ist nicht mitten in der Wildnis Alaskas. Sie muss Kreditkarten benutzen, ein Auto fahren und irgendwann auch telefonieren. Ich werde sie finden.«

»Gut. Wir müssen wissen, wer sie angeheuert hat und warum«, sagte Phantom.

»Wollt ihr hören, was ich herausgefunden habe?«, fragte Tex.

»Ja«, antworteten alle sechs SEALs gleichzeitig.

Der andere Mann lachte, dann wurde er ernst. »Gut. Zunächst einmal heißt sie nicht Eve Dane. Sie heißt Eva Dawkins. Es brauchte auch viel Glück, um sie zu finden. Wenn Leute einen falschen Namen benutzen, versuchen sie meistens, ihn so nahe wie möglich an ihrem echten Namen zu halten. Also habe ich mir alle Pilotinnen in Alaska angesehen, die zwischen zwanzig und dreißig Jahre alt sind und deren Namen mit einem E beginnen. Als ich herausfand, dass Eva Dawkins die Einzige war, die in der letzten Woche komplett von der Bildfläche verschwunden war und weder Kreditkarte noch Handy benutzt hatte, dachte ich mir, dass sie die Richtige ist. Sie ist vierundzwanzig Jahre alt und hat zwei Kinder.«

»Mein Gott!«, rief Ace aus. »Warum zum Teufel sollte sie so etwas Dummes tun? Sie wird wegen versuchten Mordes angeklagt werden und ihr Leben, das ihrer Kinder und wahrscheinlich auch das ihrer Familie ruinieren.«

»Nun, sie ist mit fünfzehn von zu Hause weggelaufen und hat nie die Highschool abgeschlossen. Dann hat sie sich mit einem miesen Arschloch eingelassen. Eines der Kinder ist von ihm, das andere hatte sie schon, bevor sie mit ihm zusammen kam. Sie machte ihren Pilotenschein, als sie in Anchorage lebte, weil sie Geld brauchte, um ihre Kinder zu ernähren, da ihr Freund ihr keins gegeben hat. Ich schätze, es gab eine Art kostenloses Programm, um den Leuten das Fliegen beizubringen. Da es dort ein so notwendiges Transportmittel ist, ist es fast so verbreitet, wie Autofahren zu lernen. Jedenfalls war ihr Freund zu sehr damit beschäftigt, Meth zu verkaufen, als dass er sich um sie oder ihre Kinder gekümmert hätte.«

»Heilige Scheiße«, flüsterte Gumby.

»Ja, das entspricht überhaupt nicht der Geschichte, die sie uns erzählt hat«, sagte Bubba.

»Ja. Jedenfalls wurde sie gut im Fliegen«, fuhr Tex fort. »Sie wurde von einer privaten Firma angeheuert und machte sich ziemlich gut. Dann beschloss ihr Freund, dass sie ihm beim Transport seiner Drogen helfen sollte, um seine Geschäfte auszubauen. Aus irgendeinem dummen Grund stimmte sie zu.«

»Lass mich raten«, sagte Bubba. »Sie wurde erwischt.«

»Jup. Sie wurde gefeuert. Sie beschloss, dass es genug war, und trennte sich schließlich von ihrem Freund, aber das hat er nicht gut verkraftet. Obwohl es seine Drogen waren, mit denen sie erwischt wurde, hatte sie keine Beweise. Er nutzte ihre Verhaftung gegen sie aus und bekam vorübergehend das Sorgerecht für ihre Kinder.«

»Das ist beschissen«, knurrte Phantom.

»Mh-hm. Da war sie also, ohne Job, ohne Kinder und stinksauer auf die Welt. Und ich vermute, ihr Ex erpresst sie irgendwie.«

»Okay, und dann kommt jemand, der einen Piloten braucht, und sie braucht Geld«, sagte Rex.

»Und wenn sie verzweifelt ist, würde sie wahrscheinlich

alles tun, um ihre Kinder zurückzubekommen«, fügte Ace hinzu.

»Zum Beispiel Geld besorgen, um ihren Ex auszuzahlen oder einen Anwalt zu engagieren, um das Sorgerecht für ihre Kinder zu bekommen«, warf Phantom ein.

»Das habe ich mir auch gedacht«, stimmte Tex zu.

»Nun, scheiße. Soll ich etwa Mitleid mit ihr haben?«, fragte Bubba ein wenig entrüstet. »Sie hat Zoey und mich mitten im Nirgendwo zum Sterben zurückgelassen. Ihre schlechten Lebensentscheidungen entlasten sie nicht von dem, was sie getan hat.«

»Das habe ich auch nicht behauptet«, sagte Tex ruhig.

»Warum hast du uns dann ihre verdammte rührselige Geschichte erzählt?«, fragte Bubba.

»Ich informiere euch nur über das, was ich herausgefunden habe. Du willst doch wissen, wer hinter dem Versuch steckt, dich zu töten, oder?«

»Du weißt, dass ich das will.«

»Und genau das tue ich. Ich vermute, dass Eva Dawkins nicht diejenige ist, die es auf dich abgesehen hat. Sie hat keine Verbindungen zu Juneau, die ich bisher finden konnte, und ich glaube nicht, dass sie Colin überhaupt kannte. Jemand anderes hatte die Fäden in der Hand. Aber jetzt kommt meine eigentliche Frage: Warum fliegt sie dich und Zoey mitten ins Nirgendwo und lässt euch dort zum Sterben zurück? Das ergibt keinen Sinn. Ich meine, wenn jemand das Geld von Colin haben wollte, würde es nicht dadurch möglich, dich einfach als vermisst zu melden. Also macht nichts, was Eva getan hat, auch nur den geringsten Sinn. Es sei denn, jemand hasst dich oder Zoey so sehr, dass er euch einfach nur leiden lassen wollte.«

Bubba hatte gewusst, dass es keinen Sinn machte, sie auszusetzen. Unabhängig von der Methode war er zwar nicht gerade ein Märchenprinz, aber er glaubte nicht, dass er jemals jemanden so wütend auf sich gemacht hatte, dass derjenige alles tun würde, nur um ihn leiden zu sehen. Und er konnte sich nicht vorstellen, dass es jemanden gab, der Zoey so sehr hasste.

»Also hier ist meine Frage an dich«, fuhr Tex fort. »Wenn ich Eva Dawkins finde, soll ich dann die Behörden einschalten, sie verhaften lassen, zusehen, wie sie sich einen Anwalt besorgt, und sie dann für ein paar Monate im Gefängnis sitzen lassen, während ihr Fall vor Gericht verhandelt wird? Oder gibst du mir grünes Licht, das zu tun, was getan werden muss, um die Informationen zu bekommen, die du haben willst, damit du mit deinem Leben weitermachen kannst?«

Bubba seufzte. Er hatte keine Ahnung, was Tex geplant hatte, aber er wollte auf keinen Fall ständig über seine Schulter schauen müssen. Jemand hatte versucht, ihn und Zoey zu töten. Und die Tatsache, dass sie nicht gestorben waren und es geschafft hatten, bei der Testamentseröffnung seines Vaters anwesend zu sein, passte demjenigen, der hinter dem ganzen Plan steckte, wahrscheinlich gar nicht in den Kram.

»Ich will, dass der Scheiß erledigt wird«, antwortete Bubba nach einem Moment.

»Gut. Und damit das klar ist, das ist die klügste Entscheidung«, sagte Tex zu seinem Freund. »Ich möchte nicht, dass derjenige, der dahintersteckt, eine zweite Chance bekommt, um das zu beenden, was er beim ersten Mal verbockt hat. Und ich nehme an, dass du mit deinem Leben mit Zoey auch weitermachen willst.«

»Das will ich«, sagte Bubba.

»Ich habe Eva nach Seattle verfolgt«, erklärte Tex. »Es ist nur eine Frage der Zeit, bis ich herausfinde, wohin sie als Nächstes geht. Ich nehme an, dass sie sich nicht zu weit von ihren Kindern entfernen will.«

»Tex?«, fragte Ace.

»Ja?«

»Sind die Kinder bei dem Ex in Ordnung? Ich meine, mit seinem unsicheren Beruf und der Tatsache, dass er offensichtlich kein Problem damit hat, sie von ihrer Mutter zu trennen, sind sie da sicher?«

Bubba war nicht überrascht, dass sein Freund darüber nachgedacht hatte. Er liebte Kinder. Er war dazu geboren, Vater zu sein. Und mit den drei Mädchen, die er und Piper aus Timor-Leste adoptiert hatten, und der Tatsache, dass seine Frau gerade schwanger war, war er sich der Kinder noch bewusster als der Rest von ihnen.

Tex zögerte, bevor er erwiderte: »Wenn alles so läuft, wie ich es mir vorstelle, wird es den Kindern gut gehen.«

»Was soll das bedeuten?«, fragte Ace.

»Das bedeutet, dass ich dafür sorgen werde, dass es ihnen gut geht«, wiederholte Tex. »Ihr wisst ja, dass ich mit allen möglichen Teams zusammenarbeite. Militär, private Sicherheitsdienste und sogar welche, die am Rande des Gesetzes arbeiten. Ich kenne einen Typen, der in Colorado Springs arbeitet ... *Er* kennt ein Team von Männern, die nicht zögern, das zu tun, was getan werden muss, wenn es darum geht, das Schlimmste der Menschheit auszuschalten. Ich sage jetzt schon zu viel, vor allem wenn man bedenkt, wo ihr alle sitzt, aber manchmal bekommt das Böse in der Welt ein wenig zu viel Kontrolle und die gute Seite braucht ein wenig Hilfe.«

»Was willst du damit sagen?«, fragte Rocco, der sich vorbeugte und die Stimme senkte. »Dass du eine Bürgerwehr kennst, die Leute außerhalb des Gesetzes tötet? Und dass du sie unterstützt *und* ihr hilfst?«

»Du kennst mich, Rocco«, sagte Tex mit fester Stimme. »Du weißt, dass ich alles tue, was nötig ist, wenn es darum geht, die zu schützen, die ich kenne und liebe, und mein Land. Diese Jungs wurden von dem Land und den Gesetzen, die sie eigentlich schützen sollten, verraten. Sie haben es auf sich genommen, das zu tun, was sie tun müssen, um nachts schlafen zu können. Ich spreche nicht direkt mit ihnen, aber ich spreche mit ihrem Bekannten über Ungerechtigkeiten, auf die ich gestoßen bin. Was er ihnen sagt oder nicht sagt, liegt nicht in meiner Hand. Ich weiß genau, dass er sich entweder persönlich darum kümmern wird, dass die Kinder in Sicherheit sind, oder er wird sich mit diesem Team in Verbindung setzen und diese Jungs werden sich um die Sache kümmern. Aber ich sage eins – ich kann nachts sehr gut schlafen. Jemand, der nicht nur Drogen verkauft, sondern auch noch seine Freundin mit hineinzieht, sie im Stich lässt, wenn sie erwischt wird, und dann das Gerichtssystem manipuliert, um ihr die Kinder zu stehlen, dem weine ich nicht nach, wenn ich seinen Nachruf in der Zeitung lese, verstanden?«

Bubba sah eine Seite an Tex, die er noch nie zuvor gesehen hatte. Er wollte behaupten, dass er schockiert war, aber ehrlich gesagt war er es nicht. Tex war schon viel länger dabei als er und sein Team. Er hatte Dinge gesehen und getan, von denen keiner von ihnen wusste. Wenn er einem Team von Ordnungshütern half, das sein Bestes tat, um die Welt von den Schlimmsten der Schlimmen zu befreien, war ihm das völlig egal.

Was ihm *nicht* egal war, war Zoey. Und seine Freunde. Und dafür zu sorgen, dass niemand das verletzte, was er für seines hielt. Vielleicht war es zu viel, vielleicht hatte er den Verstand verloren, aber Zoey gehörte ganz sicher *ihm*. Irgendetwas war da draußen in der Wildnis Alaskas passiert. Sie hatten eine Verbindung aufgebaut, wie er sie noch nie mit jemandem erlebt hatte. Er wollte verdammt sein, wenn jemand ihr etwas antun würde. Und wenn Tex alles Nötige tun musste, damit sie in Sicherheit war, würde Bubba das tausendmal billigen.

»Es ist mir egal, was du tust oder wie du die Informationen bekommst, Tex. Besorg sie einfach.«

»Das werde ich«, versicherte Tex ihm. »Ich bleibe in Kontakt.«

Bubba legte auf und steckte das Handy zurück in seine Tasche. Der Drang, Zoey eine SMS zu schreiben, ihre Stimme zu hören und sich zu vergewissern, dass es ihr gut ging, war stark, aber er widerstand.

»Macht sich noch jemand Sorgen, dass Tex eine Grenze überschritten hat, von der es kein Zurück mehr gibt?«, fragte Gumby mit gedämpfter Stimme.

Bubba öffnete den Mund, um zu antworten, aber Phantom kam ihm zuvor.

»Nein. Verdammt nein. Tex ist der loyalste und geradlinigste Mensch, den ich je getroffen habe. Ja, er macht illegale Sachen, um Informationen zu bekommen, aber er tut es, um Leben zu retten. Wir alle wissen, dass wir uns mehr als einmal gewünscht haben, wir könnten diejenigen, die den Tod verdienen, einfach ausschalten, aber uns sind die Hände gebunden. Stellt euch vor, sie wären es nicht. Stellt euch vor, wir könnten einfach diejenigen umbringen, die Frauen missbrauchen. Tiere zum Spaß töten. Wehrlose Kinder vergewaltigen.«

Bubba hörte den Schmerz in den Worten seines Freundes, wusste aber nicht, wie er ihm helfen sollte. Aber da Phantom Phantom war, sammelte er sich und seine Stimme wurde stärker und entschlossener, je länger er sprach.

»Das Ziel ist es, herauszufinden, wer versucht hat, Bubba zu töten. Und wenn wir die Hilfe einer Gruppe von Männern in Anspruch nehmen müssen, die wir nicht kennen und von denen wir noch nie gehört haben, dann ist das in Ordnung. Das bedeutet nur, dass wir, sollten wir über sie befragt werden, nichts sagen dürfen. Ich würde für jeden von euch durchs Feuer gehen, *auch* für Tex. Wenn er mit dem einverstanden ist, was er tut, um Informationen zu bekommen, unterstütze ich ihn hundertprozentig.«

»Ich auch«, sagte Rex.

»Ebenfalls«, warf Ace ein.

Alle stimmten zu und Bubba seufzte. »Wirklich, ich kann nicht glauben, dass das passiert. Ich meine, ja, Pop hat mir etwas Geld hinterlassen, aber das meiste davon steckt in seinem Geschäft.«

»Was glauben wir denn, wer es war?«, fragte Rocco.

»Meiner Meinung nach gibt es nur zwei Leute, die sich über Pops Testament aufregen könnten«, sagte Bubba. »Sean und Malcom.«

»Glaubst du wirklich, dein Bruder würde dich deswegen umbringen wollen?«, fragte Gumby.

»Wenn du mich vor einer Woche gefragt hättest, hätte ich gesagt, das ist unmöglich. Aber er war nicht gerade begeistert von dem Testament.«

»Was ist mit anderen Leuten, mit denen dein Vater gearbeitet hat?«, fragte Rex.

»Das ist möglich«, räumte Bubba ein. »Malcom hat ein interessantes Szenario angesprochen, das mich zu dem Zeitpunkt überrascht hat ... aber je mehr ich darüber nachdenke, desto mehr beunruhigt es mich.«

»Und das wäre?«, drängte Rocco.

»Gift. Sowohl Zoey als auch Mal sagten, dass Pop schon eine Weile krank war, aber er wollte nicht zum Arzt gehen. Und nachdem Zoey nach Anchorage geflogen war, um ihre Mutter zu besuchen, ging es Pop immer schlechter und er starb. Malcom hat sogar angedeutet, *Zoey* hätte mit Ashley zusammengearbeitet, der Krankenschwester, die Pop geholfen hat, wenn Zoey nicht da war.«

»Das ist keine schlechte Theorie«, überlegte Phantom.

Bubba wollte gerade ausrasten, als sein Freund fortfuhr.

»Ich meine das Szenario mit dem Gift, nicht die Beteiligung von Zoey. Es gab doch eine Autopsie, oder?«

»Nein«, sagte Gumby. »Es wurde keine Fremdeinwirkung vermutet und Malcom ließ Colin fast sofort einäschern. Die offizielle Todesursache war ein Herzinfarkt.«

»Wurden vor der Einäscherung Gewebeproben entnommen?«, fragte Rocco.

»Nicht dass ich wüsste, aber wir können Tex darauf ansetzen«, antwortete Gumby.

»Scheiße«, grummelte Bubba. Er hasste es, überhaupt daran zu denken. Es schien nicht real, dass er nicht nur über den Tod seines Vaters sprach, sondern auch über die Möglichkeit, dass er *ermordet* worden war. »Das sieht mehr nach der Handlung einer schlechten Krimiserie aus als nach meinem Leben«, murmelte er.

»Es sieht definitiv nach Vorsatz aus«, sagte Ace. »Aber wir haben keine Beweise, dass dein Vater ermordet wurde. Es könnte einfach sein, dass jemand seinen Tod ausgenutzt hat, um zu bekommen, was er wollte.«

»Stimmt«, erwiderte Bubba kopfschüttelnd.

»Wer könnte das sonst noch geplant haben?«, fragte Gumby.

»Ich weiß nicht wirklich viel über Pops Angestellte«, gab Bubba zu. »Ich meine, die, mit denen er regelmäßig zu tun hatte. Die Lieferanten oder sogar die Abteilungsleiter in der Fabrik.«

»Mir scheint, dass Sean Kassamali hier der Hauptverdächtige ist«, sagte Rex. »Er war von Anfang an mit deinem Vater im Geschäft, richtig? Was ist, wenn er von dem Testament und davon erfahren hat, dass er nicht so viel von dem Geschäft bekommt, wie ihm seiner Meinung nach zusteht? Darüber könnte er sehr wütend sein. Es würde *mich* nicht glücklich machen, all die Arbeit zu erledigen und dann um das betrogen zu werden, was ich meiner Meinung nach verdient hätte.«

»Jedes einzelne Wort, das du gerade gesagt hast, könnte auch auf Malcom zutreffen«, gab Rocco zurück.

»Verdammt, du hast recht«, sagte Rex.

»Warte, hat der Anwalt nicht das Privatflugzeug besorgt?«, fragte Rocco. »Oder hat seine Assistentin das getan? Könnte er auch etwas damit zu tun haben? Vielleicht war er verärgert, weil Colin *ihm* nichts hinterlassen hat? Es ist nicht üblich, dass Anwälte einen Teil des Nachlasses bekommen, aber er ist schon so lange der Anwalt deines Vaters, wie er mit Sean zusammenarbeitet.«

Bubba wusste, dass das Team so vorging, wenn es etwas herausfinden wollte, aber die Tatsache, dass es *sein* Leben war, das sie sezierten, war beunruhigend. »Ich habe mich nach der Pilotin erkundigt und Kenneths Frau sagte, dass Eve von einem Mandanten ihres Mannes wärmstens empfohlen worden war.«

»Kenneth könnte gedacht haben, dass alle davon ausgehen würden, das Flugzeug sei abgestürzt und die Pilotin sowie alle anderen an Bord wären ums Leben gekommen, und dass man ihn nicht weiter beachtet«, sagte Rocco.

Bubba tat der Kopf weh. Es gefiel ihm nicht, dass Leute, die er fast sein ganzes Leben lang kannte, ein Komplott schmiedeten, um ihn zu töten.

»Vielleicht war Bubba nicht das Hauptziel«, warf Phantom ein. »Vielleicht war es Zoey. Was wissen wir über sie? Gibt es einen Ex-Freund von ihr? Ihre Mutter ist nicht gerade die Mutter des Jahres, vielleicht hat jemand das getan, um es ihr heimzuzahlen?«

»Es reicht«, sagte Bubba und stand auf, wobei sein Stuhl mit einem quietschenden Geräusch über den Boden kratzte.

Seinem schmerzenden Kopf half es nicht. »Wir könnten den ganzen Tag hier sitzen und mein Leben, Zoeys Leben und das Leben jedes verdammten Menschen, den ich je getroffen habe, analysieren, aber ohne handfeste Beweise wird das nichts bringen. Wir müssen darauf warten, dass Tex und die Polizei in Alaska das herausfinden.«

»Du kannst den Kopf nicht in den Sand stecken«, sagte Phantom. »Es ist nicht alles nur eitel Sonnenschein.«

»Glaubst du, das weiß ich nicht?«, fragte Bubba seinen Teamkameraden, stützte die Hände auf den Tisch vor ihm und ließ den Kopf sinken. »Ich bin mir mehr als bewusst, dass jemand versucht hat, mich zu töten. Auch wenn derjenige nicht hinter Zoey her war, wurde sie in diesen Mist mit hineingezogen. Ich bin stinksauer, vor allem weil es wahrscheinlich jemand ist, den ich kenne. Aber *noch* wütender bin ich, weil mir die Gelegenheit genommen wurde, meinem Vater die letzte Ehre zu erweisen, wie ich es hätte tun sollen. Ich bin wütend auf mich selbst, weil ich nicht nach Juneau geflogen bin, um meinen Vater noch einmal zu sehen, bevor er starb. Und jetzt muss ich mich fragen, ob derselbe Mensch, der versucht hat, mich zu töten, nicht auch meinen Vater umgebracht hat. Ja, ich weiß also, dass nicht alles eitel Sonnenschein ist, aber ich wäre dir dankbar, wenn du mir das nicht unter die Nase reiben würdest.«

Bubba keuchte, als er mit seiner Tirade fertig war, aber er war es so verdammt leid. Er war die Reue leid. Er war es leid, darüber nachzudenken, wer ihn so sehr hasste, dass er es vorzog, ihn zu töten, anstatt ihn zur Rede zu stellen.

»Tut mir leid, Mann«, sagte Phantom. »Ich bin zu weit gegangen.«

Bubba seufzte und fuhr sich mit der Hand übers Gesicht. »Nein, bist du nicht. Sondern ich. *Mir* tut es leid.«

»Tex wird das herausfinden. Er wird seine Beziehungen nutzen, um die Pilotin zu finden und die Informationen aus ihr herauszubekommen, die er braucht. Dann ist alles vorbei und du und Zoey braucht nicht mehr über die Schulter zu schauen, sondern könnt euch auf euer Leben konzentrieren«, sagte Phantom.

Bubba wusste, dass sein Freund sein Bestes tat, ihn zu unterstützen, und er wusste es zu schätzen. »Danke. Ich hoffe es. Sind wir hier fertig?«, fragte er mit Blick auf Rocco.

Sein Freund nickte. »Ja. Du siehst erschöpft aus. Fahr nach Hause.«

»Danke«, murmelte Bubba. Er konnte sich nicht erinnern, wann er das letzte Mal früher Feierabend gemacht hatte, aber er war müde und gestresst und hatte gar nicht richtig realisiert, wie schwer es sein würde, den ganzen Tag von Zoey getrennt zu sein. Nachdem er eine Woche lang jede Minute mit ihr verbracht hatte, während derer er für ihre Sicherheit und ihr Wohlergehen verantwortlich war, spürte er die Trennung sehr deutlich. Er fragte sich, ob sie auch so fühlte oder ob er völlig verrückt war.

Er beschloss, sie nicht anzurufen und ihr mitzuteilen, dass er früher Feierabend machte, und tat sein Bestes, um auf dem Weg zu seinem Haus nicht alle Geschwindigkeitsbegrenzungen zu überschreiten. Er fuhr in seine Einfahrt, parkte und suchte im Haus nach Zoey. Als er sie nicht fand, trat er sofort hinaus und ging auf die andere Straßenseite.

Er klopfte an die Tür und wartete ungeduldig darauf, dass Jess sie öffnete. Als es endlich geschah, war er erleichtert, Zoey dort stehen zu sehen.

»Mark! Es ist noch früh, was machst du zu Hause? Ist alles in – *hmph*!«

Bubba wusste nicht, was über ihn kam. Die Diskussion mit Tex. Der Stress, dass jemand sie tot sehen wollte. Sie zu vermissen. Sie lächelnd, glücklich und sicher zu sehen. All das verschmolz zu einem körperlichen Bedürfnis, sie zu berühren.

Er presste seinen Mund mitten im Satz auf ihren und seufzte erleichtert, als sie, anstatt ihn zu fragen, was zum Teufel er da tat, sofort die Arme um ihn schlang und seinen Bizeps packte, um ihn an sich zu ziehen, anstatt ihn wegzustoßen.

Sie fühlte sich fantastisch an.

Die Verbindung, die er zwischen ihnen gespürt hatte, schien zu wachsen und sich zu verfestigen, während sie sich weiter küssten. Sie neigte den Kopf zur Seite und er spürte, wie sie sich auf die Zehenspitzen stellte, um ihm näher zu kommen. Bubba legte einen Arm um ihre Taille und drückte sie an sich, sodass sie sich von den Hüften bis zur Brust berührten. Sie ließ eine Hand zu seinem Rücken wandern und er spürte, wie sie die Fingernägel in ihn bohrte, als sie versuchte, sich mit ihm zu verschmelzen.

Sie schmeckte nach Tee und Pfefferminze, und er konnte nicht genug bekommen.

Er hatte nicht vor, sich von ihr lösen, aber Jess' Stimme durchbrach den Schleier aus Lust und Bedürfnis, der ihn wie eine nasse Decke umhüllt hatte.

»Nicht dass ich etwas dagegen hätte, wenn ihr es auf meiner Treppe treibt, aber ich vermute, dass die anderen Nachbarn hier, die nicht so offen und locker sind wie ich, ein Problem damit haben könnten.«

Bubba spürte, wie Zoey in seinen Armen zusammenzuckte, und er zog sie widerwillig zurück. Er schaute ihr in die Augen und war überglücklich, dieselbe Begierde darin zu sehen, die er tief in seiner Seele spürte. Zärtlich strich er ihr eine Haarsträhne hinters Ohr, beugte sich hinunter und küsste sie diesmal sanft. Eine kurze Berührung seiner Lippen auf ihren, die nichts dazu beitrug, das Bedürfnis in ihm zu stillen.

Aber das Wissen, dass sie dieselbe Verzweiflung wie er verspürte, dass sie ihn genauso wollte wie er sie, beruhigte ihn. Sie war hier, in Sicherheit, und er würde alles tun, damit das auch so blieb. Wenn Zoey glaubte, dass er sie nach Alaska zurückkehren lassen würde, nachdem Tex herausgefunden hatte, was zum Teufel vor sich ging, hatte sie sich gewaltig getäuscht. Rex' Worte kamen ihm wieder in den Sinn und er weigerte sich, sie gehen zu lassen und noch mehr Reue auf seine Seele zu laden.

Er drehte den Kopf, hielt Zoey jedoch weiterhin in den Armen und sagte: »Hey, Jess. Ich dachte, ich komme heute früher nach Hause und sehe nach, ob alles in Ordnung ist.«

Die ältere Frau kicherte, als hätte er das Lustigste gesagt, was sie je gehört hatte. »Mein Gott, Mann, es ist ja nicht so, als hätten wir den Tag damit verbracht, unsere Gewehre zu polieren und Bomben zu bauen oder so. Zoey und ich haben uns einfach nur kennengelernt.«

»Und? Ist alles gut?«

Zoey hatte nichts gesagt, aber Bubbas Aufmerksamkeit war auf Jess gerichtet. Er hatte das Gefühl gehabt, dass die beiden Frauen sich gut verstehen würden, aber solange er es nicht aus Jess' Mund hörte, würde er das nicht als selbstverständlich ansehen.

Sie rollte mit den Augen, was ihn an Zoey denken ließ. Er entspannte sich. Ja, es war ziemlich offensichtlich, dass Jess und Zoey sich sehr gut verstanden hatten.

»Deine Zoey hat meine Küche von oben bis unten geputzt, während ich auf meinem Hintern gesessen und zugesehen habe. Dann hat sie Mittagessen gemacht, mich in mein Wohnzimmer gebracht und aufgeräumt, während ich ein Nickerchen gemacht habe. Als ich aufwachte und darauf bestand, dass sie sich entspannt, haben wir darüber gesprochen, was ihr in Alaska passiert ist, über ihre Mutter und über dich. Wir haben über Politik diskutiert und uns dabei nicht einmal gegenseitig umgebracht. Ich habe ihr erzählt, wie sehr ich Frank vermisse, und sie hat mir eine Liste mit

Dingen gemacht, die ich aus dem Supermarkt brauche. Sie hat versprochen, mich morgen dorthin zu bringen, was superaufregend ist, aber ich habe ihr gesagt, dass ich *nirgendwo* hingehen würde, ohne mir vorher die Haare machen zu lassen. Ich bin schon zu lange in diesem Haus eingepfercht und ich will verdammt sein, wenn jemand meine Altdamen-Frisur sieht.«

Bubba strahlte. »Es ist also gut gelaufen.«

»Natürlich ist es das. Zoey ist ein Schatz. Aber es gibt ein Problem.«

Bubba runzelte die Stirn und spürte, wie Zoey sich in seinen Armen anspannte. »Was?«

»Ich lebe seit fast sechs Jahren allein. Ich brauche keinen Babysitter. Ich *brauche* zwar eine Freundin, die mir tagsüber Gesellschaft leistet, mich zu Terminen bringt und mir hilft, mein Haus aufzuräumen. Aber du bist nicht der Mann, für den ich dich gehalten habe, wenn du ernsthaft damit einverstanden bist, dass Zoey hier wohnt. Vor allem nach diesem heißen Kuss zu urteilen.«

»Jess«, beschwerte Zoey sich, womit sie sich zum ersten Mal zu Wort meldete. »Wir haben darüber geredet.«

»Ich weiß, das haben wir. Aber ich war anderer Meinung als du. Deine Argumente waren dumm und falsch.«

»Welche Argumente?«, fragte Bubba.

»Nichts«, sagte Zoey, aber Jess, wie sie nun mal war, sprach über sie hinweg.

»Sie sagte, dass du dich für sie verantwortlich fühlst und sie nicht will, dass du ihr aus Mitleid hilfst. Ich habe ihr gesagt, sie solle die Augen aufmachen. Mark Wright hat *nichts* getan, was er nicht wollte, und wenn er eine Woche mit dir im Wald verbracht hat und dich trotzdem nach Riverton bringen wollte und alles dafür getan hat, dass ich dich einstelle, dann war das Letzte, was er für dich empfunden hat, Mitleid.«

Zoey schloss die Augen und flüsterte: »Möge der Erdboden mich verschlucken.«

Aber Jess war noch nicht fertig. »Hast du gelogen, als du sagtest, du wärst in den Mann verknallt, seit du ihn als Teenager kennengelernt hast? Wenn nicht, dann verstehe ich nicht, warum du die Chance, mit ihm zusammenzuleben, jetzt nicht ergreifst. Ich mag zwar über achtzig sein, aber ich bin nicht tot. Frank und ich haben es bei jeder Gelegenheit getrieben, bevor wir geheiratet haben. Wenn ich die Chance gehabt hätte, mit ihm zusammenzuwohnen, bevor er mir einen Ring an den Finger steckte, hätte ich sie ergriffen. Der Sex war *so* gut. Willst du wissen, was der Schlüssel zu einer guten Ehe ist?«

»Im Ernst, warum verschluckt der Erdboden mich nicht?«, wiederholte Zoey.

»Ja, Jess, sag uns, was der Schlüssel zu einer guten Ehe ist.« Bubba hatte sich so gedreht, dass Zoey leicht vor ihm stand. Er hatte einen Arm um sie gelegt, seine Handfläche ruhte auf ihrem Bauch und er drückte sie fest an sich. Er wusste, dass sie seine Erektion an ihrem Rücken spüren konnte, aber das war ihm egal. Sie in seinen Armen zu haben beruhigte ihn.

»Cunnilingus«, sagte Jess mit völlig ernstem Gesicht.

Bubba verschluckte sich an einem Lachen und Zoey stöhnte auf.

»Wirklich?«, fragte Bubba, als er sich wieder unter Kontrolle hatte.

Jess grinste. »Lach so viel du willst, aber ich habe recht. Frank war ein Profi darin und immer wenn ich wütend auf ihn war, musste er nur zwischen meine Beine gehen und schon hatte ich vergessen, worüber wir uns eigentlich gestritten hatten.«

»Jess!«, beschwerte Zoey sich.

»Werd nicht rot, Mädchen. Ich habe recht, das weißt du.«

Sie richtete den Blick auf Bubba. »Und du stehst besser nicht da und sagst mir, dass du keinen Cunnilingus magst. Denn wenn das so ist, kannst du dich umdrehen und aus meinem Haus verschwinden.«

Bubba tat sein Bestes, nicht zu lachen, denn er wusste, dass es der armen Zoey verdammt peinlich war. Ihr Gesicht war leuchtend rot und er spürte, wie sie sich unruhig vor ihm bewegte. »Das ist eine meiner Lieblingsbeschäftigungen«, sagte er ehrlich zu Jess, »aber ich würde es begrüßen, wenn wir das Thema wechseln könnten, denn Zoey fühlt sich dabei unwohl. Ich weiß bereits, wie unverblümt du bist, aber vielleicht könntest du es etwas abmildern, bis Zoey dich etwas besser kennengelernt hat?«

Wenn überhaupt, wurde das Lächeln auf Jess' Gesicht nur noch breiter. »Du setzt dich für dein Mädchen ein, das gefällt mir.«

»Jess«, warnte Bubba.

»Na gut, na gut. Aber um zum Thema zurückzukommen. Ich brauche sie nachts nicht hier. Ich brauche keinen Babysitter. Du magst sie und sie mag dich und du wohnst gleich gegenüber. Wenn ich etwas brauche – was nicht der Fall sein wird –, rufe ich dich einfach an und du kannst rüberkommen. Außerdem, wenn jemand hinter euch beiden her ist, wäre es dann nicht besser, wenn du Zoey bei dir hast, damit sie in Sicherheit ist? Zwei Frauen, von denen eine über achtzig ist, sind nicht gerade ideal, wenn es um die Sicherheit geht.«

Verdammt. Jess hatte recht. Aber Bubba würde die Entscheidung dennoch nicht für Zoey treffen. Wollte er sie bei sich haben? Scheiße, ja. Aber er hatte noch nie eine Frau zu etwas gezwungen und er hatte auch nicht vor, jetzt damit anzufangen.

Er starrte Jess an. »Und wenn ich sage, dass sie nicht in meinem Haus leben kann? Würdest du sie wirklich rausschmeißen? Sie zwingen, das wenige Geld, das sie hat, für eine Wohnung auszugeben? Sie dazu bringen, noch mehr Geld für einen Wagen und Benzin auszugeben? Ich kenne dich, Jess, das würdest du nicht tun.«

»Mark, hör auf. Wenn sie mich hier nicht will, kann ich mir selbst eine Wohnung suchen«, sagte Zoey.

Bubba ignorierte Zoey für den Moment. Er wusste, dass sie das sagen würde, aber er kannte auch seine Nachbarin. Jess würde Zoey genauso wenig leiden lassen wie er.

Jess kniff die Augen zusammen. »Der Punkt geht an dich, junger Mann. Du weißt, dass ich das nicht tun würde. Gut, wenn du sie nicht willst, kann sie hier wohnen.«

»Ich habe nie gesagt, dass ich sie nicht will«, konterte Bubba. »Aber es ist nicht cool zu versuchen, einen von uns beiden zu manipulieren.«

Jess grinste. »Als würdest du dich von mir manipulieren lassen. Also … zieht sie jetzt bei dir ein oder was?«

»Bist du mit Zoey für heute fertig?«, erwiderte Bubba, anstatt auf ihre Frage zu antworten.

Jess' Lächeln wurde nicht schwächer. »Ja. Zoey hat eine Suppe in meinem Schmortopf vorbereitet und sie köchelt schon den ganzen Tag.« Sie sah Zoey an. »Wir sehen uns dann morgen früh, oder?«

»Ja, Ma'am.«

»Ich habe dir schon gesagt, dass du mich nicht so nennen sollst. Wenn du das noch einmal tust, bekommst du von mir eine Ohrfeige. Wir sehen uns morgen. Viel Spaß heute Abend, Kinder!«

»Hast du alles, was du brauchst?«, fragte Bubba Zoey.

Sie nickte. »Ja. Ich habe meine Handtasche nicht mitgenommen, weil ich dachte, dass ich sie bei Bedarf einfach holen kann. Mein Handy und der Schlüssel zu deinem Haus sind in meiner Hosentasche.«

»Toll. Schönen Abend noch, Jess«, sagte Bubba, während er Zoey aus der Tür in Richtung seines Hauses führte.

»Euch auch!«, rief sie, bevor sie die Tür schloss.

Zoey sagte nichts, als sie über die Straße zurück zu seinem Haus gingen. Kaum war die Tür geschlossen, verkündete Zoey: »Ich bin mir nicht sicher, ob das funktionieren wird.«

Bubba führte sie in sein Haus, wobei er ihre Hand festhielt, und setzte sie auf seine Couch. Er zog den Couchtisch näher heran, ließ sich darauf nieder und klemmte Zoeys Beine zwischen seine eigenen. Er hatte ihre Hand nicht losgelassen und streichelte sanft deren Rückseite, während er sich näher an sie heranlehnte.

»Magst du Jess nicht?«, fragte er.

Sie schaute überrascht zu ihm auf. »Sie nicht mögen? Ich liebe sie, und ich kenne sie erst seit einem Tag. Ich möchte so sein wie sie, wenn ich in ihrem Alter bin. Sie ist witzig, unverblümt und total verrückt. Das respektiere ich.«

Bubba grinste. »Also, was wird nicht funktionieren?«

»Mark, du hast sie gehört.«

»Jup.«

»Du kannst nicht ... Ich bin nicht ... Scheiße.«

»Dir muss wegen Jess nichts peinlich sein. Ja, sie ist unverblümt, aber sie hat recht. Ich habe dich nicht aus Mitleid eingeladen, nach Kalifornien zu kommen. Und ich hätte dich bestimmt nicht mit meiner Nachbarin zusammengebracht, wenn ich dich nicht jeden Tag würde sehen wollen. Dich besser kennenlernen. Sie zieht uns nur auf; du kannst ruhig bei ihr leben und sie würde jede Sekunde davon genießen. Aber ich will auf keinen Fall, dass du dich zu irgendetwas gezwungen fühlst.«

Zoey starrte ihn an, und er konnte die Unentschlossenheit in ihren Augen sehen.

»Sie hatte auch mit etwas anderem recht«, sagte er leise.

»Was?«

»Ich will dich«, erklärte er freiheraus. »Ich bin heute früher nach Hause gekommen, weil ich es nicht abwarten konnte, dich zu sehen. Nach dir zu sehen. Mich zu vergewissern, dass in deiner Welt alles in Ordnung ist. Mir wäre nichts lieber, als dich nachts bei mir im Haus zu haben. Wenn du es langsamer angehen willst, können wir auch das tun. Ich schlafe im Gästezimmer und du kannst mein Bett haben. Wir werden zusammen zu Abend essen und frühstücken, uns gegenseitig kennenlernen, unsere Vorlieben und Abneigungen. Wir werden nebeneinander fernsehen und Bücher lesen und es so langsam angehen lassen, wie du willst. Die meiste Zeit über fühle ich mich in deiner Nähe wohl, Zoey. Und ich möchte, dass das so bleibt.«

»Die meiste Zeit?«, fragte sie.

»Ja.«

»Und was ist mit den anderen Zeiten?«

»Wohlfühlen ist nicht unbedingt das richtige Wort«, sagte er ihr ernst. »Ängstlich, zappelig, erregt, aufgeregt, schwindelig, verwirrt darüber, was zum Teufel du in mir siehst, und verdammt heiß.«

Zoey leckte sich über die Lippen, und Bubba konnte den Blick nicht von ihnen abwenden. Er bemerkte, dass sie schneller atmete und seine Hand noch fester umklammerte. »Das habe ich noch nie gemacht.«

Bubba runzelte verwirrt die Stirn. »Was?«

»Ähm ... Cunnilingus.«

Das sehr klinische Wort von ihren Lippen zu hören brachte Bubba fast zum Lachen. Aber er tat es nicht, denn das war eine viel zu ernste Unterhaltung, als dass er sie durch Auslachen versauen wollte. »Nein? Weil du glaubst, dass es dir nicht gefallen würde, oder weil die Männer, mit denen du zusammen warst, es nicht mochten?«

»Ähm ... beides?«

»Ich habe nicht gelogen, Süße. Es gibt nichts, was ich lieber mag, als mit dem Gesicht zwischen den Beinen einer Frau zu verschwinden. Und bevor du fragst, es ist verdammt lange her, dass ich es getan habe. Es ist eine sehr intime Sache, die eine Menge Vertrauen erfordert. Ich habe schon sehr lange niemandem mehr so sehr vertraut. Aber wenn wir mal ehrlich sind, habe ich mir vorgestellt, das mit dir zu tun.«

»Hast du das?«

»Ja, Zo. Vielleicht liegt es an unserem Erlebnis im Wald, aber ich vertraue dir mein Leben an. Ich kann mir nichts Schöneres vorstellen, als dich zu vernaschen und zu hören, wie du meinen Namen schreist, wenn du an meinem Mund kommst.«

Sie wurde tiefrot und Bubba hatte das Gefühl, zu weit gegangen zu sein. Aber sie hatte es angesprochen. Er versuchte, seine rasende Libido unter Kontrolle zu bringen und das Gespräch wieder auf das ursprüngliche Thema zu lenken. »Ich will dich in meinem Haus haben, Zoey. Ich werde dich nicht in irgendeiner Weise manipulieren. Sag mir, was du willst, und ich werde Himmel und Hölle in Bewegung setzen, um es dir zu geben. Willst du bei Jess bleiben? Eine Wohnung mieten? Hierbleiben?«

Sie schaute ihm in die Augen und sagte leise: »Hier. Wenn du ehrlich bist und es dir wirklich nichts ausmacht, dass ich bei dir wohne, würde ich mich hier wohler fühlen.«

»Warum?« Bubba musste wissen, dass es um mehr ging als nur darum, dass er sie beschützen konnte.

»Weil ich seit der zehnten Klasse in dich verknallt bin. Weil du so großzügig bist und so viel gibst. Als du mich geküsst hast, konnte ich an nichts anderes mehr denken als an dich. Und auch wenn es ein Fehler sein könnte und du herausfinden wirst, dass ich im Grunde nur ein Kleinstadtmädchen bin und das Leben hier in Riverton mir eine Heidenangst macht, will ich diese Chance nutzen.«

»Du hast es mit mir in der Wildnis Alaskas aufgenommen, Süße. Die große, böse Stadt kann dir nichts anhaben.«

Sie lächelte ihn an.

»Und ich mache mir noch mehr Vorwürfe, dass ich nicht zurück nach Alaska geflogen bin, um meine Familie zu besuchen, denn dann hätte ich dich vielleicht noch früher getroffen und wir hätten mehr Zeit miteinander verbracht.«

»Gott, das ist mit das Netteste, was jemals jemand zu mir gesagt hat«, flüsterte sie.

»Es ist wahr«, sagte Bubba. Dann beugte er sich langsam vor, hob sein Kinn an und wartete darauf, dass sie ihm auf halbem Weg entgegenkam.

Etwas in ihm regte sich, als sie ihre Lippen sofort auf seine presste. Sie tauschten einen langsamen, süßen Kuss aus, bei dem sich nur ihre Lippen berührten.

»Du wirst also hier mit mir wohnen?«, fragte er, als er sich zurückzog.

»Ja.«

»In meinem Bett schlafen?«

»Ja.«

»Mit mir?«

Sie wurde rot, antwortete aber: »Ja.«

»Gut«, sagte er mit Genugtuung. »Ich möchte die Dinge langsam angehen. Ich möchte auf keinen Fall dich oder deine Gefühle ausnutzen. Versteh das nicht falsch. Ich will dich, Zoey. Ich will, dass du mir gehörst, so wie ein Mann eine Frau zu der Seinen machen kann, aber ich will auch, dass du mich zu dem Deinen machst. Und wir müssen nichts überstürzen. Es ist jetzt etwas mehr als eine Woche her, dass wir uns wiedergesehen haben. Der heutige Tag war schwer für mich. Nach allem, was wir durchgemacht haben, war es härter als erwartet, von dir getrennt zu sein.«

»Ich bin froh, dass es nicht nur mir so geht«, gab Zoey zu. »Ich habe mich den ganzen Tag ein wenig verloren gefühlt.«

»Ich auch. Deshalb schlage ich vor, die Dinge einen Tag nach dem anderen anzugehen. Wir werden uns nach und nach kennenlernen. Ich weiß, dass du ein Feuer machen kannst und wie du unter extremem Druck arbeitest, aber ich weiß nicht, was du auf deiner Pizza magst und was dein Lieblingsfilm ist.«

»Alles außer Sardellen und Ananas, und ich kann mich nicht für einen entscheiden«, antwortete sie lächelnd.

Bubba wollte aufstehen und sich Zoey wie ein Höhlenmensch über die Schulter werfen, aber er hatte ihr gerade gesagt, dass er es langsam angehen wollte. Das wäre nicht gerade langsam. »Was willst du zum Abendessen?«

»Weder Fisch noch Eichhörnchen«, sagte sie sofort.

Laut lachend stand Bubba auf und zog sie mit sich. »Abgemacht. Wie wäre es mit Spaghetti? Das ist zwar nichts Besonderes, aber ich denke, eine große Schüssel Kohlenhydrate hört sich im Moment köstlich an.«

»Auf jeden Fall«, stimmte sie zu.

Stunden später, nach dem Abendessen und nachdem er und Zoey zwei *Stirb-Langsam*-Filme gesehen hatten, lag Bubba im Bett und hielt Zoey in seinen Armen, während sie schlief. Er hatte einen Steifen, der nicht nachlassen wollte, und Hoden, die aufgrund der ihnen verwehrten Erlösung schmerzten, aber er hatte sich noch nie in seinem Leben so wohlgefühlt.

Er hätte auch nie gedacht, dass er von einer unerfahrenen Frau so erregt werden könnte wie von Zoey. Als er an Jess' Rat dachte, konnte er nur den Kopf schütteln ... und ihr zustimmen. Er konnte es kaum erwarten, Zoey in die Finger *und* an den Mund zu bekommen. Aber aus irgendeinem Grund war es fast so befriedigend, sie so zu halten, wie jede sexuelle Begegnung, die er je gehabt hatte. Er wusste nicht warum, außer weil es Zoey war.

Sie hatten etwas Tiefgreifendes miteinander erlebt und er hatte einen Teil von ihr gesehen, den sie seiner Meinung nach nicht vielen Menschen zeigte. Ihre innere Stärke. Ihre Entschlossenheit.

Als Bubba den Kopf drehte und ihre Schläfe küsste, murmelte sie etwas vor sich hin und schmiegte sich noch enger an ihn.

Jemand würde dafür bezahlen, den Versuch gewagt zu haben, sie zu töten. Er hoffte, dass es Tex gelingen würde, Eva Dawkins zu finden und dem Komplott sobald wie möglich auf den Grund zu gehen. Aber in der Zwischenzeit würde er Zoey beschützen. Sie war dort, wo sie hingehörte. Genau dort neben ihm.

Eva Dawkins war nicht glücklich. Sie hatte Angst und war wütend, dass sie ihr Geld nicht bekommen hatte. Ihre Kinder waren immer noch bei ihrem verrückten Ex und sie hatte keine Ahnung, was sie jetzt tun sollte. Sie war aus Seattle abgehauen, weil es keine gute Idee war, an einem Ort zu bleiben, und hatte sich per Anhalter auf den Weg zurück nach Alaska gemacht. Es war nicht klug, an den Ort zurückzukehren, an dem sie angeheuert worden war, aber welche andere Wahl hatte sie? Ihre Kinder waren dort. Und wenn sie sie zurückbekommen wollte, musste sie sich ihrem Ex stellen. Mit oder ohne das Geld, das er verlangte.

Zum ersten Mal seit Tagen klingelte das Wegwerfhandy, das sie benutzt hatte, um mit der Frau zu kommunizieren, die sie angeheuert hatte, und Eva tippte schnell auf die grüne Taste, um abzunehmen.

»Wo ist mein Geld?«, fragte sie anstelle einer Begrüßung.

»Es gibt kein Geld«, antwortete die Frau knapp.

»Was? Das ist Blödsinn!«

»Nein, ist es nicht. Du hast deinen Teil der Abmachung nicht eingehalten.«

»Von wegen«, sagte Eva. »Ich habe genau das getan, was du mir befohlen hast. Ich habe sie mitten im verdammten Nirgendwo ausgesetzt.«

»Ja, aber das war nicht gut genug. Sie wurden gerettet und die Verlesung des Testaments verlief so, wie es das Gesetz vorschreibt.«

Eva spürte einen Stich der Erleichterung in sich aufsteigen. Sie hatte niemanden umgebracht. Aber sie hatte mit Sicherheit etwas getan, das so beschissen war, dass kein Richter es durchgehen lassen würde. Zusammen mit ihrer Vorstrafe wegen Drogentransports würde sie im Gefängnis landen, ohne dass jemand zweimal darüber nachdachte.

Mist. Sie war am Arsch.

Sie unternahm einen letzten Versuch, die Frau dazu zu bringen, das versprochene Geld zu überweisen. »Das ist nicht meine Schuld. Ich habe getan, was du wolltest. Du schuldest mir was.«

Die Frau seufzte. »Du hast recht, das hast du. Aber die Sache ist die ... *es gibt kein Geld.* Ich habe das, was ich dir versprochen habe, den Typen gegeben, die dein Flugzeug sabotieren sollten – damit ihr alle *drei* sterbt, wenn euer Flugzeug nach dem Start abstürzt.«

Eva schnappte nach Luft. »Was?«, flüsterte sie.

»Stimmt genau. Wenn du nur zwei Sekunden darüber nachgedacht hättest, wäre dir klar geworden, dass es keinen Sinn macht, Mark und Zoey als vermisst zu melden. Das Geld würde erst freigegeben, wenn ihr *Tod* bewiesen wäre, und wie sollten wir das tun, wenn sie für immer in der Wildnis Alaskas verschwunden wären? Nein, alle mussten wissen, dass sie tot waren, und das nicht durch einen verdächtigen Überfall oder so. Das verdammte Flugzeug sollte in einem Feuerball untergehen.«

»Ich kann das nicht glauben«, sagte Eva fassungslos. Sie hatte Glück, dass sie noch lebte.

»Glaube es«, spottete die andere Frau. »Du lebst nur noch, weil diese Arschlöcher mich hintergangen haben müssen.«

»So wie du es mit mir gemacht hast«, protestierte Eva.

»Ja, nun ... tut mir leid.«

Es klang nicht im Geringsten so, als täte es ihr leid.

»Du Schlampe!«, rief Eva. »Du schuldest mir was, und ich will mein Geld.«

»Ich schulde dir einen Scheißdreck«, gab die Frau zurück. »Ich rufe nur an, um dir mitzuteilen, dass jede Verbindung zwischen uns beendet ist. Wenn du irgendjemandem auch nur ein Wort davon erzählst, lasse ich dich so schnell verhaften, dass dir schwindelig wird. Was glaubst du, wem die Bullen glauben werden, dir oder mir? Ich sage dir wem, Schlampe. *Mir.*«

»Aber was ist mit meinen Kindern?«, jammerte Eva verzweifelt.

»Die sind nicht mein Problem. Vielleicht hättest du deine Beine nicht für das erste Arschloch spreizen sollen, das dir über den Weg gelaufen ist. Du hast dich selbst in diese Situation gebracht, du kannst dir einen Ausweg suchen.«

»Das habe ich! Ich habe getan, was du wolltest«, sagte Eva verzweifelt.

»Du bist nichts als reiner Abschaum«, zischte die Frau am anderen Ende der Leitung herzlos. »Deine Kinder hatten nie eine Chance. Und *sie* werden auch nichts weiter als Abschaum sein. Nutze das als Chance, deine Vergangenheit hinter dir zu lassen. Zieh nach Maine oder so und fang neu an. Das ist wahrscheinlich das Beste, was du für diese verdammten Kinder tun kannst.«

Nach dieser niederschmetternden Antwort war die Leitung tot.

Eva starrte auf das Telefon in ihrer Hand und tat, was jede andere Mutter auch tun würde.

Sie weinte.

Dann langte sie tief in ihr Inneres und schwor sich, alles zu tun, was nötig war, um ihre Kinder zurückzubekommen.

Sie waren *kein* Abschaum. Sie waren wunderschön und unschuldig, und Eva würde alles tun, um sicherzustellen, dass sie das auch blieben.

Die Frau dachte, sie könnte sie um das Geld betrügen, das sie ihr schuldete? Eva würde sie ruinieren. Sie wusste nicht, wie sie es anstellen würde, aber sie würde es tun. Auf die eine oder andere Weise.

KAPITEL FÜNFZEHN

Zoey verbarg ein Lächeln hinter ihrer Teetasse, als sie Jess eine Woche später auf der Couch gegenübersaß. Die ältere Frau hatte die Angewohnheit, genau das zu sagen, was sie dachte, ob es nun angemessen war oder nicht. Und Zoey liebte das.

»Ich mache keine Witze. Frank sagte dem Vizeadmiral ins Gesicht: *Wenn Sie mich entschuldigen, Sir, ich bin seit vier Stunden auf diesem Marineball und konnte an nichts anderes denken als daran, meine Frau nach Hause und ins Bett zu bringen.* Dann salutierte er vor dem Mann, nahm mich am Arm, brachte mich nach Hause und fiel über mich her.«

Zoey konnte ihr Lachen nicht unterdrücken, als sie das hörte. »Machst du Witze? Ich meine, du scherzt doch gern und viel.«

Jess hielt eine Hand hoch. »Ich schwöre, ich mache keine Witze. Ich dachte, ich würde vor Verlegenheit sterben, aber anscheinend war der Vizeadmiral neidisch, dass wir gehen konnten, denn er sagte nur: *Viel Spaß, Matrose,* bevor wir aufbrachen.«

Zoey schüttelte den Kopf und stand auf, wobei sie Jess'

Teetasse mitnahm, um ihr nachzuschenken. Es war schwer zu glauben, dass sie die ältere Frau erst vor einer Woche kennengelernt hatte. Es kam ihr so vor, als würde sie sie schon ewig kennen. Es fiel ihr nicht schwer, für sie zu arbeiten, ganz und gar nicht. Tatsächlich hatte Zoey die meiste Zeit das Gefühl, dass Jess sie nicht brauchte. Ihr Haus war bereits ziemlich sauber und Jess hatte keine Probleme, sich fortzubewegen. Aber nachdem sie eine Weile darüber nachgedacht hatte, wurde ihr klar, dass Jess einsam war. Sie hatte keine Familie, die sie besuchte, und verbrachte die meiste Zeit eingesperrt in ihrem Haus.

Jeden Tag waren sie ausgegangen und hatten etwas unternommen. Lebensmitteleinkauf. Ein kurzer Spaziergang im Park. Sie gingen an den Strand und sahen den Leuten beim Surfen zu. Zoey hatte Jess sogar in den Zoo mitgenommen. Für Zoey war es genauso schön, rauszukommen und die Stadt zu sehen, wie für Jess.

»Bist du sicher, dass du heute Nachmittag nicht mit uns zum Grillen kommen willst?«, fragte Zoey, als sie sich wieder neben Jess auf die Couch setzte. Das Treffen in Gumbys Strandhaus war ein wenig verschoben worden, aber jetzt fand es wie geplant später am Tag statt.

»Ich bin sicher. Ich habe Gretel heute Nachmittag zum Kartenspielen eingeladen.«

Gretel war eine Frau, die sie vor ein paar Tagen in der Bücherei getroffen hatten. Anscheinend war Jess schon vor Jahren mit ihr befreundet gewesen, aber sie hatten den Kontakt verloren. Die beiden Frauen hatten sich riesig gefreut, einander zu sehen, und hatten bereits Pläne für ein Treffen geschmiedet.

»Sie kann auch mitkommen«, sagte Zoey, damit ihre neue Freundin sich nicht ausgeschlossen fühlte.

Jess schüttelte den Kopf. »Nein, Kind. Du gehst und hast

Spaß mit den anderen. Du musst auch andere Freunde als eine alte Dame finden.«

»Ich kann mehr als eine Freundin haben«, erwiderte Zoey.

»Natürlich kannst du das, aber diese Frauen werden etwas Besonderes in deinem Leben sein. Sie werden deine besten Freundinnen sein, die Tanten deiner Kinder, Babysitterinnen, wenn du und Mark Zeit für euch braucht. Sie werden deine Unterstützung sein, wenn Mark im Einsatz ist, genauso wie du es für sie sein wirst. Du musst ihre Freundschaft pflegen und solltest so bald wie möglich damit anfangen.«

»Jess«, sagte Zoey leise und stellte ihre Teetassen ab, »ich glaube, du hast meine Beziehung zu Mark falsch verstanden.«

Jess hob daraufhin nur eine Augenbraue.

»Im Ernst. Ich meine, wir haben nicht ... wir sind nicht ... wir sind im Moment nur Freunde.« Sie wusste, dass das nicht der Fall war, aber sie wollte mit der anderen Frau nicht über ihr Sexleben – oder das Fehlen eines solchen – sprechen.

»Glaub mir, dieser Mann ist *nicht* nur ein Freund«, sagte Jess mit Überzeugung. »Es ist ja ganz niedlich, dass du den Kopf in den Sand steckst, wenn es um Mark geht, aber irgendwann wirst du dich aufrichten und zur Kenntnis nehmen müssen, was um dich herum passiert. Ich habe den Kuss letzte Woche gesehen, das war kein Kuss unter Freunden.«

»Oh, aber ... ja, das dachte ich auch. Aber seither hat er nichts mehr getan. Nicht einmal ein Küsschen auf die Wange. Er sagte, er wolle es langsam angehen, aber ich dachte nicht, dass er so langsam meinte.«

»Er schläft nicht mit dir?«

Zoey wusste, dass sie wieder rot wurde, aber sie hatte

wirklich niemanden, mit dem sie darüber reden konnte. »Wir schlafen, aber das war's auch schon. Ich war mir ziemlich sicher, dass wir auf eine ernsthafte Beziehung zusteuern, aber jetzt frage ich mich, ob ich nur gesehen habe, was ich sehen wollte, wenn es um uns ging.«

Jess nickte, beugte sich vor und nahm Zoeys Hand in ihre eigene.

Zoey hätte bei dieser Geste am liebsten geweint. Es war schon lange her, dass jemand sie so zärtlich angesehen hatte wie Jess in diesem Moment. Sie konnte sich nicht daran erinnern, wann ihre Mutter sich das letzte Mal hingesetzt und mit ihr vertraulich gesprochen hatte. Als sie das letzte Mal von ihr gehört hatte – ein kurzer Anruf vor ein paar Tagen –, war sie mit Liam in Fairbanks gewesen und die Dinge liefen gut.

»Mein Frank war ein Alphamann, genau wie Mark. Er war beschützend und mürrisch, wenn es darum ging, dass andere Männer mich ansahen. Nach seinen Einsätzen brauchte er eine ganze Weile, um sich wieder an das Leben zu Hause zu gewöhnen. Aber selbst wenn er am mürrischsten war, habe ich nie an seiner Liebe zu mir gezweifelt. Er kochte für mich, wusch ab, staubsaugte und wusch die Wäsche. Er fuhr mich zur Arbeit, wenn er konnte, und holte mich ab. Wenn ich abends mit meinen Freundinnen ausging, blieb er auf, bis ich nach Hause kam, oder er bot sich als nüchterner Fahrer an, um uns alle sicher nach Hause zu bringen. Er hielt meine Hand in der Öffentlichkeit *und* wenn wir zu Hause waren. Für andere war er ein Griesgram, aber für mich war er mein Frank. Ein Mann wie Mark würde dich nicht hetzen wollen. Ich vermute, er wartet auf ein Zeichen von *dir*, die Dinge auf die nächste Stufe zu heben.«

Zoey dachte über Jess' Worte nach und musste zugeben, dass sie ein gutes Argument hatte. Mark war ihr gegenüber nur höflich und fürsorglich gewesen. Er hatte all die Dinge getan, die Jess erwähnt hatte, außer die Sache mit dem Händchenhalten.

»Was ist, wenn er seine Meinung geändert hat? Ich meine, in Alaska war es ziemlich heftig, und jetzt, da er eine Weile zu Hause ist, hat er vielleicht beschlossen, dass es doch nur den Umständen geschuldet war.«

»Er ist interessiert«, entgegnete Jess. »Ich habe bemerkt, wie er dich ansieht, wenn du nicht aufpasst. Das heißt aber nicht, dass er ewig warten wird. Du musst ihn wissen lassen, dass du *deine* Meinung nicht geändert hast. In der heutigen Welt müssen Männer mit Annäherungsversuchen bei Frauen sehr vorsichtig sein, damit sie ihre Grenzen nicht überschreiten.«

Ein Klopfen an der Tür unterbrach ihr intimes Gespräch. Bevor Zoey aufstehen und die Tür öffnen konnte, drückte Jess ihre Hand. »Nimm einen Ratschlag von einer alten Dame an, Zoey. Ich habe das Gefühl, dass es an dir liegen wird, den ersten Schritt zu machen, und du solltest es bald tun. Dieser Mann ist eine Augenweide und wenn ich du wäre, würde ich mich darauf stürzen.«

Zoey kicherte. »Eine Augenweide?«

Jess grinste. »Zu meiner Zeit war das ein großes Kompliment.«

»Das ist es immer noch«, erwiderte Zoey.

Es klopfte erneut an der Tür und beide hörten, wie Mark Jess' Namen rief.

»Ich muss aufmachen, damit er sich keine Sorgen macht«, sagte Zoey.

Jess nickte und tätschelte Zoeys Hand. »Vergiss nicht, was ich gesagt habe. Er versucht, ein Gentleman zu sein und dich nicht zu drängen. Nimm dir, was du willst, Kind.«

Zoey nickte und stand auf, um die Tür zu öffnen.

Sie zog die Tür auf und ein kleiner Schauder durchfuhr

sie, als sie Mark dort stehen sah. Er war nach der Arbeit nach Hause gegangen und hatte sich Cargoshorts sowie ein weißes T-Shirt angezogen. Mit seiner gebräunten Haut und dem kurzen Bart, den er nach ihrem Abenteuer in Alaska noch nicht abrasiert hatte, sah er einfach fantastisch aus.

»Hi«, sagte er und beugte sich vor.

Zoey neigte den Kopf, damit er sie leichter auf die Wange küssen konnte, aber stattdessen berührten seine Lippen ihre eigenen.

»Hattest du einen schönen Tag?«, fragte er.

»Ja«, antwortete Zoey, deren Mund trocken wurde. Jess' Worte hallten in ihrem Kopf nach, aber sie wusste, dass jetzt nicht der richtige Zeitpunkt war, um ihm mitzuteilen, dass er sich irrte, wenn er sich davor scheute, mit ihr intim zu werden, weil er dachte, es sei das, was *sie* wollte.

Sie verabschiedeten sich von Jess, wobei Zoey das Grinsen auf dem Gesicht der älteren Frau und die Art ignorierte, wie sie mit den Augenbrauen wackelte.

Zurück in seinem Haus wartete Mark geduldig, während sie sich eine kurze Hose und ein T-Shirt anzog und eine Tasche mit einem Handtuch, einem Badeanzug und einem Outfit packte, das sie nach einem Tag am Strand anziehen konnte. Sie konnte nicht umhin zu bemerken, dass Mark einen seiner Pullover nahm und ihn ebenfalls in ihre Tasche steckte. Sie wusste, dass er ihn nicht für sich selbst, sondern für sie eingepackt hatte, weil er wusste, dass sie ihn später brauchen würde, wenn sie zu frieren begann.

Zoey freute sich auf das Grillfest. Sie wollte Marks Teamkameraden besser kennenlernen und konnte es kaum erwarten, wieder mit Caite, Sidney und Piper zu reden.

Als sie in Gumbys Strandhaus ankamen, herrschte dort ein halb kontrolliertes Chaos. Die drei Kinder von Piper und Ace liefen mit der unendlichen Energie herum, die nur Kinder haben konnten. Rocco bediente den Grill, während

Phantom und Rex auf die Kinder aufpassten und sicherstellten, dass sie sich während ihres Spiels nicht verletzten.

Die übrigen Männer warfen am Strand einen Football hin und her und kamen abwechselnd zurück, um sich zu erkundigen, ob jemand im Haus etwas brauchte. Nachdem sie Hamburger und Hotdogs gegessen hatten, gingen alle im Meer schwimmen, was für Zoey ein neues Abenteuer war. Das Wasser war zwar kühl, aber nicht annähernd so kalt wie in Alaska.

Nachdem sie über eine Stunde lang im Wasser und im Sand gespielt hatten, kamen alle zurück ins Haus, um zu duschen und sich umzuziehen. Schließlich saßen die Kinder im Elternschlafzimmer und schauten Zeichentrickfilme, und die Jungs saßen vor dem großen Fernseher im Wohnzimmer und schauten Football.

Caite, Piper, Sidney und Zoey hatten beschlossen, auf der hinteren Terrasse ein Glas Wein zu trinken und den Sonnenuntergang zu betrachten. Nun, alle außer Piper tranken Wein, die schwanger war und sich für eine Flasche Wasser entschieden hatte. Es war das erste Mal nach diesem Nachmittag, dass sie sich entspannt hinsetzten, und Zoey war sehr froh über die Zeit, in der sie mit den anderen Frauen unter vier Augen reden und sich ausruhen konnte.

»Wie läuft die Arbeit mit Jess?«, fragte Caite.

»Gut. Wirklich gut«, antwortete Zoey. »Sie ist eine Wucht. Sie ist eine klitzekleine Frau mit einer riesigen Persönlichkeit. Ich schwöre, ich bin in ihrer Nähe schon öfter rot geworden als in meinem ganzen vorherigen Leben.«

»Hat die Polizei noch etwas über den Auftraggeber der Pilotin herausgefunden, die dich und Bubba mitten im Nirgendwo zurückgelassen hat?«, fragte Sidney.

Zoey schüttelte den Kopf. »Nicht dass ich wüsste. Ich weiß, dass es einen Typen namens Tex gibt, der das auch untersucht, und laut Mark sollte er bald etwas herausfinden.«

Piper nickte enthusiastisch. »Tex ist unglaublich. Wenn jemand herausfinden kann, wer das alles eingefädelt hat, dann er.« Dann erzählte sie Zoey, wie Tex die fast sofortige Adoption ihrer Mädchen arrangiert hatte und wie er eines Tages bei einem ihrer Grillfeste aufgetaucht war und sie ihn kennengelernt hatte. »Er war selbst ein SEAL, hat aber im Kampf ein Bein verloren. Er ist hier fast ein Gott, und ich verstehe auch warum. Ich wollte mich bei ihm bedanken, aber Beckett sagte zu mir, dass Tex im Gegenzug etwas völlig Übertriebenes tun würde.«

»Was zum Beispiel?«

»Das habe ich auch gefragt und Beckett meinte, er hätte einmal jemandem eine explodierende Glitzerbombe geschickt, nachdem er sich zu oft bei ihm bedankt hatte.«

»Heilige Scheiße. Niemand will dieses Zeug in seinem Haus haben. Es geht nie weg«, rief Zoey aus.

»Ich weiß«, sagte Piper. »Sinta hat mich um etwas von diesem Glitzerkleber für ein Projekt angefleht und ich habe dummerweise nachgegeben. Ich werde das Zeug nie wieder aus meinem Teppich bekommen.«

Alle lachten.

»Wie auch immer«, fuhr Piper fort, »ich glaube, Tex kommt mit nichts anderem als einem einfachen Dankeschön gut zurecht. Obwohl ich die Mädchen gebeten habe, ihm jeweils eine Karte zu schreiben, und damit bin ich durchgekommen.«

»Du hast also immer noch keine Ahnung, wer euch tot sehen wollte?«, fragte Caite.

Zoey schüttelte den Kopf und zuckte mit den Schultern.

»Das ist scheiße. Ich weiß genau, wie das ist«, erklärte Caite. »Aber das Gute ist, dass du Bubba an deiner Seite hast. Wie läuft es denn *damit*?«

Zoey fühlte sich wie in einem Déjà-vu, da sie dieses Gespräch gerade erst mit Jess geführt hatte, und versuchte erneut zu erklären, wie es zwischen ihr und Mark lief, dass sie sich zwar wünschte, dass es schneller ginge, aber auch Angst davor hatte, etwas zu unternehmen, weil sie nichts tun wollte, was die Verbindung zwischen ihr und ihm zerstören könnte.

Als niemand etwas sagte, nachdem sie ihre Erklärung beendet hatte, war Zoey nicht sicher, was sie denken sollte. Sie fühlte sich mit diesen Frauen verwandt und wollte auf keinen Fall etwas sagen, das diese Sache auflösen könnte. Sie kannten Mark schon länger als sie ... na ja, das stimmte nicht ganz, nachdem sie ihn bereits seit der Highschool kannte, aber trotzdem.

»Also, die Sache ist die«, sagte Caite, nachdem ein langer Moment des Schweigens vergangen war. »Ich glaube, keine von uns hat sich mit einem weisen Ratschlag eingemischt, weil wir genau wissen, wie du dich fühlst. Wir haben *alle* in deinen Schuhen gesteckt. Nicht genau so, aber ziemlich ähnlich. Ich wusste sehr lange Zeit nicht, dass jemand mich umbringen wollte, was verrückt war, aber als ich es erfuhr und Blake so beschützend wurde, fragte ich mich, ob er nur bei mir war, um mich zu beschützen, oder weil er mich mochte.«

»Bei mir war es genauso«, warf Piper ein. »Außerdem waren wir so sehr mit den Mädchen und damit beschäftigt, sie an das Leben hier in den USA zu gewöhnen. Ich war mir ziemlich sicher, dass er mich nur geheiratet hatte, damit wir die Mädchen aus Timor-Leste rausbekommen konnten.«

»Wie habt ihr ... ähm ... eure Beziehung auf die nächste Stufe gebracht?«, fragte Zoey, die froh war, sich etwas Mut angetrunken zu haben.

»Es ist irgendwie einfach passiert«, sagte Caite.

Piper nickte zustimmend.

Das war nicht das, was Zoey hören wollte; es war nicht sehr hilfreich.

Sidney beugte sich vor. »Ich bin die Erste, die zugibt, dass ich in meiner Beziehung mit Decker ziemlich viel Mist gebaut habe. Ich habe ein paar wirklich dumme Sachen gemacht und bin dankbar, dass er mich deswegen nicht gleich abserviert hat. Aber ich gehe zu einer Therapeutin, um über den Scheiß zu reden, der mich so verkorkst hat. Ich glaube, der Schlüssel zu einer Beziehung mit Männern wie den unseren ist Kommunikation. Keine Angst zu haben, ihnen zu sagen, was du willst und wie du es willst. Egal ob es sich um Sex oder etwas anderes handelt. Ich habe nicht genug mit Decker geredet, und das hat uns fast ruiniert.«

Zoey biss sich auf die Lippe. »Mark ist einer der nettesten Kerle, die ich kenne. Er hat mich eingestellt, um seiner *Nachbarin* zu helfen.«

»Wo schläfst du?«, fragte Caite.

Zoey wusste, dass sie rot wurde, aber sie antwortete: »In seinem Bett.«

»Und wo schläft er?«, fragte Piper.

»In seinem Bett«, wiederholte Zoey.

»Gut«, schlussfolgerte Caite, lehnte sich zurück und legte ihre Füße auf das Geländer der Terrasse. »Das ist kein Mitleid, und er mag dich.«

»Sie hat recht«, stimmte Sidney zu. »Er würde dich auf keinen Fall in sein Bett legen und zu dir reinkriechen, wenn er nicht wollte, dass eure Beziehung ernst ist. So sind unsere Männer nicht gestrickt.«

»Der Meinung bin ich auch«, sagte Piper. »Er hätte dich auch in sein Gästezimmer stecken können.«

»Er hat mir angeboten, selbst dort zu schlafen, mir jedoch unmissverständlich erklärt, dass ich sein Schlafzimmer nehmen würde«, gab Zoey zu.

Alle drei Frauen lächelten und nickten. Caite lehnte sich

nach vorn und hielt ihr Weinglas hoch. Zoey stieß mit ihrem eigenen an. »Willkommen im Klub, Zoey. Wir freuen uns, dich bei uns zu haben.«

»Worauf stoßt ihr an?«, fragte eine tiefe Stimme hinter ihnen.

Zoey erschrak und ließ fast ihr Weinglas fallen. Sie drehte sich um und sah Mark mit seinem Pullover in der Hand dort stehen.

»Auf Freunde«, antwortete Caite locker.

»Ah, cool. Zoey, ich dachte, du frierst vielleicht«, sagte Mark, während er den Pullover hochhielt.

»Oh, danke. Mir ist tatsächlich ein bisschen kalt.«

Er grinste, reichte ihr den Pullover und hielt ihr Weinglas, während sie ihn sich über den Kopf zog. Er war ihr viel zu groß, aber das war ihr egal. Er roch nach Mark, und abgesehen davon, in seinen Armen zu liegen, gab es nichts Entspannenderes, als von seinem Duft umgeben zu sein. »Danke«, sagte sie zu ihm, während sie nach ihrem Glas griff.

Er reichte es ihr und überraschte sie, indem er sich zu ihr hinunterbeugte und sie auf die Schläfe küsste. Er wandte sich an die anderen und sagte: »Betrinkt euch nicht zu sehr, meine Damen. Piper, ich überlasse dir die Verantwortung, dafür zu sorgen, dass sie in einer Stunde noch aufrecht gehen können.«

Piper rollte mit den Augen. »Wie auch immer. Wir trinken hier draußen keinen Jägermeister, weißt du. Es ist nur ein kleines bisschen Wein.«

Mark betrachtete die leere Flasche auf dem Geländer sowie die daneben, die sie gerade geöffnet hatten. »Aha.«

»Ach, halt die Klappe«, sagte Caite. »Und husch, ja? Wir reden hier über Frauenkram.«

»Ich gehe ja schon«, erwiderte Mark. Er strich Zoey mit

einer Hand über die Haare, bevor er sich umdrehte und wieder im Haus verschwand.

»Oh ja, du hast keinen Grund, dir Sorgen zu machen, Mädchen«, trällerte Sidney, als Mark gegangen war.

»Die meiste Zeit denke ich das auch, aber dann vergehen Tage, an denen er mich kein einziges Mal berührt, außer wenn wir schlafen gehen. Dann werde ich paranoid«, gestand Zoey.

»Bubba ist einer der Guten«, beruhigte Caite sie. »Er tut das, was er für richtig und ehrenhaft hält. Aber glaub mir, eines Tages wird er nachgeben, und wenn er das tut, wird es wunderbar sein.«

Sie unterhielten sich noch etwa eine Dreiviertelstunde lang, bis die Kinder aus dem Haus und auf die Terrasse gingen. Ihre Sendung war zu Ende und sie waren gelangweilt ... und mürrisch. Nicht lange danach schien die Feier auf natürliche Weise zu enden. Alle verabschiedeten sich und Zoey war begeistert, als alle Frauen Nummern mit ihr austauschten und ihr versicherten, dass sie sie jederzeit anrufen könne und dass sie in Kontakt bleiben würden.

Noch bevor sie das Strandhaus verließ, hatte Caite ihr eine SMS geschickt, in der sie ihr schrieb, sie solle geduldig sein und ihr Bescheid geben, wenn sie jemals reden wolle.

Es fühlte sich gut an.

Alles in Zoeys Leben schien gut zu laufen ... und das machte ihr eine Heidenangst. Wenn in der Vergangenheit alles gut gelaufen war, schien immer etwas dazwischenzukommen und es zu vermasseln. Aber sie war fest entschlossen, positiv zu bleiben und zu glauben, dass sich einmal im Leben alles zum Guten wenden würde.

Bubba sah zu Zoey hinüber und lächelte, als er bemerkte, dass sie auf dem Rückweg zu seinem Haus eingeschlafen war. Ihre Wangen waren gerötet von dem Alkohol, den sie getrunken hatte, und ihr Mund war leicht geöffnet, während sie tief atmete.

Er hatte mit seinen Freunden über seine Situation mit Zoey gesprochen und darüber, dass er sie mehr wollte als seinen nächsten Atemzug, jedoch Angst hatte, die Sache zu überstürzen. Sie hatten ihm geraten, die Dinge weiterhin langsam anzugehen, dass er wissen würde, wann der richtige Zeitpunkt für den nächsten Schritt in ihrer Beziehung gekommen war.

Diese Ratschläge waren nicht gerade das gewesen, was er hatte hören wollen. Er wollte, dass einer seiner Freunde ihm sagte, er solle es einfach tun. Gleichzeitig wollte er seine Freundschaft mit Zoey nicht aufs Spiel setzen. Das war ihm überaus wichtig. Fast so sehr, wie er sie nackt in seinem Bett sehen wollte, während sie sich vor Ekstase wand.

Als sie nach Hause kamen, warf er einen Blick auf Jess' Haus und seufzte erleichtert. Sie hatte das Licht auf der Veranda angelassen, wie es ihre Gewohnheit war. Das tat sie immer, bevor sie ins Bett ging, um ihn wissen zu lassen, dass alles in Ordnung war.

Bubba ging zur Beifahrerseite seines Wagens und rüttelte Zoey sanft wach. Er legte einen Arm um sie, um sie ins Haus zu führen, da sie noch immer im Halbschlaf war. Er half ihr die Treppe hinauf und sie ließ sich auf sein Bett fallen, wo sie sich sofort auf die Seite drehte und die Decke bis zu ihrem Gesicht hochzog.

»Alles riecht nach dir«, murmelte sie. »So gut ...«

Bubba stand gut fünf Minuten lang an der Seite seines Bettes und sah Zoey beim Schlafen zu. Er wollte sie. Unbedingt. Sein Schwanz war aufrecht und er wusste genau, dass er ihn nur ein paarmal würde berühren müssen, um zum Höhepunkt zu kommen.

Er mochte alles an Zoey. Sie war freundlich zu jedem, den sie traf, was unglaublich erfrischend war. Sie redete nicht schlecht über jemanden, egal wie er aussah oder was er tat.

Es kostete ihn jedes Fünkchen Kraft, sich nicht hinunterzubeugen, sie mit einem Kuss zu wecken und sie dann nackt auszuziehen, um sie zu lieben, bis sich keiner von ihnen mehr bewegen konnte.

Aber es war zu früh.

Ehrlich gesagt kam es ihm nicht zu früh vor. Obwohl seit ihrem Aufenthalt in der Wildnis noch nicht viel Zeit vergangen war, kam es ihm aufgrund ihrer Erfahrungen und da sie sich schon seit der Highschool kannten so vor, als würde er sie schon ewig kennen.

Aber er sollte noch warten.

Die Gesellschaft behauptete, es sei für den Ausgang einer langfristigen Beziehung nicht gut, überstürzt miteinander ins Bett zu springen, wenn man erst seit Kurzem zusammen war.

Selbst seine Teamkameraden hatten ihm geraten zu warten.

Er wollte es nicht.

Aber er würde es tun.

Und er würde sich nur beherrschen können, wenn er etwas Abstand zwischen sie brachte. Es wäre eine Quälerei für ihn, aber er würde es tun, wenn er dadurch seine Bindung zu Zoey festigen konnte.

Er zwang sich, sich umzudrehen und aus dem Schlafzimmer die Treppe hinunterzugehen. Am liebsten hätte er sich umgezogen und wäre zu Zoey unter die Decke gekrochen, aber das konnte er nicht tun, solange er sich zu benehmen versuchte. Nicht in dieser Sekunde.

Er holte sich ein Bier aus dem Kühlschrank und schaltete den Fernseher ein. Er wechselte durch die Programme, bis er bei einer Sendung hängenblieb, die er schon einmal gesehen hatte. Sie war stinklangweilig, aber er brauchte die Ablenkung. Er würde sich ein wenig distanzieren ... genug, um Zoey die Chance zu geben, sich an Riverton und ihre neue Situation zu gewöhnen. Seine Nächte würde er jedoch nicht aufgeben. Er musste sie halten. Um sich zu versichern, dass sie da und in Sicherheit war, und um einen Ausblick darauf zu bekommen, worauf er sich in Zukunft freuen konnte.

Das würde er jedoch ein wenig einschränken müssen. Er würde länger aufbleiben und warten, dass sie einschlief, bevor er nach oben kam. Dann konnte er sie so dicht an sich drücken, wie er es brauchte, ohne dass sie den Druck verspürte, ihre Beziehung schneller voranzutreiben, als ihr lieb war. Es könnte ihn umbringen, aber für Zoey würde er es tun.

KAPITEL SECHZEHN

Zwei Wochen später war Zoey verwirrter denn je. Es war mit Mark so gut gelaufen und sie war bereit gewesen, ihm – auf subtile Weise natürlich – mitzuteilen, dass sie bereit war, ihre körperliche Beziehung voranzutreiben. Aber seit dem Grillfest bei seinem Freund schien er abgelenkt zu sein.

Er fuhr frühmorgens zum Training und kam danach nicht zum Frühstück nach Hause, sondern beschloss, auf dem Stützpunkt zu bleiben und zu duschen, anstatt ins Haus zurückzukehren. Abends kam er nach Hause und sie aßen gemeinsam zu Abend, dann setzten sie sich vor den Fernseher und redeten. Das war alles ganz nett, aber er hatte sie ermutigt, früh ins Bett zu gehen, und sie war immer schon eingeschlafen, bevor er hochkam.

Sie wusste, dass er irgendwann nach oben kam, da sie morgens aufwachte, wenn sein Wecker klingelte, und immer in seinen Armen lag, aber sobald das Piepen seiner Uhr ertönte, drehte er sich um und begann seinen Tag.

Es war verdammt deprimierend.

Sie wusste, dass Mark gestresst war. Er erzählte ihr, dass er jeden Tag mindestens einen Anruf von seinem Bruder und Sean wegen des Geschäfts bekommen hatte. Sie brauchten immer seine Unterschrift auf diesem oder jenem Formular, oder sie wollten, dass er sich zu diesem oder jenem Treffen per Video zuschaltete. Oder sie mussten eine Änderung besprechen, die sie vornehmen wollten.

Mark hatte sich zuvor nie für das Geschäft seines Vaters interessiert, aber jetzt, da er gezwungen war, Entscheidungen darüber zu treffen, konnte Zoey feststellen, dass er noch weniger Interesse daran hatte. Aber er saß fest. Sein Bruder und der Geschäftspartner seines Vaters brauchten ihn, zumindest behaupteten sie das.

Außerdem hatte Tex Eva Dawkins noch nicht ausfindig gemacht. Am Abend zuvor hatte Mark ihr erzählt, dass sein Freund ihrem Aufenthaltsort immer näherkam und es nur noch eine Frage der Zeit sei, aber sie wusste, dass er immer noch frustriert war, dass es so lange dauerte. Er musste wissen, wer versucht hatte, ihn zu töten, damit er damit abschließen konnte.

Ihr kam der Gedanke, dass er auf die Lösung dieses Rätsels wartete, damit er ihr sagen konnte, dass sie in Sicherheit sei und ihr Leben weitergehen könne. Vielleicht hatte er deshalb Abstand zwischen sie gebracht. Der Gedanke tat weh. Sehr sogar. Aber Zoey tat, was sie immer tat, wenn sie sich Widrigkeiten gegenübersah – sie hob ihr Kinn und machte mit ihrem Leben weiter. Sie tat ihr Bestes, sich nicht über Dinge aufzuregen, die sie nicht kontrollieren konnte, und im Moment hatte sie keine Kontrolle über die Ermittlungen in dem versuchten Mord, Colins Geschäft, den Druck, der deswegen auf Mark lastete, oder seinen Job als SEAL.

Aber sie *hatte* die Kontrolle über ihre Beziehung zu Mark. Sie konnte so nicht mehr weitermachen. Sie brauchte Antworten. Sie fühlte sich immer noch so tief mit ihm verbunden wie zuvor, aber wenn er seine Meinung über sie geändert hatte, musste sie es wissen. Sie würde Jess fragen, ob sie bei ihr einziehen könne, bis sie eine eigene Wohnung gefunden hatte.

Das Geld, das sie aus Colins Nachlass erhalten hatte, zusammen mit dem Geld, das Jess ihr zahlte, war genug, um irgendwo neu anzufangen. Zoey mochte Riverton. Das Wetter war perfekt und es gab eine Menge Dinge zu tun. Sie fühlte sich nicht so eingeengt wie in Juneau und fand es großartig, dass sie bei ihren Besorgungen nicht einer Million Menschen begegnete, die sie kannte. Es hatte etwas für sich, anonym zu sein, während man seinen Geschäften nachging.

Es war schon spät und wie immer war Mark unten geblieben, während sie ins Bett gegangen war. Aber anstatt unter die Bettdecke zu kriechen und einzuschlafen, war Zoey fest entschlossen, ein paar Antworten zu bekommen. Wenn Mark mit ihr fertig war, musste sie es wissen. Heute Nacht.

Sie ließ das Licht aus und kuschelte sich in den Sessel in der Ecke des Zimmers. Sie zog eine Decke über sich, legte die Beine hoch und schaltete ihr Tablet ein, um Solitär zu spielen, bis Mark ins Bett kam. Sie wusste, dass sie vielleicht noch eine Weile warten musste, aber das war in Ordnung. Sie war nicht müde. Nicht wenn ihr Herz so schnell schlug und Adrenalin durch ihre Adern floss. Sie war kein streitlustiger Mensch, also war das hier irgendwie beängstigend für sie.

Sie hätte nach unten gehen und Mark fragen können, was sein Problem war, aber sie wollte sehen, wie lange es dauern würde, bis er ins Bett kam.

Zwei Stunden später – die längsten zwei Stunden in Zoeys Leben – hörte sie endlich Schritte auf der Treppe. Sie legte das Tablet zur Seite und wartete. Sie beobachtete, wie Mark das Zimmer betrat, wobei er darauf achtete, leise zu sein. Normalerweise hätte sie ihn deshalb umso mehr geschätzt, aber jetzt ärgerte es sie nur noch.

Er ging ins Bad und schloss die Tür ganz, bevor er das Licht einschaltete. Erneut voller Rücksicht. Als er herauskam, konnte Zoey nicht mehr schweigen.

»Es ist schon spät«, sagte sie leise.

Er zuckte überrascht zusammen, dann drehte er sich zu dem Sessel um, in dem sie saß.

»Zoey?«

»Ja, wer sollte es sonst sein?«

»Ist alles in Ordnung mit dir? Fühlst du dich gut?«

»Mir geht's gut. Mark, wir müssen reden.« Sie zuckte zusammen, sobald die Worte ihren Mund verließen. Männer hassten es, diese Worte zu hören, aber sie waren ihr einfach so rausgerutscht, ohne dass sie darüber nachgedacht hatte.

Daraufhin knipste Mark die Lampe neben dem Bett an und ging zu ihr hinüber. Er trug nur Boxershorts, sonst nichts. Sein Körper war einfach wunderschön und es versetzte Zoey einen Stich ins Herz, ihn anzusehen. Er war schlank und durchtrainiert und die v-förmigen Muskeln in der Nähe seiner Hüften, die nach unten zeigten, ließen sie schwer schlucken. Sie wollte ihn überall berühren. Sie wollte ihn unter sich und über sich spüren, während sie miteinander schliefen.

In dem Wissen, dass sie sich konzentrieren musste, zwang Zoey ihren Blick auf sein Gesicht.

Er schaute besorgt auf sie herab, scheinbar unbekümmert, dass er praktisch nackt war. »Was ist los?«

»Wir. Das hier«, platzte sie heraus. »Das funktioniert nicht mehr.«

Mark kniete vor dem Sessel nieder und legte die Hände auf ihre Waden. »Willst du gehen?«, fragte er leise.

Zoey schüttelte den Kopf. »Nein, ganz und gar nicht.

Aber du hast in den letzten Wochen sehr deutlich gemacht, dass du mich nicht hier haben willst.«

Er runzelte die Stirn. »Was?«

»Streite es nicht ab, Mark. Du hast so wenig Zeit wie möglich hier im Haus verbracht, und ich kann nicht anders, als zu denken, dass das offensichtlich an mir liegt. Du stehst in aller Herrgottsfrühe auf und kommst erst kurz vor dem Abendessen zurück. Dann verbringen wir ein paar Stunden zusammen, und wenn ich ins Bett gehe, bleibst du *absichtlich* weg, bis ich eingeschlafen bin. Wenn du willst, dass ich gehe, musst du es mir nur sagen. Ich bin ein großes Mädchen, ich kann damit umgehen.«

Mark seufzte und schaute auf den Boden. Zoey wurde das Herz noch schwerer.

»Ich weiß, dass Tex noch nicht herausgefunden hat, wer hinter all dem steckt, was in Alaska passiert ist, aber ich verspreche, dass es mir gut gehen wird. Seit der Verlesung von Colins Testament ist nichts mehr passiert, also nehme ich an, dass sich derjenige, der den Scheiß arrangiert hat, mit der Tatsache abgefunden hat, dass Colin uns gegeben hat, was er uns gegeben hat. Ich habe genügend Geld, um eine Wohnung zu mieten. Ich werde Jess weiterhin helfen, weil ich es liebe. Ich liebe *sie*. Ich habe im Internet recherchiert, und ich kann eine Ausbildung in der Altenpflege machen. Du hast mir geholfen zu erkennen, dass ich etwas, das ich gern tue, zu meinem Beruf machen kann. Dafür werde ich dir immer dankbar sein.«

Mark hob den Kopf und fixierte sie mit einem so intensiven Blick, dass sie erstarrte.

»Ich habe es vermasselt«, murmelte er.

Als er nichts weiter sagte, wusste Zoey nicht, ob sie ihm zustimmen oder seine Worte abstreiten sollte. Also sagte sie nichts. Sie wartete einfach ab.

»Es stimmt, dass ich dir aus dem Weg gegangen bin, aber nicht aus den Gründen, die du vermutest.«

Zoey konnte kaum atmen. Ihr Herz tat weh. Sie mochte es nicht, die Bestätigung ihrer Ängste zu hören.

»Zo, ich wollte dich auf keinen Fall in eine Beziehung drängen, für die du noch nicht bereit warst. Die Dinge zwischen uns sind sehr schnell passiert. Sie waren sehr intensiv. Und ich wollte nicht, dass du dich mir gegenüber verpflichtet fühlst oder das Gefühl hast, du müsstest eine körperliche Beziehung mit mir eingehen, weil du mir dankbar bist.«

»Ich bin dankbar, dass du derjenige warst, der mit mir ausgesetzt wurde, aber niemals würde ich nur deshalb mit dir ausgehen oder Sex haben«, sagte sie leise.

Mark zuckte zusammen. »Ich habe mich so oft wie möglich von dir ferngehalten, weil das die einzige Möglichkeit ist, die Finger von dir zu lassen.«

Zoeys Augen weiteten sich vor Überraschung. Er redete weiter.

»Ich wusste, dass ich dir Zeit geben musste. Damit du Freunde findest und dich an deine neue Situation gewöhnen kannst, ohne von mir unter Druck gesetzt zu werden. Deshalb bin ich morgens früh losgefahren, denn wenn ich dir gegenübersitzen und zusehen müsste, wie du lächelnd dein Frühstück isst und über all die lustigen Dinge sprichst, die du mit Jess geplant hast, hätte ich mich nicht davon abhalten können, dich direkt auf dem Küchentisch zu nehmen. Ich habe gewartet, bis du eingeschlafen bist, um ins Bett zu kommen, denn wenn du wach gewesen wärst, wenn ich hochkomme, hätte ich das ausgenutzt und dich verführt, bevor du bereit warst. Ich war nicht stark genug, um im Gästezimmer zu schlafen, sonst hätte ich das auch getan. Der beste Teil meines Tages ist, wenn ich ins Bett komme und zu dir unter die Decke kriechen kann. Dich an mich drücke. Deinen Herzschlag und deine warmen Atemzüge an meiner Brust spüre. Dich *nicht* hier haben wollen? Zoey, ich habe mir noch nie etwas sehnlicher gewünscht.«

Es dauerte einen Moment, bis seine Worte in ihr Bewusstsein drangen, dann entspannte sich jeder Muskel in Zoeys Körper vor Erleichterung. Er hatte sie nicht auf Distanz gehalten, um sie leichter enttäuschen zu können, wenn er ihr eröffnete, sie solle ausziehen. Er hatte es getan, weil er sie nicht drängen wollte.

Jess hatte recht gehabt. Sie hätte mehr tun sollen, um ihm zu zeigen, dass sie für eine körperliche Beziehung bereit war. Sie hatten beide während der letzten zwei Wochen unnötig gelitten.

Das Herz schlug ihr bis zum Hals, als sie ihre Beine unter sich herauszog und an die Kante des Sessels rutschte. Sie streckte die Hände aus, legte sie in Marks Nacken und beugte sich zu ihm. »Ich bin bereit, Mark. Mehr als das. Berühre mich. Mach mich zu der Deinen. Ich will es. Ich brauche es. Ich brauche *dich*.«

In der einen Sekunde hockte er noch vor ihr, in der nächsten lag sie in seinen Armen und er ließ sie auf das Bett hinter ihnen fallen.

Die Dringlichkeit seines Handelns spiegelte sich in ihrem eigenen wider. Ihre Münder trafen aufeinander und sie stöhnte tief in ihrer Kehle. Er schob seine Zunge in ihren Mund und verschlang sie. Er küsste sie, als hätte er noch nie jemanden geküsst und würde es nie wieder tun. Während ihre Zungen sich duellierten, griff er mit den Händen nach dem T-Shirt, das sie trug. Er wich gerade lange genug zurück, um ihr den Stoff über den Kopf zu ziehen, dann war sein Mund wieder auf ihrem. Dringliches Verlangen durchströmte sie beide.

Zoey ließ ihre Hände über seinen muskulösen Rücken hinunter in seine Boxershorts gleiten, um seine Pobacken zu greifen.

Diesmal stöhnte Mark und hob den Kopf gerade so weit an, um sie anstarren zu können. Seine Pupillen waren vor Lust geweitet und sie konnte die warme Luft seiner schnellen Atmung auf ihrem Gesicht spüren.

Anstatt sich zu ihr hinunterzubeugen, um sie erneut zu küssen, rutschte Mark an ihrem Körper hinab.

Zoey versuchte, ihn an den Schultern zu packen, um ihn dort zu halten, wo er war, aber er war zu stark und ignorierte ihre wortlosen Bitten. Er ließ sich auf dem Bauch über ihr nieder und umschloss mit den Lippen eine ihrer Brustwarzen so fest, dass sie einen kleinen Schrei ausstieß und den Rücken krümmte, um sich noch fester an ihn zu drücken.

Sein Mund fühlte sich so gut an. Er leckte und saugte an ihr, als könnte er nie genug bekommen. Die Hände hielt er nicht still, während er sie vernaschte. Er streichelte über ihre Brüste und drückte sie irgendwann sogar zusammen, wobei er abwechselnd an der einen, dann an der anderen Brustwarze saugte.

Wie lange er mit ihrer Brust spielte, wusste Zoey nicht, aber es war lange genug, dass sie verzweifelt nach mehr verlangte.

»Mark«, stöhnte sie, nicht wissend, ob sie ihn anflehen sollte aufzuhören oder weiterzumachen.

Anstatt sich nach oben zu bewegen, rutschte er noch weiter das Bett hinunter.

Zoey wurde unsicher. Sie hatte nicht gelogen, als sie ihm sagte, dass noch nie zuvor ein Mann sie oral befriedigt hatte. Sie war sich nicht sicher, was sie angesichts des Akts verlegen machte.

Er zog ihr sanft den Slip die Beine hinunter und leckte sich über die Lippen, als sie schließlich nackt unter ihm lag.

»Entspann dich«, murmelte Mark. »Du wirst das lieben.

Genau wie ich. Ich habe davon geträumt. Dich zu kosten. Zu spüren, wie du durch meine Finger und meinen Mund kommst.« Dann schob er mit beiden Händen ihre Schenkel so weit wie möglich auseinander ... und starrte auf ihre nassen Schamlippen.

»Oh, Scheiße«, sagte Zoey und schloss die Augen. Es war ihr unglaublich peinlich. Der einzige Mensch, der sich diesen Teil von ihr so genau angesehen hatte wie Mark in dieser Sekunde, war ihre Gynäkologin. Und das war nicht dasselbe. Nicht einmal annähernd.

»Verdammt, du bist wunderschön«, sagte Mark ehrfürchtig. Sie spürte, wie er mit einem Finger langsam über ihre Schamlippen glitt und die Feuchtigkeit verteilte, die er dort gefunden hatte. Als sie die Beine schließen wollte, verlagerte er leicht das Gewicht, sodass seine Schulter und sein Ellbogen sie offen hielten.

»Versteck dich nicht vor mir«, knurrte er. »Ich liebe dieses Haarbüschel.« Er streichelte die Haare auf ihrem Schamhügel, die sie erst neulich gestutzt hatte. »Und die Tatsache, dass du hier unten nackt bist«, er ließ wieder einen Finger über ihre glatten Schamlippen gleiten, »macht mich fast wahnsinnig vor Lust.«

Zoey antwortete nicht. Sie glaubte sowieso nicht, dass Mark wirklich auf eine Antwort wartete. Sie wusste nicht, was sie mit ihren Händen machen sollte. Sie wusste nicht, was sie erwarten sollte. War das normal? Untersuchten Männer normalerweise die Geschlechtsteile ihrer Partnerin, bevor sie es ihnen oral gaben? Sie hatte keine Ahnung, und das machte sie noch nervöser.

Doch bevor sie fragen konnte, was sie eigentlich tun sollte, senkte Mark den Kopf.

Zoey spürte, wie er sie leckte. Seine Zunge war warm und weich zwischen ihren Schamlippen. Es fühlte sich gut an, aber nicht weltbewegend.

Doch dann umschloss er ihre Klitoris mit dem Mund und saugte. Hart.

Sie hob die Hüften von der Matratze und kreischte vor Lust, aber Mark ließ nicht von ihr ab. Er klammerte sich an sie, als hätte er das Nirwana gefunden und könnte durch nichts losgerissen werden. Er stürzte sich mit unerbittlicher Leidenschaft auf sie und Zoey konnte sich nur noch festhalten. Mit einer Hand umklammerte sie seinen Kopf und die Fingernägel ihrer anderen Hand grub sie in seine Schulter, während sie ihre Hüften unter seinem geschickten Mund und seinen Lippen bewegte. Sie konnte nicht stillhalten und war sich nicht sicher, ob sie es überhaupt versuchen sollte. Aber die Art, wie er an ihrer Klitoris saugte und leckte, machte es ohnehin unmöglich.

Irgendwann schaute sie nach unten und sah, dass Marks Augen geschlossen waren, während sein Gesicht reine Glückseligkeit zeigte. Sein Kinn bewegte sich hin und her, während er sie verschlang, was unglaublich sinnlich war.

»Mark«, sagte sie wieder, als sie spürte, wie ein Monsterorgasmus immer näher an die Oberfläche stieg. Sie war in ihrem Leben schon öfter gekommen, als sie zählen konnte, aber so etwas hatte sie noch nie erlebt. Wenn sie kurz davor war, nahm sie normalerweise den Vibrator von ihrer Klitoris oder verlangsamte die Bewegungen ihrer Finger.

Aber als würde Mark merken, dass sie kurz vorm Höhepunkt war, tat er das Gegenteil. Er saugte heftiger und ließ seine Zunge noch schneller gegen ihre empfindliche Knospe peitschen, anstatt sich zurückzuziehen.

Es tat fast weh, aber nicht wirklich. Zoey hatte keine Zeit, ihn zu warnen, dass sie kurz davor war zu kommen. In der einen Sekunde war jeder Muskel in ihrem Körper angespannt und ihr Hintern schwebte einige Zentimeter über dem Bett, und in der nächsten stürzte sie über den Abgrund. Ihr ganzer Körper bebte und sie spürte, wie Mark einen Finger in ihren Körper einführte und sie von innen streichelte, als sie kam.

Selbst dann ließ er nicht locker. Sein Mund blieb an ihrer Klitoris fixiert, als wäre er ein Cowboy, der auf einem bockenden Wildpferd saß und den ganzen Ritt über sitzen bleiben musste. Als sie schließlich spürte, wie ihr Orgasmus nachließ, hob Mark den Kopf und sah ihr direkt in die Augen. Er leckte sich die Lippen und sprach nicht, aber seine Befriedigung war deutlich zu sehen. Sie konnte erkennen, wie ihre Erregung auf seinem Kinn und in seinem Gesichtshaar glitzerte, und anstatt sich davon abgestoßen zu fühlen, erregte es sie noch mehr.

Er stieß seinen Finger weiter in ihren Körper und ließ Zoey bei der Intensität der Gefühle, die er in ihr auslöste, erschaudern.

»Du bist eng«, knurrte er leise. »Du umklammerst meinen Finger so fest, dass ich es kaum erwarten kann, bis mein Schwanz hier drin ist.«

Zoey schluckte schwer und nickte. Sie hatte seine Erektion an sich gespürt und wusste, dass er größer war als die beiden Männer, mit denen sie in der Vergangenheit zusammen gewesen war. Sie war nervös, aber sie wollte ihn so sehr.

»Bitte«, flüsterte sie.

»Bitte was?«, fragte er.

»In mich«, sagte sie in dem Wissen, dass sie wahrscheinlich vor Verlegenheit knallrot war. Sie war noch nie jemand gewesen, der um das bat, was er wollte.

Anstatt sich sofort über sie zu legen, spielte Mark weiter mit seinem Finger an ihr. Sie lag noch immer mit gespreizten Beinen unter ihm und es kostete sie alles, den Blickkontakt zu halten. Sie wusste, dass sie nach ihrem Orgasmus völlig nass war, weshalb sein Finger mühelos in ihren Körper hinein- und wieder herausglitt. Sie spannte ihre inneren Muskeln an, um ihn in sich zu halten, aber er machte einfach weiter.

»Ich will dich mehr, als ich auch nur ansatzweise erklären kann«, gestand Mark. »Aber ich bin völlig zufrieden damit, genau hier aufzuhören.«

Zoey starrte ihn mit offenem Mund an. »Was?«

»Ich will niemals etwas tun, was du nicht willst. Es ist schon spät. Ich habe dich in den letzten zwei Wochen gestresst und wenn du jetzt schlafen musst, können wir warten.«

»Machst du Witze?«, fragte sie ungläubig. »Wenn du nicht innerhalb der nächsten Minute in mich eindringst, muss ich dir wehtun.«

Der ernste Ausdruck in seinen Augen wurde durch Humor ersetzt. »Ja?«

»Ja.«

»Ich bin gesund«, sagte er.

Zoey schaute ihn kurz verwirrt an, dann begriff sie, was er meinte. »Oh, ja. Ich auch. Und ich hatte die Depot-Spritze.«

»Die was?«

»Entschuldige, die Dreimonatsspritze. Das ist ein Mittel zur Geburtenkontrolle. Ich lasse sie mir alle drei Monate geben. Sie hilft mir, meine Periode zu regulieren. Ich habe noch einen Monat Zeit, bevor ich zum Arzt gehen und mir eine neue Spritze geben lassen muss.«

Marks Augen leuchteten auf. »Ich benutze ein Kondom, wenn du das willst. Aber der Gedanke, nackt in dich einzudringen, ist das Aufregendste, was ich je gehört habe.«

Zoey zögerte nicht einmal. »Fick mich, Mark. Bitte.«

Als er diese Worte hörte, bewegte er sich endlich. Sein Finger glitt aus ihrem Körper und bevor Zoey die Leere wahrnehmen konnte, war Mark über ihr. Er war in Rekordzeit aus seinen Boxershorts geschlüpft und sie konnte nicht anders, als auf seinen Schwanz zu starren. Seine Eichel war feucht und sie konnte die pochenden Adern an seiner Erektion sehen. Sie hatte jedoch nicht annähernd genügend Zeit, ihn zu untersuchen, denn er beugte sich über sie, stützte sich mit einem Arm neben ihrer Schulter ab und sie spürte, wie er sie mit der Spitze seines Schwanzes berührte.

»Ich werde es langsam angehen«, versprach Mark. Er ließ ihr keine Zeit, zuzustimmen oder zu widersprechen, bevor Zoey spürte, wie er in sie eindrang.

Er machte es langsam, aber stetig. Sobald er begonnen hatte, hörte er nicht mehr auf. Zoey zuckte angesichts seiner Größe ein wenig zusammen und tat ihr Bestes, sich nicht zu verkrampfen. Sie hob die Hüften, um ihm zu helfen, und gerade als sie ihm sagen wollte, er solle ihr einen Moment Zeit lassen, um sich an ihn zu gewöhnen, war er bereits gänzlich in ihr vergraben. Zoey spürte, wie sich seine Schamhaare mit den ihren verfingen, und atmete tief ein.

Als sie zu Mark aufschaute, sah sie, dass sein Kiefer angespannt war und er fast wütend wirkte.

»Mark?«, fragte sie ein wenig unsicher.

»Gib mir eine Sekunde«, erwiderte er knapp.

Zoey erkannte, dass er nicht wütend war, sondern kurz vorm Abgrund stand, was sie ungemein beruhigte. Nur um zu sehen, was passieren würde, spannte sie ihre inneren Muskeln um seinen Schwanz herum an und spürte tatsächlich, wie er in ihr zuckte. Sie kicherte, woraufhin er noch tiefer in sie hineinglitt.

»Scheiße, Zoey. Du fühlst dich so verflucht gut an. Ich kann nicht ... ich werde ... verdammt! Warte.«

Mit diesen Worten schob Mark eine Hand unter ihren Hintern und drückte eine Pobacke, während er sie zu sich hochzog. Er bewegte seine Hüften nach hinten und dann langsam nach vorn. Nach drei oder vier langsamen Stößen verlor er die eiserne Kontrolle über sich selbst und begann, heftig in sie zu stoßen.

Es fühlte sich *so* gut an. Zoey hatte noch nie unter solcher Verzweiflung mit jemandem geschlafen. Solcher Leidenschaft. Er fickte sie, wie er sie leckte – ohne Zurückhaltung oder Scham. Es war wunderbar.

Sie warf den Kopf zurück, krümmte den Rücken und gab sich der Lust hin, die ihren Körper durchströmte. Ihre Klitoris war immer noch empfindlich von Marks Zunge. Sie spürte, wie seine Hoden an ihr abprallten und der Ansatz seines Schwanzes bei jedem Stoß gegen ihr Nervenbündel stieß, wodurch ein weiterer Orgasmus in ihr aufstieg.

»Genau so«, murmelte Mark. »Komm noch mal für mich.«

Da Zoey es mehr wollte als ihren nächsten Atemzug, schob sie eine Hand zwischen sie und berührte ihre Klitoris, um sich selbst die zusätzliche Stimulation zu geben, die sie brauchte, um über den Abgrund zu fallen.

In der einen Sekunde war sie noch im Zimmer und spürte Marks harten Schwanz in sich, und in der nächsten flog sie in glückseliger Ekstase.

Sie hörte Mark wie aus einem langen Tunnel schreien, als er selbst seinen Höhepunkt erreichte.

Er ließ sich nach unten sinken und rollte sich sofort ab, wobei er Zoey mit sich zog, bis sie schlaff und keuchend auf ihm lag.

»Falls es nicht klar war, ich will dich hier haben«, sagte Mark, als er wieder zu Atem gekommen war.

Zoey konnte nicht anders. Sie lachte. So sehr, dass sie spürte, wie Marks Schwanz aus ihrem Körper glitt. Sie hasste es, konnte aber trotzdem nicht aufhören zu kichern.

»*So* lustig war es nicht«, grummelte Mark missmutig.

Zoey bekam ihr Lachen unter Kontrolle und nickte. »Ich

weiß. Ich bin nur ... ich bin so erleichtert. So war es für mich noch nie.«

»Für mich auch nicht«, sagte Mark ernst. »Das war ein Geschenk. *Du* bist ein Geschenk. Ich danke dir, Zoey. Ich weiß, dass ich es in den letzten zwei Wochen versaut habe.«

Sie schüttelte den Kopf und richtete sich so auf, dass sie ihm in die Augen schauen konnte. »Nein, ich hätte dir besser mitteilen sollen, was ich will.«

»Wie wäre es, wenn wir einen Kompromiss schließen und sagen, dass wir es beide vermasselt haben, und von nun an besser darüber reden, was wir wollen und brauchen?«

»Abgemacht«, erwiderte Zoey. Dann seufzte sie zufrieden.

»Willst du dich waschen gehen?«, fragte Mark.

»Würdest du dich ekeln, wenn ich Nein sage?«, fragte sie zurück.

»Niemals«, versicherte er ihr. Dann griff er nach oben, legte eine Hand in ihren Nacken und führte ihren Kopf an seine Schulter. »Schlaf.«

»Wir sollten wahrscheinlich über Tex, das Geschäft und die ganzen Anrufe, die du bekommen hast, reden«, murmelte Zoey schläfrig.

»Morgen.«

»Okay.« Zoey kapitulierte klaglos. Sie war müde. Der Stress und die Sorgen darüber, wo sie und Mark standen, holten sie ein.

KAPITEL SIEBZEHN

Zum ersten Mal seit zwei Wochen stellte Bubba seinen Wecker nicht auf eine Uhrzeit in aller Herrgottsfrühe, um sich zum Training aus dem Haus zu schleichen. Er wachte auf, schrieb Rocco eine SMS, um ihm mitzuteilen, dass er erst später kommen würde, und schlief dann mit Zoey im Arm wieder ein.

Als er das nächste Mal aufwachte, kniete Zoey an seiner Seite und streichelte mit einer Hand seinen Schwanz, bis er steinhart war. Dann setzte sie sich rittlings auf ihn und nahm ihn in ihrem Körper auf, um ihn zu reiten, bis sie kam. Daraufhin drehte er sie um und nahm sie genauso hart von hinten, bis er zum Orgasmus kam.

Er mochte diese neue selbstbewusste und sexy Seite von Zoey sehr.

Und fast hätte er es vermasselt. Er hatte versucht, die Dinge langsam anzugehen, um sicher zu sein, dass sie ihn genauso sehr wollte wie er sie, aber er war ein Idiot gewesen, indem er nicht mit ihr über ihre Beziehung gesprochen hatte.

Während sie zusammen dalagen, die Gliedmaßen ineinander verschlungen, und sich von ihrem Morgensex erholten, klingelte sein Handy. Es war Malcom. Bubba ignorierte es.

Dreißig Minuten später klingelte es erneut und Seans Name erschien auf dem Display.

Bubba seufzte, da er wusste, was er zu tun hatte. Seit er das Testament seines Vaters gehört hatte, kämpfte er mit der Entscheidung, aber nun war die Zeit gekommen.

»Ich muss nach Juneau fliegen«, sagte er leise zu Zoey.

Sie zuckte nicht einmal mit der Wimper. »Wann brechen wir auf?«

»Ich möchte, dass du hierbleibst. Das ist sicherer.«

Sie stützte sich auf einen Ellbogen. »Wenn du allein in Alaska auftauchst und derjenige, der uns töten wollte, das herausfindet, könnte er hierherkommen und mich viel leichter ausschalten.«

Bubba zuckte zusammen. »Würdest du bitte nicht so lässig darüber reden, getötet zu werden?«

Zoey nickte. »Ich weiß nicht, warum du dorthin musst, aber wenn niemand weiß, dass du kommst, kann derjenige keinen Blödsinn arrangieren wie beim letzten Mal. Und es ist wirklich schwer, etwas mit meinem Haus zu organisieren, wenn ich nicht da bin. Ich bin dankbar, dass Tracy Eklund mir einen Teil meiner Sachen geschickt hat, aber ich würde wirklich gern selbst durch das Haus gehen und entscheiden, was ich behalten will, was ich weggeben muss und was ich hierhertransportiert haben möchte.«

Bubba drehte sich, um Zoey in die Augen zu schauen. »Hast du dich entschieden, was du mit dem Haus machen willst?«

»Ich glaube, ich will es verkaufen. Ich habe kein großes Interesse daran, es zu vermieten, und ...« Sie verstummte.

»Und?«, drängte Bubba.

»Ich würde gern dauerhaft hierherziehen. Selbst wenn

es mit uns beiden nicht funktioniert, gefällt es mir hier. Ich mag Caite, Sidney und Piper, und ich kann hier meinen Abschluss an der Volkshochschule machen.«

»Das mit uns wird funktionieren«, sagte Bubba streng.

Zoey lächelte ihn an und legte ihm eine Hand in den Nacken. Er liebte es, dass sie ihn gern berührte. In den letzten zwei Wochen hatte er durch seinen Versuch, es langsam anzugehen, verdammt viel verpasst. Nie wieder.

»Also«, sagte sie, womit sie ihren Gedankengang wieder aufnahm. »Ich könnte mit dir kommen und mich um das Haus kümmern, während du tust, was du tun musst.«

»Ich werde meinen Teil des Geschäfts an meinen Bruder verkaufen.«

Zoey schien nicht einmal überrascht zu sein. »Gut«, sagte sie mit einem Nicken.

»Gut?«

»Ja. Das wird dich niemals glücklich machen. Es ist offensichtlich. Jedes Mal wenn Malcom oder Sean anruft und dir eine Frage stellt oder dir etwas zum Unterschreiben schickt, bist du total gestresst. Deine Berufung ist es, Menschen zu helfen. SEAL zu sein. Ich habe deinen Vater geliebt und glaube, er wusste tief in seinem Inneren, dass du niemals nach Hause kommen und bei ihm ins Geschäft einsteigen würdest. Und damit hatte er kein Problem. Er hat dich so geliebt, wie du bist.«

»Danke«, sagte Bubba leise. »Ich bin mir immer noch nicht sicher, ob es eine gute Idee ist, dich mitzunehmen. Ich kann nicht tun, was ich tun muss, und gleichzeitig dafür sorgen, dass du in Sicherheit bist. Es fühlt sich an, als würde ich dich direkt zurück in die Höhle des Löwen bringen, und das wäre dumm.«

Zoey zuckte mit den Schultern. »Dann frag einen deiner Freunde, ob er mit uns kommen kann. Er kann bei mir im Haus unterkommen, während du dein Ding durchziehst.

Was denkst du, wie lange wir dort sein müssen? Kann einer deiner Teamkameraden die Zeit mit dir freinehmen?«

Ja, natürlich. Daran hätte er denken sollen. »Ich denke, wir könnten am Donnerstag aufbrechen und bis Sonntagabend zurück sein. Es könnte sein, dass ich noch weitere kurze Reisen dorthin machen muss, um den Papierkram zu erledigen, aber Kenneth könnte die Papiere, die ich brauche, mit der Post schicken, und ich kann sie hier beglaubigen lassen und zurückschicken. Mit wem würdest du dich als Begleiter am wohlsten fühlen?«

»Phantom«, antwortete Zoey, ohne zu zögern.

Bubba war überrascht. »Wirklich?«

»Ja. Ace, Gumby und Rocco haben ihre eigenen Familien, um die sie sich kümmern müssen, und obwohl ich Rex mag und respektiere, macht Phantom mich doch irgendwie nervös. Er ist bei fast allem superintensiv. Aber gerade deshalb würde ich mich in seiner Nähe sicher fühlen. Nervös, aber sicher. Ihm entgeht nicht viel, und sein mürrisches Äußeres wird selbst den neugierigsten Städter davon abhalten, mir eine Million Fragen zu stellen.«

Bubba nickte. Es gefiel ihm nicht, dass sie sich in der Nähe von Phantom nicht ganz wohlfühlte, aber er wusste, dass das einfach die Wirkung seines Freundes auf andere war. Außerdem würden sie sich auf einer solchen Reise vielleicht ein wenig besser kennenlernen und sie würde sich in seiner Gegenwart wohler fühlen.

»Ich werde ihn fragen, ob er dieses Wochenende Zeit hat mitzukommen«, sagte Bubba.

»Wirklich?«

»Wirklich.«

»Mark?«

»Ja, Zo?«

»Ich bin stolz auf dich.«

»Warum?«

»Weil du das Richtige tust. Malcom arbeitet seit seinem Schulabschluss im Geschäft deines Vaters mit. Ich mag ihn eigentlich nicht besonders, aber er hat es wirklich verdient. Wenn du deinen Anteil nicht behältst, will ich meinen auch nicht. Vielleicht kann ich ihn an Sean verkaufen oder so.«

»Bist du sicher? Du würdest auf lange Sicht eine Menge Geld aufgeben«, warnte Bubba sie.

»Ich bin mir sicher«, sagte Zoey. »Ich habe alles, was ich brauche, hier.« Dann senkte sie den Kopf und kuschelte sich wieder an ihn.

Bubba wusste, dass er der größte Glückspilz auf der ganzen Welt war. »Ich werde heute die Vorbereitungen treffen. Du musst Jess vorwarnen, dass du nicht da sein wirst.«

»Das werde ich. Ich bin mir sicher, dass Caite und die anderen nach ihr sehen können. Wie viel Uhr ist es?«, fragte Zoey.

Bubba begann, das Funkeln in ihren Augen zu erkennen. »Viertel nach acht. Warum?«

»Ach, nur so«, murmelte sie, während sie sich an seinem Körper hinunterbewegte. »Es ist nur so, dass ich das noch nie gemacht habe und dachte, vielleicht hast du ein bisschen Zeit, bevor du zur Arbeit musst, um es mir beizubringen?«

Bubba atmete scharf ein, als sie ihre Hand um seinen schnell hart werdenden Schwanz schloss. »Ich kann mich verspäten«, stieß er hervor.

Zoey lachte. »Gut. Sag mir, wenn ich es falsch mache.«

In den nächsten zwanzig Minuten konnte Bubba an nichts anderes denken als daran, wie gut sich der Mund und die Hände seiner Frau an ihm anfühlten. Und hinterher sagte er ihr, dass sie alles genau richtig gemacht hatte.

»Entspann dich«, befahl Zoey Mark, der fest ihre Hand drückte, als sie später in dieser Woche durch den Flughafen von Juneau schritten. Phantom ging so schweigsam hinter ihnen her, wie es sein Spitzname vermuten ließ. Sie wusste, dass Mark angespannt war, aber sie waren ohne Probleme angekommen und hatten niemandem gesagt, dass sie auf dem Weg waren.

Aber sie wusste besser als er, wie schnell Dinge sich in der kleinen Stadt herumsprechen konnten. Sie hatte bereits zwei Bekannte am Flughafen gesehen und sie hatte das Gefühl, dass Malcom und Sean wissen würden, dass sie da waren, bevor sie bei Heritage-Kunststoffe eintrafen.

Malcom war nach der Testamentsverlesung aus seiner Mietwohnung in das Haus seines Vaters gezogen. Zoey und Mark hatten nicht vor, heute bei seinem Haus vorbeizuschauen. Stattdessen wollten sie, nachdem sie die Fabrik besucht und hoffentlich ein Treffen mit Sean, Malcom und Kenneth vereinbart hatten, zu Zoeys Haus fahren und dort übernachten.

»Vielleicht war das eine schlechte Idee«, sagte Mark leise, während sie in der Schlange vor der Fahrzeugvermietung warteten und nachdem sie eine weitere Person, die sie kannte, gegrüßt hatte.

»Ist schon gut«, beruhigte Zoey ihn.

»Mark Wright? Bist du das?«, rief eine weibliche Stimme.

Zoey drehte sich um und sah Heidi Reynolds, ein Mädchen, mit dem sie gemeinsam die Highschool abgeschlossen hatten.

»Ja ... ähm ... tut mir leid, ich weiß deinen Namen nicht mehr«, sagte Mark, der Zoeys Hand umklammerte, als wäre sie eine Rettungsleine.

»Ernsthaft? Wir waren doch nur zwölf Jahre lang in derselben Klasse«, trällerte die andere Frau. »Ich bin Heidi.

Heidi Reynolds. Ich kann nicht glauben, dass du dich nicht an mich erinnerst. Wir sind in unserem letzten Schuljahr miteinander ausgegangen. Ich bin sicher, *daran* erinnerst du dich.« Sie zwinkerte anzüglich.

Marks Tonfall änderte sich nicht. »Nein, tut mir leid, ich erinnere mich nicht.«

Heidi sah verblüfft aus. »Oh, na ja ... wie auch immer. Das mit deinem Vater tut mir leid.«

Zoey war es gewohnt, ignoriert zu werden. Da sie keine »Einheimische« war, nachdem sie nicht ihr ganzes Leben lang in Juneau gelebt hatte, neigten viele Leute – vor allem die aus ihrer Highschool-Klasse – dazu, sie einfach abzutun. Eigentlich war es lächerlich. Sie hatte die letzten fünfzehn Jahre in der Stadt gelebt. Sie hätte gedacht, das sei lange genug, um den Titel des »Neuankömmlings« loszuwerden, aber anscheinend nicht.

»Danke«, sagte Mark zu ihr. Dann drehte er Heidi den Rücken zu und legte einen Arm um Zoeys Taille, um sie an seine Seite zu ziehen. Sie konnte sich ein Grinsen nicht verkneifen. Sie war sich sicher, dass Heidi wahrscheinlich einen säuerlichen Gesichtsausdruck hatte. Sie hatte es nie gemocht, ignoriert zu werden, schon gar nicht von einem so gut aussehenden Mann wie Mark.

»So wird es die ganze Zeit sein, in der wir hier sind, nicht wahr?«, fragte Mark, nachdem Heidi endlich den Wink verstanden hatte und weggegangen war.

»So ziemlich«, antwortete Zoey achselzuckend. »Colin hat sein Bestes getan, um alle wissen zu lassen, wie großartig du bist. Er hat jedem, der ihm zuhörte, Geschichten über dich erzählt. Du bist ein Held deiner Heimatstadt, Mark. Daran wirst du dich gewöhnen müssen.«

Er seufzte und presste die Lippen aufeinander. »Das ist einer der Gründe, warum ich nie nach Hause gekommen bin. Ich wusste, dass es so sein würde. Ich meine, Hallo zu sagen ist eine Sache, aber mit mir zu flirten oder mit dem Heldenscheiß zu übertreiben ist zu viel.«

»Wir werden nicht so lange hier sein«, sagte Zoey in dem Versuch, ihn zu beruhigen.

»Gut.«

Der Mann vor ihnen bekam den Schlüssel zu seinem Mietwagen und Mark ging an den Schalter heran. Zoey trat zurück, während er sich um den Papierkram und die Bezahlung kümmerte. Sie drehte sich um, um Phantom etwas zu sagen, und sah, dass er weder sie noch Mark beachtete, sondern unablässig auf der Hut war. Als würde möglicherweise jemand aus dem Nichts auftauchen und sie überfallen.

Aber dann wiederum war ihnen das ja tatsächlich schon einmal passiert.

Seufzend, da es klar war, dass dies keine entspannende Reise werden würde, wenn sowohl Mark als auch Phantom in höchster Alarmbereitschaft waren, drehte Zoey sich zu Mark um.

Er nahm gerade den Schlüssel für einen mittelgroßen Geländewagen von dem Angestellten der Autovermietung entgegen. Er legte seinen Arm wieder um ihre Taille und sie verließen zu dritt den kleinen Flughafen. Das Wetter war kühler als vor einem Monat, als sie ausgesetzt worden waren, aber es hatte in der Gegend noch nicht geschneit. Zoey war froh darüber, denn so war es einfacher, sich fortzubewegen.

Sie setzten sich in den Wagen und Mark fuhr vom Parkplatz.

»Fahren wir immer noch zuerst zur Fabrik?«, fragte Zoey.

»Ja«, antwortete Mark. »Ich würde sie gern sehen und vermute, dass wir dort Sean und Malcom finden werden. Ich möchte so schnell wie möglich ein Treffen mit ihnen arrangieren. Je eher ich mich darum kümmere, desto eher können wir zurück nach Kalifornien.«

»Bist du wirklich so besorgt, dass etwas passieren könnte?«, fragte Zoey.

»Ich kann es nicht erklären, aber aus irgendeinem Grund stellen sich bei mir die Nackenhaare auf, seit wir wieder hier sind«, erwiderte Mark. »Ganz zu schweigen davon, dass ich beim Einschalten meines Handys nach der Landung eine Nachricht von Tex bekam. Er meinte, er hätte Eva Dawkins endlich gefunden. Ich wollte es nicht erwähnen, bevor wir aus dem Flughafen raus waren.«

»Wirklich?«, fragte Zoey mit großen Augen. »Heiliger Strohsack. Was hat sie gesagt? Wer hat sie angeheuert? Warum hat sie uns in der Wildnis zurückgelassen?«

Mark drückte ihre Hand. »Ganz ruhig, Zo. Ich weiß es nicht. Er sagte, er habe sie gefunden, aber er habe noch keine Gelegenheit gehabt, mit ihr zu sprechen. Er wollte jemanden schicken, der sie abholt, und sie dann befragen.«

»Sie abholen? Was soll das heißen?«

Mark lachte. »Nicht, was du denkst. Nur, dass Tex überall Leute kennt. Ein pensionierter Soldat, den er kennt und der in Anchorage lebt, soll dorthin fahren, wo Tex sie zuletzt gesehen hat. Sobald er sie überzeugt hat, dass ihr und ihren Kindern nichts passieren wird, wird er sie mit Tex in Verbindung bringen. Sobald *das* passiert und er dann endlich herausgefunden hat, wer hinter der ganzen Scheiße steckt, wird er es mich wissen lassen. Bis dahin müssen wir einfach besonders vorsichtig sein.«

»Meinst du, dann ist es eine gute Idee, zur Fabrik zu fahren?«, fragte Phantom auf dem Rücksitz. »Wenn jemand sauer ist, weil er nichts von deinem alten Herrn bekommen hat, könnte er handeln, wenn er dich sieht. Wir können es auf keinen Fall gebrauchen, dass jemand mit einer Waffe in die Fabrik kommt und alles durchlöchert.«

»Wir sind gerade erst gelandet. Und obwohl ich weiß, dass sich das schnell herumspricht, denke ich, dass wir vorerst keine Probleme haben werden. Morgen sieht die Sache vielleicht schon anders aus. Ich werde mich einfach schnell mit Sean und Malcom treffen, eine Besprechung für morgen vereinbaren, wahrscheinlich in Kenneth Eklunds Büro, die nötigen Papiere unterschreiben und dann sind wir weg.«

Mark klang misstrauisch, aber ruhig, woraufhin Zoey sich ein wenig entspannte.

»Ich möchte, dass du ein Auge auf Zoey hast. Wenn etwas passiert, holst du sie da raus.«

»Natürlich«, erwiderte Phantom, der die Worte seines Freundes zurückwies, als würde er sich darüber ärgern, dass er sie überhaupt ausgesprochen hatte. »Pass du nur auf *dich* auf.«

Da Zoey aufgrund des Gesprächs erschauderte und nicht daran denken wollte, wie irgendjemandem etwas zustieß, tat sie ihr Bestes, es aus ihrem Kopf zu verdrängen. Mark griff über sie und drehte die Heizung im Wagen auf, und schon verbesserte Zoeys Stimmung sich. Er war immer so rücksichtsvoll zu ihr. Es war schwer zu glauben, dass er ihr gehörte.

Sie hielten vor der großen Fabrik am Stadtrand und gingen zu dritt in das Gebäude. Nachdem sie sich bei dem Sicherheitsbeamten am Eingang angemeldet hatten, wurden Zoey und Phantom in einen kleinen Raum an der Seite der Eingangshalle geführt, während Mark in den Tiefen des Gebäudes verschwand.

»Wird es ihm gut gehen?«, fragte Zoey, nachdem sie und Phantom allein gelassen worden waren.

»Natürlich«, sagte Phantom, aber sie konnte die Sorge in seinen Augen sehen.

Da sie nicht still sitzen konnte, schritt Zoey auf und ab, während sie auf Marks Rückkehr warteten.

»Schön, dich zu sehen«, sagte Sean, als er Bubba die Hand schüttelte. »Das ist eine Überraschung.«

»Ja, nun, ich habe in den letzten Wochen jeden Tag mit dir und Malcom telefoniert, da habe ich beschlossen, dass ich hierherkommen muss, um die Dinge persönlich zu sehen.«

»Ich wünschte, du hättest uns Bescheid gesagt, dass du kommst«, sagte sein Bruder.

Bubba zuckte mit den Schultern. »Es war eine spontane Entscheidung. Zoey wollte noch ein paar ihrer Sachen holen und sich darum kümmern, das Haus auf den Markt zu bringen.«

»Es läuft also gut zwischen euch beiden?«, fragte sein Bruder.

»Sehr gut«, antwortete Bubba mit einem Lächeln.

»Scheint, als wäre euer Abenteuer in der Wildnis Alaskas gut für dein Liebesleben gewesen«, scherzte Sean.

Bubba starrte den Freund seines Vaters ungläubig an. »Ich kann nicht glauben, dass du das gerade gesagt hast.«

Als würde ihm klar, wie schrecklich seine Worte gewesen waren, errötete Sean. »Tut mir leid, ich habe es nicht so gemeint. Ich bin nur so erleichtert, dass alles gut ausgegangen ist und ihr beide in Ordnung seid.«

Bubba musterte den Mann misstrauisch. Er wusste, dass Sean sauer war, dass sein Vater den größten Teil des Geschäfts jemand anderem als ihm überlassen hatte. Er hatte sein Blut, seinen Schweiß und seine Tränen in das Unternehmen gesteckt, und es konnte ihm nicht gefallen, dass Colin das Geschäft nicht *ihm* überließ.

»Ich nehme an, du bist nicht den ganzen Weg hierhergekommen, um über das Inventar und die Änderung der Schichtzeiten zu sprechen, wie wir es beim letzten Telefonat besprochen haben«, sagte Malcom.

»Nein, du hast recht. Ich unterschreibe gern alle Papiere, die ihr für mich habt, während ich hier bin, aber ich wollte wissen, ob ihr beide morgen Zeit habt, um euch mit mir und Kenneth zu treffen.«

»Dem Anwalt?«, fragte Sean. »Ist alles in Ordnung?«

»Ja. Also morgen? Vielleicht irgendwann am Vormittag, damit ich Zoey mit ihrem Haus helfen kann?«

»Klar«, antwortete Sean nickend. »Um zehn?«

»Zehn ist perfekt«, sagte Bubba. »Mal?«

»Ich schätze schon. Du bist ganz schön geheimnisvoll. Warum spuckst du es nicht einfach aus, anstatt so ein Drama daraus zu machen?«

Bubba zuckte mit den Schultern. »Ich will meine Anteile an euch beide zurückverkaufen. Zoey auch. Es ist mehr als offensichtlich, dass ihr beide wisst, was ihr hier tut, und dass ihr mit mir darüber reden und meine Zustimmung einholen müsst, bremst die Sache nur. Es ist nur fair.«

Beide Männer starrten ihn einen Moment lang einfach nur an. Bubba konnte nicht sagen, was sie dachten. »Ich werde mit Kenneth über die Details sprechen und darüber, wie es funktionieren wird. Ich dachte, ihr würdet euch darüber freuen ... aber nach eurer Reaktion zu urteilen bin ich mir da nicht mehr so sicher.«

Sean war der Erste, der sich erholte. Er schüttelte den Kopf. »Tut mir leid, Mark. Es ist nur ... das ist eine Überraschung.«

»Ich weiß, und es tut mir leid. Ich habe einfach nicht die Zeit und die Energie, mich um das Geschäft zu kümmern, wie ich es sollte. Ich weiß, dass Pop mir einen Teil davon überlassen hat, aber ihr beide werdet das viel besser machen, als ich es je könnte. Es liegt mir einfach nicht so im Blut wie euch.« Bubba sah seinen Bruder an und wartete darauf, dass er etwas sagte.

Schließlich runzelte Malcom die Stirn. »Das kommt jetzt wirklich aus heiterem Himmel, Bruder. Ich weiß nicht, was ich sagen soll.«

»Denk einfach darüber nach«, erwiderte Bubba. »Über die Einzelheiten können wir morgen reden.«

»Alles klar.«

»Wir sehen uns dann um zehn«, sagte Bubba und wandte sich zum Gehen. Fast hätte er sich noch einmal umgedreht, um ihnen von Tex zu erzählen und davon, wie er die Pilotin gefunden hatte, die sie ausgesetzt hatte, aber etwas hielt ihn zurück. Das konnte er morgen im Büro des Anwalts erwähnen.

Er ging schnell dorthin zurück, wo er Zoey mit Phantom zurückgelassen hatte, wobei er sich so leicht wie schon seit einem Monat nicht mehr fühlte. Es war nicht so, dass er es nicht zu schätzen wusste, dass sein Vater ihm einen Teil seines Erbes hinterlassen hatte, aber die Wahrheit war, dass er es nicht brauchte. Und er wollte es auch nicht. Er hatte ein schlechtes Gewissen, etwas von seinem Vater zu nehmen. Er hätte ein besserer Sohn sein können, und obwohl er versuchte, die Schuldgefühle zu überwinden, weil er nicht nach Hause gekommen war, bevor es zu spät war, fiel es ihm dennoch schwer.

Der Anblick von Zoey ließ ihn vor Erleichterung ein wenig zusammensacken. Er konnte nicht glauben, wie wichtig sie ihm in so kurzer Zeit geworden war.

»Wie ist es gelaufen?«, fragte Zoey, die besorgt auf ihn zueilte.

»Gut. Ich muss Kenneth anrufen und etwas arrangieren, aber ich habe gesagt, dass ich mich morgen gegen zehn Uhr in der Anwaltskanzlei mit ihnen treffe.«

»Ich fahre, während du ihn anrufst«, erklärte Phantom und streckte ihm in Erwartung des Schlüssels eine Hand entgegen.

Ohne zu zögern, übergab Bubba den Schlüssel für den Mietwagen. »Komm, lass uns von hier verschwinden«, sagte er und legte seine Hand auf Zoeys Rücken, während sie zur Tür gingen.

Nachdem sie auf dem Weg nach draußen einige Leute gegrüßt und weitere Beileidsbekundungen entgegengenommen hatten, war Bubba endgültig bereit, zu Zoeys Haus zu fahren.

Unterwegs rief er Kenneth an und teilte ihm seine Wünsche mit. Der Anwalt versicherte ihm, er würde die Papiere aufsetzen und sie am nächsten Morgen bereithalten.

Phantom fuhr einen steilen Hügel hinauf zu dem Haus, das Zoey von seinem Vater gemietet hatte, und wie schon beim ersten Mal, als er es gesehen hatte, musste Bubba sich auf die Zunge beißen, um seine Meinung für sich zu behalten. Das Haus war nicht gerade in bestem Zustand. Aus den Dachrinnen wuchsen sogar kleine Baumsetzlinge. Das war nicht weiter verwunderlich, da es in der Gegend die meiste Zeit des Jahres über feucht war, aber Bubba wünschte sich, dass das Haus, in dem Zoey gewohnt hatte, besser instand gehalten worden wäre. Die Fensterläden hingen in den Angeln und der Rasen sah aus, als wäre er seit mindestens einem Monat nicht mehr gemäht worden.

Auf der Veranda lagen alte Zeitungen, und für jeden, der vorbeifuhr, war es mehr als offensichtlich, dass das Haus nicht bewohnt war.

»So ein Mist«, sagte Zoey, als sie vorfuhren. Es gab keine Einfahrt, also parkte Phantom am Straßenrand vor dem Haus. »Normalerweise sieht es viel besser aus als das«, murmelte sie stirnrunzelnd.

»Ich dachte, du hättest jemanden bezahlt, der sich um das Haus kümmert?«, fragte Bubba.

»Das habe ich auch.« Zoey seufzte und sie stiegen alle aus dem Geländewagen. Sie holte ihren Schlüssel heraus und machte sich auf den Weg zum Haus. »Ich dachte, es wäre alles arrangiert. Ich werde die Immobilienmaklerin anrufen, die Tracy beauftragt hat, sich um das Haus zu kümmern, und herausfinden, was zum Teufel passiert ist. Vielleicht war es ein Kommunikationsproblem. Ich hoffe, der Strom ist noch an.«

Sie schloss die Tür auf und wollte eintreten, aber Bubba hielt sie sanft auf. »Lass mich und Phantom erst mal nachsehen.«

Sie runzelte die Stirn, aber Bubba war erleichtert, als sie nickte und zurücktrat.

»Wir brauchen nur eine Sekunde.«

Zoey zog ihr Handy heraus und tippte auf ein paar Tasten, bevor sie ihn und Phantom ansah. »Ich habe den Notruf parat. Ich muss nur noch auf Verbinden drücken.«

Bubba hätte gelacht, aber Zoey meinte es völlig ernst. Er konnte sich nicht zurückhalten. Es war schon zu lange her, dass er sie geküsst hatte, und sie war in diesem Moment einfach bezaubernd. Er beugte sich hinunter, legte eine Hand in ihren Nacken und neigte ihren Kopf zu sich.

Er küsste sie lange und intensiv und freute sich, als sie es erwiderte. Erst als Phantom sich ungeduldig räusperte, zog Bubba sich zurück.

»Hast du dein Messer?«, fragte Zoey, nachdem sie sich sinnlich über ihre Lippen geleckt hatte.

Bubba wünschte sich nichts sehnlicher, als sie gegen die Hauswand zu drücken und sie noch einmal zu kosten, aber er zwang sich, einen Schritt zurückzutreten. »Natürlich. Ich habe es gleich aus meiner Reisetasche genommen, als sie vom Förderband kam.«

»Gut. Okay, ich warte hier.«

Bubba nickte ihr zu und drehte sich zu Phantom um. »Bereit?«

Der andere Mann hatte sein eigenes Armeemesser in der Hand und sah mehr als bereit aus, jemandem in den Hintern zu treten. »Bereit.«

Es gab ein Sprichwort, niemals ein Messer zu einer Schießerei mitzubringen, was andeuten sollte, dass die Person mit dem Messer im Nachteil wäre, aber sowohl er als auch Phantom waren mit ihren Messern äußerst tödlich und hatten mehr als einmal entweder jemanden mit einer Schusswaffe entwaffnet oder zumindest schlimm genug verletzt, dass auf jemanden zu schießen die letzte Sorge dieses Menschen gewesen war.

Auf dem Weg durch das Haus durchsuchte Bubba alle Räume, wobei er sich vergewisserte, dass niemand auf der Lauer lag.

Als sie das winzige Haus durchquert hatten und beide ihre Messer wieder in die Hüllen an ihrem Rücken gesteckt hatten, sagte Phantom: »Hat Zoey nicht auch gesagt, dass sie jemanden dafür bezahlt hat, ihre Sachen einzupacken?«

Bubba runzelte die Stirn und nickte. »Ja. Sieht aber nicht so aus, als wäre schon viel gepackt worden. Scheiße.«

Phantom drückte auf einen Schalter und der Raum füllte sich mit Licht. »Wenigstens funktioniert der Strom«, murmelte er achselzuckend.

»Wahrscheinlich weil sie den Stromanbieter direkt bezahlt«, brummte Bubba. Er machte sich auf den Weg zur Veranda und atmete erleichtert auf, als er Zoey genau dort stehen sah, wo er sie zurückgelassen hatte.

»Ist alles in Ordnung?«, fragte sie besorgt.

»Ja, Zo. Es ist alles in Ordnung«, beruhigte Bubba sie.

Sie nickte und steckte ihr Handy ein. »Du sagst das, aber dein Tonfall sagt etwas anderes.«

»Es ist nur ... wen auch immer du für das Einpacken deiner Sachen bezahlt hast, hat wahrscheinlich dein Geld genommen und ist verschwunden.«

Zoey seufzte nur. »Das habe ich schon befürchtet. Ich rufe morgen die Immobilienmaklerin an und frage, was los ist. Ich habe alles über Tracy arrangiert und sie sollte sich mit der Maklerin in Verbindung setzen, damit die sich darum kümmert.«

»Tracy?«, fragte Bubba.

»Die Frau des Anwalts.«

»Oh, ja, stimmt.«

»Sean hat angeboten, dass *seine* Frau hilft. Ich hätte darauf eingehen sollen«, sagte Zoey mit einem Stirnrunzeln.

»Ich kann auch morgen mit Kenneth sprechen und sehen, was los ist«, entgegnete Phantom.

»Danke. Das würde ich sehr zu schätzen wissen.«

Zoey betrat das Haus, stellte ihre Tasche auf einem Tisch an der Wand ab und ging in die Küche. »Ich schätze, es gibt nicht viel zu essen. Wer hat Lust, etwas zu essen zu holen?«

Bubba sah Phantom bedeutungsvoll an.

Sein Freund grinste und sagte: »Ich denke, das wäre ich.«

»Magst du Fischgerichte?«, fragte sie Phantom.

»Ich liebe sie«, antwortete er.

»Gut. Es gibt ein Restaurant namens *Das Lachs-Lokal*, das zu meinen Favoriten hier in Juneau gehört. Ich rufe an und bestelle eine Mischung aus allem, die wir uns teilen können. Ist das okay?«

»Natürlich«, versicherte Bubba ihr. Er griff in seine Tasche, holte sein Portemonnaie heraus, nahm seine Kreditkarte und reichte sie ihr. »Hier, nimm die.«

Zoey griff nicht danach. »Ich kann bezahlen«, gab sie stur zurück.

»Ich weiß, dass du das kannst. Aber du tust es nicht«, sagte Bubba streng.

Sie starrten sich einen Moment lang an, ein Kampf des Willens, von dem Bubba wusste, dass er ihn ohne Zweifel gewinnen würde. Dann seufzte sie und riss ihm das Stück Hartplastik aus der Hand. »Gut. Aber das nächste Mal zahle ich.«

Bubba stimmte weder zu noch widersprach er ihr.

Sie würde nicht zahlen. Auf keinen Fall. Es war vielleicht ein wenig chauvinistisch von ihm, aber er war der Mann, er bezahlte ihr Essen. Punkt.

Er hörte mit halbem Ohr zu, während sie ihr Abendessen bestellte. Sie gab Phantom eine sehr detaillierte Wegbeschreibung zum Restaurant, als würde er sich verfahren und irgendwie in Seattle landen oder so, was unmöglich war, da es keine Straßen in die Hauptstadt hinein oder aus ihr heraus gab. Es war süß, wie sie immer wieder vergaß, dass er und seine Freunde Navy SEALs waren. Sie hatten sich schon in den entlegensten Städten und Dschungeln mit nichts als einem Kompass zurechtgefunden, und manchmal sogar ohne einen solchen.

Bubba hatte das Gefühl, dass Phantom für den Weg etwas länger brauchen würde, um seinem Freund ein wenig Zeit allein mit Zoey zu geben.

Kaum hatte sich die Tür hinter seinem Teamkameraden geschlossen, nahm Bubba Zoey in die Arme und ging rückwärts in den Wohnbereich. Er ließ sich auf die Couch fallen, Zoey immer noch in seinen Armen, und genoss es, wie sie über sein Verhalten kicherte.

»Mark! Lass mich los. Ich muss aufstehen und mich um dieses Desaster von einem Haus kümmern.«

»Gleich«, sagte er, die Nase an der Haut hinter ihrem Ohr vergraben.

Zoey drehte den Kopf, um ihm mehr Spielraum zu

geben, während sie erwiderte: »Wir haben keine Zeit für so etwas. Das Restaurant ist nicht weit weg, Phantom wird bald zurück sein.«

»Wir werden nicht zu weit gehen«, versprach er ihr. »Ich war den ganzen Tag in deiner Nähe, aber ich vermisse dich trotzdem.«

Er spürte, wie sie in seinen Armen dahinschmolz. »Das war süß«, flüsterte sie leise.

»Es ist wahr. Und jetzt ... küss mich, Frau«, sagte er, wobei er absichtlich eine Oktave tiefer ging, um schroff zu klingen.

Sie lachte erneut und richtete sich in seinem Schoß auf, sodass sie rittlings auf ihm saß. »Mit Vergnügen«, sagte sie, bevor sie ihre Lippen auf seine senkte.

Sie knutschten einige Minuten lang auf ihrer Couch. Bubba wusste, dass er nie genug von ihren Kurven unter seinen Händen bekommen würde. Er liebte alles an ihr. Ihre Form. Das leise Stöhnen, das tief aus ihrer Kehle kam. Die Art, wie sie nicht still sitzen konnte, während er ihre Brustwarzen reizte –

Bubba erstarrte, als ihm der Inhalt seiner Gedanken bewusst wurde.

»Was? Was ist denn los?«, fragte Zoey mit besorgtem Blick.

»Nichts ist los«, beruhigte er sie schnell und hasste es, dass er sie auch nur für eine Sekunde erschreckt hatte. »Ich ... Ich liebe dich einfach, Zo.«

Sie blinzelte ihn an. Ihre Augen weiteten sich, als könnte sie nicht glauben, was er gerade gesagt hatte. »Du liebst mich?«

»Ja.«

»Warum?«

»Warum?« Bubba lachte. »Willst du, dass ich alle Gründe aufzähle?«

Sie schüttelte den Kopf. »Nein, das kam falsch rüber. Ich meine, bist du sicher?«

Zoey war verdammt niedlich und Bubba fühlte sich so frei und leicht wie schon lange nicht mehr. »Ich bin mir sicher, Süße.«

»Na, da bin ich aber erleichtert. Denn ich glaube, ich liebe dich schon, seit wir zusammen im Wald festsaßen. Was verrückt ist, aber mal ehrlich, so viel wie dein Vater über dich geredet hat und wie großartig du wirklich bist, wie hätte ich mich da *nicht* in dich verlieben können? Er hatte ein Bild von dir, das du ihm geschickt hattest, auf seinem Kaminsims stehen, und jedes Mal, wenn ich daran vorbeiging, stellte ich mir vor, wie es wäre, dich wiederzusehen, obwohl ich wusste, dass du so bald nicht nach Juneau kommen würdest. Dann wurde dein Vater krank, und ich besuchte meine Mutter, und ... da warst du. Ich hatte keine Ahnung, was ich am Flughafen zu dir sagen sollte, und wusste einfach, dass ich mich lächerlich gemacht hatte.« Sie hielt inne und verzog das Gesicht. »So wie ich es jetzt gerade mache.«

»Du machst dich nicht lächerlich«, erwiderte Bubba.

Sie verdrehte die Augen und schüttelte den Kopf, und Bubba konnte das Lachen nicht unterdrücken, das in ihm aufstieg.

»Ich liebe es sogar, wenn du mit den Augen rollst. Das hast du schon gemacht, als wir ausgesetzt worden waren, weißt du. Ich habe es dort geliebt und ich liebe es auch jetzt.«

»Du solltest wissen, dass ich dich nicht verdiene. Aber ich schwöre, dass ich alles in meiner Macht Stehende tun werde, damit du glücklich bist. Die meiste Zeit habe ich das Gefühl, in deiner Nähe überfordert zu sein. Als wäre ich ein naives kleines Mädchen und du ein legendärer Held. Aber du sollst wissen, dass ich versuche, härter zu werden. Weltgewandter.«

»Ändere dich nicht, Zoey. Ich liebe dich so, wie du bist.«

Sie starrte ihn eine Sekunde lang an, dann stiegen ihr Tränen in die Augen.

Bubba drückte sie an sich und machte sich nicht die Mühe, ihr zu sagen, sie solle nicht weinen. Auch er war von seinen Gefühlen überwältigt. Zoey erwiderte seine Liebe. Er wollte den Rest seines Lebens mit ihr verbringen, komme, was wolle. Niemand würde sie ihm wegnehmen, und er würde nichts tun, das in ihr den Wunsch auslösen könnte, ihn zu verlassen.

Er drückte sie zurück, damit er ihr in die Augen sehen konnte, und sagte: »Mit einem SEAL zusammen zu sein ist nicht einfach, Zo. Wenn ich zu einem Einsatz gerufen werde, muss ich gehen. Ich kann dir nicht sagen, wo ich sein oder wie lange ich weg sein werde. Kannst du damit umgehen?«

»Ja.«

Ihre Antwort kam sofort und aus tiefstem Herzen.

»Ich weiß das zu schätzen, aber ich möchte sichergehen, dass du weißt, worauf du dich mit mir einlässt, bevor wir es dauerhaft machen.«

Ihre Augen weiteten sich. »Dauerhaft?«

»Ja. Wenn du nach ein paar Einsätzen immer noch dasselbe über mich und meinen Beruf denkst, werde ich dich fragen, ob du mich heiraten willst. Unsere Beziehung begann schnell, und obwohl ich dich morgen heiraten würde, möchte ich, dass du dir sicher bist.«

»Ich bin mir sicher«, antwortete sie, ohne zu zögern. »Mark, ich bin seit über dreizehn Jahren in dich verknallt. Du hast gerade gesagt, dass du mich liebst und mich heiraten willst. Ich werde nicht zulassen, dass so etwas wie dein Job zwischen uns steht.«

»Caite und die anderen werden immer da sein, wenn wir weg sind«, versprach er ihr. »Wenn du etwas brauchst, kannst du sie jederzeit anrufen.«

»Ich weiß. Sie sind fantastisch. Seit dem Grillfest schreiben sie mir pausenlos SMS. Ich hatte noch nie solche Freundinnen wie sie. Sie haben mich ohne Vorbehalte akzeptiert. Anders als alle anderen, die ich in meinem Leben kennengelernt habe, abgesehen von deinem Vater. Ich war immer der Neuankömmling. Der Außenseiter. Aber für sie gehöre ich schon zum inneren Kreis. Es ist verrückt und so schön, dass ich es gar nicht beschreiben kann.«

»Das freut mich. Zo?«

»Ja?«

»Was glaubst du, wie lange Phantom noch weg sein wird?«

Sie lächelte. »Mindestens noch zehn Minuten, schätze ich.«

»Gut. Genügend Zeit für mich, dich wenigstens einmal zum Höhepunkt zu bringen.«

»Mark! Nein, ich –«

Ihre Worte wurden von einem Stöhnen unterbrochen, als Bubba mit den Fingern geschickt den Knopf ihrer Jeans öffnete. Er drehte sie auf den Rücken, ließ sie auf die Couch fallen und schob eine Hand in ihren Slip, wobei er stöhnte, als er spürte, wie feucht sie bereits war.

Wie sich herausstellte, brauchte Phantom noch dreizehneinhalb Minuten, bis er zurückkam, aber da saß Zoey bereits wieder aufrecht auf der Couch, mit Bubba an ihrer Seite. Ihre Wangen waren ein wenig gerötet, aber sonst würde niemand merken, dass sie sich noch vor wenigen Minuten gewunden und seinen Namen geschrien hatte, als sie an seinen Fingern kam.

Bubba leckte heimlich an seinem Finger und zwinkerte Zoey zu, als sie erneut errötete. Mit Zoey zusammen zu sein war aufregend ... und machte Spaß. Er konnte sich nicht erinnern, wann es das letzte Mal Spaß gemacht hatte, mit einer Frau zusammen zu sein. Er konnte es kaum erwarten, bis sie später am Abend ins Bett gingen. Er wollte mehr in ihr sein, als er sich erklären konnte.

Bubba zwang sich, geduldig zu sein, und ging zum Waschbecken, um sich die Hände zu waschen und beim Vorbereiten des Abendessens zu helfen.

Die Meeresfrüchte rochen köstlich und Bubba merkte, dass sein Magen knurrte. Die Reise nach Juneau war bisher gar nicht so schlecht verlaufen. Morgen würde er sich um sein Erbe kümmern, dann könnten er und die Liebe seines Lebens nach Kalifornien zurückkehren und mit ihrem Leben weitermachen.

Fünf Stunden später war Bubba erschöpft. Er hatte Zoey beim Einpacken ihrer Sachen geholfen und sie hatte die Energie des Duracell-Hasen. Sie hatten die Sachen auf Stapel gelegt, um sie zu behalten, zu spenden oder wegzuwerfen, und sie hatte eine Liste mit Dingen gemacht, die repariert werden mussten, bevor das Haus auf den Markt kommen konnte.

»Zo, es reicht, ich bin fertig«, sagte Bubba zu ihr, als es so aussah, als würde sie als Nächstes die Küche in Angriff nehmen wollen.

Sie schaute ihn überrascht an. »Oh, wie spät ist es?«

»Spät.«

Zoey schaute auf die Uhr und zuckte zusammen. »Mist. Ich hatte keine Ahnung. Es tut mir so leid. Geh schon mal ins Bett, ich komme nach, sobald ich mit diesem Schrank fertig bin.«

Bubba schüttelte den Kopf, nahm sie an der Hand und

zerrte sie praktisch in den hinteren Teil des Hauses, wo sich das Schlafzimmer befand. Phantom hatte vor etwa zwei Stunden aufgegeben und sich für die Nacht verabschiedet. Wahrscheinlich schlief er im Gästezimmer im Obergeschoss wie ein Stein. Bubba wusste, dass er Zoey den Rest der Nacht nicht mehr sehen würde, wenn er sie allein in der Küche ließ. Wenn sie sich einmal etwas in den Kopf gesetzt hatte, war es so, als hätte sie Scheuklappen auf. Es war liebenswert und frustrierend zugleich.

»Mark! Im Ernst, ich muss den Schrank fertig sortieren. Es macht mich wahnsinnig, wenn ich ihn halb fertig zurücklasse.«

»Nein. Ich bringe dich ins Bett. Sofort.«

Sie sagte nichts und er schaute sie an, als er ihr Schlafzimmer betrat. Sie grinste und er erkannte den Ausdruck der Lust in ihrem Gesicht.

»Schaff mich ins Bett oder ich wechsle das Revier«, sagte sie dramatisch.

Bubba runzelte die Stirn. »Was?«

»Oh mein Gott, du kennst das Filmzitat nicht?«

»Offensichtlich nicht«, erwiderte Bubba, während er die Hände an den Saum ihres T-Shirts legte und es langsam nach oben zog.

»Es ist aus *Top Gun*«, sagte Zoey mit gedämpfter Stimme, weil er ihr das T-Shirt über den Kopf zog.

»Hmmm.« Bubba stieß das Geräusch in seiner Kehle aus und richtete seine Aufmerksamkeit auf ihre Brüste, die in ihrem BH wackelten.

Er konnte den Blick nicht von ihr abwenden, als sie nach unten griff und den Knopf ihrer Jeans öffnete. »Bin ich die Einzige, die hier nackt sein wird?«, fragte sie, als sie auf die Matratze kroch.

Im Bruchteil einer Sekunde hatte Bubba sich ausgezogen und stand über ihr. Er war hart und bereit, aber wie immer wollte er sichergehen, dass sie zuerst kam. Vor Verlangen, sie kosten zu wollen, lief ihm das Wasser im Mund zusammen. Er ließ sich an ihrem Körper hinuntergleiten, sein Blick auf ihre Augen fixiert.

Das Lächeln verschwand aus ihrem Gesicht und sie leckte sich in Erwartung seiner Berührung über die Lippen.

»Ich liebe dich, Zoey«, sagte er, bevor er das Gesicht zwischen ihren Beinen vergrub.

»Ich liebe dich«, erwiderte sie.

Ihre Worte hallten in seinem Kopf nach und er konzentrierte sich auf den Preis, der vor ihm lag. Er würde nie genug davon bekommen. Von ihr. Er leckte sich über die Lippen und machte sich daran, Zoey zu zeigen, wie sehr er sie liebte.

Eine Stunde später lag Zoey in seinen Armen und schnarchte leise, aber Bubba konnte seine Gedanken nicht abschalten, um zu schlafen. Alles war so großartig. Zoey zog für immer nach Kalifornien, verkaufte dieses Haus und packte ihre Sachen. Sie liebte ihn, und er liebte sie. Ab morgen würde er sich nicht mehr um die lästigen täglichen Dinge kümmern müssen, die mit dem Geschäft seines Vaters zusammenhingen.

Aber er hatte nichts mehr von Tex gehört. Und er hatte keine Ahnung, ob der Verkauf seiner Anteile an der Firma denjenigen zufriedenstellen würde, der versucht hatte, ihn zu töten. Er hasste es, nicht die Informationen zu haben, die er brauchte, um Entscheidungen treffen zu können. Es konnte Leute ihr Leben kosten. Er hatte das Gefühl, dass seines gerade erst anfing, nachdem er Zoey kennengelernt hatte. Auf keinen Fall wollte er, dass eine tödliche Überraschung auf ihre Chance wartete.

Nach seinem Treffen mit Malcom, Sean und Kenneth am Morgen würde er Tex anrufen und fragen, was der Mann herausgefunden hatte. Er musste mit dieser Situation ein für alle Mal abschließen. Nur dann konnte er sich wirklich entspannen.

Es dauerte noch etwa dreißig Minuten, aber dann schlief Bubba schließlich ein. Zoeys Gewicht in seinen Armen beruhigte ihn.

KAPITEL ACHTZEHN

»Dieser Ort heißt *GonZo Café*?«, fragte Phantom am nächsten Morgen.

Zoey nickte. »Ja, komischer Name, aber ausgezeichnetes Essen. Das Frühstück ist das beste. Ich gehe heute noch einkaufen und besorge uns ein paar Sachen für den Rest des Wochenendes, aber glaub mir, du wirst die Gerichte dort lieben.«

»Gut. Bubba, bist du einverstanden hierzubleiben?«

»Jup.«

»Ihm geht es gut, aber ich bin am Verhungern«, neckte Zoey. »Mehr Bewegung, weniger reden, bitte.«

Sie wusste, dass Mark über sie lachte, aber sie drehte sich nicht um, um ihn anzusehen. Sie war heute Morgen in bester Laune. Auch wenn sie es nicht geschafft hatte, die Küche zu sortieren und herauszufinden, was sie behalten und was sie an die Ruhmeshalle und andere Obdachlosenheime in der Stadt spenden wollte, konnte sie sich nicht darüber ärgern, wie der Abend geendet hatte.

Mark liebte sie.

Es war kaum zu glauben.

Sie war noch nie so glücklich gewesen.

Auch wenn Mark mit Kenneth sprechen wollte, wollte sie Tracy anrufen und herausfinden, was mit der Maklerin passiert war, die das Haus für den Verkauf herrichten sollte, aber auch das konnte ihre Freude an diesem Morgen nicht trüben.

Die Erinnerung daran, was Mark in der Nacht zuvor mit ihr gemacht hatte, war fast schon peinlich, aber so verdammt heiß. Jedes Mal wenn er sie vernaschte, machte er den Eindruck, als könne er nicht genug bekommen. Sie hatte nichts, womit sie es vergleichen konnte, aber sie glaubte nicht, dass die meisten Männer so begeistert bei der Sache waren. Sie hatte großes Glück.

Sie war immer noch wund zwischen den Beinen, da er sie hart und schnell genommen hatte, nachdem sie durch seinen Mund und seine Finger gekommen war. Es war verdammt sexy, und es war schwer zu glauben, dass dies ihr Leben war.

Nichts konnte Zoey an diesem Morgen die Laune verderben. Nicht einmal Phantom, der mürrisch war, weil er in die Kälte musste, um noch mehr zu essen zu besorgen.

»Dafür bist du mir was schuldig«, sagte Phantom, als er sich bereit machte, zur Tür hinauszugehen.

»Ich weiß. Ich werde heute Nachmittag einen Pekannusskuchen backen. Glaub mir, du wirst meinen Kuchen lieben.«

»Das ist *mein* Kuchen«, sagte Mark leise, als Phantom sich zum Gehen wandte.

Zoey wollte gerade eine Bemerkung darüber machen, dass Mark aus dem Film *Die Rache der Eierköpfe* zitierte, als Phantom das Wort ergriff.

»Pass auf. Die Luft fühlt sich heute schwer an.«

Zoey runzelte die Stirn. Sie wusste nicht, was das bedeutete, aber Mark offensichtlich schon, denn er erwiderte: »Das werde ich. Du auch.«

Mit einem Nicken ging Phantom aus der Tür und schloss sie hinter sich.

»Worum ging es da?«

Mark zuckte mit den Schultern. »Manchmal haben wir Gefühle für bestimmte Dinge. Phantom fühlt sich offensichtlich wegen irgendetwas unwohl.«

»Meinst du, du solltest dein Treffen heute verschieben?«, fragte Zoey besorgt.

»Auf keinen Fall. Je schneller ich das erledige und wir die Dinge mit dem Haus unter Dach und Fach bringen, desto schneller können wir mit dem Rest unseres Lebens weitermachen. Zusammen.«

Zoey lächelte und schlang die Arme um Marks Taille. Sie lehnte sich an ihn und spürte, wie sein Schwanz sich regte. »Da bin ich ganz deiner Meinung«, sagte sie verführerisch. »Meinst du, du hast Zeit, mir noch eine Lektion in Oralsex zu geben, bevor Phantom zurückkommt?«

Mark stöhnte auf und sie spürte, wie er an ihrem Bauch zuckte. »Ich glaube nicht, dass du noch mehr Lektionen brauchst, Mädchen. Du bist schon perfekt, und das weißt du auch.«

Zoey wusste, dass er großzügig war, aber sie sprach ihn nicht darauf an. Sie stellte sich auf die Zehenspitzen und küsste ihn, als er den Kopf zu ihr senkte.

Sie waren so ineinander vertieft, dass sie nicht hörten, wie die Hintertür geöffnet wurde, bis es zu spät war. Mark wirbelte herum und schubste Zoey so schnell, dass sie erst merkte, was er tat, als sie hinter ihm war.

»Mein Gott, Malcom! Du hast mir Angst gemacht«, sagte Mark. Die Erleichterung in seiner Stimme war deutlich zu hören.

Zoey traten fast die Augen aus dem Kopf, als Malcom eine Pistole hob und direkt auf seinen Zwilling richtete.

»Gut. Du *solltest* Angst haben«, erwiderte er ruhig.

Jeder Muskel in Marks Körper spannte sich an und Zoey hatte das ungute Gefühl, dass Phantoms mysteriöses Gefühl genau richtig gewesen war. Scheiße.

Bubba starrte seinen Bruder an und ihm brach das Herz bei der Erkenntnis, dass derjenige, der ihn tot sehen wollte, sein Bruder war. Sein *Zwilling*. Er war davon ausgegangen, dass Sean der Übeltäter war. Nicht Malcom.

Er hob die Hände. »Ganz ruhig, Bruder. Wir können das klären.«

»Dafür ist es zu spät. Wenn du einfach weggeblieben wärst, würde das hier jetzt nicht passieren.«

»Wie kommst du darauf?«, fragte Bubba. Er musste die Sache hinauszögern. Je länger er Malcom zum Reden bringen konnte, desto schneller würde Phantom zurückkehren. Zu zweit könnten sie Malcom leicht außer Gefecht setzen, ohne dass jemand verletzt wurde. Aber im Moment war Bubba nur um Zoey besorgt. Er konnte sich nicht bewegen, ohne sie in Gefahr zu bringen, und das war das Letzte, was er tun wollte.

»Wenn du und diese Schlampe tot wärt, hätte ich dein ganzes Geld und die Aktien bekommen, die Pop dir hinterlassen hat, und *sie* wäre nicht da gewesen, um zu kassieren, was mir hätte gehören sollen.«

Die Argumentation seines Bruders war ein wenig abwegig. Er hatte recht – wenn Mark tot war, würde alles, was er besaß, an seinen einzigen lebenden Verwandten fallen, nämlich Malcom. Sie mochten nicht viel miteinander geredet haben, aber sie waren blutsverwandt. Doch wenn

Zoey starb, würden das Haus, das Geld und der Teil des Geschäfts, den Pop ihr hinterlassen hatte, an *ihre* Verwandten gehen.

Vielleicht reichte es in Malcoms Verstand aus, wenn Zoey selbst es nicht bekam.

Er musste es noch länger hinauszögern. »Du wolltest dieses Haus?«, fragte Bubba seinen Bruder.

»Scheiß auf dieses Haus«, spottete Malcom. »Ich gebe einen Scheiß auf diese Bruchbude. Aber ich hätte es verkaufen und das Geld kassieren können, genau wie sie es vorhat. Das Geld sollte *mir* gehören.«

»Ich habe dir gestern gesagt, warum ich hier bin«, sagte Bubba. »Heute um zehn Uhr kannst du haben, was du wolltest.«

»Nein, das kann ich nicht!«, schrie Malcom. Die Waffe zitterte leicht, während er sprach.

Bubba schob Zoey weiter hinter sich. Er wollte auf keinen Fall, dass Zoey versehentlich getroffen wurde, sollte die Waffe losgehen.

»Du willst deine Anteile an Sean und mich verkaufen? Das ist ja wohl ein Witz! Ich habe nicht das Geld, um sie zu kaufen. Und selbst wenn ich es hätte, sollte ich es nicht *müssen*. Wer war der Sohn, der hier war, als Pop Hilfe bei der Entlassung eines Mitarbeiters brauchte? Ich! Wer war der Sohn, der hier war, um eine Schicht zu übernehmen, wenn jemand nicht aufgetaucht ist? Ich! Wer war der Sohn, der stundenlang zugehört hat, als Pop über seinen wertvollen Geschäftsplan sprach, und ihm Ratschläge gab, wie er mehr Geld verdienen kann? *Ich*, verdammt! Ich war es. Nicht *du*. Nicht der Goldjunge, der durch die Welt gezogen ist, um den Helden zu spielen. Ich werde mir deinen Anteil an dem holen, was mir zustehen sollte – ohne zu bezahlen!«

Malcoms Stimme wurde mit jedem Satz lauter, bis er Bubba am Ende praktisch anschrie.

»Wenn du dich beeilen und aufhören würdest, darüber zu reden, und ihn endlich erschießt, wäre die Sache erledigt«, ertönte eine weibliche Stimme hinter Bubba.

Scheiße. Die Lage hatte sich innerhalb einer Sekunde von besorgniserregend in kritisch verwandelt. Bubba drehte sich zur Seite, um Zoey im Rücken zu behalten.

Tracy Eklund stand direkt im Wohnzimmer. Sie hatten die Tür nicht abgeschlossen, als Phantom gegangen war, und sie war offensichtlich einfach hineingeschlendert.

Er hatte Zoey erzählt, dass die meisten Menschen für Geld oder Sex töteten, und in diesem Fall war es wohl beides.

»Lass mich raten, du und mein Bruder hattet eine Affäre.«

Tracy sah selbstgefällig aus, antwortete jedoch nicht.

Als Malcom sprach, wandte Bubba die Aufmerksamkeit wieder ihm zu. Die Situation war beschissen. Sie befanden sich inmitten der beiden Leute, die ihr Bestes getan hatten, um sie zu töten. Er konnte Zoey nicht gleichzeitig vor Malcom und Tracy beschützen. *Scheiße, Scheiße, Scheiße.*

»Ich liebe sie. Sie ist die andere Hälfte meiner Seele«, sagte Malcom.

»Sie ist viel älter als du«, erwiderte Bubba in dem Versuch, seinen Bruder zum Nachdenken zu bewegen. »Ich nehme an, sie kam auf *dich* zu, oder?«

»Halt die Klappe!«, kreischte Tracy. »Ich bin nicht *so* viel älter als Mal. Ich bin erst vierzig!«

»Dein grauer Haaransatz zeigt etwas anderes«, sagte Zoey. »Kenneth ist ... was? Mitte fünfzig, wie Colin es war? Was ist passiert, ist deine Geldquelle bei ihm versiegt?«

Mit diesen Worten griff Tracy über den Tresen und schnappte sich ein großes Küchenmesser aus dem Block, den Zoey schon am Vorabend hatte wegpacken wollen, aber nicht dazu gekommen war. »Halt die Klappe, Schlampe! Du bist nichts weiter als ein *Blutsauger*. Du hast dich an Colin geklammert und sein Geld von den Leuten weggenommen, die es haben sollten. Nämlich Malcom!«

»Ganz ruhig«, sagte Bubba, der eine Hand in Tracys Richtung hielt.

»Ich werde dich aufschlitzen, du Schlampe«, zischte Tracy mit zusammengekniffenen Augen, die auf Zoey gerichtet waren.

Bubba nahm die Hände hinter den Rücken und umklammerte Zoeys Unterarme. Für Malcom und Tracy sah es wahrscheinlich so aus, als hielten sie hinter seinem Rücken Händchen ... aber Bubba stellte sicher, dass er die Frau, die er liebte, fest im Griff hatte, damit er sie in Sekundenbruchteilen aus dem Weg schleudern konnte, wenn er musste.

Bubbas Telefon vibrierte mit einem eingehenden Anruf auf dem Küchentisch. Das Geräusch war nervig, aber alle ignorierten es.

»Ja, *sie* kam zu *mir*, als wir anfingen, uns zu treffen«, sagte Malcom mit zitternder Pistole. »Und alles war großartig. Aber dann hast du Pop eine Nachricht geschrieben und einen möglichen Besuch erwähnt. Er war so verdammt glücklich, dass es schon ekelhaft war! Er machte noch am selben Tag einen Termin, um sein Testament zu ändern, und schwor, dass du dich in das Geschäft verlieben und nach Hause ziehen würdest, wenn du zurückkommst und siehst, wie gut es läuft. Er war wahnsinnig! Alle wussten, dass du nicht zurückkehren würdest. Aber da war mir klar, dass ich etwas tun musste.«

Bubba gefror das Blut in den Adern. »Was hast du getan, Mal?«

»Halt die Klappe, Malcom«, warnte Tracy ihn.

Malcom ignorierte sie. Er starrte seinem Bruder in die Augen. »Sie hat gesagt, dass es der einzige Weg ist. Dass du immer der Goldjunge sein würdest. Sein Liebling. Dass ich nie mithalten könnte. Ich *musste* es tun!«

»Was hast du getan?«, drängte Bubba.

»Zuerst war es nur ein bisschen, um zu sehen, was es bewirkt. Es hat wirklich gut funktioniert. Er wurde fast sofort krank ...«

Bubba hörte, wie Zoey scharf einatmete, aber sie sprach nicht. Ihm wurde schlecht. »*Du hast Pop getötet?*«

»Ich musste es tun!«, rief Malcom. »Tracy sagte, es sei einfach. Dass er nichts spüren würde!«

»Aber das hat er doch, oder?«, fragte Zoey leise. »Colin hat gelitten. Er muss solche Schmerzen gehabt haben.«

»Ja, aber das lag daran, dass ich es vermasselt und ihm nicht genug gegeben habe. Als du abgereist bist, um deine Mutter zu besuchen, war es so weit. Ich habe ihm genügend Arsen gegeben, um sein Herz zum Stillstand zu bringen.«

Bubba biss die Zähne so fest zusammen, dass sie schmerzten.

»Und es war alles *umsonst*, denn ihr seid nicht gestorben!«, fauchte Tracy. »Ihr und diese Schlampe von Pilotin solltet nach dem Start sterben. Die Typen, die ich angeheuert habe, um das Flugzeug zu sabotieren, haben mein Geld genommen und sind abgehauen. Euch in der Wildnis zum Sterben zurückzulassen war nur der lächerliche Plan, den wir ausgeheckt hatten, damit Eva den Job annimmt. Sie hatte keine Ahnung, dass dieser Flug ihr letzter sein sollte.«

Bubba konnte nicht glauben, wie herzlos die Frau vor ihm war. Sie wollte nicht nur ihn und Zoey für Geld töten, sondern hatte auch keine Skrupel, eine unschuldige Frau umzubringen. Nun ja, Eva war nicht ganz unschuldig, sie hatte den Plan mitgemacht, ihn und Zoey auszusetzen, aber sie hatte sie nicht direkt umgebracht.

Er spürte, wie Zoey sich hinter ihm bewegte, und verfiel einen Moment lang in Panik, bis er merkte, dass sie sich nur noch näher an seinen Rücken drückte. Das war für ihn in Ordnung. Je näher sie war, desto leichter war es, sie zu beschützen.

Die Tatsache, dass er sie vor seinem eigenen Fleisch und Blut beschützen musste, war wahnsinnig. Aber im Moment stellte Malcoms Pistole eine größere Gefahr dar als das Messer, das Tracy in der Hand hielt. »Ich nehme an, du hast Malcom erzählt, was in Pops Testament stand, oder?«, fragte er sie.

»Natürlich. Schließlich bin ich die Assistentin meines Mannes. Was glaubst du, wer all seine Dokumente vorbereitet?«

Bubbas Telefon vibrierte erneut und er wünschte sich nichts sehnlicher, als drangehen zu können. Wer auch immer am anderen Ende war, wollte unbedingt mit ihm sprechen.

»Töte sie«, befahl Tracy Malcom. »Das muss *jetzt* ein Ende haben.«

»Was denkst du, wie genau das hier enden wird?«, fragte Bubba. Er spürte, wie Zoey sich wieder an ihn schmiegte … und merkte, dass sie langsam sein Armeemesser aus der Hülle auf seinem Rücken zog.

Gott, sie war verdammt schlau – und jagte ihm gleichzeitig eine Heidenangst ein.

»Wenn du uns tötest, was wollt ihr dann mit unseren Leichen machen? Wie wollt ihr unseren Tod erklären? Sean und Kenneth erwarten mich in etwa anderthalb Stunden im Büro. Du bekommst vielleicht *meinen* Anteil am Geschäft, aber das wird nicht reichen, um Sean zu überstimmen. Und Zoeys Anteile gehen an ihre Mutter. Was dann, Mal? Wirst du Sean auch töten? Und dann seine Frau, da *seine* Anteile wahrscheinlich an sie gehen werden? Wann hat das ein Ende? Wann wirst du mit dem Töten aufhören? Es ist vorbei, Bruder.

Nimm die Waffe runter und lass uns das klären. Gemeinsam.«

»Nein. Es wird funktionieren. Das muss es!«

»Hör nicht auf ihn, Malcom. Er versucht, dich zu verwirren«, sagte Tracy zu ihrem jüngeren Liebhaber.

»Wie tue ich das?«, fragte Bubba. »Ich sage ihm die *Wahrheit*. Er will das Geschäft, aber wenn er uns umbringt, wird er es *nie* bekommen.«

»Wir wollen das verdammte Geschäft nicht!«, schrie Tracy ein wenig hysterisch. »Ich habe bereits einen Käufer für unsere Hälfte von Heritage-Kunststoffe gefunden. Er ist bereit, bar zu zahlen. Dann können wir diese Scheißstadt verlassen und woanders neu anfangen.«

Bubba drehte den Kopf und starrte seinen Bruder an. »Ich kann das einfach nicht glauben. Wenn du wegwolltest, warum bist du nicht einfach gegangen?«

»So einfach war das nicht«, argumentierte Malcom, dessen Verzweiflung und Frustration deutlich zu hören waren. »Ich bin nicht wie *du*. Ich bin nicht stark. Ich hatte keine andere Wahl, als zu bleiben und für Pop zu arbeiten.«

»Es gibt immer eine Wahl«, sagte Bubba traurig. »Und ich kann nicht glauben, dass du dachtest, mich, dein eigenes Fleisch und Blut, zu töten, sei deine beste Option.«

»Tracy hat gesagt –«

»Hör dir doch mal selbst zu, Bruder«, unterbrach Bubba ihn energisch. »Vergiss *sie* für eine Sekunde. Sie ist eine verzweifelte Frau, die das Leben mit ihrem langweiligen Ehemann satthat und etwas Abwechslung will. Sie hat dich ausgewählt und du bist ihr auf den Leim gegangen. Sie hat dich überredet, *Pop* zu töten! Zu versuchen, *mich* zu töten. Sieh mir in die Augen und sag mir, dass du damit einverstanden bist, mich zu töten.«

Bubba starrte seinen Bruder an in der Hoffnung, er

würde aus der Trance erwachen, die Tracy Eklund über ihn gelegt hatte.

Hinter seinem Rücken spürte er, wie Zoey den Griff seines Messers in seine Handfläche schob.

Dann verlangsamte sich alles. Das vertraute Gewicht der Waffe in seiner Hand gab ihm hundertmal mehr Vertrauen in den Ausgang der Situation. Er konnte Malcom mit einem Handgriff außer Gefecht setzen – und sich dann um Tracy kümmern.

Aber der Gedanke, seinen Bruder zu verletzen oder zu töten, war niederschmetternd. Egal welche Entscheidungen er in der Vergangenheit getroffen hatte – auch wenn er zugegeben hatte, ihren Vater getötet zu haben und was er in dieser Sekunde plante –, Malcom war sein Bruder. Sein Zwilling.

»Es ist vorbei, Bruder«, sagte Bubba leise. »Das muss jetzt ein Ende haben. Ich werde dir helfen. Ich besorge dir den bestmöglichen Rechtsbeistand. Du warst nicht der Kopf hinter der Sache, das wissen wir beide. Du wirst wahrscheinlich ins Gefängnis kommen, aber ich werde alles in meiner Macht Stehende tun, um dir zu einer Absprache zu verhelfen. Ein paar Jahre. Das war's. Nimm die Waffe runter, Mal.«

»Hör nicht auf ihn, Malcom«, zickte Tracy. »*Du* hast Colin umgebracht. Es wird keine Absprachen geben. Und *du* warst derjenige, der die Pilotin angeheuert hat. Er lügt dich an. Du bist derjenige, der dafür untergehen wird, nicht *ich*. Töte ihn jetzt und wir können heute Nacht verschwinden! Wir nehmen das Geld in Kenneths Safe und verschwinden.«

Von draußen ertönte ein Motor und Bubba wusste, dass Phantom zurückgekehrt war. Es war ihm vorgekommen, als seien Stunden vergangen, seit sein Bruder im Haus aufgetaucht war, aber er wusste, dass es wahrscheinlich nur Minuten gewesen waren.

»Tu es!«, kreischte Tracy. »Sei kein Weichei und erschieß ihn endlich! Wenn du es nicht tust, kommst du für den Rest deines Lebens in den Knast!«

Gerade als Malcom die Waffe erneut hob, setzte Bubba sich in Bewegung.

Das Messer in seiner Hand segelte durch die Luft und traf genau sein Ziel.

Noch während Malcom zu Boden ging, drehte Bubba sich um und machte einen Schritt auf Tracy zu.

Aber er war zu langsam gewesen. Zoey war ihm zuvorgekommen.

Er verlor zehn Jahre seines Lebens, als er sah, wie Zoey nach Tracys Hand griff – der Hand, die das Messer hielt.

Er machte einen Schritt nach vorn, aber Zoey führte bereits die perfektesten Selbstverteidigungsmanöver aus, die er je gesehen hatte.

Als Tracy versuchte, die Hand mit dem Messer nach unten zu bringen, um zuzustechen, stieß Zoey ihr so fest sie konnte mit dem Knie in den Schritt. Offensichtlich wusste sie, dass dieser Trick bei Frauen genauso gut funktionierte wie bei Männern. Tracy krümmte sich sofort vor Schmerz, vergaß das Messer und Zoey rammte ihr Knie in das Gesicht der älteren Frau.

Tracy fiel wie ein Sack Kartoffeln bewusstlos auf den Boden, während ihr Blut aus der Nase lief.

Zoey riss Tracy das Messer aus der Hand und drehte sich, als wäre sie bereit, in jeden Kampf einzugreifen, der zwischen Bubba und seinem Bruder vor sich ging.

Bubba hatte keine Zeit, beeindruckt zu sein, denn als er Zoey nach Luft schnappen hörte, als sie hinter ihn blickte, drehte er sich um, bereit, sich selbst und Zoey vor Malcom zu verteidigen.

Aber das musste er gar nicht.

Das Messer, das Malcoms Oberschenkel getroffen hatte, hatte genau das bewirkt, was er wollte … es hatte Malcom zu Boden gehen lassen. Sein Bruder hätte anfangen können, wild um sich zu schießen, aber er tat es nicht.

Anstatt die Pistole auf Bubba zu richten, hielt Malcom sie sich selbst an den Kopf.

Die Haustür öffnete sich und Bubba wusste, dass Phantom ihm den Rücken freihalten würde. Um Zoey musste er sich keine Sorgen machen, sein Teamkamerad würde dafür sorgen, dass Tracy keine Bedrohung darstellte.

»Nimm die Waffe runter, Mal. Wir können das klären.«

»Nein, können wir nicht. Sie hat recht. Ich werde dafür untergehen. Für alles. Wie ich es auch sollte.«

»Sie war die Puppenspielerin«, sagte Bubba zu ihm. »Wir werden einen guten Anwalt finden, der den Geschworenen zeigt, dass du in die Irre geführt wurdest. Ich werde sogar in deinem Namen aussagen.«

»So wie ich«, fügte Zoey hinter ihm hinzu.

Liebe schwoll in ihm an, aber Bubba konnte nicht atmen. Nicht, solange sein Bruder sich die Waffe an den Kopf hielt.

»Das bringt nichts. Ich habe Pop getötet!« Ihm entwich ein Schluchzen. »Damit hat sie recht. Ich hätte Nein sagen können. Ich hätte sie aufhalten können, als sie den Plan gefasst hat, dich und Zoey zu töten. Ich bin schwach. Und ich bin es leid. Ich bin es so verdammt leid.«

»Leid? Mal –«

»Ich bin es leid, der Zweitbeste zu sein. Ich bin diese Stadt leid. Dass die Leute mich ansehen, als wäre ich wertlos.«

»Niemand tut das«, sagte Zoey.

»*Jeder* tut das«, konterte Malcom. »Sogar du. Ich wusste in der Highschool, dass du Mark magst, aber das war mir egal. Ich wollte dich für mich selbst. Aber am Ende hast du dich trotzdem für ihn entschieden, so wie jeder andere auch. Wozu auch immer es gut sein mag ... es tut mir leid. Es tut mir leid, dass ich ein Arschloch zu dir war, Zoey. Es tut mir leid, was ich Pop angetan habe. Er hat es nicht verdient. Und es tut mir leid, dass ich die Pilotin angeheuert habe, um euch das anzutun.«

»Ich vergebe dir«, sagte Bubba. Und es war keine Lüge. Er liebte Malcom. Er war nicht der beste Bruder der Welt gewesen, aber andererseits hatte Bubba auch nicht gerade angestrengt versucht, für Malcom da zu sein. Wenn er öfter nach Hause gekommen wäre, wäre es vielleicht besser zwischen ihnen gelaufen. Er hätte sehen können, was für ein Gift Tracy für seinen Bruder gewesen war.

»Danke«, sagte Malcom. Sein Finger zuckte am Abzug der Pistole ...

Und bevor Bubba mehr tun konnte, als »Nein!« zu rufen, war die Pattsituation vorbei.

Zoey schrie, als der Schuss durch den Raum hallte, und Bubba drehte sich sofort um, um sie vor dem Grauen zu schützen, das sich vor ihnen abgespielt hatte.

»Oh mein Gott! Oh mein Gott!«, rief Zoey. »Wähl den Notruf! Wir müssen einen Krankenwagen holen.«

»Es ist zu spät«, sagte Bubba zu ihr. Er musste sich nicht umdrehen, um zu wissen, wie eine Kugel in den Kopf aussah. Was sie mit dem menschlichen Körper anstellte. Er hatte schon mehr als genügend Schusswunden gesehen.

Als Bubba mit ihr langsam zur Haustür ging, war sein einziges Ziel, Zoey wegzubringen. Zu verhindern, dass sie einen Blick auf das erhaschte, was von Malcom übrig war.

»Ich kümmere mich um den Müll«, sagte Phantom leise und mit einer Kopfbewegung zu Tracy auf dem Boden, als Bubba an ihm vorbeiging.

Bubba nickte zurück und blieb nur lange genug stehen,

um sein Handy von der Küchentheke zu holen. Es vibrierte erneut mit einem eingehenden Anruf.

Er schaute nach unten und sah, dass es Tex war. Er hatte das Gefühl, dass der pensionierte SEAL endlich sein Gespräch mit Eva Dawkins geführt hatte. Aber es war zu spät.

Bubba fühlte sich ausgewrungen und innerlich leer, während er Zoey aus dem Haus schaffte. Wenn es nach ihm ginge, würde keiner von ihnen mehr einen Fuß in das Gebäude setzen. Er war fertig mit Juneau. Mit Alaska. Es hatte ihm Zoey gebracht, sein größtes Geschenk, aber auch den größten Herzschmerz seines Lebens.

Er hörte aus der Ferne, wie Phantom mit einem Leitstellendisponenten sprach, aber Bubba konnte Zoey nur festhalten und Gott danken, dass es ihr gut ging. Malcom hätte sie mühelos erschießen können. Oder wenn sie nicht so schnell gewesen wäre, hätte Tracy ihr das Messer in den Körper rammen und sie töten können.

Bubba vergrub das Gesicht in ihrem Haar und hielt sie. Als er zu zittern begann, hielt Zoey ihn nur noch fester. Er wusste nicht, wann ihm die Tränen kamen, aber die Frau, die er mehr als alles andere auf der Welt liebte, ließ ihn nicht los, sondern drückte ihn einfach fester an sich und gab ihm den Halt, den er brauchte, damit er zerbrechen konnte.

KAPITEL NEUNZEHN

Es war ein langer Tag gewesen. Der längste in Bubbas Leben. Als die Polizei eintraf, hatten die Beamten zuerst gedacht, *er* hätte Malcom umgebracht. Er war in Handschellen gelegt und auf den Rücksitz eines Polizeiautos gepackt worden, woraufhin Zoey völlig ausrastete.

Anscheinend kannte sie die meisten Beamten und teilte ihnen mit, dass sie sie, das Revier und die ganze Stadt verklagen würde, wenn sie ihn nicht freiließen. Bubba war stolz auf sie gewesen, aber er fühlte sich wie betäubt. Er konnte nicht einmal die Kraft aufbringen, dankbar zu sein, als die Beamten sich entschuldigten und ihn aus den Handschellen befreiten, nachdem sie herausgefunden hatten, dass Malcom sich die Wunde selbst zugefügt hatte.

Dann mussten er, Zoey und Phantom mindestens vier weitere Male ihre Sicht der Dinge schildern. Bubba war von Zoey getrennt worden, was ihn fast zur Weißglut brachte. Die Polizisten hatten ihm immer wieder die gleichen Fragen gestellt, bis er schreien wollte.

Tex hatte sich schließlich eingemischt und ein paar Anrufe getätigt, und schließlich waren Bubba und Zoey frei und konnten gehen. Sie befanden sich jetzt in einem Hotelzimmer in der Innenstadt von Juneau, da keiner von ihnen zurück zu ihrem Haus oder dem seines Vaters gehen wollte.

Phantom war typischerweise zurückhaltend gewesen, aber er war auch eine solide Stütze für ihn und Zoey gewesen, was Bubba ihm nie würde zurückzahlen können. Er hatte sie beide gezwungen, etwas zu essen, da sie nicht dazu gekommen waren, das Frühstück zu verspeisen, das er geholt hatte. Er hatte die anderen Jungs in Kalifornien angerufen und ihnen mitgeteilt, was passiert war. Rocco hatte sofort angeboten, nach Alaska zu fliegen, aber Phantom sagte ihm, dass das nicht nötig sei, da sie so schnell wie möglich nach Hause kommen würden.

Phantom hatte auch Sean Kassamali angerufen, um ihm von dem Vorfall zu berichten. Er war zum Revier gekommen und hatte Bubba versichert, dass er sich um das Geschäft kümmern würde, dass er sich keine Sorgen machen müsse. Das Ironische daran war, dass jetzt, da Malcom sich umgebracht hatte, alle seine Anteile an der Firma an Bubba gehen würden. Angesichts dessen, was alles passiert war, war es fast lächerlich, aber Malcom war so sicher gewesen, dass sein und Tracys Plan aufgehen würde. Er hatte kein eigenes Testament gemacht.

Und da Bubba immer noch nichts mit dem Geschäft zu tun haben wollte, würde Sean eher früher als später hundert Prozent der Firma besitzen.

Bubba würde seine Anteile für einen Dollar an den älteren Mann verkaufen ... nur um es legal zu machen. Zoey hatte vor, mit ihrem kleinen Anteil dasselbe zu tun. Wäre Malcom zu dem Treffen mit Kenneth gekommen, hätte er erfahren, dass Bubba *ihm* seine Anteile ebenfalls für nur einen Dollar verkaufen wollte. Nicht für einen exorbitanten Preis, wie Malcom angenommen hatte.

Bubba hätte erleichtert sein müssen, dass er ein für alle

Mal aus dem Geschäft raus war, aber stattdessen war er einfach nur traurig.

»Das alles hätte nicht passieren dürfen«, murmelte Bubba.

Er saß auf der Couch in der Suite, die Phantom für sie im Hotel reserviert hatte, und Zoey hatte sich an ihn gekuschelt. Nur wenn sie in seinen Armen lag, hatte er nicht das Gefühl, in eine Million Stücke zu zerbrechen. Er würde nie den verzweifelten Ausdruck in Malcoms Augen vergessen, als er sich die Waffe an den Kopf hielt.

Phantom steckte den Kopf in den Raum. »Tex ist am Telefon. Bist du bereit zu reden?«

Bubba nickte. »Ja, lass uns das zu Ende bringen.«

Zoey spannte ihre Arme um ihn an und ihre Anwesenheit machte die Sache viel einfacher. Nicht okay, aber besser.

»Bist du da?«, fragte Tex über Lautsprecher.

»Ja.«

»Es tut mir verdammt leid, dass ich Eva nicht schneller gefunden habe.«

Bubba schüttelte den Kopf, obwohl er wusste, dass Tex ihn nicht sehen konnte. »Tu das nicht. Das ist nicht deine Schuld. Es ist die meines Bruders. Und die von Tracy. Nichts davon ist deine Schuld.«

»Das sagst du, aber das macht es nicht wahr«, erwiderte Tex. »Wie auch immer, Tracy kannte Evas Ex irgendwie. Die Verbindung ist ein wenig unklar. Malcom hat sich als Erster mit ihr in Verbindung gesetzt und ihr Geld für einen Job angeboten. Als sie zustimmte, weil sie dringend Geld brauchte, übernahm Tracy die Vorbereitungen. Offenbar versprach Evas Ex, dass er ihr die Kinder zurückgeben würde, wenn sie ihm dreihunderttausend Dollar zahlt. So viel Geld hatte sie natürlich nicht und Tracy und Malcom konnten sie leicht davon überzeugen, ihre Drecksarbeit zu machen. Nachdem sie euch mitten im Nirgendwo zurückgelassen hatte, landete Eva das Flugzeug in einer winzigen Stadt. Das Flugzeug selbst wurde erst vor Kurzem entdeckt, was ihre Geschichte bestätigt. Wie auch immer, sie ging nach Seattle, wie es ihr befohlen wurde, um zu warten, bis die Lage hier sich beruhigt hat, und sie erwartete, für ihre Rolle in dem Komplott bezahlt zu werden.«

»Lass mich raten, sie hat das Geld nicht bekommen«, sagte Phantom trocken.

»Nein. Tracy und Malcom hatten nicht die Absicht, ihr Geld zu geben, weil sie dachten, dass sie genauso tot sein würde wie ihr beide. Tatsächlich *gab* es gar kein Geld, das sie hätte bekommen können. Eva hat zwei Wochen damit verbracht, per Anhalter zurück nach Anchorage zu gelangen. Sie war sich nicht sicher, was sie tun würde, aber dort sind ihre Kinder. Sie hat in einem Stripklub angeheuert und in ihrem Wagen gelebt.«

Bubba konnte sich des Mitleids mit der Frau nicht erwehren. Sie hatte einige schreckliche Entscheidungen getroffen, das war nicht zu leugnen, aber er wusste, er würde alles tun, um seine Kinder zurückzubekommen, sollte jemand sie entführen. »Ihre Kinder?«, fragte er Tex.

»Es wird sich darum gekümmert.«

Bubba dachte an das zurück, was Tex ihnen zuvor erzählt hatte. Über das Team von Männern, die er kannte und die kein Problem damit hatten, sich um Drecksäcke wie Evas Ex zu kümmern.

»Die Frage ist jetzt ... wirst du Anzeige erstatten?«, fragte Tex.

Bubba öffnete den Mund, um zu antworten, aber Zoey kam ihm zuvor.

»Nein.«

Bubba drehte sich zu ihr um. »Zo –«

Sie hob eine Hand, um ihn aufzuhalten. »Ich weiß,

Mark. Ich weiß, was sie getan hat. Wir hätten sterben können. Du *wärst* fast gestorben. Aber uns geht es gut. Und mal ehrlich, welche anderen Möglichkeiten hatte sie denn? Ich entschuldige nicht, was sie getan hat. Es war furchtbar und sie hätte zur Polizei gehen sollen, bevor sie den Plan deines Bruders durchzieht, aber ...« Sie brach ab.

»Tut es ihr leid?«, fragte Bubba Tex.

»Wenn du mich fragst, ja, ich glaube schon. Sie schien fast erleichtert zu sein, dass sie gefunden wurde. Als Erstes hat sie gefragt, wie es euch beiden geht. Sie wusste, dass du einen Haufen Scheiße in deinen Taschen hattest, Bubba, und sie hatte sich selbst davon überzeugt, dass ihr klarkommen würdet.«

Bubba schloss die Augen. Eva Dawkins war ihm völlig egal. Aber um ihrer Kinder willen, die niemanden haben würden, wenn ihre Mutter ins Gefängnis ging, seufzte er und fragte: »Was jetzt?«

»Ich habe ihr einen Job in Florida besorgt«, erklärte Tex. »Nichts Großes, aber genug, um sie finanziell über Wasser zu halten. Sie und ihre Kinder werden morgen dorthin fliegen. Sie muss sich keine Sorgen mehr machen, dass ihr Ex jemals wieder ins Spiel kommt. Mit deinem Segen bekommt sie einen neuen Start in ihr Leben. Ich habe ihr gesagt, dass sie es nicht vermasseln soll, denn ich werde sie beobachten. Ein falscher Schritt und ich lasse ihr die Kinder wegnehmen und sie selbst schneller ins Gefängnis werfen, als sie blinzeln kann.«

Bubba konnte nicht anders. Er grinste leicht. Das war der Tex, den er kannte und liebte. »Gut.«

»Zoey? Geht es dir gut?«, fragte Tex.

Bubba sah, wie sie zu ihm aufschaute, sein Gesicht musterte und schließlich antwortete: »Mir geht es gut.«

»Ich muss noch Papierkram erledigen, also werde ich auflegen. Das mit deinem Bruder tut mir leid, Bubba.«

»Danke.«

»Tex?«, fragte Phantom.

»Ja?«

»Gibt es etwas Neues über die Sache, die du für mich im Auge behalten solltest?«

»Nicht wirklich. Ich habe Gerüchte über etwas Interessantes gehört, aber ich habe noch nicht genügend Informationen, um sie weiterzugeben. Ich melde mich wieder, sobald ich etwas Konkretes weiß.«

»Danke. Ich weiß das zu schätzen.«

»Wie auch immer. Lasst von euch hören, Jungs. Wir sprechen uns bald wieder.«

»Tschüss, Tex. Danke für alles«, sagte Bubba schnell, bevor Tex auflegte.

»Ja, danke, Tex«, wiederholte Zoey, aber ihre Worte stießen auf taube Ohren, da Tex die Verbindung bereits beendet hatte.

»Gibt es etwas, das du mir sagen willst?«, fragte Bubba Phantom.

Der andere Mann schüttelte den Kopf. »Nein. Es ist nichts. Ich habe Tex nur gebeten, etwas für mich herauszufinden.«

Bubba musterte seinen Teamkameraden einen Moment lang. Es war nicht *nichts*. Wenn Phantom sich an das Computergenie gewandt hatte, war es etwas Ernstes. Aber wenn Phantom es nicht erzählen wollte, würde er ihn nicht dazu zwingen. Er würde ihn und die anderen informieren, wenn die Zeit reif war.

»Eva tut mir irgendwie leid«, sagte Zoey leise.

Bubba stützte sein Kinn auf Zoeys Kopf. Er war nicht überrascht über ihre Worte. Sie hatte die Tendenz, das Gute in den Menschen zu sehen. Das war einer der Millionen Gründe, warum er sie liebte. Ein Teil von ihm hatte Tex sagen wollen, dass sie der Pilotin das Leben zur Hölle machen sollte, aber es klang, als *wäre* ihr Leben bereits die Hölle. Sie war genauso ein Opfer in dieser ganzen Sache, wie er und Zoey es waren.

»Irgendwelche Informationen darüber, wie es um Tracy steht?«, fragte Bubba.

»Zuletzt habe ich von Sean gehört, dass ihr Mann einen seiner befreundeten Anwälte in Anchorage kontaktiert hat, um ihren Fall zu übernehmen«, antwortete Phantom.

»Ernsthaft?«, fragte Zoey. »Das ist doch Blödsinn. Ich meine, ich verstehe ja, dass sie verheiratet sind, aber erstens hatte sie wer weiß wie lange eine Affäre, und zweitens hatte sie kein Problem damit, uns, deinen Vater und wer weiß wie viele andere Leute umzubringen. Sie wollte Kenneth verlassen und mit Malcom nach Mexiko gehen.«

Bubba legte ihr eine Hand in den Nacken und strich mit dem Daumen beruhigend hin und her. »Ganz ruhig, Zo.«

»Nein, im Ernst, er ist dumm! Er hätte sofort die Scheidung einreichen sollen, anstatt sie zu unterstützen. Mark, wenn ich jemals so etwas tue, wie sie es getan hat, bleibst du nicht bei mir. Du musst dich verdammt noch mal von mir fernhalten, ehe der Schaden noch größer wird. «

Bubba konnte sich ein Lachen nicht verkneifen. Er konnte auch nicht glauben, dass er nach diesem Tag und allem, was er über seinen Bruder, seinen Vater und den Grund, warum er und Zoey in der Wildnis zurückgelassen worden waren, herausgefunden hatte, lachte – aber er tat es. »Du könntest niemanden umbringen, Süße. Auf keinen Fall.«

»Könnte ich wohl«, widersprach sie stur. »Wenn Tracy dich mit dem Messer bedroht hätte, hätte ich *sowas von* alles Nötige getan, um sie außer Gefecht zu setzen.«

»Apropos ... wo hast du gelernt, jemanden so außer Gefecht zu setzen?«, fragte Bubba, während er mit dem

Daumen seine rhythmischen Bewegungen auf ihrer Haut fortsetzte, um sein Bestes zu tun, sie zu beruhigen.

»Colin hat einen Sicherheitsspezialisten in die Fabrik geholt, der jedem, der wollte, Selbstverteidigungskurse gab. Er hat mir erlaubt, ebenfalls daran teilzunehmen.« Als sie von seinem Vater sprach, wurde ihr Gesichtsausdruck düster. »Ich kann nicht glauben, dass er vergiftet wurde.«

Bubba seufzte und hielt sie noch fester. »Ich auch nicht.«

»Es tut mir leid, Mark.«

»Danke.«

»Mir tut es auch leid«, sagte Phantom.

Bubba nickte. »In gewisser Weise bin ich froh, dass Malcom sich umgebracht hat«, gab er zu. »Ich weiß, dass ich es nicht hätte tun können.«

»Du hättest es gekonnt«, gab Phantom unmissverständlich zurück.

Bubba sah seinen Teamkameraden überrascht an.

»Nur weil du mit jemandem blutsverwandt bist, heißt das nicht, dass er dich automatisch liebt und nur das Beste für dich will. Manchmal muss man einfach tun, was man tun muss.«

»Hast du direkte Erfahrung damit?«, fragte Bubba, da es sich ganz so anhörte.

Phantom zuckte mit den Schultern. »Familien sind scheiße«, sagte er, dann stand er auf. »Nicht jeder hat liebende Eltern, die sich um ihn kümmern. Böse ist, wer Böses tut, und manchmal haben die Unschuldigen einfach die schlechtesten Eltern der Welt. Ich werde jetzt ins Bett gehen. Braucht ihr noch etwas?«

Bubba wollte seinem Freund sagen, er solle sich setzen. Mit ihm reden. Um ihm dabei zu helfen zu verstehen, wie und warum Malcom sich gegen ihn gewendet hatte, denn es klang so, als hätte er Erfahrung mit Verwandten, die Arschlöcher waren, aber stattdessen schüttelte er nur den Kopf. »Alles in Ordnung.«

»Zoey?«, fragte Phantom.

»Mir geht's gut. Danke.«

Nachdem Phantom die Tür zum anderen Zimmer der Suite geschlossen hatte, schaute Zoey zu Bubba auf. »Geht es ihm gut?«

»Ich weiß es nicht. Phantom redet nicht über sein Leben. Überhaupt nicht. Aber aus den Dingen, die er hier und da erwähnt hat, geht hervor, dass er keine gute Kindheit hatte. Ich denke, wir beide haben jetzt mehr zu besprechen.«

Zoey drehte sich und setzte sich rittlings auf seinen Schoß. Sie schlang die Arme um seinen Hals und legte ihre Stirn an seine. »Geht es *dir* gut?«

»Nein«, antwortete Bubba.

»Was kann ich tun, um dir zu helfen?«

»Das. Halte mich. Sei da, um zuzuhören, wenn ich reden muss. Erzähl mir Geschichten über meinen Pop. Und sei einfach du selbst, Zo. Das ist es, was ich brauche.«

»Abgemacht.« Dann schmiegte sie sich an ihn und drückte ihre Nase an seinen Hals, während sie ihr Bestes tat, sich an ihm zu vergraben.

Überraschenderweise half es, sie in seinen Armen zu haben. Dadurch fühlte er sich nicht ganz so allein. Er hatte seinen Bruder und seinen Vater verloren, aber er hatte einen Partner gewonnen. Es war schon komisch, wie sich das Leben entwickelte.

KAPITEL ZWANZIG

Zoey lächelte, als sie sah, wie Mark ein Feuer in der Feuerstelle vor ihrer Unterkunft entfachte. Es war ein harter Monat für sie beide gewesen, aber besonders für Mark. Zweimal hatte er nach Anchorage zurückkehren müssen, um mit dem Staatsanwalt zu sprechen, der Tracys Voruntersuchung vorbereitete.

Er hatte das Haus seines Vaters zum Verkauf angeboten und war sowohl die Besitztümer von Colin als auch seines Bruders durchgegangen. Jedes Mal wenn er Telefonate mit jemandem aus Juneau beendete oder aus Alaska zurückkehrte, dauerte es eine Weile, bis er wieder er selbst war.

Zoey hasste es und wollte ihn wieder glücklich und lächelnd sehen. Deshalb hatte sie diesen Glamping-Ausflug arrangiert, in der Hoffnung, dadurch ein wenig Freude in sein Leben zu bringen. Sie erinnerte sich daran, dass sie sich in der Wildnis Alaskas über Glamping unterhalten hatten, und dachte sich, dass dies eine Möglichkeit wäre, die Vergangenheit ein für alle Mal hinter sich zu lassen und sich auf die Zukunft zu freuen.

Bis jetzt hatte ihr Plan funktioniert. Sie flogen nach

Sacramento und fuhren dann die fünfundvierzig Minuten nach Colfax, Kalifornien. Eine kleine, beschauliche Stadt. Sie hatte die Jurte im mongolischen Stil gemietet, weil sie in der nordkalifornischen Umgebung fast lächerlich wirkte. Von außen sah sie aus wie ein normales weißes Zelt, aber innen war sie übertrieben bunt und pompös, und als Mark sie das erste Mal gesehen hatte, war das Lächeln, das sich von einem Ohr zum anderen ausbreitete, jeden Cent wert gewesen, den sie dafür ausgegeben hatte.

Es gab auch einen Whirlpool, eine Außendusche, eine Sauna, ein Schwimmbecken und eine Hängematte, die sie nutzen konnten. Aber bisher hatten sie sich damit begnügt, zu faulenzen und fernab der Welt zu entspannen. In ihrem üppig dekorierten Zelt konnten sie so tun, als wären sie die einzigen Menschen auf der Welt.

Jetzt hatten sie sich nach draußen gewagt, um am Feuer zu sitzen und die Nachtluft zu genießen. Nachdem Mark das Feuer entfacht hatte, war er in die Jurte gegangen, hatte eine Decke vom Bett geholt, sich hinter sie gesetzt und sie um sie beide gewickelt. Zoey wusste, dass Mark nicht kalt war, ihm war nie kalt, aber sie liebte ihn umso mehr, weil er sich Mühe gab, dafür zu sorgen, dass ihr warm genug war.

Als Zoey zu den Sternen hinaufschaute, entspannte sie sich an Mark und seufzte.

»Glücklich?«, fragte er.

»Sehr. Aber das sollte ich eigentlich dich fragen.«

»Jede Minute, die ich mit dir verbringen kann, macht mich glücklich«, antwortete er.

Zoey legte die Hände um seine Unterarme, die auf ihrer Brust ruhten. »Ich mache mir Sorgen um dich.«

Er lehnte seine Wange an ihre, dann sagte er: »Ich weiß. Und ich wünschte, wir würden unser Leben gemeinsam beginnen, ohne dass dieses ganze Drama über uns schwebt.«

»Jeder hat Dramen«, erwiderte Zoey. »Das Leben ist nicht so rosig, wie es in den sozialen Medien dargestellt wird. Ich wünschte nur, ich könnte mehr tun, um dir zu helfen.«

Mark schnaubte.

Zoey runzelte die Stirn und drehte den Kopf, um ihn anzusehen. »Was?«

»Zo, ich bin mir nicht sicher, ob ich das alles ohne dich an meiner Seite durchgestanden hätte. Zu wissen, dass du für mich da bist, ist das Beste, was mir je im Leben passieren konnte. Und dieser Ausflug hat mich zum Nachdenken gebracht.«

»Worüber?«

»Über uns. Wie alles in unserem Leben miteinander verknüpft ist. Wie eine kleine Entscheidung den Verlauf unseres Lebens zum Guten oder Schlechten verändern kann. Hätte ich den Charterflug abgelehnt, den Kenneth und seine Frau für uns arrangiert hatten ... ich bin mir nicht sicher, ob wir jetzt hier wären. Du wärst vielleicht da draußen in der Wildnis gestorben. Malcom und Tracy wären vielleicht mit dem Mord an Pop davongekommen. Es gibt hundert kleine Entscheidungen, die wir getroffen haben, die uns hierhergeführt haben. Und obwohl ich wünschte, mein Vater wäre noch hier und mein Bruder wäre nicht so ein Idiot gewesen, bereue ich nicht, dass ich dich dadurch gefunden habe.«

Zoeys Augen füllten sich mit Tränen. Seine Worte bedeuteten ihr die Welt. Dass er all das ihm zugefügte Leid durchgemacht, seine einzige Familie verloren hatte und trotzdem glücklich war, sie in seinem Leben zu haben ... das war fast zu viel.

»Ich liebe dich«, sagte sie und drückte seine Arme. »Als ich in der Highschool war, mochte ich dich wegen deines Aussehens. Als ich älter wurde, bewunderte ich dich wegen der Geschichten, die Colin mir erzählte, und wegen dem, was du für unser Land tust. Aber jetzt, da ich dich kennengelernt habe, liebe ich dich wegen des Menschen, der du bist.«

»Das bedeutet mir alles«, erwiderte Mark. »Ich werde nicht immer meine Muskeln haben. Wahrscheinlich werden mir die Haare ausfallen und ich werde dreißig Kilo zunehmen. Die Dinge, die ich getan habe, werden nur noch eine Erinnerung und eine Fußnote in einer streng geheimen Schublade im Pentagon sein, aber ich werde immer genau der sein, der ich bin. Und ich bin ein Mann, der alles tun wird, was nötig ist, damit du sicher und glücklich bist.«

Das reichte. Zoey war fertig damit, am Feuer zu sitzen. Auch wenn sie gerade erst hinausgekommen waren, hatte es seinen Reiz verloren. Sie hatte Schwierigkeiten beim Aufstehen und brauchte Marks Hilfe, um sich von der Decke zu befreien. Sie stellte sich vor ihn und streckte eine Hand aus. »Schaff mich ins Bett oder ich wechsle das Revier.«

Nachdem Mark gestanden hatte, den Film *Top Gun* noch nie gesehen zu haben, hatte sie ihn eines Abends gezwungen, ihn sich mit ihr anzusehen.

Ohne zu zögern, antwortete er mit Goose' legendärem Satz aus dem Film: »Zeig mir den Heimweg, Liebling.«

Dann packte er ihre Hand, zog sie nach vorn, sodass sie ihm über die Schulter fiel, und ging mit ihr zu dem opulenten Zelt, das sie für die nächsten Nächte ihr Zuhause nennen würden.

Kichernd stützte Zoey sich mit den Händen auf seinem Hintern ab und schnappte nach Luft, als er sie auf der Matratze im Zelt fallen ließ.

Als sie den intensiven Gesichtsausdruck ihres Mannes sah, hatte Zoey das Gefühl, dass sie erst am Morgen aus der Jurte kommen würden. »Müssen wir uns wegen des Feuers

Sorgen machen?«, fragte sie. Sie wollte die Stimmung nicht zerstören, es aber auch nicht unbeaufsichtigt lassen.

»Ich stehe auf und kümmere mich darum ... später.«

»Okay.«

Mark beugte sich über sie, stützte sich mit den Armen rechts und links von ihr ab und berührte praktisch ihre Nase mit seiner. »Ich liebe dich, Zoey Knight.«

»Und ich liebe dich auch.«

Er schloss für einen Moment die Augen, als hätte er Schmerzen, aber als er sie wieder öffnete, konnte Zoey nur Lust sehen. Auf sie.

Einige Stunden später lag Zoey entkräftet und erschöpft in Marks Armen. Er hatte sich auf sie gestürzt wie ein Mann, der verdurstete und den Nektar aus ihrem Körper trinken musste, um seinen Durst zu stillen. Er hatte sie mindestens eine Stunde lang vernascht, bevor er ihr eine Verschnaufpause gönnte. Aber selbst dann hatte er mit jedem Zentimeter ihres Körpers gespielt und ihn gestreichelt, während sie ihr Bestes tat, sich zu erholen.

Sie wusste, dass manche Männer Oralsex genossen, aber Mark hob ihn auf eine gänzlich andere Stufe. Er war unersättlich, wenn es um sie ging, und Zoey hatte sich noch nie so wertgeschätzt gefühlt, wie wenn Mark mit ihr Liebe machte.

Nachdem sie schließlich aufgehört hatte zu zittern, war Mark langsam und ehrfürchtig in sie eingedrungen. Er starrte ihr die ganze Zeit über in die Augen und flüsterte ihr Worte der Verehrung zu. Als sie es beide nicht mehr aushielten, drehte er sie auf Hände und Knie und vögelte sie bis zur Besinnungslosigkeit.

Zoey konnte nicht sagen, was sie mehr genoss. Den

Oralsex, das langsame, süße Liebesspiel oder das harte und schnelle Ficken.

Sie wusste, dass Mark nicht schlief, denn mit dem Daumen zog er kleine Kreise auf ihrem Rücken, während er sie an sich drückte. Aus heiterem Himmel erinnerte sie sich an etwas, das Jess zu ihnen gesagt hatte, und platzte damit heraus: »Also, Jess hatte wohl recht? Der Schlüssel zu einer guten Beziehung ist Cunnilingus.«

Er lachte. »Eigentlich hat sie gesagt, dass der Schlüssel zu einer guten *Ehe* Cunnilingus ist. Und da muss ich ihr zustimmen.« Mark beugte sich vor und holte etwas von dem kleinen Tisch neben dem Bett. Sie hatte es vorher nicht bemerkt, aber jetzt konnte sie die kleine schwarze Samttasche in seinen Händen nur mit großen Augen anstarren.

Er öffnete sie und zog einen wunderschönen Solitär-Diamantring im Smaragdschliff heraus.

Zoey schnappte nach Luft.

»Ich weiß, das geht schnell, aber scheiß drauf. Unsere ganze Beziehung war unkonventionell. Willst du mich heiraten? Ich kann mir nicht vorstellen, mein Leben ohne dich an meiner Seite zu verbringen. Ich mag ein harter Navy SEAL sein, aber ohne dich bin ich nichts. Es ist mir egal, wie lange unsere Verlobung dauert. Eine Woche, einen Monat, fünf verdammte Jahre, solange du irgendwann mir gehörst, bin ich glücklich.«

»Ich gehöre bereits dir«, sagte Zoey leise. »Daran ändert auch ein Trauschein nichts.« Als sie die Unsicherheit in seinen Augen sah, fuhr sie schnell fort: »Aber natürlich will ich dich heiraten, Mark. Ich liebe dich.«

Da lächelte er und umarmte sie. Fest.

Als er sich zurückzog und den schönen Ring über ihren Finger gleiten ließ, konnte Zoey nicht anders, als ihn zu necken: »Aber nur, wenn du mir versprichst, dass du mit dem Cunnilingus weitermachst.«

»Als könntest du mich von deinem schönen Körper fern-halten«, erwiderte Mark grinsend. »Tatsächlich glaube ich, dass ich schon wieder Hunger habe.«

Zoey schrie auf, als Mark sie um die Taille fasste und ihr half, sich hinzuknien, dann glitt er mit einer schnellen Bewegung unter sie. Sie kniete über ihm und er rutschte weiter nach unten, bis er zwischen ihren Beinen war. Er zog sich ein Kissen unter den Kopf und als Zoey an ihrem Körper hinunterschaute, sah sie nur seine Augen, die mit einer Intensität zwischen ihren Beinen nach oben blickten, die fast beängstigend war.

»Ich liebe dich, Zoey. Mit allem, was ich bin. Ich verspre-che, alles zu tun, was in meiner Macht steht, um dich glück-lich zu machen. Ich werde dich in meinem Leben an die erste Stelle setzen, wann immer ich kann, und ich werde jeden umbringen, der versucht, dich zu verletzen.«

»Was das Töten angeht, bin ich mir nicht sicher, aber der Rest ist okay.«

Dann lächelte er und drückte ihre Schenkel auseinan-der, bis sie keine andere Wahl hatte, als sich am Kopfteil festzuhalten, um aufrecht zu bleiben.

»Halt dich fest, Süße. Ich bin am Verhungern.«

Bei der ersten Berührung seiner Lippen auf ihrer empfindlichen Klitoris warf Zoey den Kopf zurück und tat, was er verlangte, indem sie sich verzweifelt festklammerte.

Nachdem er ihre Welt wieder einmal auf den Kopf gestellt hatte und sie an ihn gekuschelt auf der Seite lag, starrte sie auf den Ring an ihrem Finger. Sie würde Mark Wright heiraten. Den Mann, den sie die meiste Zeit ihres Lebens gewollt hatte.

Manchmal war das Leben wirklich unergründlich.

»Bist du sicher, dass du das tun willst?«, fragte Rocco Phantom. Sie waren gerade mit dem Training fertig geworden und Phantom hatte seinen Freund zur Seite genommen, um ihn um einen Gefallen zu bitten.

»Ja. Ich weiß, dass die Therapeuten auf dem Stützpunkt die Freigabe haben, aber ich möchte, dass du dabei bist und hörst, was ich sage, wenn der Hypnotiseur mich hypnotisiert.«

»Bist du dir *so* sicher, dass du etwas übersehen hast, das in Timor-Leste passiert ist?«, fragte Rocco.

»Ja. Ich habe etwas gesehen, aber in dem ganzen Chaos, als wir aus dem Waisenhaus fliehen mussten, weil die Rebellen immer näher kamen, habe ich vergessen, was es war«, erwiderte Phantom.

Rocco runzelte die Stirn. »Was erhoffst du dir davon zu erfahren?«

»Das ist es ja, ich weiß es nicht.«

»Phantom ... Kalee ist tot. Wir alle haben ihre Leiche gesehen. Sie wird nicht zurückkommen«, sagte Rocco sanft.

Phantom biss die Zähne zusammen. »Ich weiß«, log er.

Die Sache war die, dass er das ungute Gefühl hatte, dass die Frau, die sie hatten retten sollen, *nicht* tot war. Aber er wusste, dass seine Freunde ihn für genauso verrückt halten würden wie Kalees Vater, wenn er das ohne Beweise laut ausspräche.

Mr. Solberg war aus der Nervenheilanstalt entlassen worden und nahm wieder seine Medikamente. Phantom wollte ihn besuchen. Ihn nach seiner Tochter fragen. Geschichten darüber hören, wie sie war. Aber er war zu feige. Er wollte ihm weder falsche Hoffnungen machen, dass Kalee noch lebte, noch dafür sorgen, dass der Mann einen Rückfall erlitt und wieder in der Klinik landete.

Aber dieses nagende Gefühl in ihm wollte nicht verschwinden. Es wollte nicht aufhören. Er hatte immer wieder an sich gezweifelt und alles getan, um sich an den Moment zu erinnern, in dem er die Grube mit den Leichen der ermordeten Kinder gefunden hatte, aber so sehr er sich auch bemühte, es gab einen winzigen Moment, der leer war.

In der einen Sekunde hatte er das Massengrab entdeckt, und in der nächsten flohen er und seine Teamkameraden mit Piper und den drei verwaisten Mädchen aus dem Gebiet.

»Wenn du wirklich willst, dass ich mitkomme, werde ich das tun«, versprach Rocco.

Phantom nickte. »Ich weiß das zu schätzen.«

»Sag mir einfach, wann und wo.«

»Mach ich.«

Die beiden Männer schüttelten sich die Hand und Phantom machte sich auf den Weg zu seinem Wagen, um nach Hause zu fahren und zu duschen, bevor er zum Stützpunkt zurückkehrte. Sie bereiteten sich auf eine weitere Mission vor. Sie waren schon lange nicht mehr im Einsatz gewesen und er war mehr als bereit, wieder das zu tun, was er am besten konnte. Sobald Bubba aus seinem Kurzurlaub zurückkam, würden sie sich mit den Geheiminformationen auseinandersetzen und wahrscheinlich noch in dieser Woche ausrücken.

Im Gegensatz zu seinen Teamkameraden, die inzwischen Familien und eigene Frauen hatten, freute Phantom sich immer noch auf ihre Einsätze. Es würde ihn von der Lücke in seinem Gedächtnis ablenken ... und von der nicht zu leugnenden Angst, dass er es irgendwie vermasselt hatte. So richtig.

Er hatte Tex um Hilfe gebeten und wusste nicht, was »Gerüchte über etwas Interessantes« bedeuteten, aber er wusste, dass Tex es ihm sagen würde, sobald er etwas Konkretes hatte. In der Zwischenzeit musste er beschäftigt bleiben, sich mit dem Hypnotiseur treffen und versuchen, mit seinem Leben weiterzumachen.

Rex war gerade aus der Dusche gekommen und aß sein Omelett aus vier Eiern im Stehen, während er die Morgennachrichten sah, als sein Handy klingelte. Er und seine Teamkameraden waren am Vortag von einem Kurzeinsatz zurückgekehrt und er hatte den Tag frei. Er freute sich darauf, einfach nur herumzusitzen und sich zu entspannen.

»Ich bin's, Rocco«, sagte sein Teamkamerad, als Rex abnahm. »Du musst so schnell wie möglich zum Stützpunkt zurückkommen.«

Rex setzte sich in Bewegung, bevor Rocco zu Ende gesprochen hatte. Er warf den Rest des Omeletts in den Müll und fragte: »Was gibt's?«

»Wir brechen auf, sobald alle da sind.«

»Scheiße«, murmelte Rex. Es war schon öfter vorgekommen, dass sie ohne große Vorbereitung zu einem Einsatz gerufen wurden, aber ihr Kommandant hatte gern so viele Informationen wie möglich, bevor er sie in Gefahr schickte. »Was ist los?«

Am anderen Ende der Leitung herrschte einen Moment lang Stille und Rex' Magen krampfte sich vor Sorge zusammen. Rocco redete normalerweise nicht um den heißen Brei herum. Es musste also etwas Schlimmes sein.

»Es geht um Avery«, antwortete Rocco leise.

Einen Moment lang war Rex nicht sicher, wen sein Freund meinte.

Dann wurde es ihm klar. »*Meine* Avery?«

Es war dumm, so etwas zu sagen. Avery Nelson gehörte ihm nicht. Sie waren nicht einmal zusammen. Er hatte mit ihr geflirtet, und sie hatte es erwidert. Rex war extra ins

Krankenhaus gegangen, um sie zu sehen, und er sammelte noch den Mut, sie um eine Verabredung zu bitten. Aber sie war schon seit anderthalb Monaten weg. Sie war einer Sondereinheit zugeteilt worden, die im Rahmen einer humanitären Mission nach Afghanistan gereist war ... um Frauen in der Krankenpflege zu unterrichten.

Aber sie war die einzige Avery, die er kannte, und wenn Rocco besonders vorsichtig dabei war, ihm mitzuteilen, was los war, dann musste sie es sein.

»Ja. Sie wird vermisst. Vor zehn Tagen wurde ein Konvoi mit Kleinwaffen in der Nähe der Klinik angegriffen, in der sie helfen sollte.«

Rex gefror das Blut in den Adern. »Wie lautet unser Auftrag?«, fragte er.

Er verstieß gegen das Protokoll. Sowohl er als auch Rocco wussten, dass sie am Telefon nicht darüber sprechen durften, wohin sie gingen oder was ihr Auftrag war, aber er konnte die Frage nicht zurückhalten.

»Rettung«, entgegnete Rocco kurz. »Befreundete Einheiten in der Gegend haben gesagt, dass sie und ein paar andere aus dem Konvoi in die Höhlen in den nahe gelegenen Bergen gebracht wurden.«

»Sie lebt also noch?«, fragte Rex, während er ein paar Dinge in eine Reisetasche warf.

»So viel wir wissen, ja«, sagte Rocco.

Rex holte tief Luft und erklärte: »Ich bin in spätestens dreißig Minuten da.«

»Fahr vorsichtig«, bat Rocco ihn, dann legte er auf.

Rex schloss die Augen und dachte an das letzte Mal, als er Avery gesehen hatte. Er war ins Krankenhaus gegangen, um sich vor ihrem Einsatz zu verabschieden. Sie hatte mit einer anderen Krankenschwester gelacht, als er sie sah, und ihm war wieder einmal aufgefallen, wie hübsch sie war. Ihr leuchtend rotes Haar glänzte im grellen Neonlicht des Krankenhauses und jedes Mal, wenn er sie sah, hatte er den Eindruck, dass noch mehr Sommersprossen auf ihren Wangen und ihrem Nasenrücken erschienen waren.

Er hatte sich ihr genähert und als sie ihn sah, hatte sie so breit gelächelt, dass er das Gefühl hatte, er sei in diesem Moment wirklich der Mittelpunkt ihrer Welt.

»Hey«, sagte er.

»Ebenfalls hey«, hatte sie geantwortet.

»Ich habe gehört, dass du bald aufbrichst.«

»Ja. Übermorgen.«

Rex hatte den Mund geöffnet, um sie zu fragen, ob sie vor ihrer Abreise noch einen Kaffee oder etwas anderes mit ihm trinken wollte, aber in diesem Moment ertönte ein Alarm aus einem der Zimmer und sie warf ihm einen entschuldigenden Blick zu. »Tut mir leid, da muss ich nachsehen.«

»Schon gut«, hatte Rex gesagt. »Pass gut auf dich auf und wir sehen uns, wenn du zurückkommst.«

Sie hatte ihm einen Blick zugeworfen, den er nicht deuten konnte, aber schließlich nickte sie. »Das würde mir gefallen«, hatte sie erwidert.

Dann war sie weg. Sie eilte den Flur hinunter, um nach ihrem Patienten zu sehen.

»Ich hätte sie fragen sollen, ob sie mit mir ausgeht«, sagte Rex laut, öffnete die Augen und packte weiter für die unerwartete Mission.

Er würde denselben Fehler nicht zweimal machen. Er wusste besser als die meisten anderen, wie kurz das Leben war. Wie schnell sich die Dinge ändern konnten. Er war ein Idiot gewesen und hoffte sehr, dass er die Chance haben würde, die Dinge wieder in Ordnung zu bringen. Er wusste, ohne Rocco nach Details fragen zu müssen, dass sie Avery und die anderen retten würden.

»Halte durch, Avery«, flüsterte er. »Halte einfach durch. Wir kommen dich holen.«

Avery Nelson blinzelte, aber genau wie die letzten zweihunderttausenddreiundzwanzig Mal, die sie geblinzelt hatte, änderte sich nichts. Sie konnte immer noch nichts sehen. Kein einziges Licht. Ihr Kopf pochte und sie wusste, dass sie sich eine Gehirnerschütterung zugezogen hatte, als eine Panzerfaust die Klinik getroffen hatte, neben der sie gekauert hatte.

Der große Betonbrocken, der heruntergefallen war und sie am Kopf getroffen hatte, hatte ihr keinen Gefallen getan. Sie war verwirrt, und als einer der Terroristen, die den Konvoi angegriffen hatten, auf sie gestoßen war, hatte sie sich nicht schützen können. Er hatte sie in einen der Lastwagen mit den amerikanischen Waffen gezwungen und war mit ihr, den Waffen und zwei weiteren Geiseln aus dem Konvoi in die Berge gefahren.

Sie war in eine der Hunderte von Höhlen in den Bergen geworfen und fast zu Tode geprügelt worden. Die beiden anderen Geiseln hatte sie seit ihrer Ankunft nicht mehr gesehen, aber sie hatte viele Terroristen gesehen.

Sie hatten die Waffen, die in dem vom Konvoi gestohlenen Lastwagen waren, in einer Höhle in der Nähe ihrer Geisel versteckt. Und jeder, der kam, um eine Waffe zu holen, war eingeladen worden, sie anzuglotzen. Sie zu schlagen, wenn er es wollte. Sie zu foltern.

Als Teil ihrer Ausbildung war ihr beigebracht worden, Folter zu widerstehen. Wie man im Angesicht von Widrigkeiten stark blieb. Aber sie war fast am Ende ihrer Kräfte.

Die Männer hatten ihr die Stiefel weggenommen und sie trug nur noch das dunkelbraune T-Shirt, das sie unter ihrer Wüstentarnuniform angehabt hatte, und ihre Cargo-hose. Sie war zwar nicht vergewaltigt worden, aber die Schläge und die psychische Folter waren genauso schlimm gewesen.

Sie betraten die kleine Nische, in der sie gefesselt war, und setzten sich gerade außerhalb ihrer Reichweite, um ihr Mittagessen zu sich zu nehmen. Sie schütteten ihr Wasser aus Flaschen vor die Füße und lachten dann, wenn sie auf die Knie fiel und versuchte, die Flüssigkeit vom Boden aufzusaugen. Sie brachten ihr verschimmeltes Brot und verrottetes Fleisch und hatten großen Spaß daran, ihr dabei zuzusehen, wie sie versuchte, es nicht zu erbrechen.

Das Einzige, was sie so lange am Leben gehalten hatte, war die Tatsache, dass sie sie nachts allein ließen. Sie sorgten dafür, dass die Kette um ihren Knöchel sicher war und ließen sie dann mit nur einer Wache vor der Höhle zurück. Wenn es dunkel wurde, kroch sie leise an die Wand der Nische und leckte das Wasser ab, das an den Fels-wänden heruntertropfte.

Sie hatte es an ihrem ersten Tag entdeckt, als sie im Dreck lag, unter qualvollen Schmerzen durch den Stein, der ihr in der Stadt auf den Kopf gefallen war, und die Schläge, die sie bekommen hatte. Die Männer schienen es nicht einmal zu bemerken. Das Wasser war ihre Rettung. Ohne es hätte sie nicht einmal aufstehen können. Ihr Körper hätte schon längst aufgegeben.

Als Krankenschwester wusste sie besser als die meisten anderen, wozu der menschliche Körper fähig war, doch ohne Wasser war er zum Scheitern verurteilt.

Aber gestern war ihre Hölle anders gewesen.

Niemand war gekommen, um irgendwelche Waffen abzuholen. Niemand hatte sie mit verdorbenem und schim-meligem Essen beworfen und gelacht, als sie es verschlang, als wäre es das Beste, was sie je bekommen hatte.

Am frühen Nachmittag war eine Gruppe von Männern erschienen, aber sie kamen nicht in die hintere Nische, in der sie festgehalten wurde. Nachdem die Männer gegangen waren, herrschte Stille.

Avery spürte, wie ihre Hoffnung stieg. Wenn sie sie auch nur für eine Stunde allein ließen, würde sie einen Weg finden, die Fessel an ihrem Knöchel zu lösen, und von dort verschwinden.

Aber nicht lange nachdem sie gegangen waren, gab es eine große Explosion, die Avery im Dunkeln zurückließ.

Seitdem lebte sie in der Finsternis. Da sie nicht sehen konnte, wie die Sonne auf- und unterging, hatte sie keine Ahnung, wie viel Zeit vergangen war. Sie wusste nicht, ob es Tag oder Nacht war.

Aber sie würde nicht aufgeben. Auf keinen Fall. Diese Arschlöcher dachten, sie hätten sie getötet oder lebendig begraben, aber sie hatten sich geirrt. Ihr Fehler war, dass sie ihr nicht in den Kopf geschossen hatten, bevor sie den Eingang der Höhle in die Luft gesprengt hatten.

Seit es ihr gelungen war, mit einem Stein die Glieder der Kette zu zertrümmern, die ihren Knöchel mit dem Boden der Höhle verband, hatte sie nach und nach, Stein für Stein, ihr Bestes getan, sich auszugraben.

Es ging nur langsam voran, aber Avery hörte nicht auf. Große Felsen. Kleine Felsen. Felsen, die so groß waren, dass sie sie nur aus dem Weg rollen konnte, indem sie sich auf den Hintern setzte und ihre Füße und Beine zum Schieben benutzte. Es war egal, ob sie sich den Weg nach China graben musste, sie würde aus dieser Höhle rauskommen.

Aber mit jedem Tag, der verging, wurde sie schwächer und schwächer. Ihre Hose war so locker, dass sie ihr fast von den Hüften fiel. Sie war nicht dehydriert, da sie dank des Rinnsals an der Wand in der hinteren Nische so viel Wasser hatte, wie sie trinken konnte. Aber selbst das würde bald nicht mehr ausreichen.

Zitternd zwang Avery sich, dorthin zu kriechen, wo die Öffnung zur Höhle gewesen war, und einen weiteren Stein aufzuheben. Sie drückte ihn an ihre Brust, schlurfte rückwärts und legte den Stein hinter sich zur Seite, zusammen mit den anderen, die sie bisher bewegt hatte.

Sie war erschöpft, weigerte sich jedoch aufzugeben.

Irgendwann musste sich etwas bewegen. Entweder würden die Terroristen zurückkehren – was höchst unwahrscheinlich war, da sie davon ausgingen, dass sie in ihrem menschengemachten Grab sterben würde –, oder sie würde genügend Steine bewegen, um aus ihrem Gefängnis zu entkommen. Was dann passieren würde, wusste Avery nicht. Wahrscheinlich wimmelte es in der Gegend von Terroristen oder Sympathisanten. Sie hatte keine Ahnung, wie sie mit nichts an den Füßen außer einem Paar Socken zurück zum amerikanischen Stützpunkt kommen sollte. Aber sie würde nicht aufgeben.

Sie blinzelte noch einmal in der inständigen Hoffnung, einen Lichtschimmer aus dem Steinhaufen zu sehen, was bedeuten würde, dass sie kurz davor war, sich zu befreien, aber sie seufzte enttäuscht, als die völlige Schwärze nicht nachließ.

Avery kroch zurück zum Steinhaufen, hob einen kleinen Stein auf und warf ihn so fest sie konnte hinter sich. Sie war verängstigt, müde, hungrig und ihr Kopf pochte. Aber sie konnte nicht aufgeben. Sie würde es nicht tun.

Während sie weitermachte, fragte sie sich, ob jemand wusste, dass sie vermisst wurde. Ob jemand nach ihr suchte.

Avery hielt einen Moment inne und lehnte sich zurück. Sie schloss die Augen, auch wenn das keinen Unterschied machte, denn Dunkelheit blieb Dunkelheit, und betete intensiver als je zuvor in ihrem Leben.

Ich bin hier. Ich bin genau hier. Bitte, jemand soll mich finden.

Dann nahm sie einen tiefen Atemzug, der sie aufgrund ihrer geprellten Rippen – ein Ergebnis der von ihr ertragenen Schläge – zusammenzucken ließ, und hob einen weiteren Felsbrocken hoch.

*

Finden Sie in *Ein Beschützer für Avery* heraus, ob das SEAL-Team es schafft, Avery zu finden.

(Und natürlich wird *Ein Beschützer für Kalee* auch bald erscheinen ... armer Phantom!)

BÜCHER VON SUSAN STOKER

SEALs of Protection: Legacy
Ein Beschützer für Caite
Ein Beschützer für Brenae
Ein Beschützer für Sidney
Ein Beschützer für Piper
Ein Beschützer für Zoey
Ein Beschützer für Avery (1 Dec)
Ein Beschützer für Kalee
Ein Beschützer für Jane

Die SEALs von Hawaii:
Die Suche nach Elodie
Die Suche nach Lexie
Die Suche nach Kenna
Die Suche nach Monica
Die Suche nach Carly
Die Suche nach Ashlyn
Die Suche nach Jodelle

Das Bergungsteam vom Eagle Point

Ein Retter für Lilly
Ein Retter für Elsie
Ein Retter für Bristol
Ein Retter für Caryn
Ein Retter für Finley
Ein Retter für Heather
Ein Retter für Khloe

Die Zuflucht in den Bergen

Zuflucht für Alaska
Zuflucht für Henley
Zuflucht für Reese
Zuflucht für Cora
Zuflucht für Lara
Zuflucht für Maisy
Zuflucht für Ryleigh

Delta Team Zwei

Ein Held für Gillian
Ein Held für Kinley
Ein Held für Aspen
Ein Held für Jayme
Ein Held für Riley
Ein Held für Devyn
Ein Held für Ember
Ein Held für Sierra

Die Delta Force Heroes:

Die Rettung von Rayne
Die Rettung von Emily
Die Rettung von Harley
Die Hochzeit von Emily
Die Rettung von Kassie
Die Rettung von Bryn

Die Rettung von Casey
Die Rettung von Wendy
Die Rettung von Sadie
Die Rettung von Mary
Die Rettung von Macie
Die Rettung von Annie

Mountain Mercenaries:
Die Befreiung von Allye
Die Befreiung von Chloe
Die Befreiung von Morgan
Die Befreiung von Harlow
Die Befreiung von Everly
Die Befreiung von Zara
Die Befreiung von Raven

Ace Security Reihe:
Anspruch auf Grace
Anspruch auf Alexis
Anspruch auf Bailey
Anspruch auf Felicity
Anspruch auf Sarah

SEALs of Protection:
Schutz für Caroline
Schutz für Alabama
Schutz für Fiona
Die Hochzeit von Caroline
Schutz für Summer
Schutz für Cheyenne
Schutz für Jessyka
Schutz für Julie
Schutz für Melody
Schutz für die Zukunft

Schutz für Kiera
Schutz für Alabamas Kinder
Schutz für Dakota

<u>Eine Sammlung von Kurzgeschichten</u>
Ein langer kurzer Augenblick

BIOGRAFIE

Susan Stoker ist die New York Times, USA Today und Wall Street Journal Bestsellerautorin der Buchreihen »Badge of Honor: Texas Heroes«, »SEAL of Protection«, »Die Delta Force Heroes« und einigen mehr. Stoker ist mit einem pensionierten Unteroffizier der US-Armee verheiratet und hat in ihrem Leben schon überall in den Vereinigten Staaten gelebt – von Missouri über Kalifornien bis hin zu Colorado. Zurzeit nennt sie die Region unter dem großen Himmel von Tennessee ihr Zuhause. Sie glaubt ganz und gar an Happy Ends und hat großen Spaß daran, Geschichten zu schreiben, in denen Romantik zu Liebe wird.

Besuchen Sie Susan im Netz!
www.stokeraces.com
facebook.com/authorsusanstoker
twitter.com/Susan_Stoker
bookbub.com/authors/susan-stoker

instagram.com/authorsusanstoker
Email: Susan@StokerAces.com

9 781644 993514